U0895330
FONGHONG

名提之

真相小组

吕铮 著

江苏凤凰文艺出版社
JIANGSU PHOENIX LITERATURE AND
ART PUBLISHING

图书在版编目（CIP）数据

名提之真相小组 / 吕铮著. -- 南京：江苏凤凰文艺出版社，2021.11
ISBN 978-7-5594-6187-2

Ⅰ. ①名… Ⅱ. ①吕… Ⅲ. ①长篇小说－中国－当代
Ⅳ. ①I247.5

中国版本图书馆CIP数据核字（2021）第158832号

名提之真相小组

吕铮　著

责任编辑　刘洲原
策划编辑　孙小波
特约编辑　郑嘉期
责任校对　孔智敏
出版统筹　孙小野
出版发行　江苏凤凰文艺出版社
　　　　　南京市中央路165号，邮编：210009
网　　址　http://www.jswenyi.com
印　　刷　河北鹏润印刷有限公司
开　　本　700毫米×1000毫米　1/16
印　　张　23.5
字　　数　313千字
版　　次　2021年11月第1版
印　　次　2021年11月第1次印刷
书　　号　ISBN 978-7-5594-6187-2
定　　价　55.00元

目录

预审

初秋，下着一场不大不小的雨，天色灰蒙蒙的，雨滴打在雾蒙蒙的玻璃上，划出一道长长的抛物线。审讯室的铁门紧闭着，坚硬、冰冷，隔绝着外面的嘈杂和喧嚣。脚步声由远及近，一个身穿制服的警官缓步而来。他三十多岁的年纪，中等身材，相貌端正，浓眉下的一双眼睛略带疲惫。他是预审支队的副支队长，行里人称“那三斧子”的那海涛。

他没马上推门进去，而是伫立在门口，摸出一支烟，缓缓地点燃、吸吮，看着烟雾升腾又散去。他静静地抽着烟，看似不着急，实则在心里梳理着嫌疑人的情况、审讯思路和发问重点。第一个亮相怎么给，第一个眼神怎么露，第一句话怎么说……审讯室就是预审员的舞台，推门进入的一刻，大幕便徐徐拉开，再无路可退。好的预审员被称为“名提”，名提都是“角儿”，生旦净末丑，神仙老虎狗，唱念做打，嬉笑怒骂，该扮得扮上，要演就演好。遇到“彬”着的得捧杀，碰到“扛”着的得智取，要不懂“三十六计”不会“七十二变”，还真应对不了三教九流，拿不下魑魅魍魉。这些年，那海涛在这三尺审讯台后看尽了人间冷暖、世态炎凉，在这密不透风的十平方米空间里，每天都在发生最激烈的人性碰撞，上演着浓缩的人生大戏，而那海涛则既是旁观者又是参与者，同时也早成了戏中人。

“啪”，他果断地推开了大门，缓步走了进去。

嫌疑人是个魁梧的中年人，四十出头，皮肤黝黑，脸上冒着油光，头上的乱发黏在一起，显然已经熬了不短时间。他的双手被铐在审讯椅上，警惕地看着那海涛，满脸戒备。那海涛没正眼瞧他，冲着墙上的《犯罪嫌疑人诉讼权利义务告知书》打了一个长长的哈欠，然后一拽椅子，离了歪斜地坐在上面，将手中未燃尽的香烟有节奏地在烟缸里捻灭。

审讯台上摆着预审必备的笔记本电脑、打印机、钢笔、A4 纸和印油，当然，还有那海涛必备的茶杯、烟灰缸和中南海香烟。记录员赵利已经等候多时了，他刚过四十，人长得规规矩矩的，一看就是个老实人。

那海涛似笑非笑地撇撇嘴，懒散地问赵利：“哎，昨晚的球儿看了吗？”

“啊？”赵利一愣，“太晚了，没看。”

那海涛下意识地皱眉，这显然不是计划中的台词，“嘿，那你可吃亏了，这场球味儿可大了，比‘王致和’还臭。8 比 1，都快赶上篮球了。”他笑着摇头。

“哦。”赵利点头，显得不在状态。

那海涛有些不满，但并没露在表面上。他这才转过头，上下打量起嫌疑人，“怎么茬儿，这位还扛着呢？”他冲嫌疑人抬了抬下巴。

“一问三不知，说自己比窦娥还冤。”赵利搭话。

一场好的审讯是不能光靠预审员的，记录员也要眼观六路耳听八方，“红白脸”“唱双簧”，有逗哏就得有捧哏，不然孤掌难鸣。那海涛这一系列操作，是在构建着一个预审的开场意象，那就是“放松”。对待面前的这名绑架重犯，是不能拍山震虎、以硬碰硬的，而得从细节入手、随风潜入夜，找到其“七寸”。现在那海涛首要的工作就是，尽快让他紧绷的神经放松，以搭建沟通的桥梁。

他清了清嗓子，拿起桌上的《犯罪嫌疑人诉讼权利义务告知书》，念起了开场白。

“根据《中华人民共和国刑事诉讼法》的规定，在公安机关对案件进行侦查期间，犯罪嫌疑人有如下诉讼权利和义务……”他抑扬顿挫地念着，盯着对方的眼睛。嫌疑人与他对视了几秒，便错开眼神低下了头。

“哎，听明白了吗？”那海涛加重语气，用手指节敲击着桌面。这一场眼神的交锋，奠定了审讯者与被审者的高低态势。

“听明白了。”嫌疑人低声回答。他嗓子很粗，但语气很弱，内心充满了惶恐不安。

“昨晚看球儿了吗？”那海涛问。

“啊？”嫌疑人一愣，下意识地抬头，“我……没看。”他作出肯定的回答。

“为什么没看？你不是球迷吗？昨天转播的时候没在家？”那海涛连发三问。

“我……我累了，很早就睡了。”

“睡了？睡了还在十点钟抢微信红包？”那海涛一语点破。

“这……”嫌疑人语塞，眼神茫然。

“陈大力，你知道我们是干什么的，我们也知道你在干什么，但我们不知道你自己知不知道自己在干什么。”那海涛说得有点绕。

“我……真的什么都没干！我就是一个拉货的，什么都不知道！”陈大力极力辩解，语速加快。

“哼……我也希望你真的什么都没干。”那海涛语气放缓，把节奏又带了下来。

他拿起茶杯，喝了一口，用余光瞥了一下笔记本屏幕，却发现赵利并没有记录。“嘿，干吗呢？也什么都没干啊？”那海涛心里没好气儿，瞥着赵利。

“哦。”赵利如梦初醒，赶紧在键盘上敲打：我累了，很早就睡了。

“不是这句。记上，‘我什么都没干，什么都不知道’。”那海涛提醒。

“哦。”赵利点头，噼里啪啦地打起来。

这句话看似无意义，实际上是那海涛给陈大力挖的“坑”。预审就是这样，只要一搭话，近距离的较量就立即开始。那海涛手上的“子弹”不多，每一次都得用在裉节儿上，无奈之下必须得提前“挖坑”，让对方自相矛盾。而作为记录员，是要理解预审员每一句发问意图的。

那海涛缓缓地呼了口气，靠在椅背上。审讯室没了声音，时间仿佛停止了，只有陈大力背后的电子时钟在悄然走动着。与此同时，在楼道另一端的监控室里，气氛却大不相同。十几个警察围在监视器前，他们表情凝重、如临大敌，为首的副局长郭俭不时抬起手腕，看着不停走动的秒针。

已经过了十五个小时，如果陈大力再不撂，孩子将凶多吉少！

那海涛心里更急，但表面上却平静如水。他拿起茶杯，喝了一口水，权衡了一下，放弃了跟赵利打配合的策略。他不紧不慢地问：“说说吧，你这几天在拉什么货？”

“在拉木料。”陈大力回答。

“从哪里装货，拉到哪里？”

“从西郊货运站装货，拉到振兴木材厂。”

“说具体地址。”

“从海城西郊三岔路的货运站装货，然后拉到市南区的振兴木材厂。”

“从哪天开始拉的？一天几趟？”

“从前天开始的，一天两趟。”

“两趟……”那海涛重复着，边用指关节敲击桌面，边仰头看着陈大力背后天花板上的监控器。

在监控室里，一张地图已经铺在了桌面上。郭局低头观看，刑侦支队的章鹏在测算着。

“从西郊三岔路到市南区振兴木材厂，一共有两种路线可以走。第一条是横穿市区，途经市北区、市中区，然后到市南区；第二条是绕环线进城，从西郊直接上四环，然后一直兜到市南区新华路后到达木材厂。经测算，这两种路线相差了十公里。”章鹏说。

“他会走哪条？”郭局问。

“第二条路线。根据交通规定，货车在早晚高峰不让进市区。”章鹏回答。

“第二条路线的行驶里程有多少公里？”郭局又问。

“38 公里左右。”

“一天两趟，就是四个 38 公里？”

“不是，是三个 38 公里，再加上早晨从他家到货场的距离。”章鹏说。

“嗯，他家在新华西里，到货场不到 30 公里。那加在一起……144 公里。”郭局想了想，用手按动桌上麦克风的按钮，“海涛，把他的行踪问细。”

那海涛听到了郭局的指令，继续发问：“前天你几点收的工？”

“晚上七点收的工。”

“收工后去了哪儿？”

“我卸完最后一批货，就回家了，哪都没去。”

“是新华西里的家，还是你妈家？”那海涛了如指掌。

陈大力嘴唇微微颤动，“新华西里的家。”

“然后呢？”

“然后……就睡觉呗，第二天还得干活儿呢。”他的状态已渐渐放松。

“昨天呢？也是两趟？”那海涛沿着他的思路问。

“嗯，和前天一样。”

“然后就回家了？”

“是。”陈大力点头。

那海涛笑了笑，“我看你那车可够旧的了，得跑了二三十万公里了吧？”

“二三十万不止，这车都五十多万公里了。”陈大力说。

“嚯……”那海涛故作惊讶，“那肯定特费油吧？”

“还行，别猛踩刹车，平均 13 个油吧。”

在监控室里，章鹏看着地图：“沿途的监控录像已经调取了大部分，基本可以认定他走的是第二条路线。”

“他是哪天加的油？”郭局问。

“昨天早晨出发之前，在新华西里一公里处的中石化加油站，”章鹏答，“他的车满箱油是 60 升，现在油箱还剩 15 升，一共使用了 45 升。按照百公里 13 个油计算，每升应该可以跑 7.69 公里，他应该跑了 346 公里。”

“346 公里？那如果减去那个 144 公里，应该有 202 公里的误差？”郭局沉思道。

“不，当天晚上他回家了，再减去一个 30 多公里，误差应该在 170 公里左右。”章鹏说。

“明白。”郭局点头，“沿途有盲区吗？”

“我们只能判断他大概的轨迹，不能确定他在中途从哪个岔口出去过。”

“行动组呢，都在路上吗？”

“都撒开了，但还没发现有价值的线索。”

“我不太懂，仅凭现有证据，怎么能证明被绑架的孩子与陈大力有关呢？”郭局的秘书谭彦在一旁问。

“在孩子被绑架之后，其父马良接到了绑匪的电话，要求支付五百万元赎金。我们追踪不到那个电话的位置，却发现了一个‘关系号’。而这个号码和陈大力有过联系。”章鹏说。

郭局按动麦克风的按钮，“海涛，‘关系号’在昨天三个时段和陈大力有过联系。分别是昨天上午拉第一趟货的时候，昨天中午他到秋林面馆用餐的时候，还有就是昨天晚上他到木材厂附近麦当劳的时候。以这三个时间为切入点，测测他。”

那海涛仔细地听着，在心里判断着。如果贸然按照时间顺序发问，那必会引起陈大力的警觉，过早暴露手里的“子弹”。预审讲的是“用一颗子弹炸毁一座碉堡”，出奇兵才能制胜。于是那海涛决定打乱顺序，从最后一个问起。

“你昨天送完最后一趟货之后，去了哪儿？”他坐正身体，盯住陈大力的眼睛。

“我……”陈大力犹豫了几秒钟，似乎在权衡利弊，“我去了木材厂附近的麦当劳。”他没有说谎。

那海涛侧目，看着赵利记完，“去干吗了？”他接着问。

“吃了点东西。”

“吃的什么？”

“一个麦香鸡腿堡，一份薯条，还有一杯可乐。”

陈大力的声音同步传到监控室里，章鹏看着材料，按动了麦克风，“麦当劳的监控和购物小票已经调取，他没有说谎。”

“吃完之后呢？”

“去了厕所。”

“去了多长时间？”

“去了……十多分钟吧。哦，有点……拉稀……”陈大力自嘲地笑。

“从厕所出来之后呢？”

“出来之后我就回家了。”

“是吗？”那海涛叮问。

“我就是回家了啊。”陈大力确定。

章鹏在那边听懂了意思，立即命令行动组调查陈大力家附近的监控。

“他没说实话，”那海涛耳麦里传来了章鹏的声音，“监控显示，他从麦当劳出来之后，没有直接回家。在两个小时之后，他家附近的监控里才出现他驾驶的货车。”

“几点到的家？”那海涛一语双关，既是问陈大力，也是问章鹏。

“八点左右。”陈大力回答。

“十点十五分。”章鹏回答。

“这么早到家，你没看球？”那海涛又绕回到这个问题。

“我累了，很早就睡了。”陈大力重复着答案。

“球赛十点钟结束，他来不及看。”章鹏说。

那海涛这下心里有数了。他拿起手机，输入了一行字，发给章鹏。

章鹏收到信息，上面写着：“就在这两个半小时！”

章鹏明白了，“郭局，如果按照 80 公里每小时的行驶速度，这两个多小时，正好和 163 公里的误差相符。”

“立即通知几个行动组，以麦当劳为中心，向外辐射侦查。收集昨天那两个小时的所有监控信息，判断他的去向。”郭局发令。

行动组立即执行命令，章鹏也离开了监控室，亲自带队上阵。

“你从麦当劳返回家的时候，走的哪条路？”那海涛问。

“走的……振兴西街，然后上二环。”陈大力说。

“那个点儿堵不堵？下班高峰期还没过呢。”

“还行，我也不着急，反正活儿也干完了。”陈大力故作轻松。

“确定吗？”那海涛叮问。

“确定啊……确定。”陈大力有些犹豫。

“记，他确定。”那海涛并不看赵利，敲了敲桌子。但在耳麦里，郭局告诉他的却是另一个结果。监控显示，陈大力根本就没走那条道。

预审是不怕嫌疑人说谎的。谎言编得越多，漏洞就越多，“查否”之后，将所有“口子”都堵住，真相自然就能露出来。

那海涛又追问了几个问题，通过笔录把陈大力的谎言给做扎实了。然后话锋一转，切到了他的生活。

“干这活儿，能挣钱吗？”那海涛问。

“哼，能挣什么钱啊，养家糊口都不够。”陈大力摇头。

“那你还玩牌？”那海涛开始探陈大力的又一条轨迹。

“块儿八毛的，就是图一乐子，我要再不给自己解解压，还活得下去啊？”陈大力自嘲。

那海涛跟他有一搭没一搭地聊着。与此同时，外面的行动组已兵分四路，以麦当劳为中心向周边辐射侦查，终于在海城东郊的一处监控里，发现了陈大力货车的影像。这个地方叫望海地区，是海城出了名的治安乱点。

那海涛得知了消息，在心里权衡着，到底要不要赌一把。他点燃了一支烟，缓缓地吸吮着，陈大力闻到烟味，不禁咽了口吐沫。

“抽吗？”那海涛冲他努努嘴。

“可以吗？”陈大力犹豫。

那海涛抽出一支，让赵利过去给他点燃。陈大力狠狠地吸吮着，表情舒展开来。

那海涛觉得时机到了，决定赌一把，但也不想亮明底牌。思前想后，选了望海地区一处标志性建筑——“望海钟楼”，因为这个钟楼四角突出，本地人都管它叫“王八楼”。

他趁陈大力吸烟的空儿，低头给手机上了一个闹铃，又随意聊了几句，手机便响了起来。

他佯装接听电话，“哦，哦哦，什么！你再说一遍？王八楼！”他边说边盯着陈大力。

陈大力一听“王八楼”三字，顿时大惊失色，连烟灰都掉在了腿上。

就这一个细节，那海涛就确定了。他腾地站起来，两步走到陈大力跟前。

“还不说吗？！”他厉声喝道。

“我……我……”陈大力慌了，他身体下意识地后仰，脸上的肌肉在颤抖着，“我去那……什么都没干，什么都没干。”他不住地摇头。

“不！就是你干的！你是实施者，也是策划者！所有的责任都要你负！”那海涛怒吼着。

“不，不是我，我只是个送货的，不知道里面装着什么！”陈大力极力辩解，满头大汗。

“用什么装的？”

“箱子，一个旅行箱。”

“什么样的？”

“黑色的皮箱，很大。”陈大力比画着。

“你怎么知道里面有东西？”

“很沉，一只手提不动。”

“送一个东西，收人家十万！这合理吗？”那海涛拍出了为数不多的证据。他俯身凑近陈大力，几乎跟他脸贴着脸。

“我真的不知道，真的没打开！”陈大力带着哭腔说。

那海涛断定，那个箱子里装的就是被绑架的孩子，于是索性将事情挑明，“你甭跟我这儿装聪明！你以为没打开箱子，我们就定不了你的罪吗？咨询过律师是吧？打开了就是犯罪，不打开就能逃脱罪责？扯淡！我告诉你，人要是死了，你也活不了！”

“我……我……”陈大力抖如筛糠。

“现在，他的命跟你连着，他没了，你也没有希望了，懂吗？”那海涛语速很快，但吐字清晰，保证陈大力每一个字都能听清楚，这是预审员的基本功。

“给你最后一次机会，那个箱子在哪儿？！”他拍响了桌子。

陈大力汗如雨下，情绪也被顶到了极限，他终于扛不住了，“我把箱子送到教堂里了。教堂平时没人，院里有个储藏室。我是按照他们的要求将箱子放进去的。”

“哪个教堂！”

“我不知道名字，但望海地区就那么一个教堂。”陈大力擦着汗说。

望海地区，雨越下越大，章鹏带领着上百名警力在地毯式搜查。得到了消息后，他率先冲向教堂。教堂院里果然有个储藏室，章鹏踢开大门，里面都是杂物，仔细看去，在杂物堆里果然有一个黑色的皮箱。章鹏晃动箱子，里面沉甸甸的，打开后发现，里面正蜷缩着一个男孩。男孩不到四五岁的样子，已经重度昏迷、气若游丝，章鹏马上大喊：“救护车！”

那海涛在耳麦里听到了章鹏的消息，他万分激动，却极力压抑着。他用余光瞄着陈大力，准备给他最后一击。这时，他的手机响了，按照计划，章鹏要在这个时候打来电话。

“喂，什么！箱子里什么也没有！”那海涛皱眉，转头怒视陈大力。

“不可能，不可能！”陈大力头摇得像拨浪鼓。

“人要是没了，你就得偿命！甭跟我装孙子，什么按照他们的计划，被胁迫，我们就抓到你一个，你就是绑架的元凶！”那海涛厉声道。

“是他们做的！我就是为了钱。他们忽悠我，说只要我不打开，警察就不能定我的罪。我就是个送货的！”陈大力挣扎着，手铐在审讯椅上扯得哗哗作响。

“他们是谁？”

“我不知道，真的不知道。我们这些货运司机，有时是会在运输中夹带些私货的。现在过路费太贵，又不敢超载，没办法，都是为了活命啊。”他哀号着。

“他们怎么联系的你？”

“通过一个‘粘活儿’的，叫狗子。我不知道他的真名，但有他的联系方式。许多事儿都是他当中介。”

“他说的那个狗子叫苟超，已经跑了。”章鹏在耳麦里说。

“箱子从哪儿拉来的？”那海涛问。

“在高速路旁的一个垃圾箱后面，我是按照他们的指引拉上车的。我没说谎，真的就是这样的情况。”

那海涛趁热打铁，仔细盯着赵利在笔录上固定了供词，才结束了预审。在押走陈大力之后，赵利窸窸窣窣地收拾着东西，那海涛一下就绷不住了。

“哎，你是大姨妈来了吗？”那海涛质问道。

“什么？”赵利不解，回头看那海涛。

“我是问你，今天不方便吗，还是不舒服？”

听他这么说，赵利才明白过来，“哦，没有。”他敷衍了事。

赵利这个态度让那海涛更火了，“要审就好好审，不行就请假回家，别出工不出力的。哎，你也是个老预审员了，怎么这个道理也不明白啊……”

“我不是预审员，是记录员，是给你打下手的！”赵利突然发作。

那海涛一愣，没想到碰上了钉子。赵利的性格一向温和，甚至有点“杵窝子”，他年龄比那海涛大，也算预审的老人儿了，但就是因为这个温暾的性格，让他很难独当一面。预审行是残酷的，论能力不论资历，当不了主审，就意味着得一辈子给别人捧哏、打下手。

两人都沉默着，气氛尴尬起来。赵利合上了笔记本，把便携打印机和笔录纸等物品放进包里，提起来就走。那海涛觉得不妥，赶忙找补，“哎，老赵，别忘了，晚上还有个局呢。”

“我不去，累了。”赵利冷冷地回答。

“嘿，还真生气了，不至于吧。走走走，晚上必须得去啊，庆祝二姐顺利度过更年期。”那海涛拿二姐打镲。

赵利没再说话，拎包走出了审讯室。那海涛想追又觉得无趣，便在后面叮嘱：“那你好好休息，明天早点到啊，别忘了刘牧那个案子，退补侦时间到了，得给检察院送卷。”

这是再平常不过的一天，预审员的生活就是与人的斗争，无穷无尽的你来我往、见招拆招，无休无止的真假博弈、劳心费力。走出审讯区的时候，雨已经停了，天黑漆漆的，四处弥漫着潮湿的雾气。那海涛觉得疲惫至极，此刻最想做的，就是回宿舍好好地睡上一觉。章鹏赶了回来，告诉他孩子被绑匪注射了药物，陷入了深度昏迷，但经过救治，已经没有生命危险。那海涛简单说了下一步预审的计划，又突然想起了一个问题。

“哎，你说绑匪要500万赎金。那个孩子家长是干什么的？”

“做自媒体的，在网上弄了个公众号。”章鹏回答。

“干这个能出得起500万？”那海涛不解。

“嘿，你这是瞧不起人家啊。现在是自媒体时代，弄几个‘10万+’就有广告收入。”章鹏说。

“得得得，别废话了，先抓到人再说吧。”那海涛摆手。

“兄弟们都撒出去了，等抓到那个‘狗子’，那大名提还得帮我们审呢。”章鹏笑。

“别扯淡了，没听说吗，都要侦审合一了。你们丫自己练练吧。”

“哎，你那个‘市局一号案’快出手了吧？”章鹏问。

“明天送卷。已经退补侦两次了，跟检察院的老孙沟通了，现在证据肯定能诉。”

“你可注意着点啊，据说刘牧这孙子背后可有人。”章鹏提醒。

“怎么个意思？托到章队长了？”那海涛笑。

“那倒没有。但我可听说不少人在外面活动。”

“正常，他的事儿都把副市长给牵出来了，估计后面还有‘大猫’呢。”那海涛说，“得，你忙，我先撤了。”他说着就要走。

“哎，别着急啊，晚上请你吃饭。”章鹏说。

“今儿不行，晚上有事儿。”那海涛摆摆手。

桌上摆着菜，葱爆羊肉、炸咯吱盒、爆肚、麻豆腐，中间还架着一个酸菜白肉的锅子。这并不是什么饭馆，而是一个摄影棚的小餐厅，平时供剧组人员用餐。那海涛跟老板认识，一般小范围的聚会都安排在这儿。

那海涛推门进屋的时候，两位已经到了。他换上一副喜庆的表情，满脸堆笑地打着招呼。

靠里坐主位的是一个五十出头的大姐，她烫了个大波浪的发型，手里打着一件元宝针的毛衣，看那海涛来了微微抬头，眉宇间一副“甲方”的姿态。左手位的是一个老头儿，跟大姐年龄相仿，手里揉着核桃，一副爷的样子。

两人看那海涛到了，刚要开腔，却被留着“大中分”的老板抢了话，“嘿，今儿人齐啊，来来来，我再送一个菜，金玉满堂，图个吉利。”店主姓范，外号“晃范儿”，是几位的老相识。他说着，就把一盘黄瓜丁炒窝头摆在桌上。

那海涛一看，没忍住笑了，“行，老范，我说你这生意怎么越做越大呢，敢情功夫都用在嘴上了。”

“嘿，这话怎么说的，你就尝尝这味儿怎么样。菜不在原料贵贱，在味道如何。”老范也笑。

“哎，我说‘晃范儿’，你这棚里怎么空着呢，剧组呢？”那个大姐放下手里的毛衣。

“嗐，二姐，这两年不是影视寒冬吗？剧组少。再这么下去，我看这摄影棚也甭干了，弄个室内篮球馆得了。”老范摇头。

“嗯，篮球馆也行。你这儿挨着火车道，整天轰隆隆的，也干不了别的。”二姐说。

“谁说不是呢，这不因为租金便宜吗？”老范笑。

他这个摄影棚可谓是前不着村后不着店的地儿了，隔着几百米就是一条火车道，每隔十多分钟就来一趟火车，整天轰隆隆的。

老范又聊了几句，便推门出去了。那海涛坐在二姐身边，用手捏起一块咯吱盒放进嘴里，“行，味儿不错。”他点着头说。

“我说‘那三斧子’啊，你还有没有点儿时间观念啊。约好了六点，你看现在都几点了？”二姐没好气地问。

“对不住对不住，刑警有个案子，临时过去帮衬一下。”那海涛抱拳。

“哎哟喂，那可是杀鸡用了宰牛刀。什么事儿要那大名提出马啊。”那个老头儿也开了腔。

“嘿，马爷，您这是损我呢，我听出来了。”那海涛皱眉，“二姐，您说他是不是错了？”他转头问。

“嘿嘿嘿，怎么叫呢？你师父叫她二姐，你也随着叫啊？”老马说。

“哦，还真是。”那海涛赶忙点头，“那照马爷您这意思，得叫……二奶？”

二姐正喝着茶呢，一听这话，差点喷出来，“你就孙子吧，嘴上不留德这点倒是像你师父。”

那海涛也笑了起来。面前的这两位都是预审行里的名提，二姐大名王梦露，和美国明星一个名儿，举止做派却有天壤之别。老马大名马德福，外号“马迷糊”，看似迷糊却精明异常。要论起辈分来，那海涛还真得管他俩叫声师父。

“怎么一个人来的？小利子呢？”老马指的自然是赵利。

“哦，他啊，还有点儿别的事儿，今儿就不来了。”那海涛编了个理由。

“哼，是不是又没‘擦干净屁股’啊？这孙子啊，是真不行。你就说他干了多少年预审了，到现在还是个记录员，那帮年轻的都独撑了。他呀……人如其名，赵利，‘笊篱’啊……”老马一副恨铁不成钢的样子。

那海涛知道老马是赵利的第一任师父，对这个徒弟也是一肚子牢骚，但也不想在这个场合太跌赵利的面儿，就岔开了话题，“哎，你们听说没有，小吕到省厅之后都升探长了，这小子机灵，有前途啊。”

“人家升探长了，你高兴个屁啊，破的也不是自家的案子。我看啊，人家是攀高枝儿去了，现在小吕认的师父是‘三叉戟’，不是你‘那三斧子’。我看海城预审啊，是后继无人喽。”老马摇头。

这时，耳畔又传来了火车的轰鸣，连桌子都轻微地震动起来。

“好嘛，我怎么觉得咱们这是在餐车吃饭啊。”那海涛模仿着天津口音说。

一听这话，老两位都笑了。

“哎哎哎，人都到齐了，咱们‘举’一下吧。”那海涛说着拧开一瓶白瓶绿标，“对了，今儿这局，什么由头啊？”

"没问清楚你就来啊？"老马撇嘴。

"您也没说啊……"那海涛装作冤枉，他刚要提"庆祝二姐顺利度过更年期"，又觉得不妥，把话咽了回去。

"嘿嘿嘿，你这是憋着什么屁呢。"二姐眼里不揉沙子。

"今天这个局是我给二姐组的，庆祝她进预审行三十年。"老马道破天机。

"哎哟喂，那可得好好庆祝。"那海涛赶忙点头。

"是啊，三十年了……"二姐感慨，"我刚到预审的时候，还是个小姑娘呢。那时行里的四大名提齐孝石、龚培德、'老鬼'、'臭于'，还都没成名呢。我从打水、擦地、订卷干起，下苦功、练手艺，真是一步一个脚印啊。就说那年的潘韶玉杀父案，现场被破坏、证人不配合，要不是我和我师父坚持办下去，连刑警都打退堂鼓了，最后还不是凭着我们到现场一点点地走访，才获得了关键证据。"

"哼，最后还让'臭于'给'截和'了。"老马撇嘴，"要说审人啊，往十年前说，'四大名提''两大快嘴'，哪个说起来不在全国预审行里响当当的。但你们看现在呢，真是黄鼠狼下耗子，一窝不如一窝了。别说'走审'了，就连'坐审'都压不住。要我说啊，这帮小子除了手艺不成，责任心也不咋的。现在全局上下，能称得上'名提'的，是不是也就在座的了？"

"哎哎哎，那不至于啊。罗浩，老潘，都可以的。"那海涛说。

"扯淡，你还别提老潘。是，他外号'大喷子'，也算是个名提，还上了省厅的专案。但最后落着好了吗？还不是出了闪失、被停了职。再说罗浩，人家都主动前置到派出所当政委了，干两年，补一下基层工作经历，回来肯定弄个高级警长。没人愿意干预审了，也就你，那三斧子，还操着老一套。"老马叹气。

"来来来，举一个，为了曾经的辉煌。"那海涛提议。

三人举杯满饮。

"还记得 2002 年的那个'飞贼'吗？那小子诡啊，专偷金饰品，到手后把金子熔了，弄成一个金块。刑警虽然抓了他，但不是‘现行’，就凭这个金块也定不了罪啊。哎，‘马迷糊’，你还记得咱俩的审讯提纲拉了多少页吗？”二姐问。

“那能忘了吗？整整写了二十多篇儿。最后还到襄城出了一趟差呢。”老马笑。

“记得提讯的时候，时间都过了二十天了，上一拨预审还没拿下。局领导急啊，就让我们救场。我们知道这家伙是个几进宫的老炮儿，这次只要再折了，肯定出不来了。我们就唱红白脸儿，我拍、老马揉，我突、老马缓，等所有‘子弹’攒齐了，再一起朝他开火儿。那场审讯，问得痛快。”二姐回忆着。

“二姐，你就说句实话，你们俩年轻时到底有没有点儿故事？”那海涛坏笑。

“滚你个那三斧子。”二姐抬手就打，但脸也红了。

那海涛表面上装着糊涂，心里却跟明镜似的，这老两位年轻时并称“两大快嘴”，局里上下都觉得能成一对。但世事弄人，两人有缘无分，但这些年风风雨雨相互支撑，也算一段佳话。

“后来怎么着了？”那海涛拽回正题。

“五个小时，拿下了啊。”二姐骄傲地说。

“那小子供了三十多起案子，材料送到检察院连退都没退。最后判了十五年，凿凿实实的。”老马补充。

“牛，敬两位名提！”那海涛举杯。

三人再饮，气氛热烈起来。也不知是谁起的头，大家合唱起了老歌《革命人永远是年轻》，大家忘情地唱着，伴着火车轰隆隆的声音。眼看着一瓶见了底，老范走进了屋。他送给二姐一个礼物，叫什么“谎话娃娃”。

那是个匹诺曹造型的小木偶，眼睛是两个摄像头，老范介绍这是个高科技产品，能通过摄像头获取的体态语和微表情，判断说话真假。

“真能测出来吗？”二姐好奇。她按动开关，把谎话娃娃放到老马面前，煞有介事地问：“老马，你喝酒了吗？”

老马挺配合，装作严肃地回答：“没喝酒。”

没想到这娃娃还挺灵，木质的鼻子立马拱出一截。

“哎哟喂，还真是高科技嘿。”那海涛来了兴趣，“来来来，我也试试。”他说着就把娃娃对着老马摆正，“你喜不喜欢二姐？”

“滚蛋吧你……”老马一把扒拉开娃娃。

“嘿嘿嘿，心虚了吧。”那海涛大笑。

“我说老范，你送我这个什么意思啊？是不是以后科技发展了，就不需要我们预审了？”二姐皱眉。

“瞧您说的，我可不是这意思，我就是逗您开心。您要是不喜欢，我收回，收回。”老范赶忙解释。

“呵呵……我逗你呢，谢了，‘晃范儿’同志。”二姐笑了。

“这是一个南方的高科技厂家生产的，在我这儿放几个当样品，听说以后会大批量生产呢。”老范说。

“哼，真假哪是那么好辨的。这世上最难测的就是人心。”二姐说。

“我也给你带了礼物。”老马也神神秘秘地打开提包，掏出两件黑坎肩。

“什么啊？”那海涛拿过来看。

坎肩很旧了，背后“七处”的字样都模糊了。

“哎哟，您还留着这个呢。”二姐惊讶。

“这可是我的私藏啊。那年老七处（预审处）成立的时候，让我负责发纪念品。我……偷昧了几件。”老马坏笑。

“嘿，这是典型的监守自盗、职务侵占。哈哈，我说‘臭于’没领着呢。”二姐笑。她边说边把坎肩套在身上，那动作显得正式、庄重。那海涛也效仿，把坎肩套在了身上。

“咱们预审，没走下坡路吧？”二姐看着那海涛问。

“怎么会，蓬勃向上呢。”那海涛说。

“那我怎么听说，市局要解散预审？”二姐盯着他的眼睛。

“没这事儿，您这都哪儿道听途说的啊。”那海涛没躲眼神，温和地看着二姐。

“新闻里有的叫内容，新闻里没有的叫内幕。无风不起浪。”二姐说，“要有这事儿，可别跟我们藏着掖着。”

“没什么内幕和风浪，如果有，我第一个向两位汇报。”那海涛表忠心。

“嗯，这还差不多。”二姐绷紧的表情松弛下来，举起酒杯。

酒挺辣，沿着嗓子眼儿一路向下，到胃里有种灼烧的感觉。那海涛吃了口菜，觉得心里不是滋味。

“帮刑警弄什么案子了？”二姐问。

“嗐，一个绑架孩子的。给人家做菜，没什么可说的。”那海涛谦虚。

“别谦虚。提气、变脸、入戏，咱们干的活儿，他们丫还真不行。”老马撇着嘴说。

“你手里的那个案子也够劲儿，听说都捅到上边儿去了？”二姐问。

“哎哎哎，那事儿不能说，理解啊。”那海涛摆摆手。

“甭跟我这儿藏着掖着，世上就没有不透风的墙。市局一号案，刘牧，对吧？”老马不屑，“我可提醒你，那案子可得快审快办，跟局里打听这事儿的人可不少，你知道他的背景，也明白他背后藏着的势力，这是个大雷活儿，得赶紧往检察院递，别炸在自己手里。”他提醒。

“明白，您老放心，那案子证据够了，明儿一早我就送卷去。已经第二次退补侦了，检察院没理由再退了。”那海涛说。

“小心点儿，那案子背后隐藏着什么，不到最后看不出来。”二姐也说。

“嗯。”那海涛点头。

三个人又喝了一会儿，都有点迷瞪了。

“知道预审的鼻祖是谁吗？”二姐醉醺醺地问。

“鼻祖？”那海涛没明白二姐意思，他抬头想了想，“嘿，我还真知道一个，夜审潘仁美那个，算不算？”

“你这不是扯淡吗？”二姐皱眉，“那是封建迷信，再说了，那整个过程都是指供诱供啊，亏你还是个预审支队长呢。”

“瞧你，还真信了？他这是逗你呢，历史上哪有夜审潘仁美啊，都是编的。”老马傻笑。

“新中国的预审鼻祖是汲潮老先生，老先生智审美国间谍，破获伪造周总理签批大案，还出过一本《预审员札记》呢。”二姐说，“还记得什么是预审吗？洞悉黑暗，笃信光明。记住，别忘了。”二姐有些激动。

“二姐……”那海涛的心被这句话刺痛了，也许是酒精的作用，他那铁嘴钢牙橡皮腮帮子一下就绷不住了，“姐，您听到的那个不是传言，局里确实研究过……”

“闭嘴，我不想听！”二姐打断那海涛的话，“你作为一个支队领导，对我们这俩大头兵得守口如瓶。”

“你们都是我的长辈，这事儿我不该瞒着……”

“不听不听，蛤蟆念经。”二姐摆手。

“局长办公会都开了，虽然没下最后定论，但是……”

“让你闭嘴没听见吗？”老马突然发作了，“甭管最后结果怎样，预审不永远都是最牛的警种吗？预审员不永远都是最经得起考验、最能战斗的警察吗？这谁能否定吗？”他眼中含泪，“我还告诉你那三斧子，无论到什么时候，你丫也不能软，就算我们这帮老家伙前置了、走人了、退休了，你姐说的这八个字儿也不能忘。我也三十年工龄了，有时想想，预审干的是什么呢？有人说咱们干的是案头工作，成天跟人斗心眼儿、耍嘴皮子，没一线危险。我觉得那是胡扯淡！咱们干的事儿他们能干吗？咱们点灯熬油拿下的人他们能拿下吗？他们刑侦、经侦、治安再冲锋陷阵，抓到的嫌疑人不还得咱们审讯吗？问好了立功受奖是他们丫的，问不好就拿咱们说事儿。咱们不是奉献吗？不是伟大吗？”马迷糊可一点不迷糊。

“对，无论到什么时候，都别忘了这八个字儿。就算‘重证据、轻口供’了，也并不意味着预审不重要了。洞悉黑暗，笃信光明，预审精神永存！”二姐说着又举起杯。

“洞悉黑暗，笃信光明，预审精神永存！”三人碰杯。

喧嚣总会落幕，酒局总会散场。那海涛一个人走在漆黑的夜色中，气温骤降，感觉很冷，他觉得自己很孤独，很无助，心里一肚子话不知该向谁倾诉。藏锋、藏智、藏势，斗智、斗勇、斗心，提气、变脸、入戏，似乎也战胜不了心底的顾虑、侥幸和畏惧。预审行里说，每个反应都有原因，每个表情都是故事，强硬掩不住虚弱，缄口藏不住内心。他知道，自己的拙劣演技根本瞒不过“两大快嘴”的慧眼，他们也不过是自欺欺人掩耳盗铃罢了。是的，预审快要解散了，虽未板上钉钉，却风雨欲来。昔日的辉煌还历历在目，预审是最牛的警种还挂在嘴边，但眼看着一股大潮袭来，这支队伍就要被冲散。那海涛不知道，那些每日攻心斗智的名提，一旦离开三尺审讯台，到底还有无用武之地。

他不知不觉地走到火车道旁，席地而坐，默默地望着远处忽明忽暗的灯火。这些年，他焦虑、失眠，和所有预审员一样，在台前辉煌，在台下落寞，似乎只有这里才能让他获得片刻安静。他喜欢听那一列列火车稍纵即逝的轰鸣，仿佛能将一切浮躁驱散。记得刚参加工作的时候，师父齐孝石就总带他来这里，师父告诉他，预审的基本功之一，就是要在杂乱的环境中闹中取静，只有学会不被外力干扰，才能辨清真假、获取真相。于是那海涛就按照师父教的方法，在休息的时候，拿本书到火车道旁研读，久而久之竟适应了这种极端的喧嚣。

那海涛脱下身上的坎肩，默默注视着上面“七处”的字样，心中五味杂陈。他把坎肩盖在腿上，摸出一支烟，缓缓地点燃。这时，老范走到了他的身旁。

“完活儿了？”那海涛问。

“嗯……”老范点了点头，“有时真不懂你们这帮警察，干吗总跟自己较劲。你前脚走，老马后脚就吐了，我收拾了半天。看得出，今儿这酒局够糟心的。”

“唉……这次警务改革不光是海城，全省从上到下，大概率都要撤销预审。精简机关，警种合并，这是大势所趋。”那海涛叹气。

“预审这么专业，能撤吗？别人能干得了你们的活儿吗？”老范不解，“当初要不是你们审出了真凶，估计我都牢底坐穿了。天上掉下的每个沙砾，到老百姓头上都是大山。没了你们，行吗？”他看着那海涛。

“这世界没了谁都行。我只是觉得，可惜。”那海涛说，“培养一个预审员多难啊，记得我刚入行的时候，就会跟嫌疑人拍桌子瞪眼，我师父就教我‘在审讯中，微笑的是高手，暴躁的是新手’。从新手到高手，得过多少关啊，三十六计、七十二变……怎么说散就散了呢？”

“我做了二十多年生意，也算在商海浮沉了。最大的时候，搞进出口贸易，几千万的生意也经常过手。当然，最后也折在那上面儿了，晃了个大范儿。有时我就想，在这个世界上，到底有多少真实呢？人们都需要真实吗？就跟现在我这个摄影棚一样，五千平方米的地儿，每天一拨一拨的剧组跟走马灯似的，他们在那大笑、大哭，制造着幻梦。知道这两年最流行什么题材吗？穿越。什么叫穿越呢，就是你在路上走着走着吧，嘭的一声，突然掉一黑窟窿里了，结果一睁眼，回到宋朝当皇帝了。哼，现在的人都太孤独了，他们需要梦啊……”老范摇头，“我喜欢看电影，有个好莱坞大片儿叫《楚门的世界》，说的就是一个人被所有的人骗，以至于最后都相信了这个虚假的世界。我觉得这个世界到处都是‘楚门的世界’，都是假的喧嚣浮华。但人哪，有时候不能想得太明白了，人生何尝不是一出戏呢？太明白的人，痛苦。”他也点燃一支烟。

那海涛没说话，默默地看着前方。

“你和欢子的事儿，大家都知道了，不说是怕你难受。好聚好散，别有心理负担。”老范劝。

“我没事。”那海涛敷衍。

“二姐活得挺明白，你知道今天聚会真正的目的是什么吗？”

“不是庆祝她入预审行三十年吗？”那海涛侧目。

“不，是庆祝她二世为人。”老范说，“她去年查出了乳腺癌，左半拉都切除了。听老马说，这位奶奶厉害啊，谁都没告诉，要不是老马从警保处崔铁军那儿得知，估计她会一直瞒下去。在手术前，老马去看她，她就一个要求，让给她带瓶啤酒，手术前一口闷，说要让老马记住她的样子。老马跟我透过底，说当时自己都哭傻 × 了，要是有来世，一定追她。洞悉黑暗，笃信光明。你们这帮搞预审的，牛 × 啊。”老范说。

那海涛感慨万千，他打开手机，播放起一首喜欢的歌，名字叫“稍纵即逝”，副歌部分很符合他此时的心境。歌中唱道：“那旷野稍纵即逝，列车轰隆隆地飞驰，稍纵即逝，没人管你年少无知，那云层稍纵即逝，飞机轰隆隆地飞驰，稍纵即逝，没人陪你回忆往事……”

一列火车经过，巨大的声音震耳欲聋，那海涛听着那节奏，泪流满面。

案卷

一夜乱梦，许多杂乱的片段扑面而来。嫌疑人的叫嚣，证人的退却，被害人的犹豫，许多张面孔在窥视着那海涛。他没有躲闪，和往日一样直视着他们，表现得大义凛然。但渐渐地，他感到体力不支、头痛欲裂。那些人隐藏在黑暗里，根本看不清模样。

那海涛半夜醒了一次，感到口干舌燥，他喝了一大杯水，却再也无法入眠。他辗转反侧，一直熬到凌晨三点，无奈吃了一片褪黑素，才昏昏沉沉睡去。又是梦，那些面孔不见了，取而代之的是曾经的女友齐欢。她还是那样，穿着白色的裙子，留着长发，眼神清澈宁静。那海涛分不清周围的环境是以前租的房子还是临别的机场。他想往前走却根本迈不动脚步，只能看着齐欢缓缓地转身，渐行渐远。他如鲠在喉，想说什么却不知从何说起。在感情生活中，他似乎一直这么愚蠢，懵懂地追逐、热烈地燃烧、茫然地挫败，他不想伤害对方，却一次次陷入恶性循环，他想极力挽回却又适得其反。他知道，齐欢最终的选择是理性的、正确的，出国留学这两年，既能让两人冷静，又是渐行渐远的软着陆。她是个聪明的女人，懂得如何去保全彼此的面子，不至于那么狼狈不堪。但那海涛还是想挽留，想和齐欢说最后几句话，他奋力地挣扎着，终于摆脱了束缚，却不料突然感到脚下一空，就坠了下去。他急速下降，落入深渊，那仿佛是一个深不见底的冰湖，周围没有鱼群，泛着蓝白色的光，湖的深处漆黑幽暗，只有一束光从水底直射上来，显得诡异。他没感到冰冷，也毫无惶恐，只不过四肢没有力量，浑身软软的，甚至有些享受。于是他索性张开双臂，任自己慢慢陷落，直至沉没……

“丁零零……丁零零……”梦境的坍塌只因轻微的声响。那海涛醒来的时候，手机上的第三个闹铃正在作响。他恍惚地睁开眼，脑袋像灌了铅一样，甚至分不清自己身处何地。他揉了揉眼睛，拿起手机一看，顿时大惊失色。

姥姥的，晚了晚了！

他猛地起身，感到头晕目眩。四周乱糟糟的，茶几上的方便面包装和空酒瓶还没有丢弃。他叹了口气，也来不及收拾，简单洗漱就离开了家。今天不能迟到，从市局到检察院要横穿市中区，太晚了肯定要堵车。

雨过天晴，阳光很好，街上熙攘，一如往常。预审支队办公区在市局B座三层，那海涛的办公室在楼道最里面的306室。按照惯例，他提了副支队长之后，是应该和罗浩共用一个办公室的。但他在原来的办公室待习惯了，又加上罗浩主动前置去派出所，就一直没搬过去。306室在楼道的尽头，门前无人走动，窗外就是一排白杨树，能看见四季变化。小吕没被借调到省厅之前，师徒俩一直在这儿忙活，几个大案都是在这儿拿下的。小吕走之后，赵利就来补位了。平心而论，赵利这人不错，老实诚恳，勤勉尽责，但警察是不能太老实的，有句话说“慈不掌兵、善不从警”，虽然有些偏激，道理却是没错。面对凶恶狡猾的犯罪嫌疑人，警察有时需要魔高一尺道高一丈，特别是预审警察，讲究的就是“七十二变”，见人说人话，见鬼说鬼话，老实人往往难以随机应变。所以赵利在预审行里进步就慢，甚至止步不前。

那海涛走到办公室门前，时间已经到了九点半，他随意地一推，发现门竟然锁着。

“赵利，老赵……”那海涛敲着门。但屋里根本无人应答。

这倒奇怪了，赵利每天都来单位吃早饭，这个点儿早就应该到了。

“老赵……”那海涛又敲了几下门，才打开包找钥匙，找了半天也没有找到，一琢磨才意识到，钥匙很有可能又插在门上忘了拔下来了。他拿出手机，给赵利打电话，却传出了关机的提示。他有些着急，抬腕看表，距离跟检察院约好的时间，还有不到半个小时。他在门前踱步，心情急躁起来，给赵利发了微信和短信，等了半天依然没有回复。无奈，他快步跑下楼，来到赵利午休的宿舍，还是没人。在楼道他碰上了昨晚加班的小靳，也说没看见赵利。那海涛急躁起来，现在回家显然来不及了，他索性狠了狠心，到警保处借了把榔头，冲着门锁猛敲几下，门就开了。不知怎么的，一种不好的预感从心底升起，他进屋的第一件事，就是直奔那个装案卷的铁皮柜。柜门有个简易的密码锁，他熟练地拨动了几下，门应声打开。

“轰！”那海涛的脑子响起一个炸雷。铁皮柜里空空如也，一本案卷也没有。

一片空白，之后是眼前一黑。那海涛像疯了一样，慌忙奔去赵利家。赵利至今单身，父母都在老家。他家距市局不远，那海涛赶到的时候大门紧锁。那海涛重重地敲门，大声叫喊，根本无人应答，直到邻居被敲了出来，才得知赵利昨晚拉了个大箱子，“像是出差了”。那海涛感到天旋地转，掏出警官证到物业调取录像，果然发现了赵利离家的影像。只见他提着一个黑色的大箱子，急匆匆地离开了小区。那海涛意识到了问题的严重性，迅速赶回单位，到监控室调取了昨晚下班后的录像。录像显示，赵利在审讯结束后，曾回过办公室，离开的时候提了两个鼓鼓囊囊的编织袋。那海涛能确定，那里面装的就是案卷，十二本，厚厚的两摞。检察院老孙的电话一直在响，那海涛走出保卫处，在市局大院里茫然无措，他仰望着灰蒙蒙的天空，知道不能再等了。他拖着沉重的脚步，走进了位于市局 A 座的局长办公室。

局纪委、市纪委、省纪委，接踵而来。被调查，被审查，被询问，被讯问，循环往复。赵利人间蒸发，市局组成了专门调查组追寻他的下落，技术队对306办公室进行勘查，调取指纹和足迹；案卷不知所踪，重要证据丢失，刘牧行贿案被迫搁浅。那海涛陷入无限的黑暗之中。作为案件的第一责任人，他被暂停了职务，全力配合此事的调查工作。同时，因卷宗丢失，检察院认为证据不足，不符合起诉条件，最终将刘牧释放。苦心经营的案件毁于一旦。

一个月后，一场秋雨落下，淅淅沥沥，纷纷扬扬。远处雷声轰鸣，气温越来越冷了。

火车道上，火车轰隆隆地飞驰，雨越下越大，周围弥漫着雾气，那海涛撑着一把黑伞，默默地伫立在道旁，静静的，一动不动。一辆警车停在附近，章鹏披着警雨衣跑到他身边。

“那三斧子，你在这儿干吗呢？”章鹏扯着嗓子问。

“这儿安静，我待会儿。”那海涛头也不回地说。

“这儿安静个屁啊，吵死了，快跟我回去。”他说着就拉那海涛。

“你给我放手。”那海涛一把甩开章鹏，“一个月了。谈话、询问、讯问，加一块儿三十二次。行啊，继续啊，我无所谓，禁得住连轴儿转。嫌疑人每次还不能超过八小时呢！要是觉得我有事儿，应该判我渎职、玩忽职守啊，别这么耗着我啊……我是预审，知道预审干吗的吗？审人的，不是让人审的！”他歇斯底里地喊。

“这都是正常程序，你得理解。出了这么大事儿……”

“我理解不了！”那海涛打断他的话，“都是我的责任，我认！但不能剥夺我办案的权力啊。凭什么把那孙子给放了？我们抓他的时候瞧给丫吓的，都快尿裤子了。嘿！走的时候大摇大摆、人五人六，还刀着迈巴赫来接。找死吧，嘚瑟什么？王八蛋！”

那海涛怒吼着，涕泪横流。一列火车飞驰而过，巨大的噪声遮住了他的声音。

“说完了吗？”章鹏在火车经过后问。

“说完了。”那海涛发泄完了，沮丧地叹气。

章鹏给他一支烟，那海涛安静下来，“我师父说，要在杂乱的环境中闹中取静，只有学会不被外力干扰，才能辨清真假、获取真相。这些年，每当我大脑受阻的时候，就会来这儿，看经过的火车，想着它们的一去不返。总感觉在轰鸣中才是最安静的。”

“是啊，我们刑警也讲，在移动中打靶。”章鹏点头。

“繁华都市，浮光掠影，灯红酒绿，海市蜃楼。唉……真有点儿看不透了。”那海涛叹气。

“海涛，你丫是预审啊，去伪存真是你的本能。要是你都闻不出味儿了，那让别人怎么办？”章鹏反问。

“哼……”那海涛摇头，“生活，工作，感情，我曾认为自己都能把握，都能游刃有余。但一瞬间，啪，都丢了。”他苦笑。

章鹏知道他指的是齐欢，“我听你师父说过，她在国外挺好的。”

“预审这行折人啊。”那海涛没接话茬儿，“‘大喷子’潘江海在办D融宝的案子里出了事儿，到现在还停职呢。赵利又来了这一出儿，哼，海城预审真是全国扬名了。”

“走吧，看你冷的，手都在抖。”章鹏拍了他一下。

“失眠闹的，最近不吃褪黑素睡不着觉。哎，你找我干吗？又是下一轮被审？”他看着章鹏。

“不是被审，是……”章鹏欲言又止，“是测谎。”

“哼……都用上高科技了？”那海涛苦笑。

“不是你一个人，是整个预审支队都要测。省厅来了个专家，郭局让我叫你回去。”

“什么专家，扯淡！”那海涛气不打一处来。

窗外风雨交加，雷声不绝，耳边还回荡着火车轰隆隆的回响。那海涛挺着腰杆坐在市局食堂第一排的位置,面无表情地看着电视。根据市局安排，预审支队的所有民警都在这里等待测谎。

那海涛形单影只，身边空无一人，其他民警都聚在远处，似乎在刻意跟他保持距离。电视里播放着新闻节目，女主持人表情严肃地说着：

“近期备受瞩目的海城牧野集团董事长刘牧被抓一案，近期有了结果。今年年初，海城市公安局以刘牧涉嫌商业贿赂罪将其刑事拘留，后经海城市检察院第二分院批准逮捕。据悉，刘牧涉嫌的商业贿赂案，涉及其公司运营的多宗商业项目，更牵扯出副市长姬箴等多名党政人员。但经过长达数月的办案取证，近日，海城市检察院第二分院认为证据不足，不符合起诉条件，将刘牧释放……”

那海涛看着新闻，表情麻木。一个晚到的民警刚拿起遥控器要换台，一看见他，立马避瘟神似的走了。

这时，电视里播放起刘牧被释放的场景。只见他西装革履，面带傲慢，虽年过五旬，但显得很年轻。他在律师的陪同下，面对记者振振有词：“我要感谢检察院的秉公执法，更要感谢媒体朋友们为我呼吁。公安局制造的冤假错案必须予以纠正，我会委托律师，要求依法赔偿。作为一名合法商人，我一直对社会贡献着自己的微薄之力，也希望社会能对我有一个公正的认可……”

“王八蛋！”那海涛骂出了声音，他拿起遥控器，啪的一下关了电视。食堂里顿时鸦雀无声。

那海涛觉得很可笑，很可悲。他环顾四周，昔日这些审查别人的人，如今却要排队等待被别人审查。这时，支队内勤小魏进了食堂，“那队，该您了。”她说。

那海涛微微点头，却没动地方。他执拗地又绷了几分钟，才缓缓起身，迈着四方步走向了心测室。

心测室设在市局C座的一层，由一间询问室临时改造而成。那海涛一进屋，就见到了坐在测试台后面的两个测试员。其中一个站了起来，是位年轻的姑娘。

“你好，是那海涛吗？我是心测员方小罗，这是我的同事。”她的声音很好听，吐字很清晰。

那海涛上下打量着她。她二十五六岁的样子，中等身材，眉毛很浓、目光炯炯，齐耳短发，举手投足都透出干练。

那海涛没说话，点了点头。

“看你精神有些不好，是没睡好吗？”方小罗问。

“职业病，长期失眠。”那海涛淡淡地回答。

“服药吗？比如唑吡坦、佐匹克隆、右佐匹克隆？”她拿起本记录。

“实在睡不着吃点褪黑素，算吗？”

“那个不算药物。”方小罗记录着，“是否有精神衰弱的问题？”她又问。

“没查过，不知道算不算。”

“焦虑呢？”

“哼……你说呢？”那海涛撇嘴。

“那警官，希望你配合我的工作，这是心测前的必要程序。”方小罗提醒。

“当然焦虑了，丢了案卷不焦虑吗？被人怀疑不焦虑吗？被人测谎不焦虑吗？”那海涛扯着嗓子反问。

“那请你保持心态的平稳。心情顺畅才能达到测试的要求。”方小罗说。

“行了行了，要测快测吧。”那海涛不耐烦地说，“需要连接什么，赶快。”他说着坐在了椅子上。

方小罗看他这个态度，也就没再多说。她回手调试了几下心测设备，然后将呼吸带围在了那海涛腰间，又逐一连接上血压和皮肤电等检测设备。

“早上吃饭了吗？”方小罗问。

“没有。”那海涛说。

“昨天休息好了吗？身体没有什么不舒服吧？”

“一般吧。”

“做过什么手术吗？得过什么大病吗？”这是心测正式开始前的“测前谈话”，目的是稳定被测人心理，以达到最佳的测试效果。

“我们已经告知你测试仪器的性能和测试中的注意事项，这是《心理测试自愿书》，如果没有异议请在下面签字。”方小罗将“自愿书”递了过去。

那海涛拿起“自愿书”，撇嘴笑了笑，“这么快就结束测前谈话了？”

“你也懂心测？”方小罗问。

“略知一二吧，特别是你们省厅弄的那个错案，如雷贯耳。”那海涛面带挑衅。

方小罗愣了一下，没直接回答，“如果你对心测有异议，可以拒绝。”

“为什么要拒绝？你没自信吗？”那海涛反问。

“我说过，心测的基础是情绪平稳。人的情绪有六个档，平稳，不安，焦躁，恐惧，对抗，挑衅。你觉得自己在哪一档？”方小罗反唇相讥。

“愤怒，我在愤怒这一档！”那海涛情绪失控，“你们有什么权力测试我们，你们凭什么怀疑我们？我们是预审，是审别人的，不需要你们拿这些破玩意儿来测！”他一把拽掉了胳膊上的连线。

“我们是执行上级的命令。作为警察，你同样有服从命令的责任！”方小罗毫不示弱。

“你是机器吗？没有一点对同行的感情吗？”那海涛问。

“你凭什么污蔑我们？这就是你们海城预审的做派吗？”方小罗凌厉地回击。

“对，这就是我们的做派……”那海涛苦笑，“我们在一线搏杀，每年审查上百名犯罪嫌疑人，点灯熬油的时候没人过问，出了问题没一个人信。哼，我倒想问问，这就是你们省厅领导的做派？”

“我们不是省厅领导，是干基础工作的普通民警，每年要测试的人不比你审的人少，偶尔碰到几个愣头青、耍态度的也不稀奇。但说实话，我没想到你一个堂堂的副支队长，人称‘那三斧子’的那海涛，也是这个样子。”方小罗露出轻蔑。

“哼，调查过我？”那海涛撇嘴。

“测谎是科学，在测试之前当然要了解被测人员的情况。”

“特别是重点被测人员的情况。”那海涛补充。

“对，你是丢失案卷的直接责任人，又是刘牧的主审，当然是重点被测人员。”方小罗毫不掩饰。

那海涛被噎住了，没想到对面这姑娘这么厉害。他甚至有点想笑，笑自己这个名提竟会落于下风。

“你搞过预审吗？”那海涛问。

“没有，我不信那一套。”方小罗冷冷地回答。

“那你信什么？”

“信科学，信数据，信图谱，信综合的评判结果。”她一字一句地说。

“知道预审是什么？”那海涛盯着方小罗的眼睛，“从字面上说，预审是在刑事诉讼中公安机关的预审部门通过讯问犯罪嫌疑人和收集证据，查明案件事实真相，对应否追究刑事责任的犯罪嫌疑人提出起诉意见或撤销案件的侦查活动。但实际上呢，预审是藏锋藏智藏势，斗智斗勇斗心，揭穿谎言、还原事实，是拿语言当武器，硬过水滴石穿的柔软、快过绳锯木断的缓慢，七十二变对三十六变，一句顶一句，一环扣一环，靠思维逻辑来判断供述的清白，靠推理判断来找寻漏洞和切入点。我告诉你，预审不仅是科学，更是技术活儿！”他激动起来，仿佛在为预审正名。

“那你知道什么是心测吗？心测的目的是揭穿谎言、还原事实，人在说谎时有许多特点，说话，结巴、不连贯、停顿次数过多、转折不当、重复词过多，以获取思考、编造的时间；出现生理变化，皮下汗腺分泌增加导致出汗，双眼之间或上嘴唇出汗，手指、手掌出汗尤为明显，脸红、呼吸改变；还有不易察觉的生理变化，如肌肉张力紧绷或颤抖，脉搏加快，血压升高，血输出量增加，眼睛瞳孔放大，胃收缩，消化液分泌减少，口腔干燥，舌、唇干涩等；最直接的是肢体动作变化，也就是体态语，情绪暴躁、手舞足蹈，或者抓耳挠腮、腿部抖动，等等。这不是科学吗？这不比你那套玄妙的理论更有说服力吗？”方小罗也一口气说完。

两人针锋相对、势均力敌，把副测员都给看傻了。那海涛没想到，今天竟然碰上了对手，而且还是个二十多岁的小姑娘。

这时，测试室的门开了，郭局走了进来。

“干吗呢？这么大声？”他问那海涛。

“我……”那海涛一看是郭局，顿时软了下来。

“没事，郭局，一切正常。”方小罗打着圆场。

“哦，那你快点啊。我得加个塞儿，做完了还有事儿呢。”郭局挽了挽袖子，又退到了门外。

那海涛这下没话了，他犹豫了一下，坐回到椅子上。方小罗看着他，表情缓和下来。

“那警官，现在准备好了吗？”她问。

“准备……好了。”那海涛有气无力地说。

“好，那咱们继续刚才的程序。我们已经告知你测试仪器的性能和测试中的注意事项，这是《心理测试自愿书》，如果没有异议请在下面签字。”方小罗说着将“自愿书”递了过去。

测试正式开始，方小罗发问：“你叫那海涛吗？”

“是。”

“你愿意如实回答问题吗？”

“愿意。”

“你见过刘牧的案卷吗？”

“知道。”

“你将案卷带离过办公室吗？”

“没有。”

“你将案卷带回到家里吗？”

“没有。”

“你将案卷交给了别人吗？”

“没有。”

“你知道案卷现在的下落吗？”

“不知道。”

“你与刘牧有过私人交往吗？”

“没有。”

“你收受过刘牧的贿赂吗？”

“没有。”

“你知道赵利的下落吗？”……

半个小时后，那海涛走出了测试室，没想到郭局还等在门口。

“郭局，我……”他欲言又止。

“磨磨蹭蹭。”郭局摇了摇头，挽起袖子，走了进去。

不一会儿，里面就传出了方小罗的声音：“我们已经告知你测试仪器的性能和测试中的注意事项，这是《心理测试自愿书》，如果没有异议请在下面签字……”

“好。”郭局回答。

市局A座，副局长办公室，那海涛低着头坐在郭局面前。

“知道为什么要测谎吗？”郭局问。

“查清真相，摸清事实。”那海涛沮丧地回答。

“不止这些，还有排除嫌疑，轻装上阵，”郭局说，“这次测谎是我跟省厅领导提议的。只有通过测谎的人，才能继续参与办案。”

那海涛没说话，看着郭局。

“几个月前，潘江海在办理 D 融宝的案件中因违纪问题被停职了，到现在还被排除在办案序列之外，这次又加上赵利失踪、案卷丢失的事情，咱们局从上到下，都顶着巨大的压力啊。海涛，我相信你的为人，但咱们干警察的不是有句话吗？不能相信自己，也不能相信别人，唯一能相信的只有证据。所以，咱们首先要自证其清。明白吗？”

“嗯……”那海涛点了点头。

“我理解你的心情，但下次绝不能再耍态度。小罗是我从省厅请来的，是来帮忙的。下一步不排除你们俩要配合。”

“别别别，郭局，这个就算了吧。”那海涛摆手。

“怎么了？没自信了？”郭局问，“赵利已经失踪一个月了，这段时间，刑侦、治安、网安、技术，都在工作，连黎勇那边的‘鹰眼小组’也用上了。但很蹊跷啊，竟然查不到赵利的任何踪迹。从火车站、机场、长途车站以及高速站口反馈的情况来看，赵利很有可能还在海城。在找到他之前，这件事还不能贸然定性。”

“郭局，是我的失职。”那海涛低头。

“当然是你的失职，你是这个案件的第一责任人啊。案卷补侦之后为什么不送到市局档案室保存？作为直接领导，你是怎么掌握赵利思想动态和八小时之外生活情况的？”郭局毫不客气，“但是，就算案卷暂时丢失了，案子也决不能停。这案子是‘戴着帽’下来的，背后藏着多大的事儿，想必你也能预感到。现在刘牧被释放了，许多证人也不再配合，补充证据、重新达到起诉标准的难度很大。但只要有一线希望，咱们就不能让嫌疑人逍遥法外，让案件搁浅，明白吗？”郭局的眼里闪着光。

“明白。”那海涛点头。

“现在这起案件不是搁浅，而是暂时遇到困难，经侦那边在抓紧补证，法制那边也在跟检察院沟通，刘牧依然在被限制出境。只要重获证据，咱们就要重启案件。”

“郭局，我要求加入专案组。”

“不行，你得避嫌。相关规定你都懂，不用我多说了吧。”

那海涛没说话，叹了口气。

“下一步，我准备签发协查通报了。”

“给谁？赵利？”那海涛皱眉。

“这也是没办法中的办法，事到如今，咱们也别嫌丢脸了。”郭局摇头，“唉，你们这支队伍啊……”他有些感慨，“从市局二处四科、八科，一处九科，十处三科，到成立七处，又到预审支队。多少年了啊……记得当年严打的时候，只要一提‘半截路4号院’，一说‘七处’，哪个流氓混混不闻风丧胆？谁不知道你们预审的厉害。邢科长，龚培德，齐孝石，于连成，哪个在全国警界不是响当当的名提……记得你们刚搬回市局大院的时候，我还亲自给你们授了旗，公正，敬业，睿智，博学，这是专属于你们预审人的口号啊。”

那海涛默默听着，已经闻出味儿了，“郭局，您别说了，我都明白了。”

“你明白什么了？”

“您是不是要说，按照省厅警务改革的要求，预审支队要解散了？”

郭局看着他，一时无语，“不是解散，是合并到法制支队。”

“我要求前置，到派出所。”那海涛抢先一句说。

“去哪个派出所？”郭局问。

“去罗浩那个所儿吧，离我家近，要是没‘坑儿’了，其他地儿也行。”

“哼，人家申请前置到市中区，是为了孩子上学方便。你也没孩子，去那儿干吗？”郭局摇头，“去法制支队，虽然暂停你的领导职务，但保留级别。”

“郭局……”

“这是命令。”郭局加重语气。

那海涛没话了，缓缓地低下头，“我想问问，合并预审，跟丢失案卷有没有关系？”他又抬起头。

“胡扯，谁说的？”郭局冷下脸。

“是我的责任，是我害了预审。”那海涛激动起来，“还记得去年‘百城会战’的时候吗？我们支队那帮人整整一个多月没回家，一碰面儿警服都是馊的。但大家都没喊苦累，都觉得挺有干劲。在庆功会上您说过啊，预审是尖兵，其他警种无法代替，你没忘吧？还有‘307’专案，省厅预审都拿不下来的案子，我们十一个小时拿下了；还有‘419’杀人碎尸，我们变坐审为走审，从下水道发现了生物检材。郭局，我们支队得了 11 个集体一等功，25 个集体二等功，个人功、嘉奖、表彰不计其数，这些都不算数了吗？不是还说要给预审设立荣誉室呢吗？怎么说合并就合并了啊？”他眼中含泪。

郭局看着那海涛，没有反驳或安抚，同样也眼中含泪。他站起身来，拍了拍那海涛的肩膀，走出了局长室。那海涛再也忍不住了，泪流满面。

人是渺小的，特别是当一股大潮来临的时候，人就像一只漂浮在海上的小船，唯一能做的，就是随波逐流，避免沉入海底。警务改革如期而至，市局召开了全局民警的电视电话会议，正式宣布了直属单位的合并。特警与巡警、网安与情报、内保与文保、法制与预审……涉及十多个单位。在主会场上，那海涛作为原预审支队的班子成员，仰望着台上政治部副主任楚冬阳铿锵有力的宣布，感到心里有一个东西在重重地下坠。预审被并入到法制，成为下面的一个大队，单位级别不变，却不再属于市局直属。以前汇报案子能直接到郭局办公室，现在必须先向支队领导汇报。人员也被大幅度精简，原有的百人队伍，只保留不到五分之一,二姐、老马等人均被前置。那海涛因在停职期间，保留原有级别，并未任命新的职务。

在一个雨天，那海涛将最后一箱子东西搬出办公室，他回望着楼层张贴的“公正，敬业，睿智，博学”，眼睛一下就湿了。“洞悉黑暗，笃信光明，预审精神永存。”二姐那天的话回荡在他的脑海里。

被害人

国庆长假，天渐渐凉了，有时早晨上勤的时候，都得披件警服大衣了。要是在以前，那海涛很少能在节假日休息，没想到这个长假却只被安排了两个班，还是在广场上勤。领导职务没了，现在是大头兵一个，又因为之前的问题还没查清，法制支队也没给他安排新活儿。于是他就这么优哉游哉地闹中取静，一副与世无争的样子。

清晨，海城广场，秋风瑟瑟，游人很少。那海涛蜷缩在警车副驾驶的位置，把脚高高地跷在挡风玻璃前，一口一口地喝着水壶里的普洱茶。收音机里播放着轻音乐，阳光照在脸上，令人昏昏欲睡。这时，一辆警车停在他车旁，章鹏慌慌张张地下了车，敲响了他的车玻璃。

那海涛被吓了一跳，缓缓地摇开车窗。

“跟我走，来案子了。”章鹏一副急切的样子。

“来案子了，跟我有个屁关系？”那海涛撇撇嘴，又摇上了车窗。

“嘿！你怎么回事啊？”章鹏又敲响了玻璃，“是郭局让我来找你的。是刘牧的案子，刘牧的……”

一听这俩字儿，那海涛一把推开了车门。章鹏一不留神，被撞了个趔趄。

“你说是谁的案子？”那海涛披着警服大衣问。

“市南分局城中路派出所接到一个女孩报案，说自己被人强奸。刘牧就是涉案嫌疑人。”

“刘牧……”那海涛皱眉，“走，开你车去。”他说着就上了章鹏的车。

“你这岗呢，有人替吗？”

“狗屁岗，就是看花坛，让那些老头老太太搬走几盆没大事儿。”那海涛摆摆手。

城中路派出所辖区不大，2.6 平方公里，有八个居民社区，两万余户，七万多人的常住人口。所长胡铮是那海涛的同学，因为脑袋大在学校被起了个外号叫“大头”。两人赶到的时候，胡铮没在办公室，正和一帮民警在院里忙活着。

那海涛到院里一看，好家伙，真够热闹的。只见一个蓬头垢面的大汉正站在派出所的屋顶，手里拿着一把斧子在大声喊叫：“我这个人是属于国家的，身上有卫星扩音器，心脏里有卡尔蔡司的镜头，七十二个省会的追踪器都在我身上。你们干什么他们都知道！”

他凑到胡铮身边，拍了拍他的肩膀，“怎么茬儿，高科技人才？”

胡铮一看是他，摇头苦笑，“派出所不像你们，办的都是惊天大案，平时大都是些鸡零狗碎的事儿。这孙子是老病号儿了，又喝了点儿‘猫尿’，刚带回到所儿里就蹿上去了。”

“斧子哪来的？”章鹏问。

“后厨大师傅剁排骨用的，被他给抢走了。”

这时，两名保安攀着西墙上了屋顶，脚还没站稳，就让疯子几斧子给抡下来了。

“哎，那大名提，要不用你那预审策略试试？”胡铮说。

“扯淡，拿我开涮是吧？”那海涛撇嘴。

他想了想，伏在胡铮耳畔说了几句，胡铮就笑了，“就你丫鬼点子多。”

几分钟过后，等准备好了，那海涛一挺腰，走上前去，“哎，哥们儿，你怎么在这儿呢？”他装作惊讶。

“你谁啊？我不认识你啊。”疯子在上面喊。

“我老那啊，昨天咱俩还喝酒呢，你忘了？”他吸引着疯子的注意力。

“老那？”疯子诧异，“我……现在不能下去，他们……想害我！”

“谁想害你啊？”

“那些‘假便衣’，他们就在下面。”他认真地说，“他们一见着我就打，我手断过，鼻子也被打歪了。”他挺委屈。

“哪儿呢？我怎么没看见？”那海涛左右环顾。

“你看不见他们，他们都藏着。表面一套背地里一套，干事儿可损了。就在，这些人里头。”疯子大声喊着。

“谁啊？谁啊？”那海涛左右环顾，“你仔细看看是谁？我给你揪出来。”

“没戏，分不出来。那帮孙子可会藏了，说瞎话一套一套的，真的假的根本分不清。”

疯子被那海涛吸引了注意力，借此机会，那两个保安又摸上了房顶。他还没反应过来，两人就拽着绳子往前一兜，一下围住了他的腰。

“你们干吗！”疯子的话还没说完，就被兜下了房顶，那把斧子也甩出了手。胡铮赶紧上前，和大家一起将其制服。

“哥们儿，我们保证你的安全。要是查到谁是‘假便衣’了，你就报案。”那海涛上前拍了拍他的脑袋。

所长办公室里，胡铮给那海涛和章鹏沏茶倒水。

“怎么着，听说到法制了？”胡铮问那海涛。

“对，条件不错，有宿舍，活儿还不多。”那海涛大大咧咧地说。

“那以后我们送案子可方便了，找那队好使啊。”胡铮笑。

“没戏，我一大头兵，不给你丫走反托儿就是好事儿。”那海涛拿起茶杯，喝了一口。

“说说案子吧？怎么回事。”章鹏说。

“报案人叫陈梦，二十四岁，是海城芭蕾舞剧院的舞蹈演员，打110报案说被人强奸。我们让她上门报案，她还不来，非要见市公安局的大领导。没办法，就得劳你们大驾了。”胡铮说。

“怎么带出刘牧了？”那海涛看章鹏。

“我在电话里简单跟她做了个沟通，她自己说的。”章鹏回答。

“是那个刘牧吗？”

“牧野集团的董事长，还有第二个人吗？”

“有证据吗？监控，目击者，床单，精斑……”

“不知道啊，那姑娘什么都不说，就说要面谈。我一想，这事重大，得把您老给搬出来。”章鹏说。

“能约到她吗？”那海涛问。

“报完案就关机了，但她单位离这儿不远。”胡铮说。

那海涛想了想。“胡铮，你让民警探探，看她什么时候方便；章鹏，给我准备笔记本电脑、打印机、钢笔、A4纸和印油，还有《被害人诉讼权利义务告知书》。这事儿别张扬，你当我记录员。”他安排起来。

“得嘞，那三斧子出马，我全力配合。”章鹏笑。

晚上八点，那海涛和章鹏带着一名女警，随胡铮来到了城中西街。胡铮往前指了指，不远处有个低矮的白色建筑，远远地就能看到门前“天鹅湖”的海报，那就是海城市芭蕾舞剧院。为了保护被害人隐私，那海涛和章鹏并未穿制服，在二楼的练功房里，他们看见了那个女孩。舞台很黑，中间只有一束灯光，她穿着一身白色的芭蕾服，正在台中间婀娜起舞。在舞台上还有另一个黑衣的男舞者，正在用一个巨大的黑袍裹挟她。她一次次地逃脱，又一次次被裹挟其中，在经历三次之后，她终于挣脱了束缚，摆出了一个天鹅的造型。

这是《天鹅湖》经典的段落，那海涛曾和齐欢不止一次看过。陈梦的表演很到位，她诠释的那个奥杰塔公主，在恶魔罗特巴特的诅咒下，变成了一只天鹅，只有在深夜才能变回人形。陈梦的条件很好，四肢修长，身材曼妙，完全符合芭蕾舞演员“三长一小一高”的要求，“开、绷、直、立、轻、高、快、稳”，表演也十分到位。芭蕾是用肢体语言诠释的诗歌，那海涛不忍打扰，直至她一曲跳完，才让胡铮把她叫过来。

“你是陈梦吧？”那海涛问。

“你们是市局的？”陈梦反问。

“嗯。”那海涛点头。

“谢谢你们。”陈梦伸出手。

那海涛与之相握，感觉那手纤细、修长、冷且干燥。

“在这儿……不方便吧。”那海涛提醒。

“去我办公室吧。”陈梦轻声说。

那海涛没弄明白，为什么陈梦要选择在自己的办公室。一般性侵类的案件，被害人为了保护隐私，都会远离家人、同事或朋友，但陈梦却反其道而行之。虽然过了下班时间，剧院的办公区依然有不少人，陈梦并不跟他们打招呼，带着那海涛他们进了屋。

在办公室里，那海涛和章鹏坐在她对面，随行的女警站在后面。桌上摆着一张她表演芭蕾舞时的照片，她摆出一个天鹅的造型，背景漆黑，身影洁白。

章鹏打开笔记本电脑，那海涛宣读了《被害人诉讼权利义务告知书》。陈梦显得很平静，她穿着一件黑色的风衣，脚下蹬着一双红色的高跟鞋，肤色在日光灯下显得苍白，消瘦的脸上没有一丝表情。

“你们能替我做主吗？”陈梦问。

“无论是什么人，无论他的职位和地位，只要触犯了法律，我们一视同仁。”那海涛回答。

“嗯……希望真能如此。”陈梦点头。

“你之前认识他吗？”那海涛问。

“不认识。”

“不认识怎么知道是牧野集团的董事长？”

陈梦叹了口气，缓了缓情绪才说：“我们剧院不景气，一直没有演出，这半年除了基础工资，其他都发不出来了。没办法，我就到夜店去打工。哦，就是离这儿不远的‘夜归人’夜店。”她下意识地抬手指了指。

“做什么？”

“陪酒。”陈梦用手拢了一下头发，毫不避讳。

“做多久了？”

“不到一年吧。”

“什么性质的陪酒？”

“什么性质？”陈梦皱眉，“你是不是觉得，我是那种女孩呢？”她的眼里露出幽怨。

“对不起，我是在客观询问，请你如实回答。”那海涛说。

“我只坐台，不出台。”陈梦看着那海涛，眼里闪出一种光。

“嗯，”那海涛点头，“这么说，刘牧是你的客人？”

“嗯。”陈梦点头。

“说说具体情况吧。”那海涛冲她抬抬手。

“半个月前的周五，应该是晚上十点左右，经理说来了一个重要的客人，让我和几个女孩过去。他五十多岁，是很挑剔的那种客人，差不多选了两三拨吧，都没有中意的。后来点中了我，在那个‘888’的包间，他就让我喝酒。”

“之前坐过他的台吗？”

“没有。”

“你怎么知道他的姓名？”

“他给我拿了名片，就是这个。”陈梦说着拿出一张名片。

那海涛接过来看，上面印着，“牧野集团董事长，刘牧”。

“仅凭这个，能认定是刘牧本人吗？”那海涛问。

“他还开了一辆车，我记得车牌，尾号是四个8。”

“什么车型？”

“比较高级的那种奔驰，叫……迈巴赫吧。”陈梦说。

那海涛用手指点了点桌面，示意章鹏记下。

“说一下过程。”他用温和的语气问。

陈梦叹了口气，摸出一支女士烟，“对不起，可以抽吗？”她问。

“你随意。”那海涛抬抬手。

陈梦点燃了香烟，缓缓地喷吐了几口，回忆着，“刚开始他显得挺正常的，言谈举止穿着打扮都像个大老板的样子，他让我喝酒，自己却不喝。我问他玩骰子吗？他也不玩。气氛挺闷的，我就点了几首歌，自己唱。后来他问我是干什么的，我就说是跳芭蕾的，他似乎挺好奇的，就让我给他跳。在那个场合，我觉得很奇怪，就拒绝了他。他有点不高兴，就从包里掏出一大摞钞票，拍在了桌上。我有些犹豫，他就又拿出一摞。最后我就跳了，可笑吗？在那种地方。”她夹着烟的手有些颤抖。

“接着说。”那海涛说。

“他就在那看着，什么也不干，只要我停了，就又掏出一摞钞票拍在桌上。后来我累了，没注意把腿磕在了茶几上，才停住。但他还是不依不饶，继续拍钱让我跳。”

“他拿了多少钱，都给你了吗？”那海涛问。

“差不多两三万吧，我没仔细数，都在这儿。”她说着拉开抽屉，露出一摞钞票。

“然后呢？”那海涛问。

“然后他就结账埋单了，还要送我回家。我本来不愿意，但腿磕伤了，就答应了他。”

“除了腿磕伤了，有没有想认识他的想法？”那海涛问。

陈梦没马上回答，深吸了几口烟，把烟蒂捻灭在烟缸里。“嗯。”她点了点头。

那海涛看了一眼章鹏，示意他记下。

“后来发生了什么？”那海涛问。

“后来……”陈梦说不下去了，胸口起伏着，像在极力抑制着自己的情绪。

“不要有顾虑，说出实情，我们会对你的隐私保密，涉及的案情也不会公开。”那海涛说。

“我租的房在翠屏西里，距‘夜归人’只隔着两条街。那天我喝得有点多了，迷迷糊糊的，坐在后座上睡着了。等醒来的时候，发现他根本没把车开到我家。”

“开到了什么地方？”

“当时我不知道，到的时候才发现，在市北区银河大桥附近。”陈梦的声音很低。

“发生了什么？”那海涛放缓语气。

“他强奸了我。”陈梦抬起头，直视那海涛的眼睛。

“什么时间？”

“大约在凌晨。”

“说一下过程。”那海涛说。

“怎么说过程？要多详细？需要说细节吗？”陈梦的眼泪滑落下来。

“你要知道，你说得越详细，我们办起案来就越有底气。如果你觉得不方便，我可以让我们的女同事代为记录。”那海涛说。

“不用。”陈梦摇摇头，她沉默了一会儿，详细说出了过程。

“有目击者吗？”那海涛问。

“没有……”陈梦摇头。

“他在你的衣服上留下痕迹了吗？”

“留下了。”陈梦的眼泪流了下来。

“当时的衣服呢？”

“洗了。”

那海涛审视着陈梦，“他当时穿什么衣服？”

“穿一件黑色的西装，下面是……蓝色的牛仔裤。”

“戴手表了吗？”

“戴了。”

“什么牌子？”

“我不认识，但是那种表盘很大的手表。”

“腰带呢？”

“爱马仕的，‘H’很大。”

“还有什么细节，你好好想想。比如他身上还有没有其他的特征。”

“其他……我不记得了。”陈梦摇头。

“还有几个隐私的问题，得向你核实。比如，你那天穿什么内裤，是什么颜色？”那海涛说。

“哼……”陈梦冷笑了一下，她起身走到一旁的衣架，从一个棕色的书包里取出一个密封袋，“这是我当天的内裤，他应该在上面留下痕迹了。”她冷冷地说。

“好，我们会取样检测。一会儿你还得配合我们做个辨认笔录。”那海涛说，“还有一个问题，为什么现在才报案？”他又问。

陈梦没说话，她低下头，沉默着，“你们觉得我脏吗？”她突然问。

“什么意思？”那海涛没懂。

“这个世界，没有谁是干净的，但这并不意味着，他们可以践踏我的尊严。你们，真的能把他抓起来吗？”她看着那海涛，眼神又露出那种光。

“你不要害怕，如果刘牧真的涉嫌犯罪，我们一定会将他绳之以法。”那海涛一字一句地说。

“希望你答应的事情，能够做到。”陈梦看着，那表情无助又倔强。

回程的路上，那海涛摇开了车窗，夜风很冷，他点燃一支烟，默默地吞吐着。

“什么感觉？”章鹏开着车问。

“什么什么感觉？”那海涛反问。

“那个女孩啊。”章鹏用余光看着他。

“什么感觉不重要，重要的是证据、鉴定结果。”那海涛说。

“就算内裤上的精斑是刘牧的又能说明什么？她是有偿陪侍，拿了那么多钱，怎么能确定不是性交易？”章鹏说。

“只要违背妇女意志，就是性侵，你不懂吗？”那海涛看着章鹏。

“万一是个局呢？仙人跳。”

那海涛没说话，默默地抽烟。

“别忘了，刘牧还有政协委员的身份，要想传唤他，得先上报市局。再加上之前被检察院释放，现在这个当口……”章鹏摇了摇头，“可不是好时机。”

“那你的意思呢？逐级上报，等候指令。然后权衡利弊，从大局出发？”

“嘿，你别断章取义啊，我可不是那意思。那按你的意思呢？”

“我的意思是，回你的刑警队，开传唤，先办了丫再说。”那海涛表情认真。

“当真啊？”章鹏皱眉。

“废话，辨认结果都出了。不传他，怎么做DNA取样鉴定？”

“行，但咱得拐个弯，让胡铮申请传唤，这符合程序。”章鹏面露狡黠。

“掉头，回派出所。”那海涛拍着章鹏的肩膀说。

几个人行动迅速，在凌晨前已经办好了传唤手续。刘牧住在东郊的银湾别墅区，驱车半个多小时就到达了。这次行动章鹏要了个把戏，美其名曰是刑侦支队配合城中派出所行动，由胡铮带队。这样就巧妙地把那海涛隐了起来。几个人没通过物业，径直奔向了位于别墅区中心位置的C3栋，几个月前，他们就是在这儿拿下的刘牧。记得当时这孙子穿着睡衣，被戴上手铐的时候浑身颤抖，被吓得就差尿裤子了。今天，还得再来这一出！那海涛发狠地想。

别墅是一栋三层的建筑，面积在五百平方米上下，地库能停两辆汽车。一般外出，刘牧都开着那辆尾号四个8的黑色迈巴赫。抓捕人员分为四组，一组开门，进门后负责一层的搜查，同时防止嫌疑人从地库驾车逃走；二组直奔二层卧室，负责重点抓捕；三组奔三层，负责抓捕，如二组得手，三组立即变任务为搜查；四组则负责在外围堵窗和机动。要说审人，章鹏比不过那海涛，但要论抓人搜查，刑警们可是手到擒来。准备就绪，章鹏一声令下，四组开始行动。

一个年轻刑警贴到门前，拨弄了几下门就开了，第一组率先摸了进去。他们穿着软底的警用鞋，进去的时候压住声响，几个人分别持枪奔向一层的门厅、厨房、卫生间和阳台，同时守住了车库的入口。二组、三组鱼贯而入，沿着楼梯分别上了二层、三层。四组则分散开来，呈网状隐匿在别墅四周。行动分工明确、配合默契，也就两三分钟的时间，各组就摸清了情况。

“二层四个卧室，没有人。”二组组长在电台里报。

“三组呢？”章鹏在电台里喊。

“三层书房、健身房、影音室、露台，没有人。”三组组长回答。

“地下酒窖、洗衣房、车库，没有人。”一组组长跑到章鹏身边说。

除了必要的警戒人员，刑警们陆续聚拢在一层大厅。章鹏叉着腰，有些沮丧。

“这孙子是不是闻见味儿了？”他歪着头问那海涛。

“车呢？车开走了吗？”那海涛问。

“没开走，一辆迈巴赫，一辆埃尔法，都在地库。”一组组长回答。

那海涛抬腕看表，时间已经到了凌晨。

“会不会刷夜去了，还没回来？”章鹏又问。

那海涛没说话，仰头想了想，“我看这样，这里留一组人，守株待兔。剩下的人分成两队，一队去他公司，另一队去他在香格里拉酒店的长包房。今晚务必得把他薅住！”

“行，按那大名提的指示办。兄弟们，听明白了吗？”章鹏问刑警们。

“听明白了。”刑警们异口同声地回答。

“行动。”章鹏一声令下。

抓捕刘牧的行动整整持续了一夜，牧野集团总部、牧野集团第二办公区、香格里拉酒店顶层的长包套房，以及刘牧律师、关系人的家，行动组掏了一个遍。仍一无所获。刘牧就像提前接到通知一样，人间蒸发，没留下一点踪迹。行动是开弓的箭，只要开始就没有回旋余地。章鹏和那海涛分头行动，连夜联系治安、网安、技术等部门，分别调查刘牧的乘车、乘机轨迹，旅店业登记，刑事、行政拘留记录，依然毫无结果。直到日上三竿，抓捕行动宣告失败。

“大爷的，这孙子去哪了？”章鹏蹲在早点摊的凳子上，面带懊恼。

“因为这点儿事儿就匿了、遁了，按说不至于啊……”那海涛用手有节奏地敲着油腻腻的桌子。

“事到如今，得向郭局汇报了。”章鹏叹气。

“嗯，主意是我出的，责任也由我来担。”那海涛端起碗，唏哩呼噜地喝完最后几口豆腐脑。把碗往桌上一蹾，摆出一副大义凛然的样子。

“扯淡，你丫现在没现职，责任你负？哼……郭局信吗？你一法制支队的，能调动得了刑警？”章鹏摇头，“我看啊，咱们也别藏着掖着了，有话直说，就是想拿这个案子再把刘牧兜进去，于情于理于法都没问题啊。我想郭局也不会太为难咱们。”

两人正说着，那海涛的手机响了，他一看，是胡铮的来电。

“喂，大头，怎么了？什么？”那海涛惊讶，“好好好，我们马上过去。”他说着挂断了电话。

“怎么了？”章鹏问。

“城中派出所接到一名嫌疑人自首，说自己强奸了芭蕾舞剧院的舞蹈演员陈梦。”那海涛说。

“什么？”章鹏睁大了眼睛。

在城中派出所的审讯室里，坐着一个中年男人。他四十出头的年纪，面色白净，一脸的书生气。上身穿一件黑色的西装，下面穿蓝色牛仔裤，腰间系着一条大“H”的爱马仕皮带。

那海涛和章鹏端坐在他对面。那海涛昂着头，直视着他，手指有节奏地敲击着桌面。

“你是来自首的？”他问。

“是。”那人微微点头，躲闪着那海涛的眼神。

“叫什么名字？”

“我叫郝仁。”

“来自首什么问题？”

“半个月前的周五，应该是晚上十一点多，在市北区银河大桥附近，我强奸了芭蕾舞剧院的舞蹈演员，陈梦。”郝仁像背书一样地说。

“哎哟喂，够详细的啊。时间，地点，人物，事件，全都齐。”那海涛点头。

“说一下陈梦的情况。”那海涛自顾自地点燃一支烟。

“女的，二十多岁吧，是个陪酒的。”郝仁边想边说。

“怎么认识的啊？”

“在歌厅里认识的，夜归人，她出我的台。”

“哦……”那海涛点头，“听说那消费可不低，你是干吗的啊？”

“我是……”郝仁想了想，“公司职员。”

“什么公司啊？”那海涛有节奏地弹着烟灰。

“牧野集团的。”

“哎哟，是不是刘总那公司的啊？”那海涛明知故问。

郝仁没说话，微微点头。

那海涛跷起二郎腿，拿出手机拨弄了一会儿，“嘿，你说自己是普通职员？”他盯着郝仁问。

“是……是啊。”郝仁说。

“那怎么新闻上说，牧野集团行政副总裁郝仁莅临指导……”那海涛一字一句地念着。

“嗐，都是虚名，我就是个打工的。”郝仁低下头。

那海涛拿眼瞥着郝仁，突然就笑了，“自首就自首，有必要穿得跟作案时一样吗？还是半个多月了没换衣裳？哎，章警官，你说这算是人赃俱获了吧？”他转头问。

“可不，估计从这到看守所，直通车了。”章鹏捧哏。

郝仁的手有点抖，陷入了沉默。

这时，胡铮推门进了审讯室，把一摞材料和一个塑料袋递给那海涛。那海涛把塑料袋放在桌下，看了看材料，心里有了谱。

“哎，郝仁，你也四十多岁的人了。知道自己犯这事儿的后果吗？”那海涛加重了语气。

郝仁抬起头，看着那海涛。

“以暴力、胁迫或者其他手段强奸妇女的，处三年以上十年以下有期徒刑。情节恶劣并造成严重后果的，要处十年以上有期徒刑。你做好准备了吗？”那海涛质问。

“我……”郝仁咬着嘴唇，“我那天酒后乱性，没控制自己。我认罚，我愿意给受害者赔偿。”

“哼，认罚。你态度是真不错啊。但你考虑到自己亲人的感受了吗？”那海涛翻着材料，玩起了政策攻心。

“看你的履历，也是个高学历的管理人才。在公司平时也是跟着刘牧鞍前马后吧？”他一语点破，“你老家在孟州，十八岁考到海城大学，学的是金融管理，高考成绩是你们县里的第一名。毕业之后又考了研，从小公司一步步干起，三年前到牧野国际任职，同年结婚，去年把父母也接到了海城。郝仁，本来按照这个轨迹，你的日子该是越来越红火。但如今你这么做，值吗？你对得起你怀着孕的妻子吗？你还有脸面对自己年迈的父母吗？”那海涛加快了语速。

郝仁如坐针毡，把两只手交叉在一起。

“我问你，你那天喝酒了吗？”那海涛问。

“我……喝酒了。”郝仁回答。

“喝酒怎么开的车？”

“我……我没喝太多。”他改了口。

“夜店显示，你一共消费了2154元。回答我，你要了多少瓶啤酒？自己喝了多少瓶？”那海涛揪起细节。

“我……喝了……我记不清了。”郝仁摇头。

“给小费了吗？”

“给了。”

“给了多少？”

“得……一两万吧。”

“现金，支付宝，还是微信？”那海涛加快语速。

“是……现金，对，现金。”

“钱从哪提的？”

“钱……不是当天提的，具体哪天忘了。”

“开的什么车？”

“开的，是一辆老款的迈巴赫。尾号是四个8。”

“是你的车吗？”

“不，是老板的车。”

“老板的车怎么到你手里的？”那海涛越问越快，一句顶一句。

“是……是老板……老板当天让我帮他挪车，结果我就把他的车开走了。我那天心烦，就到夜店喝酒，喝多了，就干出这事了。真的，真的！”郝仁语无伦次。

“别停！继续说啊。”那海涛不依不饶。

“你侵犯她的时候，她喊了吗？”那海涛又问。

“喊了。”

“喊的什么？”

“大概就是救命什么的吧。”郝仁含糊其词。

“她当时穿什么衣服，什么裤子？”那海涛攻起了细节。

“穿……驼色的上衣，蓝色的牛仔裤。”郝仁气喘吁吁。

“内衣呢？”

“内衣……就是普通内衣呗。”

“从文胸说起，是黑色，还是白色？”

“是……黑色吧？”郝仁有些犹豫，下意识地看着那海涛。

“看我干吗？问你呢！”他拍响了桌子。

郝仁汗如雨下，“哦，是黑色。”他肯定。

“内裤呢？”那海涛继续问。

“警官，我都说了，我喝酒了，大黑天的我哪能看得那么清楚啊……”郝仁耍赖。

“没看清楚？那为什么受害人说，侵犯她的人是个变态，不光强奸了她，还扯掉了她的内裤。”那海涛说着从桌下拿出了一个透明的塑料袋，里面装着一个深蓝色的内裤，“是这条吗？”他大声问。

“是，就是这条。”郝仁赶忙点头。

“再问一遍，是这条吗？是深蓝色的吗？”那海涛把塑料袋放在郝仁眼前。

“是！是！我肯定！”郝仁点头如鸡啄米。

那海涛啪的一声拍响了桌子，“郝仁，你跟我这儿玩儿呢是吗？你把我们派出所后厨大师傅给强奸了吗？这是他的内裤！”他抛出了谜底。

他这么一说，章鹏没忍住，“扑哧”一下乐了，“我天，你小子还是重口味儿啊。”

“你不知道你家门口有监控吗？不知道我们可以通过刑事技术还原嫌疑人留下的痕迹吗？不懂 DNA 鉴定吗？”那海涛连发三问。

他这么一说，郝仁愣住了，眼睛直勾勾的，手足无措。

“说实话，到底怎么回事？”那海涛步步紧逼。

“我……”郝仁动摇了。

“还用我向你亮明证据吗？郝仁，我们不是第一天当警察了，你现在已经犯了伪证罪。包庇涉嫌强奸的犯罪嫌疑人，也要受到法律的惩处。我最后给你一个机会，说，到底是谁？”那海涛拍山震虎。

郝仁不说话了，默默地咽了口吐沫。

“行，不说是吧。那行，一会儿我就给你开刑拘，然后马上通知你的家属。先闹你个满城风雨，再定你的伪证罪。不是想跟我们玩儿吗？那好，我们就陪你玩儿到底！”那海涛说着站了起来。

“等等！”郝仁叫住了那海涛。

“怎么？”那海涛看着他。

“能给我一支烟吗？”郝仁说。

“烟我们有，但现在你还没资格抽！实话实说，从轻的条件除了自首之外，检举揭发也能立功。”

“唉……”郝仁重重地叹了口气，“我说，我是替人顶罪的。”

“替谁？”那海涛打了个手势，让章鹏记录。

“牧野集团的董事长，刘牧。”

“交换的条件是什么？”

“他给我三百万。”郝仁说，“我……也是鬼迷心窍了。”他沮丧地用手抱住了头。

“收了吗？”那海涛问。

“没有。”郝仁抬起头。

“陷得深不深？”那海涛又问。

“不算……深吧。”郝仁有点恍惚。

“如实供述，希望你还有救。”那海涛说。

经过简要的汇报，那海涛和章鹏走出了郭局的办公室。正值午后，窗外的阳光洒在楼道的地面上，让人觉得神清气爽。如果没有刘牧指使郝仁顶罪这个骚操作，仅凭陈梦的报案，是不足以认定刘牧的嫌疑的。毕竟陈梦做的是有偿陪侍，还收了三万一千多元的小费，刘牧完全可以辩称这是嫖资。但这孙子晕了，或者是在得知陈梦报案后慌不择路，于是才出了这个掩耳盗铃的昏招。郭局指令，改传唤为拘传，立即抓捕刘牧。现在要做的，主要是三点，一是尽快找到刘牧，将其绳之以法；二是固定证据，凿实相关人员口供，调取监控录像，走访目击群众，在抓捕刘牧后进行DNA比对；三是要保证陈梦的安全，防止刘牧狗急跳墙。

两个人边走边分工，还没出楼门就给胡铮拨打了电话，要求他尽快找到陈梦，将她保护起来。但谁也没有想到，就在这个关键时刻，陈梦出走了。

在芭蕾舞剧院的办公室，那海涛见到了陈梦留下的一封信：

“我总觉得自己是株植物，永远都不想开口说话，在没人关注的地方默默生长，用一辈子的努力去延向触不到的天空。小的时候，我觉得这个世界是干净清澈的，所有的花都能盛开，所有的黑夜都会过去。但现在呢，这个世界这么肮脏，没有谁是干净的，但这并不意味着，他们可以践踏我的尊严。芭蕾是诗，不是杂技，芭蕾为灵魂而舞，不为五斗米折腰。我不配继续留在这里，所以离开了。善良至上，罪恶受罚，希望你答应的事情，能够做到。——陈梦”

那海涛看着信，觉得这封信似乎是留给自己的。“希望你答应的事情，能够做到。”他仿佛看到了陈梦那无助却倔强的表情。

“她是什么时候走的？”那海涛问。

“报完案以后，没多久就走了。我们问过剧院，她请了一个月的探亲假，走的时候提着箱子。”胡铮说。

“查她的通话记录，看看是不是受过威胁。”那海涛在办公室里踱着步，“哎，刘牧怎么知道她报案了？”他不解。

“我哪知道。”胡铮摇头。

那海涛来到陈梦的办公桌旁，看到垃圾筐里装着好几个纸团。他俯身拿起一个纸团，打开一看，上面用红笔写着“婊子，快滚出我们剧院”，他又拿起一个，上面写着“请不要玷污芭蕾的圣洁”。

“这是……”那海涛回头问胡铮。

胡铮耸耸肩，“还能有谁，那些同事呗。”

那海涛把纸团丢回到垃圾筐，看着桌上摆着的那张照片。陈梦摆出一个天鹅的造型，身姿很美。那海涛犹豫了一下，把照片放进了自己的包里。

又是黑夜，万籁俱寂，有人说以凌晨为界能划分人的理性和感性，那海涛深以为然。过了凌晨，他依旧辗转反侧，于是便开了一瓶凉啤酒，把两片褪黑素送进嘴里，但耗了半天，也没有效果。他满脑子都是陈梦的表情和脚下那双红色的高跟鞋。他索性披上了衣服，出了家门。

凌晨的街头安静寂寥，洒水车经过，空气是潮湿的。那海涛缓缓地走着，觉得很疲惫。近期发生了太多的邪事儿，有无数个碎片在等待拼接。他不知不觉地走到一间快餐店的门前，这里和派出所一样，24 小时营业。他要了杯咖啡，靠在一个高背椅上向外看着。快餐厅并不像想象中的那么冷清，流浪汉和夜不归宿者将这里视为乐园。他们与服务员达成了一种默契的平衡，互不侵犯，有时还会协助做些收拾垃圾的工作。那海涛默默地看着，习惯性地揣测着他们背后的故事，而他们也在默默地看着那海涛。

那海涛喝完咖啡，刚想离开，就听到手机在响，低头一看，是一个陌生人在加他的微信。他刚想拒绝，突然看到了上面备注的两个字，“刘牧”。他立刻清醒了，却没有马上“接受”，而是拨打了章鹏的电话，要他立即做好追踪的准备。布置完之后，那海涛稳了稳情绪，才加了好友，同时打开了手机的录屏功能。

“嘀嘀嘀……”刚加完好友，对方就要求视频通话，那海涛没再犹豫，按下了“接通”。

那人果然是刘牧，只见他穿着一身灰白色的衬衣，表情阴沉傲慢，似笑非笑。

“那警官，刷夜呢？”别看刘牧是个大老板，却是一嘴的市南口音。他草根出身，白手起家，身上有浓浓的江湖气，这些年凭着底层的油滑和狡黠一步步登高，在海城商界有“草莽人士”之称。

“刘总，你在哪儿躲着，干吗这么怕见我们啊？”那海涛问。

“没躲着啊，现在不是见你了吗？”刘牧说，“哎，我真希望咱们之间别有那么多的误会和怀疑，就像几个月前在饭局上一样，谈谈理想，聊聊人生，多好啊。”

刘牧之所以有那海涛的电话，是因为在上次抓捕刘牧之前，为了探听虚实摸清情况，那海涛曾奉命潜入刘牧的饭局。

“你现在在哪儿？”那海涛问。

“我在哪儿，你管不着。我今天找你，就是想跟你说说那件事儿。”刘牧正色。

“哪件事儿？你事儿多了。”那海涛撇嘴。

“哼……你们这帮警察，是不是看见比你们混得好的，就心里难受啊？非要把我往死里整？”

“甭说废话，要心里没鬼，就别当缩头乌龟。”那海涛使用激将法。

“哼……就因为一个小娘儿们的诬告，你们就大张旗鼓地到处坏我。这不是报复吗？”刘牧皱眉。

“你可以自证其清啊。开个记者会，介绍一下情况。”那海涛说。

“我可没跑，我是临时有事出个差。”刘牧辩解。

“别扯淡了。我看那下三烂的事儿就是你干的。行啊刘总，身体不错，荷尔蒙分泌过剩。”那海涛故意激他，同时给章鹏发出信息，要求尽快定位。

“我告诉你，我是被冤枉的。那个女的陷害我。”刘牧板着脸说。

“凭什么这么说？她为什么要无缘无故地陷害你？”

“我怎么知道，成功者就是会被人嫉妒的。再说了，你以为我会对一只‘鸡’下家伙？”

“半个月前的那个周五，你去没去过‘夜归人’？”

“我去过啊。”

“找过陈梦当你的陪侍没有？”

“找了啊。”

“你给她小费了？”

“当然，我能白让人家劳动吗？我们要尊重劳动者啊。”

“之后你送她回家，然后在车上强奸了她？”

“没有。”刘牧矢口否认。

“你怎么证明自己没有？”

“你怎么证明我有呢？”刘牧有些激动，“我今天跟你视频，就是想告诉你，我是被冤枉的，请你们不要不依不饶。哎，或者你这样，让那个小娘儿们跟我对质，她敢吗？”

那海涛不知道陈梦的出走是否与刘牧有关，于是便岔开了话题，“你跟她发生过关系吗？”

“当然没有。我有洁癖，不会招惹这种女人。”刘牧不屑，“那警官，你知道有多少女人往我身上扑吗？我能看得上她？笑话。你是不是觉得跳芭蕾的女孩就纯洁啊？扯淡。什么高雅和低俗，在舞台，在歌厅，不都是看女人大腿吗？”

“那你觉得，她为什么举报你？”那海涛故意拖延时间。

“为了钱啊！像她这种女孩，为了钱什么事都干得出来。敲诈，勒索，报案，再私下调解。你是警察，不用装傻吧？”刘牧说，“我承认，我睡过的姑娘不少，但那又能如何呢？我们是各取所需，等价交换。现在的女孩都很现实，物质、相貌、权力，都想拥有。她们远比你们想象的复杂。当然，她们也会对男人产生依赖，从生理的角度来说，只要上了床，女人就开始分泌催产素，所以动不动就想以身相许；而男人呢，分泌的是睾酮，考虑的是爽不爽。这是雄性动物的本能。所以成功者，交配的机会就多；失败者，就丧失交配的权力。这是自然法则啊。”他大言不惭，“哎，你不觉得，这件事蹊跷吗？如果真是我半个月前性侵了她，干吗最近才报案？”

“你怎么知道她报案的？”那海涛问。

“这个……无可奉告。”刘牧轻笑，“给你讲个事吧。以前我去内蒙古，参观过一个现代化的屠宰场，屠宰的过程是全机械化流水线，淋浴、击晕、宰杀、放血、去头去蹄、剥皮，只要羊一进去，出来就成了肉制品，肉片、肉块，一气呵成。过程一点都没觉得残忍，反而很高科技。在里面呢，有四头澳大利亚的领头羊，它们的任务就是将羊群引入流水线，然后再回去给下一拨引路。久而久之，这几只羊都出了心理问题，屠宰场的人还要想方法给它们做心理疏导。呵呵……”刘牧笑了起来。

“你说这个是什么意思？”

“我是想问你，在这个过程中，谁是好人，谁是坏人，谁是被害者，谁是作恶者，谁是助纣为虐者，谁又是始作俑者？”刘牧盯着那海涛。

那海涛没说话，琢磨着刘牧的意思。

“这个社会仇富，嫉妒成功者，自己得不到的也不希望别人得到。一个商人，性侵了一个柔弱的女孩，然后你们警察秉公执法，将商人送进监牢，是不是这样你们才能有成就感？或者说，这样才符合你们想象中的逻辑？”

“警察办案，一切讲证据。重证据、轻口供，是我们的原则。”

“唉……”刘牧叹了口气，“我曾经啊，也相信这个世界是好的，也相信黑白善恶泾渭分明。但慢慢地，你就会明白，黑白对立、正邪对立、好坏对立，认为万事万物都有非常清晰的两极，只是最初的幼稚而已；这个世界其实充满着灰色地带，为人处世也要学会灰色的哲学，事物的两极，其实不过正面反面的整体，可以相互转化，正就是反，反就是正。”

“太高深，我听不懂你说的意思。”那海涛不为所动。

“哼，那警官，该说的我都说了，其他的你自己琢磨吧。”刘牧说着就挂断了视频。

那海涛赶紧回拨，却发现对方已经把他拉黑了。他拨通了章鹏的电话，章鹏说经过技术追踪，刘牧已经不在海城了，但具体在哪儿，还没有追查到。那海涛气愤地跺着脚，在黑夜里咒骂着。

次日清晨，那海涛和章鹏来到了海城足球场。清晨下了一场小雨，座位上湿漉漉的，球场空空如也，只有一两个清洁工在远处扫着地。

“你说刘牧有多次来这儿的轨迹？”那海涛问。

“是的，同时陈梦也来过这儿。”章鹏说。

“什么意思？”那海涛不解。

"两人的轨迹多次在这儿重合，每一次都是有球赛的时候。"章鹏说。

"会是巧合吗？"

"哼……除非两人都是狂热的球迷。"章鹏撇嘴。

"这意味着什么？"

"起码说明，两个人都没说实话。"

"嗯……"那海涛点着头。

"昨天他用的是虚拟 IP 地址，很难查到。哎，我还查了那个女孩的轨迹，不简单，有多个开房记录。"

"有和刘牧一起的吗？"那海涛侧目。

"没有，都没登记过同房人信息。"章鹏想着，"这事儿邪了。报完案，被害人躲了，没定罪，嫌疑人也遁了。哎，刘牧找你什么意思啊？投石问路？自证清白？"

"我觉得还有第三层意思，那就是混淆视听，浑水摸鱼。哎，那个郝仁怎么着了？"

"又挖了挖，替罪羊一个，没什么价值。等明天再过一堂，就放了吧。"章鹏说。

"盯着点儿他。"那海涛提醒，"哎，工业化流水线屠宰羊，每天杀戮众多生命，但引导羊群进入流水线的领头羊可以不死。我问你，在这个过程中，谁是好人，谁是坏人，谁是被害者，谁是作恶者，谁是助纣为虐者，谁又是始作俑者？"那海涛问。

"这都……什么乱七八糟的。"章鹏一头雾水。

"要想获得答案，咱们还得先找到陈梦。"那海涛说。

根据陈梦的日常生活轨迹，那海涛和章鹏梳理出了几个重点位置，分别是芭蕾舞剧院、大树咖啡厅、夜归人夜店和沪上餐厅。

在芭蕾舞剧院，章鹏找到了陈梦的领导，艺术总监、团长吴天骄。吴团长四十出头，是位很有风韵的女性，国家一级演员，省里著名的芭蕾舞表演艺术家。谈起陈梦，不免一声叹息。

“这个孩子的天赋很好，是个跳芭蕾的好苗子。能从老家到海城立足，也是有颇多艰辛的。但很可惜，她在这个大城市迷失了，不知道自己想要什么了。”吴团长轻轻摇头。

“为什么这么说？”那海涛问。

“还用我多说吗？你们警察都了解的。如果不是考虑到她的业务水平不错，我们团本来是要开除她的。芭蕾舞是神圣的艺术，我们不想因为她的所作所为让我们整个团蒙羞。”

“这么说，同事之间也有非议？”

“当然了，芭蕾舞团也是个小社会，同龄的女孩都存在竞争关系。因为陈梦的私人原因，大家平时都躲着她。唉……”吴团长叹了口气，“举报信都写到市里了。”

在大树咖啡厅，那海涛坐在店主的对面。店主叫骆江平，是个温文尔雅的中年人。他戴着一副金边眼镜，开这个咖啡厅前曾是某大学的副教授。

经过简单辨认，骆教授从十二张照片中认出了陈梦。

“对，就是她，很安静的一个女孩子。”骆教授说。

“她经常来这儿吗？”那海涛问。

“说不好，一周能来两三次吧。”

“你和她交流过吗？”

“交流过，挺好的一个人，但似乎有点忧郁。”

“怎么讲？”

“唉……漂亮女孩啊，就像一只小鹿，经过幽暗的森林，不知道有多少野兽在窥视着她呢。所以漂亮的女孩都忧郁。”

“这个比喻……”那海涛笑着摇头。

“她打扮得很朴素，似乎不想受到别人的瞩目。每次来的时候，就在那个地方喝咖啡，看书。”骆教授指了指一个靠窗的位置。

大树咖啡厅装修得很别致，门前有一棵大树的木雕，一直延伸到屋顶，形成一个巨大的“树冠”。许多文艺青年进进出出。现在很流行这种“书吧”，既能阅读，也能小憩，书香与咖啡香相得益彰。

“她每次都什么时间来？”

“每次……”骆教授想着，“下午的时候居多，有时傍晚也来。”

“近期见过她吗？”

“没有。得有一周多没来了。”

“你这里还提供快餐呢？”

“唉……”骆教授叹气，“现在经营困难，要是不搞多种经营，光靠卖书，这个小店早就倒闭了。”

“好好的教授干吗不当了？”那海涛笑。

“呵呵，象牙塔太无聊了，一眼就能望到退休，我不想那么活着。”

“嗯。”那海涛点头，“哎，我请教您个事儿啊。工业化流水线屠宰羊，每天杀戮众多生命，但引导羊群进入流水线的领头羊可以不死。我问您，在这个过程中，谁是好人，谁是坏人，谁是被害者，谁是作恶者，谁是助纣为虐者，谁又是始作俑者？”

“呵呵，这是个寓言吗？说实话我听不太懂，”骆教授笑，“但也许讲这个故事的人是想说，真正的作恶者，其实并不在这个故事里。”他一语点透。

“嗯……我明白了，”那海涛点头，“谢谢您。”

傍晚时分，正是“夜归人”夜店生意好的时候。那海涛和章鹏叫来了和陈梦相熟的陪侍小姐王静。她显得很不耐烦，边说话边抽一根细长的女士烟。她浓妆艳抹的，一看年龄就不小了。

“这儿都管她叫 Lisa。”王静说，“她……算是个很招人的女孩吧。”

“怎么招人？”那海涛问。

“就是很会陪客人，很知道男人心理啊。”王静吸了口烟，“现在这个行业不行了，姿色好的都去当网红、带货去了。要不是没出路，谁还大晚上的跑这儿喝酒熬夜啊。客人的质量也差，跟前几年不一样了，要不就是上岁数的，有怪癖，要不就是特会玩儿，折腾死你。但找 Lisa 的，都还行。”

“为什么？”那海涛问。

“清纯的容貌和修长的大腿，夜场最缺的就是这种邻家小妹。看着心动，扒光了销魂。”王静撇嘴，“也挺会装。她有那股劲儿，又是跳芭蕾的，她越是拒绝，男人就越是上赶着，她越是不出台，男人就越砸钱。唉……我是学不了她啊，你们知道什么才是真正的骚吗？那就是清纯到底。”王静笑。

“你看看，上面有没有经常来夜店的客人。”章鹏拿出十二张照片，让王静辨认。

“这个，老找 Lisa。”王静一下就指出了刘牧。

“你是说，他和陈梦熟悉？”那海涛问。

“当然，他每次来都点 Lisa 的台。他是个大老板，出手不凡，我们都嫉妒得要命。我劝过她，男人啊，不能吊太长时间，长了就厌了，不如趁着有新鲜劲儿搂笔大的。她就是不听啊。”王静摇头。

“你知道她现在去哪儿了吗？”那海涛问。

“不知道，我们除了一起坐台，很少有私人联系。她已经好久都没有来了。”王静回答。

在夜店的监控室里，那海涛调取了关于陈梦的录像。在录像里，陈梦与见到的样子截然不同。她打扮得十分艳丽，正坐在一个西装革履的男人身边。男人伏在她耳畔说了些什么，然后俯身摘掉了她的一只红色高跟鞋。男人拿起红酒瓶，往那只高跟鞋里倒酒，然后举到嘴边，一饮而尽。

她到底是个什么样的人呢……那海涛感觉有些琢磨不透了。

在打烊之前，那海涛和章鹏赶到了沪上餐厅。进门的时候，有个残疾人乞丐在门前乞讨，他穿着一身肮脏的黑色棉服，面前摆着一顶帽子，里面装着一些零钱。那海涛看了一眼他腿的姿态，就知道是个假残疾。

餐厅装修得很雅致，走高端路线，菜品都价格不菲。他们找店员辨认了陈梦，店员们都对这个女孩印象深刻。

“这姑娘经常来，穿着很讲究，气质也很好，一看就是有档次的人。”一个女店员回忆着。

“她每次都什么时候来？”那海涛问。

“晚餐吧，六七点钟的样子。每次都是坐在这个靠窗的位置，点的菜也都相对固定。”

“什么菜？”

“熏鱼，八宝辣酱，香干马兰头，再要一碗阳春面，一百块出头的样子。”店员记得很清楚。

“最后一次来是什么时候？”章鹏问。

“最后一次……应该能查到，她那天点了一瓶很贵的红酒。”店员说着回到柜台，操作了一番后，将一张水单打了出来。

章鹏接过一看，有些惊讶，“哎哟，消费这么多，不过了啊？”

那海涛凑过去看，水单下面的金额是九千八百二十九元，用餐的时间是在报案的前两天。

“秃黄油拌饭，清炒蟹粉，五粮液炒草头，一瓶奔富 707 红酒。”那海涛默念着。

“那天她几个人用餐？”那海涛问。

“就她一个人。那天她很奇怪，一副心事重重的样了。一个人喝完了一瓶红酒，走的时候醉醺醺的，我还问她需不需要帮着叫车……”店员说。

那海涛望着窗外，缓缓地坐在陈梦常坐的位置上，“点菜。”他对店员说。

“哦，您吃点什么？”店员问。

“熏鱼，八宝辣酱，香干马兰头，再要一碗阳春面。”那海涛说。

“点什么菜啊？不刚吃过饭吗？”章鹏不解。

“你别管。”那海涛又把视线移到窗外。

生活中似乎有太多人需要寻找，赵利、刘牧、陈梦，或者还有齐欢。但生活又有太多的不确定性，出现，离去，新生，死亡……那海涛感到心里很空，那种感觉无法言喻。他望着窗外的黑夜，不禁想起了那天的舞台，一束光打在陈梦身上，她在台上婀娜起舞，一个黑衣的恶魔正在用一个巨大的黑袍裹挟着她。她一次次地逃脱，又一次次被裹挟其中，她挣扎着，哀号着，最后变成了一只天鹅。

窝案

由于涉及被害人隐私，刘牧涉嫌强奸的案件并未公开。但消息却不胫而走，牧野集团董事长强奸夜店女、畏罪潜逃，一时间在网上网下满天飞。由于案件的主责在城中路派出所，胡铮倍感压力，而市局专案组也将追踪刘牧和寻找陈梦列入重点工作之中。转眼半个月过去了，时至深秋，满目金黄。这是海城最美的季节。那海涛发了几天烧，本想借此机会休个年假，治治失眠。却不料又一个案子来了，而且还是急茬儿。

专案组设在西郊分局的东坝河派出所，那海涛见到章鹏的时候被吓了一跳。几天没见，这家伙熬得脱了相，胡子拉碴不说，脸也浮肿起来。那海涛带着“家伙事儿”，煞有介事地往桌上一蹾。章鹏一看见他，差点儿就给跪下了。

“哎哟喂，我这可是千呼万唤，终于把那大名提给盼来了。”章鹏赔着笑脸。

“又什么事儿啊？整天借调、借调，你这是不想让我在法制支队混了？”那海涛撇嘴。

“他们那个小庙哪供得了你这么大的神啊，‘那大名提’属于全局。”章鹏奉承着。

“扯淡，甭跟我戴高帽子。”那海涛摆摆手，“直给吧，听说案子不小？”

“是不小，丢了价值三百多万的货，涉及五千多人，你琢磨琢磨。”章鹏一脸苦相。

“五千多人？你丫不会是让我挨个儿审吧？”那海涛皱眉。

“海城重点企业信科工厂的事儿，还涉及商业机密。我们已经搞了一个多星期了，拿不下来。这不，请示郭局就把您老给调来了。”章鹏笑。

那海涛看着他，预感到了案件的棘手。

“我知道你好喝茶，红的绿的花的都带了。那大名提，您喝哪个？”章鹏问。

“行了，我只喝‘高沫儿’，不像你这么腐败。直接去现场吧，边走边说，也能有个直观感觉。”那海涛雷厉风行。

海城信科是一家生产智能手机的企业，新推出的“信科 A300”在全国热销。章鹏为了不暴露身份，驾驶着一辆地方牌照的车进入厂区。那海涛坐在副驾驶的位置，观察着周围的情况。

“这里是信科的制造工厂，占地 400 亩，有 5 个超大型的厂房。共有员工 5322 人，其中作业工人 4805 名。”章鹏介绍着，“在 10 天前，我们接到厂里的报案，说丢失了 800 多个手机摄像头，每个价值 700 元，总价在 50 万以上。后经过我们走访，这个数字还在扩大，经过厂家的盘库，现在丢失的货物已经不止摄像头，还有 CPU 和其他零件，总价已经超过了 300 万。”

“这个企业够糊涂的，丢了这么多东西，一直没发现？”那海涛问。

“是啊，管理非常混乱。他们的老板徐佳妮因为行贿的问题被纪委监委给留置了。也就是在这个时候，出现了这几次的盗窃案件。”章鹏说。

“调监控了吗？现场勘查了吗？”

“该做的工作都做了，但是工厂生产都是流水线，现在还不能确定是在哪个环节丢的。而且丢失时间不明，无法确定案发地点。最重要的是，监控也因为系统升级，无法调取。”

“明白了，所以只能‘生磕’了。”那海涛摇头。

章鹏将车停到了一座厂房前。那海涛下了车，仰望着这座巨大的灰色建筑，上面有一行红色的大字，“信科手机，走向世界”。两人迈步走了进去。

在厂房门口，设置有两个金属测试仪，里面并未开工，静悄悄的。

“按照厂里的规定，所有的工人上下班，都要经过测试仪的检测，而且他们的工装只有腰间的两个浅兜，很难将这么大量的货带出去。”章鹏在前面引路。

“有规矩，但执行得怎么样啊？”那海涛问。

“应该还可以，我们给主管和保安都做过笔录，说进入厂房的规矩，执行得一直很严。”

“监控呢？什么时间升级的？”

“应该是上个月的 17 号到 21 号。”

“记住这个时间，这是重点。”那海涛想着，“在案发之后，有没有员工离职？”

“有，一共十三个人。”

“都是什么原因？”

“合同到期未续约的有八个，主动辞职的有五个。”

“重点查那五个人的去向，还有个人资金财产情况。”

“明白，我去找经侦的林楠。”章鹏点头。

“但我觉得，真正的贼应该不会离开，”那海涛抬起头，仰望着厂房高大的屋顶，“他一定还在这里，按兵不动。”

“有思路了？”章鹏问。

“除了保安、工人之外，这里还有什么人？”那海涛问。

“还有十多名保洁。”章鹏回答。

“嗯，你给我拉一个表。将 17 号到 21 号这几天，在这里工作的保安、工人、保洁的姓名都拉出来。再重点查一下，这些人里有没有已经离职的。”

“好嘞，不愧是名提，进入角色就是快。”章鹏笑。

“少废话。哎，讯问室准备设在哪里？”那海涛问。

“就用东坝河派出所的讯问室，行吗？”

“不行，距离太远，不接地气。”那海涛摇头，“这里有地儿吗？我是说在厂区里面。”

“这儿？”章鹏不解，“这儿方便吗？按规定，询问、讯问可都得留存录像的。”

“特事特办，你请示一下领导，如果能批准，我想把审讯室放在厂区里。随便找几间办公室就行。这个案子不是一个人能做的，肯定是个团伙儿。在厂里审讯，本身对嫌疑人就是一种压力。”

“明白了，我马上跟郭局请示。”章鹏点头。

经过请示，郭局批准了那海涛的建议。按照他的排兵布阵，专案组占用了工厂行政楼一层和二层八间朝北的办公室。一层四间办公室原有的家具被清空，其中两间作为审讯室，一间作为候问室，一间作为监控室。市局警保处的崔铁军送来了监控设备，又协助厂里的工人在屋里摆好了桌椅。简易的审讯室算是搭建完成。而二层的四间办公室则与一层的位置相同，里面并没有改动，只是清走了办公人员，防止隔墙有耳。

“局”做好了，就等着往里面带人了。下午两点，郭局来到了工厂，那海涛和章鹏就前期情况进行了汇报。

“这次的报案，针对的是丢失的五十万元零件。但刑警经过核实，被窃的物品还远不止这些。我分析，嫌疑人应该是一个或者若干个团伙，以‘蚂蚁搬家’的形式进行作案，而且已经持续了很长的时间。”那海涛汇报着。

“有怀疑对象吗？”郭局问。

“我走访了负责这个厂房的保安，他们一天两班，分白班和晚班。白班从早晨九点开始，到下午五点结束；而晚班则负责工人下班后的看库工作。

在工作时间，保安是不允许空岗的，如果有外人进来，需要进行登记。我调阅了保安的登记本，在五十万零件被盗期间，没有外人进入厂房。厂里的负责人介绍，保安都是保安公司派遣的，与工人不发生横向联系。这个厂房一共有八十名工人，分两班倒，每个班四十人。发现零件被盗的时候，二班正在作业，所以怀疑的重点应该是上一个班，也就是一班的四十人。”

“四十人，你怎么下手？”

“四十人都在流水线作业，这条流水线长达几十米。从概率上讲，后面的工人嫌疑更大。但也不排除这四十人都知情，相互勾结。考虑到人数众多，您得给我配几个人。”

“专案组暂时不再加人了，你从刑警挑几个吧。”

“刑警？他们不懂审讯啊。”那海涛皱眉。

“这个案件的知情范围越小越好，不仅涉及商业秘密，还牵扯到其他一些问题，背景我就不多说了。”郭局点到为止。

那海涛看着郭局，无奈地点点头，“那就随便给我配个记录员就行。”

“预计几天能拿下？”郭局问。

“三天，您看行吗？”

“加快进度，上面催得紧。”郭局用手往上指了指。

那海涛稀里糊涂地立了个“三天拿下”的军令状，来之前还想走个过场呢，没想到一来就成了主场，还担了主责。那海涛没跟章鹏客气，拿着大茶缸子就沏了他的好茶，然后坐到临时审讯室的办公桌后，充满仪式感地将包里的“家伙事儿”——笔录纸、钢笔、印油、香烟等摆在了桌上。刑警队的小刘也架好了电脑和打印机，第一场审讯即将开始。

来的第一位是二班的班长，叫曲国栋。他三十八岁，国字脸、小眼睛，坐到椅子上双手交叉，显得很紧张。

那海涛展开《证人诉讼权利义务告知书》，开始宣权。曲国栋认真地听着，表情严肃。那海涛一边念一边瞄着他，揣测着他的心理，也琢磨着对付他的招数。听章鹏说过，这位很滑，遇事总说不知道，对被窃的案子也是事不关己高高挂起的态度。于是，那海涛准备先跟他拍山震虎、来点硬的。

初审是预审双方的第一次较量，在这个阶段嫌疑人情绪不稳，预审员最容易施展审讯技巧。一旦过了这个阶段，或者嫌疑人“醒”了，就会事倍功半，陷入拉锯战。所以老预审都讲究趁对手立足未稳，先攻心夺气，杀他个下马威，

“作为班长，出了这么大的问题，你该负什么责任啊？”那海涛质问道。

曲国栋一愣，没想到那海涛这么不客气，“责任……厂里已经扣我工资了，大不了降级呗……”

“降级？哼……”那海涛冷笑，“不懂法吗？回去查查，企事业单位管理人员失职是什么责任。”

“我……我也不愿意发生这事儿啊，我也是受害者啊。”曲国栋叹了口气，低下头。

“所以，得好好配合，知无不言、言无不尽，懂吗？”那海涛提高嗓音。

“懂，懂……”曲国栋点头。

“当这个班长多少时间了？”那海涛问。

“当了……一年了。”曲国栋回答。

“有没有觉得什么不对的地方？”那海涛设下疑兵。

“不对的地方？您指的是什么？”曲国栋问。

“监控失灵、灯泡儿不亮、设备损坏，都算。特别是，班里工人的异常。”那海涛观察着曲国栋的表情。

曲国栋下意识地避开那海涛的眼神，“异常……倒是没发现过。”

“这么长时间，天天在厂房里工作，就没有过异常？”那海涛反问，“哎，丢东西算是异常吧？”

“哦，那是，那是。”他点头，“之前你们已经问过我了，我都说了。”

“这么多东西，体积应该不小吧？”

“八百个摄像头，放一起体积不会很大。因为没有包装，也就……两个小箱子吧。”曲国栋比画着。

“当时是你报的案吗？”

“不是，”曲国栋摇头，“是厂里方经理报的。”

“怎么发现的？”

“我们负责的流水线，就是将零部件进行筛选组装。那天上班，我们像平常一样地进行工作，但刚干了一个多小时，就发现缺少摄像头了。后来一检查，少了八百多个。”

“之前发生过类似的事情吗？”

“之前……”他吞吐起来。

“哎哎哎，忘了我提醒你的了，知无不言、言无不尽。”那海涛用指关节点着桌面。

“有过，但是数量并没这么多。”曲国栋回答。

“之前报过案吗？”

“有的报过，有的没报过。”

“为什么？”

“怎么说呢……我们这个厂子，看似挺规范，实际上内部很乱。许多工人都是托关系来的，以前但凡碰见丢失零件的，只要数额不是很大，厂里都会‘内部消化’。其实在这次出事之前，我就想走了，只等着拿到月底工资，就递交辞职申请。”

“那你觉得，组里谁有可能存在问题？”那海涛看着他的眼睛。

“这个我可不敢乱说。”曲国栋摇头。

“你能保证自己没有问题吗？”

“我……能保证啊。我不会拿那些东西的。”他用的是肯定的语气。

“你能保证，自己不知道谁有作案嫌疑吗？”那海涛又问。

“这个……我也能。”他的回答显得底气不足。

“好，那我也不逼你。这样，我们会向全厂公布举报邮箱和举报电话。如有知情，希望你能如实举报。刚才的《告知书》你也听清了，做伪证或者隐匿罪证应负相应的法律责任。明白吗？”那海涛加重了语气。

“明白，明白。”曲国栋连连点头。

“好，看笔录，签字。”那海涛说。

当天下午，专案组大张旗鼓地公布了举报邮箱和举报电话，充分发挥群众工作的力量，尽最大可能获取线索。从曲国栋开始，那海涛马不停蹄，连续审查了三名员工。三人说辞不同，均未提供有价值的线索，而且说话遮遮掩掩、似有顾虑。那海涛没有单刀直入，集中力量突破口供。之所以这么做，并不是他的能力不行，而是在做着一个更大的计划。

预审行里有句话，叫：人不怕多就怕少，意思就和外国名言“两人间的秘密是上帝的秘密，三人间的秘密是所有人的秘密”一样，参与犯罪的人每多一个，突破的难度就会降低一大块。那海涛想干的并不是“头痛医头脚痛医脚”直来直去的活儿，而是要通过“望闻问切”，发现病源、直抵病灶。经过这一天的试探虚实、围城打援，他已经基本确认了一个事实，那就是藏匿在信科工厂里的盗窃嫌疑人，绝对不是一个人，很有可能存在多个团伙。他们狼狈为奸、监守自盗，已将此行为视为平常。而保安、负责人也睁一只眼闭一只眼，纵容包庇。这可能是一条完整的犯罪链条，如果经营好了，不但能打掉现有的盗窃团伙，还能一追到底，发现销赃团伙以及更深层的犯罪。那海涛在心里做了一个周密的计划，但在实施之前还不想贸然透露。这么做的原因有二，第一是厚积薄发、步步为营，防止嫌疑人提前“醒了”；第二也是有私心，他准备在郭局面前不鸣则已，一鸣惊人，憋个大的。

转眼间，时间已经到了第三天，郭局并没有像人们想的那样进行催问，除了章鹏对那海涛的按兵不动有些怨言之外，一切都在稳扎稳打地进行着。上午九点，在准备提审厂房负责人韩勇之前，那海涛重新查看了厂房的监控录像，之后又打开举报邮箱，阅读了新收到的线索，这才胸有成竹地推开审讯室的门。群众的力量是伟大的，他相信这句话。

审讯室的窗帘没有拉上，因为房间朝北，所以屋里的光线并不晃眼。那海涛坐在办公桌后，和颜悦色地看着厂房负责人韩勇。

韩勇刚过了四十岁生日，人长得高高大大，说起话来粗声大气，据说年轻时曾干过几年运动员。

“韩勇？”那海涛问。

“是。”他的声音并没想象中的那样高亢。

“这是第几次给你做询问笔录了？”

“第三次了。”

“知道规矩吧？应当如实提供证据、证言，做伪证或者隐匿罪证应负相应的法律责任。”那海涛抬了抬手里的《告知书》。

“知道，知道，”韩勇连连点头，“我肯定说实话。”

那海涛把《告知书》递过去让他签字，“18 号晚上，你在哪儿？”他单刀直入。

“18 号？”韩勇犹豫了一下，“我……在家啊。”

“几点到的家，之后去过别的地方吗？”

“晚上六点？应该是那个时间到的家。之后……哪儿也没去。”

“你年薪多少？”那海涛换了个问题。

“警官，这与我们厂的案件有关系吗？”韩勇不解。

“如实回答。”那海涛不客气地说。

韩勇看他这个态度，面露不悦，“没必要这么和我说话吧，我也不是犯罪嫌疑人。”

“哼……”那海涛微微一笑，“我怎么知道你不是犯罪嫌疑人？”他一下就把话给顶上了。

“我……”韩勇语塞，他看着那海涛的眼睛，两人一下就对视上了。

预审交锋，眼神是最直接的武器，一旦对上就要分出胜负。那海涛的眼神像钩子一样，紧紧锁住韩勇的眼睛，似乎想把那里的一切秘密都尽数掏出。不过短短几秒，韩勇就受不了了，他佯装打哈欠，避开视线。

“我……一年也就是十三四万吧，年终奖有一两万元。”韩勇回答。

“嗯。”那海涛点头，煞有介事地让记录员记上，“你爱人的工资呢？”

“我爱人的也要说？”他皱眉。

“说。”那海涛盯着他，眼睛都不眨。

“她……没我多，在电信公司上班，干前台。全加起来不到十万吧。”韩勇回答。

那海涛用手指节敲了敲桌子，示意记录员重点记录。

“这和案子有什么关系吗？”韩勇问。

“你家住房面积多少？”那海涛又问。

“住房……”韩勇看着那海涛，“五十多平方米。”他下意识地回答。

那海涛要的就是这种效果，打乱对手的思路，随机发问，“一家三口住一个大一居，是不是挤了点儿啊？”

他这么一问，韩勇不自觉地咽了口吐沫，“不挤，我在房子里打了个隔断，一家三口，还住得下。”他的声音虚弱下来。

“没想过改善一下吗？比如……买一套更大的？”那海涛问。

“没有。暂时还没有。”韩勇摇头。

“哦——”那海涛拉了个长音，点了点头。

“警官，你到底想问我什么啊？直来直去吧，我这个人不喜欢藏着掖着。”韩勇绷不住了，提高嗓音说。

那海涛知道这是他在给自己壮胆，其实他越是这么做，就越是暴露出内心的惶恐。对待这种人，最恰当的方法就是迂回包抄，虚实并用。

“在这次发案之前，你们厂一共发生过多少起盗窃案？”那海涛问。

“这我可不知道，我也不是厂长，只负责这个厂房。”

“你是哪年进的厂？”

“我是……五年前进的厂。”

“说一下你进厂之后的经历。”

“刚来时，我被分在厂办，负责一些行政类的工作。之后就下了车间，一直干到现在。”

“详细说说下车间的经历，比如，你一共在哪几个车间干过？”那海涛显然有备而来。

“刚开始我是在一车间，当工人；之后转到三车间，任组长；去年到的这个车间，任车间负责人。”

“嗯。”那海涛点头，“韩勇，据我们调查。信科工厂这几年连续发生了多起盗窃案。现在掌握的几起，分别是两年前在一车间发生的一起，三车间发生的三起，还有如今你所在车间发生的这起。你不觉得，这些案发时间和你任职的时间有些重合吗？”

“你这是什么意思？重合的人多了，凭什么怀疑我？”韩勇大声反驳。

“你知道三车间发生过盗窃案吗？”那海涛问。

“知道是知道，但我也不是警察，没法证实啊。再说了，也不光是我一个人知道，全厂人都知道啊。”韩勇解释。

“那为什么你刚才说不知道呢？”那海涛叮问。

“我……”韩勇知道自己中了圈套，叹了口气，不说话了。

那海涛心中暗笑，知道这孙子掉进了坑。好的预审堪比演员，提气、变脸，不光要自己扮好角色，还要带着嫌疑人入戏。那海涛凭借对韩勇的审前调查，做出了“拍山震虎”“旁敲侧击”的审讯策略。与人交锋的第一个眼神和第一句话非常重要，开门见山、使用尊称、高高捧杀、推心置腹、蔑视不屑、重点突击、鼓励褒奖……不同的方法将决定使用不同的审讯策略。在一般情况下，对待性格内向、身体较弱的人，推心置腹、鼓励褒奖会比较有效；对待知识分子、担任领导职位的人，使用尊称、高高捧杀能奠定比较好的沟通基础，也便于“撤梯子”；而对待性格外向、身体健壮的人，蔑视不屑、重点突击则屡建奇功。这都是预审员多年经验的总结。

那海涛有节奏地用手指节敲桌子，声音虽然不大，但足以引起韩勇的注意。这就是预审行里的“点拨指”，同时也是重点突击的前奏。

“韩勇，今天已经是对你的第三次询问了，之所以还是询问，说明我们还没把你列为嫌疑人。《证人诉讼权利义务告知书》你已经签过三次了，做伪证或者隐匿罪证应负相应的法律责任。这一条不用我重复了吧？”那海涛再次拿起了《告知书》。

韩勇没抬头，沉默着。

“啰啰唆唆地说了这么半天，我怎么就没听见你一句实话呢？”那海涛不再用点拨指，啪的一下拍响了桌子，“说！你 18 号那天几点到的家？”

“我……”韩勇声音发颤，不敢作答。

“不说是吧？那我告诉你，根据你家小区车管系统的记录，你的车是晚上十点入的库！”那海涛提高嗓音，“你五点下班，十点才到家，这五个小时你去了哪里？”

韩勇抬头看着那海涛，眼神茫然。

“第二个问题，你和你的妻子，每年的工资加在一起不超过三十万元。我问你，你怎么能买得起城中区的房子，而且还是一百五十平方米？”那海涛继续突击。

“那……那不是我的房子。”韩勇辩解。

“那是谁的房子？”

“我岳母的，并没挂我的名字啊。”韩勇说乱了，本想辩解却变相承认了。

“但为什么付款是用你妻子的账户？而且这笔钱的来源，是你同事曲国栋的表姐张翠霞？”那海涛腾地站了起来，几步走到韩勇面前，“你以为这个世界上有完美的犯罪吗？你以为自己不说，别人也不说吗？知道法律上的从轻有什么条件吗？自首、揭发检举、主动退赃，这三条你不珍惜，别人也不珍惜吗？”他使用“离间”，在“别人”二字上加重了语气。

“警官，你听我解释，事情不像你想的那样。”韩勇慌了神。

“还有第三个问题，为什么盗窃案件的发生时间总与你任职的时间重合，是你自己说，还是我帮你说？”那海涛俯下身体，凑到他的近前。

“我说，我说！”韩勇声音颤抖，豆大的汗水布满了额头。

“说！第一次是什么时间？谁是主谋？有谁参与？哦，曲国栋的事情就不用说了。”那海涛继续“离间”。

“唉……”韩勇深深呼出一口气，“我现在说，还算自首吗？”他抬头望着那海涛，眼睛里的对抗和焦虑已经一扫而空，转变为一种茫然的求助。

“小刘，如果他配合，就重起一份笔录。算他自首。”那海涛转头对记录员说。

“好，谢谢警官，谢谢。”韩勇擦了一把头上的汗，“我能问问，曲国栋都说了我什么吗？”

“他说什么我没义务告诉你，但我把丑话说在前面，推来推去是自欺欺人，要想争取从轻就必须端正态度。别把自己身上的责任往别人身上推，实话实说才能有从轻的机会。”那海涛一语双关，看似透露了许多信息，实际上是巧布疑云。

“嗯，我明白，明白。”韩勇点头。

那海涛在心里暗笑，继续板着脸。

“我承认，一共参与了八次，但我并不是主谋，主谋是……”他停顿了一下，咽了口吐沫，“是厂里的方经理。”

“方博？”那海涛问。

“是的，这次也是他报的案。”

“为什么？贼喊捉贼吗？”

“是盖不住了。许多人都知道是他干的，而且曲国栋还扬言要举报他。”

“所以他就贼喊追贼，想堵住别人的嘴？”

“是的。但其实曲国栋也不干净，我在三车间的时候，他跟我一组，也干过两起。”韩勇说。

“说一下具体的数额和作案时间。”那海涛又用手指节敲响了桌面，记录员在电脑前噼里啪啦地打起字来。

十分钟后，那海涛拿着韩勇签字的笔录兴冲冲地走进监控室，却发现里面空无一人。他给章鹏打了电话。章鹏告诉他，郭局正在厂办的会议室里听汇报呢。那海涛立功心切，小跑着来到会议室，门都没敲就闯了进去，一进屋正看到一个女孩拿着一大摞材料，在跟郭局汇报。

“问完了？坐，先坐。”郭局抬手，示意那海涛坐下。

那海涛一看这姑娘，认得。正是省厅的心测专家，方小罗。

那海涛心里一揪，顿觉不妙。

“根据测试结果分析，盗窃案件的主犯是信科工厂的副总经理方博，他纠集韩勇、曲国栋等人，以相同手段多次进行作案。”方小罗语气温和，不急不缓，但在那海涛耳畔，却像响了个炸雷。他没想到自己多日经营，竟被方小罗提前摘了果儿。

“粗略统计，涉及本案的有二十人之众，其中直接参与作案的已经排查出六人，还有另外四人有其他‘信号’出现，我认为不排除他们有别的犯罪行为发生。同时，沿着这二十人的测试结果，可以继续扩大战果，破获其他的盗窃案件。这方面就需要预审专家的支持了。”方小罗很客气，转头看了那海涛一眼。但在那海涛看来，这无异于挑衅。

“海涛，你审查的情况怎么样？”郭局问。

“和她说的一样。”那海涛有气无力地回答。

“你们俩认识吧。”郭局说。

“认识，方专家对我进行过测谎，但还不知道结果怎么样呢。”那海涛说着怪话。

“废话，你要是有问题，还能站在这儿吗？”郭局瞪了他一眼。

那海涛心里憋屈，却觉得自己还有撒手锏。经过刚才对韩勇的讯问，他已经掌握了部分赃物的下落。原来在最后一次作案之后，由于章鹏等刑警迅速赶到，嫌疑人未能及时将赃物转移到厂外，赃物很有可能还藏在一个“隐秘的角落”。于是那海涛准备“一鸣惊人”，露露自己的实力，却不料他刚想张嘴，方小罗又开了腔。

“还有，我在心测中发现了嫌疑人藏匿赃物的地点，在发问‘厂里’‘厂外’的时候，被测人的信号均体现在‘厂内’。而在进一步的心测中，我们发现并查获了此次被盗的全部赃物。”方小罗说着站起身来，朝着会议室的东侧一指。

那海涛望过去，在不远处的地上，放着一个鼓鼓的编织袋。一瞬间他就颓了，满心的希望都像气球里的气，噗的一下就泄了出去。

“嫌疑人每次作案之后，都会把盗窃的零件藏匿在厂房之中，之后趁人不备，再转移到厂房西侧那辆叉车之中。开叉车的司机叫付晓东，会提前将一个编织袋粘贴在叉车底部，之后借运货之机，将赃物转移到厂外进行销赃。所以即使厂房设有金属测试仪，也防不住‘内鬼’。”方小罗边说边走到那个编织袋旁，在郭局等人的注视下，拉开了编织袋的拉锁，里面果然装满了被窃的手机摄像头。

那海涛再也绷不住了，他没再说话，转头出了会议室。章鹏见状，赶紧追了出来。

“干吗啊，海涛。”章鹏想拦住他。

“你们这是什么意思？既然请了心测专家，还找我干吗？真拿人不当人啊？我是你们丫刑警的碎催吗？”那海涛气急败坏。

“你这是怎么说话呢？我可没这个意思。”章鹏解释。

“那你是什么意思？给我配一小孩儿，就当甩手掌柜的了。等我劳心费力地把嫌疑人拿下了，刚想汇报，这位摘果儿的就来了？是，预审解散了，没人拿我们当回事了，但你们丫干事儿也别太绝啊？我告诉你，章鹏，这是最后一次，以后有事别再找我！”那海涛说着狠话，一把甩开章鹏的手。

“哎，海涛，你闹什么情绪啊？”郭局推开门，也追了过来，“一会儿还有几个重点嫌疑人要你审呢，准备准备，和小罗配合好。”

“对不起，我这肚子疼得厉害，可能是来例假了。领导，既然案子已经有眉目了，就让章队长亲自上手吧。我得去趟医院，哎哟……”那海涛佯装疼痛，几步就出了厂办大楼。

摄影棚今天清净，或者说这几天都清净。里面空空荡荡，一个剧组都没有。老范歪在沙发上玩“二打一”，那海涛坐在小餐厅里，自斟自饮。不时有火车经过，震得桌子嗡嗡地颤动。

桌上摆着炸花生米、拌萝卜皮和一盘窝头片臭豆腐。那海涛心不在焉地嚼着，目光茫然。

“嘿！”章鹏不知从哪儿冒了出来，抽冷子拍了他一下。弄得那海涛一口酒差点喷出来。

“你欺人太甚了吧？还追这儿来了？”那海涛怒视章鹏。

“还喝上了，报备了吗？”章鹏一屁股坐在对面，抓起一把花生米，自顾自地吃起来，“还以为你去了医院呢，怎么茬儿，食疗？”他笑着问。

“别扯淡，有事儿说事儿，没事儿哪凉快哪待着去。”那海涛不耐烦地摆摆手。

“不至于吧？就因为下午的事，受伤了？那大名提也是玻璃心啊？”章鹏又捏了块萝卜皮放在嘴里。

“想看笑话是吧？行，看吧。”那海涛把筷子往桌上一拍，冷冷地盯着章鹏。

“我没时间看你笑话。案子还没完呢，你不能这么任性。”章鹏说。

“你不会不知道吧，十年前的那个案子，不就是因为省厅那帮搞测谎的过于相信数据，才造成了冤假错案吗？血压、脉搏、呼吸、皮肤电，是能证明一个人的生理反应，但仅凭这些就能测出人心？哼……我可不信。”那海涛连连摇头。

“你误会了。郭局让方小罗过来，并不是不信任你，而是想让工作同步进行。”章鹏解释。

“同步进行？笑话。我看啊，预审这行是该消亡了。”那海涛叹了口气。

“预审这行可消亡不了。从古至今，抓了人就得审讯。”章鹏说。

“嗯，这倒是。”那海涛点头，“哎，听过夜审潘仁美的故事吗？”

“小时候在评书里听过，但都忘了。”章鹏说。

“潘仁美，《杨家将》里的大奸臣，因陷害杨家父子被八贤王和寇准绳之以法。但入狱之后，却拿不下口供，无论寇准怎么审问，他都矢口抵赖，拒不认罪。他是多难审的人啊，女儿是贵妃娘娘，如假包换的皇亲国戚，对付他只能智取。于是寇准就做了一场大戏，他首先让人从宫里带回一瓶御酒，把御酒交给了狱官，让他给潘仁美在初更时刻送去。初更是几点，按现在的时间差不多是晚上八九点钟。潘仁美喝了酒，头昏脑涨酩酊大醉。其实那根本不是什么御酒，而是一壶药酒。等他醒来的时候，已是深夜，突然被两个青衣人手持锁链押着就走。一路上都是牛鬼蛇神，小鬼在油锅里炸人，仿佛进了地狱。青衣人将他带进大殿，正中坐着阎王，旁边站着判官。看到此情此景，潘仁美抖如筛糠，认为自己已下了阴间。阎王发问，你是否陷害忠良，如不直言，油锅伺候；而判官呢，则手持生死簿，说他阳寿未尽，如能悔改还可还阳。于是潘仁美说出实情，招供画押。此时鼓敲五更，天光大亮，牛鬼蛇神散去。面前的阎王和判官实际上是八贤王和寇准。潘仁美自知被骗，但面对招供画押、铁证如山，已无法抵赖。”那海涛边说边比画，意犹未尽。

“这不是封建迷信、坑蒙拐骗吗？再说了，历史上也没有这段儿啊，都是评书里编的。”章鹏说。

“你先别管是不是编的，就说这故事，是符合预审原理的。你看啊，从宫里带回御酒，这是为了放出风声、制造影响；让他喝药酒，是为了迷惑敌人、虚实并用；凌晨提讯，是以逸待劳、攻心夺气；青衣人、牛鬼蛇神、阎王、判官，是建立‘人设’，制造情境。而审讯的过程也堪称经典，提气、变脸、入戏，阎王要将他下油锅，这是红脸儿，负责拍山震虎、重点突击；判官给他讲道理，说如能悔改还可还阳，这是白脸儿，政策攻心、留有余地。红白脸儿一唱一和，一个拍一个揉，最后拿下口供。这不是一台好戏吗？这不是一场好预审吗？”那海涛感叹。

“哎哎哎，你这话题可扯远了啊。我找你可不是听你胡喷的。”章鹏抬手抢过了那海涛的酒杯，“你电话一直关机，郭局联系不到你，才让我来找你。我们在举报邮箱里，发现了一个情况。”

“什么情况？”

“走，这儿不是说话的地方。”章鹏说着站了起来。

“我们在举报邮箱里，发现了一个情况。”在副局长办公室里，郭局将一张打印有内容的A4纸递了过去。

那海涛接过去，注目观看，最上面的一行标题写着，“关于对信科集团财务总监申捷行贿问题的举报”。

那海涛认真地看着，举报的内容十分详细，列举的事实大都时间地点明确。

“申捷是信科集团总公司的财务总监，两年前曾在这家工厂任负责人，之后被调到总部。信科集团的董事长徐佳妮也因为经济问题被抓了。”郭局介绍着。

“因为什么经济问题？”那海涛问。

“省监委的案子，执行的留置，现在还在审查中。”郭局说。

“和工厂盗窃案有关吗？”

“现在还不知道，但我觉得应该有某种关联。”郭局说。

“徐佳妮是海城商界有名的交际花，光整容就花了上百万。她的经济问题也是被匿名举报的。我们和省监委联系过，举报者留的是一个尾号为1144的号码。”章鹏说。

“甭问，无机主登记，而且只打过这一个电话。”那海涛说。

“嗯。”章鹏点了点头。

“老总被抓了，工厂内部的监守自盗也被举报，再加上财务总监……哼，看来举报者是意图明确，精确打击啊。”那海涛感叹。

“是啊，这个案件很复杂。不排除有人想借咱们的手，达到自己不可告人的目的。但有举报咱们就得调查，发现违法犯罪问题，咱们就要打击。但咱们不能糊里糊涂的，而要看看这个案件背后藏着什么。”郭局说，“其实省厅早就接到过类似的举报，申捷已经进入我们视线，只不过没有这次匿名举报的线索明确。经过省厅领导与省监委的沟通，决定将这起案件交由我们办理，方小罗同志也是为此来的海城。所以，从严格意义上讲，她和你不算是同步进行，而是交叉进行。她办的是职务类犯罪，你办的是盗窃犯罪。明白吗？”

“嗐，郭局，这个您不用解释。”那海涛装作大度地摆摆手。

“都被气得来例假了，我还不解释解释？”郭局笑。

他这么一说，章鹏也忍不住笑了。

“你是海城‘四大名提’的徒弟，是预审行的骨干和精英。‘那三斧子’也算名声远扬、威震四方了吧。现在预审支队合并，但并不意味着预审消亡了。在当下，预审这门手艺需要被更多民警掌握，需要在实战中发扬光大。警务改革的目的不仅是将直属单位做精，更重要的是让民警一专多能。我让你去法制支队任职，也是为了让你能将预审的火种传递下去，海涛，你懂吗？”郭局严肃地问。

“懂。”那海涛惭愧地点头。

“给你个任务。”郭局说。

“是。”那海涛立马站了起来。

“带个徒弟。”

“啊？”那海涛一愣。

“方小罗，做你的记录员。”

“她？郭局……”

“这是命令！”郭局说，“她来海城挂职一年，主要学习预审，是个好苗子，别给带歪了。”

“这……”那海涛还想说些什么，但郭局已经转开了眼神。

“赵利，刘牧，有进展了吗？”郭局问章鹏。

“近期发现，赵利的轨迹曾出现在西郊，我们还在追踪中。刘牧在陈梦报案之后，曾经跟海涛视频通话，但经过追踪，他使用的是虚拟 IP 地址，我们分析他应该逃离本市了。”章鹏汇报。

“最近怪事很多，你们得重视起来，看看相互之间有没有什么联系。信科集团是海城的重点企业，与之相交的有省里、市里的不少部门，如果申捷的行为证实了，估计会产生裂变效应，弄不好就会引起一场‘地震’。既然省厅把任务交给咱们了，咱们就办好。不要分你的、我的，要通力协作、形成合力。这个专案，我是第一责任人，你、章鹏和方小罗都是成员，听明白了吗？”郭局拿话点那海涛。

“听明白了。”那海涛和章鹏异口同声。

在监控室里，那海涛看着方小罗心测的回放。在录像中，她正在给工厂盗窃案的一名嫌疑人心测，套路和预审截然不同。对于心测，那海涛也略知一二。心测是舶来品，最早在欧美国家产生发展，中国 20 世纪 80 年代初建，90 年代摸索，至今也不过三十年的历史。心测不同于预审，讲的不是与人心的博弈，而是通过血压、心跳、呼吸、皮肤电等几个基础指标，利用心测图谱来判断被测人供述的真假。

在画面里，方小罗说话温和，不急不缓，对被测人循循善诱。心测必须自愿进行，在征得被测人同意的基础上实施，这一点与预审的强制性截然不同，所以难度更大。

“这姑娘还算沉得住气。”那海涛微微点头。

“省厅最年轻的刑侦专家。仅凭这一个嫌疑人，就带出了十五个知情人的线索。当你徒弟不冤吧。”章鹏说。

“别，我是她徒弟。”那海涛撇嘴，“申捷的案子一共涉及几个人？”

“目前掌握的还有三个。”章鹏翻开材料，“一个叫何轩，男，三十二岁，申捷手下的员工，经过调查发现，除了大宗行贿之外，一般的小‘动作’都由他来完成。最近的一次，是他向一个叫陆海明的政府人员行贿。陆海明，男，四十岁，海城市西郊区政府秘书处的处长。”

“秘书处的处长……还会不会牵出更多的人？”那海涛皱眉。

“哼，已经牵出一个了。其他的，就得看你的了。”章鹏说。

“牵出了谁？”那海涛问。

“西郊区的区长，廖长远。”章鹏回答。

“哦。”那海涛点头，“政府部门人员，咱们能直接审吗？”

“郭局都安排好了，申捷、何轩咱们自己来。陆海明、廖长远，咱们主审，纪委监委参与。专案组设在刑侦支队，离‘三室’近。我专门给您腾了一个单间，没问题吧。”

“要阳面儿的。”那海涛说。

贪官

刑侦支队专案组，桌上堆满了案卷。那海涛进屋的时候，方小罗正在和章鹏说着什么。一看他进来了，方小罗立马站好，摆出一副恭敬的样子。

“师父好。”她笑容可掬。

“谁是你师父？”那海涛撇撇嘴，一屁股坐在椅子上。

“茶都沏好了，高沫儿。”方小罗说着把茶杯放到他面前。

那海涛低头一看，杯子锃光瓦亮，里面的老茶垢都被刷没了。

“谁让你给我刷的？我还指着这提味儿呢。”那海涛皱眉。

“啊？”方小罗一愣，“哦，那再多泡泡，很快就又有了。”

“你一大专家，干吗对我这样儿？”

“学本事啊。”方小罗笑。

那海涛拿眼瞥了一眼章鹏，心想肯定是这孙子教的。

“师父，你跟我别客气，别拿我当女的，当男的用。”方小罗挺诚恳，和初次见面的冷傲截然不同。

那海涛看着她，觉得挺有意思，“我跟你说了，别叫我师父，都是革命同志，现在不兴这个了。”

“不，这是海城市局党委下的命令，你，就是我师父。”方小罗一字一句地说。

那海涛被噎了一下，“你是来挂职，早晚得走，咱们是配合工作而已。”

“走了也是你徒弟啊。”方小罗还黏上了。

“你一省厅专家，认我这个大头兵当师父，不亏吗？”

“学本事啊。再说了,我不信‘那三斧子’空有其名。”方小罗使用激将法。

“哼，行，章鹏，真有你的。”那海涛用手指了指章鹏。

“人家都这么诚恳了，你还端着架子，嘿，是爷们儿吗？”章鹏捧哏。

“想学预审吗？”那海涛看着方小罗，表情严肃起来。

“当然。”方小罗利落地回答。

“会演戏吗？”

“演戏？”

“三十六计，七十二变，唱念做打，嬉笑怒骂，还有望闻问切。好的预审员就跟演员一样，得制造情境、进入角色，提气、变脸、入戏。”那海涛说，“听相声吗？”

“不听。”方小罗摇头。

“得听，还得听懂。我给你拿张盘，听听怎么逗哏捧哏。要想学，得从最基础的练起。‘红白脸’，一唱一和，一个拍一个揉;‘双红脸’，双管齐下，攻心夺气。这是有讲究的。”

“我也上过预审课，但你说的书本上都没有。”

“在这个世界上，最凶险的就是与人斗，最复杂的就是人心。书本上有的，都是最基础的理论，在实际工作中总结出的技术才行之有效。预审要是千人一面了，就没有名提了。知道什么是名提吗？”那海涛问。

“知道，就是你。”方小罗指着那海涛。

“行了，别说好听的了。”那海涛摆摆手，“因为对手不同，审讯的方法也截然不同。每个预审员都有自己的特点，你查过我的背景，知道为什么管我叫‘那三斧子’吗？”

"就是厉害呗。"方小罗笑。

"三斧子，就是拍山震虎、攻心夺气、重点突击，哐哐哐三下，之后再揉，这是我的风格。但说实话，我的能力比起那些老手，还有距离，以后我多给你介绍几个名提，比如老马，人称'马迷糊'，审人虚实并用、软硬兼施，出招时猝不及防，宛如绵里针；还有二姐，预审行的'名记'，无论跟谁打配合，都无缝衔接。两人并称'两大快嘴'。"

"名妓？"方小罗诧异。

"哎，别理解错了。不是那个'名妓'，是'名记'，记录员的'记'。"那海涛解释。

"哦……"方小罗笑了，"师父，那我现在该做什么？打水、擦地、订卷，从哪个开始？"

"哼……"那海涛也绷不住笑了，心想这个鬼丫头，肯定是通过章鹏把一切规矩都摸透了，"你有基础，直接来吧，在战斗中前行，才进步得快。"

按照管辖分工，公安机关负责的是《刑法》中非国家工作人员行贿受贿的问题。但在实际办案中，往往会拔出萝卜带出泥，牵出一些国家工作人员。遇到这种情况，公安机关要将案情向纪委监委部门进行通报，之后再协同处理。

其实对于公安机关的预审员，所谓的"贪官"是最好审的。一是他们毕竟接受过党的教育，沟通起来没太多障碍；二是他们涉及的案件大多与经济有关，只要按照经济利益的线索，就很快能勾画出全貌，而不用像对付刑事犯罪那样去"平地抠饼"。所以那海涛并没急着先从行贿的何轩下手，而是准备来个"反推"，先从受贿的开始。

早晨八点，阳光明媚。那海涛端了一杯酽茶，笑容可掬地走进了审讯室。审讯台上摆着笔记本电脑、打印机、钢笔、A4 纸和印油。方小罗早就到了，她穿着警服，端坐在记录员的位置。

“哟，陆处长都到了啊。来晚了，抱歉抱歉。”那海涛笑着冲对面的陆海明打招呼。

“警官好。”陆海明有些诚惶诚恐。他长着一张国字脸，留着三七分头，穿着一件灰色夹克，米黄色的毛衣掖在裤腰里，显得一丝不苟。

那海涛端坐在椅子上，面带微笑地看着他。但越是这样，陆海明就越是慌张。

预审上阵，就和唱戏一样，手、眼、身、法、步，形体、台词、眼神，提气、变脸、入戏。那海涛知道，对待这种人，得使巧劲而不能蛮干，抽丝剥茧才能挖出背后的真相。他早已将陆海明的履历和社会关系了然于心，准备今天给他来个“鸿门宴”。预审有句话：微笑的是高手，暴躁的是新手。随风潜入夜，才能润物细无声。

“陆处长，委屈你了啊。我们也是没办法，按照法律程序，必须得走这个过程。理解一下，配合一下。”那海涛笑脸相对，给对话奠定了基调。

陆海明看着那海涛，心里虽然犯着嘀咕，但表面上也显出诚恳，“理解理解，当然理解，我也是政府的人，这点觉悟还是有的。有什么问题，您尽管问，我一定如实回答。”

那海涛点点头，抬手伸出大拇指，“看见没有，这就叫作觉悟。”他转头对方小罗说。

方小罗虽然第一次做记录员，但很灵，她读懂了那海涛问话的重点，在笔记本电脑上敲下“我一定如实回答”。

“哎，听说您在区政府的秘书处工作？”那海涛问。

“可不，整天围着领导转，不比你们清闲，也得白加黑、五加二。”陆海明苦笑。

“嘿，瞧您说的，我们哪儿能跟您比啊，您负责的都是关乎国计民生的大事儿，我们这帮小警察，顶多就是给老百姓看家护院。”那海涛笑。

“别别别，可别这么说，只有革命分工不同，没有高低贵贱之分。”

陆海明说。

方小罗心里暗笑，知道这是那海涛在使用捧杀。捧杀的诀窍就是架得越高，“撤梯子”时就摔得越狠。对待职务类犯罪嫌疑人，预审员一般会避免使用“贪污”“受贿”“渎职”等字眼,在审讯中会以一种平等的基调进行，有时甚至要以退为进、以弱胜强。

那海涛已经铺垫好了开头，进入了“捧”的环节。只见他缓缓地拿出一根烟，不紧不慢地点燃，“抽吗？”他问。

“行吗？”陆海明问。

“那有什么不行的。”那海涛走过去，客气地给他点燃。

陆海明用力地吸吮了一口，烟一抽上，表情也放松下来。

“听说您原来是在学校里当老师？”那海涛对陆海明一直用着尊称。

“哦，是的。在海城一小，教过几年数学。”陆海明回答。

“哎哟，海城一小可不错啊，我们局好多同事为了能让孩子在那儿上学，都砸锅卖铁买学区房呢。”那海涛说。

“现在光有学区房也不行了，得落户三年，房主还必须是孩子父母，第一顺位。要是‘四老’啊，大概率得调剂到其他学校。”陆海明拉家常似的回答。

“唉……没辙啊，中国人的老传统，再穷不能穷教育，再苦也不能苦孩子。”那海涛摇头。

“是啊，孩子是家长的希望，也是这个国家的未来。”陆海明说起了官话，“哎，你家孩子多大了，要是想上海城一小，我帮你联系。虽然离开了，但跟校长还算熟悉。”他叼着烟，起了范儿。

“哎哟，那敢情好了，到时要是需要，可得麻烦您了。”那海涛满脸堆笑。

“好说，都是自己人。”陆海明笑了笑，下意识地换了个夹烟的姿势。

方小罗佯装记录，但实际上一个字没敲。她知道，这是那海涛“架梯子”的过程，并不是讯问重点。

“跟您说实话吧，我这人啊，最尊重的就是干两个职业的人。一种是老师，一种是医生。老师教书育人，医生治病救人，只要这两个职业能守住底线，这个社会就不会差到哪儿去。”那海涛推心置腹。

“是啊……”陆海明也点头，“以前当老师啊，虽然工作压力大，薪金不高，但是受人尊敬，教出了学生也有成就。”他不知不觉地进入到那海涛设置的情境中。

“记得上学的时候，学校里有个《学生守则》。里面好像要求做到‘自尊自爱，诚实守信，言行一致’，还有一句是……”

“‘知错就改……’”陆海明补充。

“呵呵……”那海涛笑了，“以前觉得这些要求不高，但自从我干了预审之后才感觉啊，如果大家都能做到这些基本的要求，那这个社会也就不会有那么多问题了。”他感叹，“哎，陆老师，我这么叫你行吗？”他换了称呼。

“行……行啊！”陆海明一愣，下意识地点头。

“好，那陆老师，咱们约法三章行不行？”那海涛看着他的眼睛。

“怎么个约法三章？”陆海明不解。

“您是区里的领导，也曾经是教书育人的老师。我们尊重您，也希望您能尊重我们。”那海涛继续“捧”，“您看这样行不行，咱们做个约定，从现在开始，对我提出的问题，说谎话不要超过三次。行吗？”那海涛伸出三根手指。

“嗐，”陆海明摇头，“怎么会呢，我怎么会说谎呢。那警官，您放心，我这人一向是有一说一，毕竟是当过老师的人嘛。”他把自己也给“架”上了。

“好。”那海涛重重点头，“刚才我们也跟您说过了，做伪证要承担法律责任，那好，咱们现在就开始。”他捻灭了烟，坐正了身体，用手指节敲响了桌面。方小罗知道，这是进攻的节奏。

“你认识何轩吗？”那海涛开门见山，同时将称呼由“您”改成了“你”。

“何轩？”陆海明皱眉，“我……跟他不熟。”

“那就是认识了？”那海涛问。

“也……谈不上认识，就是知道这个人。”

“怎么知道的？”

“从朋友那里知道的。”

“哪个朋友？”

“哪个朋友……哎哟，还真忘了。”他含糊其词。

“嗯。”那海涛点头。

“你和何轩之间有经济往来吗？”

“经济往来？”他下意识地抬头，“没……没有啊。”

“没有？你确定吗？”那海涛叮问。

“确……确定啊，确定。”他作出肯定的回答。

那海涛用手指节点了点桌面，方小罗噼里啪啦地记着。

“那你是否给他提供过帮助或者便利？”那海涛语气缓和。

“没有。”陆海明摇头。

“没有？”那海涛叮问。

“真的没有，我……我可以拿党性做保证。”陆海明急了。

“好。”那海涛点头，“都记下了吗？”他转头问方小罗。

“记下了。他以党性做保证。”方小罗说。

这一轮发问后，陆海明的表情已经有了变化。他抑制着胸膛的起伏，尽量让自己显得自然。但每当那海涛的目光扫来，他却不自觉地躲闪。那海涛觉得“捧”得差不多了，准备“撤梯子”。

“你说你跟何轩不熟，那为什么手机里会有他的电话？”那海涛问。

“这不是很正常吗？留个电话有什么问题？”陆海明警惕起来。

“留个电话没问题，但频繁拨打就有问题了。”那海涛说着拿出一摞纸，啪的一下拍在了桌上，“这是你跟他的通话详单，你们俩男的，最多在一天之内就通了十多个电话，累计四个多小时。小罗，你跟你男朋友也没这么腻吧？”那海涛问。

“再腻也不至于啊。我看啊，要不就是热恋期，陆处长爱上他了；要不……就是有事儿。”方小罗边说边盯着陆海明。

那海涛心里暗笑，没想到这小丫头还挺会说片儿汤话。

“这……这是我的隐私，你们无权过问。”陆海明故作愤怒。

“好，你的隐私是吧，那咱们就说下一个问题。你说跟他没经济往来，但为什么在你银行的账户里,会有一百万的现金转账呢？”那海涛加快语速。

“这……这是朋友的还款。”陆海明辩解。

“哪个朋友？姓甚名谁？”那海涛叮问。

陆海明不说话了，默默地摇头。那海涛却根本不给他沉默的机会。“摇头什么意思，是不知道、没做过，还是不想说？”

“我……”陆海明语塞。

“那我告诉你，经过我们调查，这些钱都是何轩借他人名义转给你的。相关人员我们都取了口供，还用出示证据吗？”那海涛抬手用食指指住陆海明。

陆海明额头冒了汗，他不确定何轩是不是已经招供了。

那海涛看着他的反应，心里有了底，“陆老师，我提醒你，你已经说了两个谎话了。下一个问题，你是否给何轩提供过帮助或便利？”

陆海明自知上了套，不说话了。

“好，你不说是吧，那我就讲给你听。今年，何轩所在的公司向西郊区政府申请企业落户资金扶持和奖励，在这个过程中，得到你的支持，有没有？”

“没有，绝对没有。”陆海明撑不住了，矢口否认。

“没有？那为什么在多个公司都符合条件的情况下，他们公司会优先获得落户奖励的五百万元、建立实验室和研发资助的两千万元，还有人才安居房三十套和两百套的住房补助？”那海涛一下撤了“梯子”，他走到陆海明面前，大声质问。

“这跟我有什么关系？这些扶持和奖励也不是我能批的。再说了，信科公司也不是何轩自己的，他都是按照上面的吩咐做事。”陆海明也急了，大声反驳。

“别推卸责任！材料上是你的签字，你不提供便利，他们能这么顺利？”那海涛质问。

“我那是经办人签字，上面的审批人你没看吗？他才是做主的！”陆海明站了起来。

“审批人？我怎么没看见啊？”那海涛皱眉。

“廖长远啊，他是区长。”

“哦……”那海涛点头，“这么说，你和何轩一样，都是具体办事儿的了？”他放缓了语速，静静地看着陆海明。

方小罗重点记录，“我是经办人，审批人是区长，廖长远”。

陆海明看着那海涛，知道自己说漏嘴了，他坐了下来，低头不语。

“刚才我已经说过了，我这人最尊重的就是做两个职业的人，一个是老师，一个是医生。但你知道我为什么干警察吗？因为警察的工作和老师、医生一样，是值得尊重的。我们执法办案，维护的是这个社会的底线，保护的是普通百姓的平安。相比老师教书育人、医生治病救人，我们拯救的是人的心灵。是要让那些犯错的人亡羊补牢，避免继续滑向深渊，你明白吗？”那海涛使用政策攻心，开始“揉”。

陆海明没有说话，保持沉默。

“我们善待你啊，给你三次机会，但你呢，不但不珍惜，反而编造事实、谎话连篇。自尊自爱、诚实守信、言行一致、知错就改……哼，我看你呀，一个都没做到啊。”那海涛开始奚落他，“我们拿你当人，但你自己呢？好好想想吧……”那海涛说着一转身，回到了审讯台后。

陆海明叹了口气，咽了口吐沫，似乎有说话的欲望。

那海涛没再继续这个问题，开始自言自语，“我上小学的时候，班主任姓赵。他小时候生活在农村，家里特别穷，两个姐姐为了供他上学，早早就辍学在家。所以他就特别努力，发誓不能辜负家人的希望。他的家离镇上的学校很远，每天五六点钟就要起床，带着个玉米饼子，走山路一个多小时才能到学校，沿途还要经过一条大河，每年夏天涨水的时候都特别危险。但就是这样，他也坚持完成了学业，之后走出了大山。在毕业之后，他放弃了企业优厚的待遇，到学校当了一名普通的小学老师。他告诉我们，衡量一个人是否成功，不要看他挣了多少钱，当了多大的官，而要看他为别人做了什么，为这个社会贡献了什么。这句话一直牢牢扎根在我的心里，至今没有遗忘。后来他响应国家的号召，到偏远山区支教，很不幸的是，那年发生了地震，他为了保护学生，被压在了废墟之下。后来他被救出来了，又回到了海城，回到了我们那个学校。我和同学们得知以后，都赶回学校去看他。我至今记得那个场景，我看到赵老师，跑过去拥抱他，没想到他右边的衣袖里空空如也。他的手没了，为了那些孩子，在那场地震中没了。”那海涛声音颤抖。

陆海明听着他的叙述，不自觉地抬起了头，他看着那海涛，也仿佛是在看着自己。

“他才配得上人民教师这个称号，我尊敬他，也尊敬这个职业。如果你相信我，就说出实情，我们都会拉你一把。你该明白，主动供述，只有好处没有坏处。机会在你自己手中，希望你好好把握。”

“唉……”陆海明深深地叹气，点了点头，“行了，那警官，你也不用再给我做思想政治工作了，我也是名老党员了，这些道理都懂。我是一时糊涂，才上了‘船’。”

“‘船’上还有谁？”那海涛随着他的语境问。

“区长，廖长远。”陆海明回答。

“谁拉你下的水？”

“何轩。不，他只是个经手的，真正拉我下水的是申捷，信科公司的财务总监。我……也是被利益迷住了双眼。我辜负了组织的信任，人民的培养，我……不配人民教师的称号……”陆海明带着哭腔说。

“师父，绝了！”方小罗伸出大拇指。

“捧杀，学会了吗？”那海涛笑。

“嗯。”方小罗点头，“你那小学老师真挺伟大的，我听得差点儿哭了。”

“今年《故事会》第三期。”那海涛笑。

“啊？不是你亲身经历啊。”方小罗张大了嘴。

“搞预审的得是杂家，多听段子，融进审讯的情境里。”那海涛笑。

“哎呀，你可太阴险了……说得那么动容，没想到是编的啊。”方小罗也笑，“那以后听你说话，是不是得留个心眼儿了？”

“你不是心测专家吗？谁蒙得了你啊。记住，真正难对付的嫌疑人，不是满嘴说瞎话的，而是‘九真一假’的。他们用九句真话铺垫，用一句假话行骗。”

“嗯……”方小罗思考着，“‘捧杀’和‘撤梯子’都见识过了，那下一个用什么方法？”

“看何轩的背景材料了吗？”那海涛问。

“看了，小镇青年，来海城奋斗，朝九晚五，月薪六千，租的房子离公司二三十公里。”方小罗说。

“你每天早上起床后，第一件事儿干吗？”

“起床后的第一件事儿……听音乐。”

“之后呢？”

“上厕所。”

“嘿……然后呢。”

“刷牙。”

“对，就是这招儿。”

“啊？”方小罗不解。

“挤牙膏，好好学着点儿。”那海涛笑。

同一间审讯室，同一把审讯椅，坐的是不同的人。不同的人出身不同、经历不同、血型不同、星座不同、性格不同，抗压力也不同，相同的是都要面对自己犯下的错误，接受应有的惩罚。

一个小时后，信科公司财务部的何轩坐在了审讯椅上。他三十二岁，长得瘦瘦小小的，一双眼睛滴溜乱转，警惕地看着审讯台后的那海涛和方小罗。

那海涛跷着二郎腿，用一种居高临下的眼神看着他，嘴角不时上扬，做出一副不屑的表情。

“说吧，从什么时候开始的？”他没头没尾地问。

“什么？”何轩不解。

“给西郊区政府的人行贿啊。”那海涛开门见山。

“我……”何轩语塞，没想到他会这么直接。

经过刚才的讯问，陆海明已经初步供述了受贿的事实，并在那海涛的教育下，对区长廖长远进行了揭发检举。虽然他的供述依然留有余地，却为那海涛审讯何轩提供了充足的“子弹”。职务类犯罪案件的特点就是存在多方的利益关系，以利益关系作为结盟的基础，这种结盟看似牢固，实际上却脆弱不堪，一旦打破了关系的平衡，行受贿双方就会立刻变为对立，互相推诿。所以在审讯此类案件的时候，预审员首先要找到行受贿双方利益的痛点，再去拍山震虎、重点突击。

那海涛一上来，根本不留给何轩编造和辩解的余地，几句话就将他逼到了死角，让他无路可走，“具体数额是多少？从第一笔说起。”那海涛用手指节敲击着桌面。

“数额……数额……”何轩默念着，在心里权衡利弊。

“先从现金说起，想起一次说一次。哎，我可提醒你啊，这一笔一笔的我们都有记录。”他边说边拍着桌上的一摞材料。

方小罗心里暗笑，在那摞材料里，除了陆海明供述的两页纸有用，其他的都是摆设。

何轩躲闪着那海涛的眼神，这是犯罪嫌疑人典型的畏罪表现。

“哎哎哎，我给你提个醒。”那海涛又敲响了桌面，“去年 2 月 7 号，下雪那天，办公室，三捆。”

一听这话，何轩抬起了头，“他……他都说了？”

“他说什么你别管，你就想想自己到底该怎么办。从轻的条件，自首、退赃、揭发检举，人家都占了，你掂量掂量，自己还有没有机会？”那海涛下着“套”。

“那……他都揭发我了，我是不是就不能算自首了？”何轩入了“套”。

“那倒不会，但得看你的供述情况。要是弄虚作假，不但不算自首，还得加上个伪证的罪名。”那海涛说。

“嗯。”何轩点头，“是三捆，是申总让我给他送过去的。”

“申总是谁？姓甚名谁？”

“申捷，主管我的领导。”

“说详细了，三捆什么，卫生纸吗？”那海涛不耐烦地问。

“是人民币现金，一百一张的，每捆一万，一共三万。”何轩供述。

方小罗抬眼看了看何轩，没想到他这么快就认了。

“哎，咱们定个规矩啊，也别每个问题都让我重复了。”那海涛懒散地靠在椅背上，“从现在开始，你说的每一次行贿，都要有时间、地点、人物三个要素，而且要把谁委派你去的，给的是现金、转账还是通过什么方法，都说出来。明白吗？”

何轩低着头，没接话茬儿。

“详细说吧。”那海涛抬了抬手。

“那次我是从海城银行正阳路支行提的钱，大约是中午十二点到的陆处长办公室。之所以赶在这个时间，是因为他们中午休息，单位人不多。那三万块钱都是新票，我没打开银行的包装，用一张报纸裹着。”

方小罗噼里啪啦地做着记录。

“为什么给他这笔钱？”

“申总说这叫投石问路，当时我们还没接触到廖区长呢，就想先从他身上下手。”

“他接了吗？”

“接了，挺自然的。”

“你以什么理由给的？”

“其实在此之前，我们已经吃过一顿饭了。在希尔顿酒店。记得当时他说过，想给孩子报一个高端的英语班，但是嫌太贵。”

“你觉得他是在暗示你？”

“这……我说不好。但申总觉得，有戏。”

“为什么这么说？”

“他要是没那个意思，是不会说这话的。能出来吃饭，就说明想结交我们。”

“你知道自己这是什么行为吗？”

“我这……不算什么行为吧……”何轩反驳，“姓陆的要是不暗示，我们也不会给啊。警官，我也从网上查过，像这种情况，是不是应该算他索贿啊？”

那海涛心里暗笑，觉得这小子不但回答得顺畅，而且还学会抢答了。这当然是值得鼓励的。“按照你供述的情况，差不多。”那海涛点头。

“那如果是他索贿，我就没什么责任啊，我就是一打工的，替人跑腿儿……”

“街面儿上有人杀人，满处找凶器，你递了把刀过去，他把人给砍了，你说，你有没有责任？”那海涛问。

“那不一样啊。我只是受申捷的指派，替公司办事。”何轩解释。

“嗯，这条很重要。”那海涛点头，“记下。”他转头对方小罗说。

方小罗明白，这是何轩和申捷的利益痛点，也是之后审讯申捷的“子弹”。从案件事实上看，何轩虽然多次向陆海明行贿，但只是经手人，真正指使他的则是隐藏在背后的申捷，说他是“替罪羊”并不为过。而要想挖出申捷这个幕后，首先要打掉何轩与他之间的攻守同盟，只要何轩供述了，申捷也将不攻自破。这就是同一案件有多名嫌疑人的好处，只要能找准切入点，各个击破，就不愁揭不出真相，挖不出余罪。

那海涛等方小罗将第一笔行贿凿凿实实地记完，才继续发问：“接着说。”

“接着说？没……没了啊。”何轩不自信地回答。

“你这么说，自己信吗？”那海涛笑了，他走出审讯台，来到何轩面前，“比这次多得多的，还用我说吗？”

何轩看着那海涛，手有些抖，“多得多的……”

“就你和他。嘿！人家都说了，你还扛着啊？有劲吗？”那海涛皱眉。

方小罗知道，其实陆海明就供了两笔，一笔是刚才说的三万，还有一笔是收受何轩的一张十万元的购物卡。那海涛这明显就是“抛砖引玉”呢。

何轩低着头，做着思想斗争，想了半天终于吐了口，“您指的，是那个十五万吧？”

“哼……”那海涛轻笑了一下，转身靠在审讯台上，回手拿起一本案卷，煞有介事地翻看着。

“我不是不说，您问的不是现金吗？那个是高尔夫球卡。”

“时间、地点、人物，谁委派你去的，说！”那海涛用手指敲响了桌面。

“也是申捷让我给的。具体日子忘了，应该是去年 4 月的第一个周末吧。

对，星期六的上午。我带姓陆的去打高尔夫球，就顺便给他办了张卡。”

“卡里的钱能变现吗？”

“能，只要支付百分之三的退卡费，就能提出现金。”

方小罗没想到何轩这么禁不住诈唬，十万的事儿没撂，倒把十五万给供出来了。她按照那海涛的提示，把时间、地点、人物等细节详细记好，固定好了第二次行贿的口供。

“还有。”那海涛说。

“还有？没了，真没了。”何轩摇头。

“唉……”那海涛叹气，“你呀，是真不老实！这么藏着掖着，怎么算自首啊？那十万的购物卡呢？海城商厦的，还用说得再详细点儿吗？”

那海涛这么一点，何轩绷不住了，“哦，是有一张购物卡。”

“一张？”那海涛皱眉。

“哦，不止一张，是……三……”他犯起了结巴。

“哎哎哎，你可想好了再说啊。一共几张？”那海涛叮问。

“不是不是，一共……”何轩憋了半天，终于吐了口，“五张，一共五张。”

“是吗？”那海涛转头问方小罗。

“哼……”方小罗没直接回答，做了个不屑的表情。

那海涛心里暗笑，这丫头果然有预审天赋，捧哏到位。

“好，时间、地点、人物，先把卡的情况说清。”那海涛坐回到椅子上。

所谓“挤牙膏”的预审手段，就是从小罪开始，逐一固定证据、步步为营，不求一口吃个胖子，让嫌疑人一点点吐露真相，之后再“抛砖引玉”，逐步引入深水区，慢慢涉及严重的罪行或较大的数额。正如温水煮青蛙，让嫌疑人不知不觉地抛掉侥幸心理和畏罪情绪，只要解开心结、进入到供述的惯性之中，预审便顺风顺水。

那海涛深谙“挤牙膏”的诀窍，在之后的一个多小时里，引着何轩将行贿的事实一笔笔地“挤”出来，最后竟有十一笔之多。方小罗在键盘上敲个不停，眼看笔录都做到了第十页。刚开始的时候，何轩还留有余地，企图蒙混过关，但随着那海涛“挤”的力度不断加强，他最终放弃了反抗，如实交代了全部事实。

时至午后，何轩才停了嘴。他说得口干舌燥，一边抽着烟，一边仰望着天花板，“哎，你等我再想想啊，好像还有一笔……”

那海涛没说话，耐心地看着他。

“对了，还有一笔，是上个月我送给他的两张蟹券。这个算吗？”何轩问。

“多大的金额？”

“面值是九百九十九元一张，五公五母，实际上打完折后也就三百多块钱吧。”何轩说。

“好，也记上。”那海涛点了点桌面。

“这次是真的没了。”何轩一脸的诚恳。

“别着急，慢慢想。已经过了饭点儿了，我叫了外卖，咱们边吃边说。”那海涛说。

“好，好，那我再想想。”何轩点头，“能……再来一根烟吗？”他的语气已变得轻松。

下午三点，那海涛和方小罗囫囵地吃着盒饭。

章鹏冲了两杯咖啡，放在桌上，“都审了大半天了，我看剩下那两个，明天再说吧。”

“不行，得趁热打铁，凉了就‘夹生’了。”那海涛喝了口咖啡。

“看你这意思，是志在必得啊。”章鹏笑。

“要不就不干，要干就干好。你又不是不了解我。”那海涛伸了个懒腰，“哎，小罗，你还行吗？”

“行啊。我最长一天心测，连续十个人呢。从早上八点一直干到凌晨。”方小罗虽面带疲惫，但眼里闪着光，“哎，师父，‘挤牙膏’用过了，那下一招儿是什么呢？”她饶有兴趣地问。

“申捷是个‘老油条’，对待这种人，光用一招显然是不够的，咱们得使用综合战术。”那海涛笑，“提气、变脸、入戏，制造情境、进入角色，关键时刻还得会讲故事。”

“我吃完了，可以开始了。”方小罗把饭盒一合，干劲十足。

“不急，咱们不打无准备之仗，先熟悉案卷吧。申捷的个人履历、家庭情况、社会关系、任职经历、日常轨迹、重要关系人，都要熟悉。记住两句话，第一，细节决定成败；第二，知己知彼百战不殆。”那海涛说。

晚上六点，申捷在晚饭后被带进了审讯室。审讯室没开吸顶灯，只有审讯台前的台灯亮着，申捷有些昏昏沉沉，面带倦意，连打了几个哈欠。他四十一岁，人长得瘦瘦高高，戴着一副无边眼镜，面相精明老到。他毕业于名牌大学，在海城商界颇有名气。

“申总吗？”那海涛先“捧”了他一下，占据主动。

“别别别，申捷，申请的申，捷径的捷。那警官您好。”申捷并不吃捧。

“哼……”那海涛笑了，“你知道我？”

“当然，您是海城警界有名的名提啊，谁能不知道？”申捷恭维。

“哦……”那海涛点头。他知道，申捷也摸过自己的底细。

“知道为什么找你吧？”那海涛没用刺激性的词语。

“知道，因为被人栽赃陷害呗。”申捷苦笑。

“怎么个栽赃陷害？”

“这个……我可不知道，您应该门儿清啊。”

“监委的同志都给你讲过规矩了吧？”

“讲过了，坦白从宽，抗拒从严，顽抗到底，死路一条。”申捷笑。

“不会吧，他们这么说的？”那海涛皱眉。

“呵呵……开个玩笑，不就是如实供述，做伪证要承担法律责任吗？放心，我肯定实话实说。”申捷故作轻松。

“小罗，宣权，让他签《告知书》。”那海涛抬抬手。

方小罗宣读了《告知书》，申捷接过来认真地看着。

“你和廖长远认识吧。”那海涛问。

“认识啊，很好的一个领导。”申捷说。

“他给过你们公司很多帮助吧？”

“哼……”申捷笑笑，“他同样给过其他企业很多帮助啊。”

“是吗？”那海涛反问。

“我知道,你们收到举报,说什么我向他行贿。那是诬告,胡扯。”申捷说。

“你怎么知道的？”

“不是一次两次了。这段时间社会上都传遍了,说人家廖区长收受贿赂、贪赃枉法，唉……现在的人啊，就是看不得人家好。我也懒得解释，但我相信一句话，人间正道是沧桑，清者自清，公道自在人心。”申捷果然是老手，几句话就给对话定了调。

那海涛看着他，知道这孙子是有备而来。于是也不想遮遮掩掩，开始直奔主题。

“何轩，也在我们这儿。”他直视申捷。

“哦。”申捷并不意外，轻轻点头。

“该说的他都说了。”那海涛轻描淡写。

“该说的？什么该说？”申捷问。

“你说呢？”那海涛反问。

“我哪知道。他只是我的下级，和我没有什么私人关系。”申捷说。

“去年 2 月 7 号，下雪，何轩带着三万元现金到了海城市西郊区政府陆海明的办公室。这件事你知道吗？”那海涛点题。

“三万元现金？”申捷皱眉，“我不知道。”他矢口否认。

“去年 6 月 10 号，还是何轩，借一名叫王博涵的人的身份证，给陆海明表弟的账户里打了二十万元。这件事你也不知道吗？”

“不知道。”申捷摇头。

“去年 4 月 3 号，何轩带着陆海明到海城半岛高尔夫球场打球，同时给陆办了一张十五万的会员卡。”

“这我就更不知道了，这应该算是小何和陆处长的私人交往吧？”申捷装傻。

“那为什么何轩说，这些事都是受你指派呢？”那海涛盯着他的眼睛。

“唉……”申捷又叹气，“那警官啊，您是不知道啊，这商场如战场，跟你们政府单位可不一样。许多对手为了达到目的，机关算尽，不择手段。这个何轩啊，虽然是我们部门的员工，但为人不太老实，据我所知经常在外面勾勾搭搭。如果刚才这些话真的都是他说的，那我真要好好反省一下了，用人失察，真是用人失察啊。”他连连摇头。

“你这意思，何轩行贿的这些钱，跟你没关系了？”那海涛问。

“当然没关系了，您可以去查啊，有通过我私人账户给他的吗？我让他去行贿，他有录音录像证据吗？”申捷脑子一点儿不乱。

那海涛看着他的表演，知道他是想一推六二五。俗话说“抓贼抓赃，抓奸抓双”，申捷之所以每次行贿都让何轩经手，无非是在给自己设置“缓冲区”和“防火墙”。行受贿案件有其特殊性，除了口供之外，要想获取其他的直接证据比较困难，大多数过程都发生在暗处。而申捷此时的对策，就是以不变应万变，对所有的事实都拒不承认。

方小罗认真地记录着，揣摩着两人的首轮交锋，一句话都不敢插。

那海涛停顿了一下，端起杯子喝了口茶，将目光尽量放温和。而申捷也借机低头沉思。但不过十几秒，那海涛又开始了发问。

“今年国庆晚上你在哪儿？”

“国庆晚上？”申捷犹豫了一下，“哦，我在和朋友吃饭啊。”

“和哪些朋友，在哪里吃饭？”

“这与你们要查的案子有关吗？”

“我问。你答。”那海涛指了指自己，又指了指他。

“在……大富豪酒楼吃饭，和一个朋友。怎么了？”申捷皱眉。

“具体点儿。”

“刘晓亚，我大学同学。好久不见了，随便喝一杯。哎，不用说我们当时点了什么菜吧？”申捷笑着问。他看似是在还原事实，实际上是避重就轻，生怕露出什么破绽。

“就你们两个人？”那海涛问。

“是啊。”申捷说。

“在大厅还是包间？”

“包间，说话方便。”

“哦……”那海涛点头，“哎，小罗，V888 那个包间能坐多少人啊？”他问。

“V888 是大富豪酒楼最大的包间，能坐十二个人。”方小罗回答。

“哦，这么大一包间啊。申总，你们俩人坐着不觉得空吗？”那海涛笑了笑。

“这……”申捷犹豫了一下，“哦，还有几个小妹，过来助兴的。”

“哪儿的小妹？”那海涛问。

“一楼歌厅的，刘晓亚安排的。嗐，都是男人，哪有不偷腥的。”申捷笑，“哎，那警官，这事儿可别跟我家属说啊。”他故作轻松。

“几个小妹？”那海涛叮问。

“一共……一共四个。”申捷看着那海涛的眼睛。

“哎哟，左搂右抱？”

“不是，后来又来了两个朋友。”

“哦……”那海涛笑了，“申总，你可想好了再说啊。怕什么啊，有什么人不敢露出来啊？”

“没有没有，我总瞎忙，天天有局，都记乱了，抱歉抱歉。”申捷打马虎眼。

“后来的两个朋友叫什么啊？”

“一个叫陈刚，一个叫方卓。”

“跟你什么关系？”

“朋友啊。”

“除朋友之外呢？”

“朋友之外？”申捷想着。

“小罗，那两人什么情况？”那海涛问。

“都是刘晓亚的大学同学。”方小罗说。

“跟刘晓亚是大学同学，哎，那跟申总不也是大学同学吗？”那海涛盯着申捷。

“哦，是。是我同学。”申捷点头。

“说一下陈刚、方卓、刘晓亚的情况。”那海涛用手点着桌面。

“陈刚是做房地产的，方卓是银行的，刘晓亚是开歌厅的。”

“大富豪歌厅就是刘晓亚开的吧，酒楼也是？”那海涛一语点破。

“是。”申捷点头。

“方卓是哪个银行的？”

“是海城银行的。”

“具体点，哪个支行？”

“海城银行正阳路支行的。”申捷的语速开始放缓。

“任什么职务？”

“副行长。”

“陈刚呢？”那海涛加快了语速，带着他的节奏。

“陈刚是……”申捷下意识地咽了口吐沫，“是海城罗马湖房地产公司的。”

“哦……罗马湖啊，很有名的，就是西郊那个最贵的别墅区？”

“是。”申捷点头。

“陈刚任什么职务？”

“陈刚……他任公司的副总。”

方小罗快速地操作着电脑，着重记录着几个人的任职情况。

“要说你们四个，都算是成功人士啊。副行长、副总、老板，还有你，这个大总监。”那海涛加重了语气。

“嗐，我们算什么成功人士啊，比上不足比下有余罢了。”申捷摆手。

“别，一顿饭吃了两万三，还不成功啊？”那海涛撇嘴。

“是吗？哦，不是我结的账，可能是酒贵吧。”申捷说。

“谁结的账？”

“陈刚。”

“碰见什么好事儿了？喝这么好的酒，还找姑娘助兴？”

“就是好久不见了，聚聚。”申捷避重就轻。

“哦……”那海涛点头，“但确实有喜事儿啊，比如……陈刚升职了。但他的升职是因为你的帮助啊，如果没有你跟西郊区的领导打招呼，他们公司就不可能承揽到那个项目。而那个项目，可是廖长远批的啊。对吗？”那海涛语速放缓，盯着申捷一字一句地说。

申捷愣住了，一扫刚才的淡定，“我说了，我不知道。”他矢口否认。

那海涛站起身来，背着手在他面前踱步，“你是个聪明人，要不也考不进‘985’大学。但聪明人啊，总会犯一个毛病，就是自视过高，拿别人当傻子。申捷，我承认你做事缜密，事先也设好了许多道防火墙。但我们干警察的有句话，叫‘物质不灭’。什么意思呢？就是只要你做事，就会留有痕迹，没有什么天衣无缝的犯罪。而我们干的事就是发现这个痕迹，然后沿着痕迹找到真相。你明白吗？”他停住脚步，看着申捷。

“我不明白你在说什么。”申捷迎着他的目光。

“好，那我就给你讲一个故事。”那海涛靠在审讯台上，“从前有一个人，从名牌大学毕业后应聘到了一家大公司。他的老板刚开始并不赏识他，只给了他一个经理的职位，让他跑跑业务，接待接待客户。在大城市打拼，不容易啊，每天工作辛苦，收入却不高。过了几年，他开始不满足现状，看着身边的朋友一个个飞黄腾达，自己也开始焦虑，想尽快出人头地。于是，他就做了一个局。”那海涛用手敲着桌面，“在一次会议上，他结识了一个在政府工作的小领导，小领导和他是同乡，从午餐喜欢吃油糕这一点就能看出来。于是他让自己的手下开始试探，从区区三万块钱开始，拉这个小领导下水。当然，他的目的不止于此，这个小领导位卑言轻，干不了什么大事。他真正的目标是小领导上面的人，有着更大能量的领导。于是他开始从两个方面做工作，一是拉小领导下水，做他的马前卒，二是找那个大领导的漏洞，投其所好。没多久，他发现了一个秘密，就是那个大领导的儿子是个纨绔子弟，经常流连于夜店歌厅，最常去的一个地方恰好是他熟人开的。于是他便开始做局，找到了那个熟人，哦，那熟人是他的大学同学。他给纨绔子弟找了两个最好的小姐，然后拿了一些助兴的药，让纨绔子弟在歌厅里好好地潇洒了一下，同时获取了全套的录像证据。但他知道，仅凭这些还远远不够，于是便继续拉他下水。钱、色，能使的手段都使上了，最后还让他陷入了套路贷。唉……可真是机关算尽啊。”

申捷低着头，一言不发，似乎那海涛说的与自己无关。

“他欠的债可不少啊，利滚利据说已经上了百万。纨绔子弟最后没辙了，只得求助他的老爸。他老爸虽是个领导，但面对如此巨款也束手无策啊。但就在这时，说也巧了，正有一个老板求领导办事，上赶着送钱。那个领导最终因为儿子的事，被攻破底线，吞了人家的鱼钩。作为交换，他违心地批了一个项目，在那个公司不符合条件的情况下，给那个公司落户奖励 500 万元、建立实验室和研发资助 2000 万元，还有人才安居房 30 套和 200 套的住房补助。造成了国有资产的巨额流失。之后，那个领导被拉下了水。近期，那个人又找到那个领导，让他审批一个房地产项目。而那个项目，则成就了那人的同学，一个房地产公司的副总。同时也让给房地产企业贷款的银行同学赚得盆满钵满。在国庆期间，搞房地产的同学组了一个局，小小地庆祝了一下，花了两万三千元。申捷，这个故事你听过吗？”那海涛问。

申捷没有抬头。

“哦，可能是我说得太乱，你听不太懂。”那海涛说。

“要把人名都加上就好理解了。”方小罗捧哏。

“好，那我就把这个故事里的人名都明确一下。”那海涛点头，“那个人叫申捷，他的手下叫何轩，那个开歌厅的叫刘晓亚，那个搞房地产的叫陈刚，那个银行的就是方卓了。还有，小领导就是陆海明，那个纨绔子弟叫廖波，而大领导，就是廖波的父亲，区长廖长远。申捷，事实都摆在这儿了，该问的人我们都问了，你还有什么可狡辩的吗？”他提高了嗓音。

“这些只是你们的猜测，有证据吗？”申捷抬起头，也提高了嗓音。

“证据，当然有了。”那海涛底气十足，“小罗，说说。”

方小罗拿起一份材料，“经过我们调查，你曾给刘晓亚的账户转过三十万元；廖长远母亲的账户曾收到过陈慧琳转来的一百万和刘蓓转来的三百万。而拉廖波进入温柔乡的，一个叫薛晓红，一个叫王爱菊。这四个女人碰巧了，都在大富豪歌厅上班，也碰巧了，都出现在你们的国庆晚宴上。”

申捷听到这里，不自觉地抬手擦汗。那海涛看似绕了个大弯子给他讲故事，实则是在告诉申捷，事实早就已经查清了。

“为什么这么做？”那海涛问。

“我……”申捷自知再无法狡辩了，“我也是为了公司，没办法，都是……老板的安排。”

“说详细点！”那海涛叮问。

“我们公司看上去红红火火，实际上这两年已是举步维艰。其实获得落户的奖励和实验室的资助，对公司来说都是杯水车薪。老板是想通过这一系列的操作，获得那块土地的使用权。”

"行贿的钱都是从哪儿出的？"那海涛叮问。

"都是从公司账户'串出来'的。那警官，我只是按照老板的要求做事，您以为凭我的级别，能跟廖长远对话吗？"申捷辩解。

"老板是谁？徐佳妮吗？"那海涛问。

"她只是表面上的老板。真正控制公司的，是牧野集团的刘牧。"申捷说。

"刘牧？"那海涛惊讶。

"是的，就是他。"申捷用肯定的语气说。

那海涛没想到刘牧会在这里出现。他觉得脑子有点乱，想不透最近这些事怎么绕来绕去都和刘牧有关。这是巧合吗？不，这很蹊跷！但时间不等人，眼看已经过了八点，四人突破了三个，就差最重要的廖长远了。在审讯开展之前，在监控室里，那海涛、方小罗、郭局和纪委监委的宋处长开了一个简短的碰头会。

宋处长介绍了廖长远这两天的情况，说他精神压力很大，对抗情绪很严重。

那海涛汇报了审讯的基本思路，同时提出了一个建议，让方小罗主审。这是出乎大家意料的。

"我主审？"方小罗有些惊讶，"师父，我行吗？"

"如果连你自己都觉得不行，那就是真不行。"那海涛瞥了她一眼，"我连续说了一天话了，嗓子累了，得歇歇。"

"那警官，廖长远是这起案件最重要的嫌疑人。我不是不信任方警官啊，但这个重任还是您来承担吧。"宋处长说。

"海涛，虽然小罗是省厅的心测专家，但对预审的技巧还在摸索阶段。让她上，你有十足的把握吗？"郭局问。

"当然。"那海涛说，"廖长远在党政机关工作了三十多年，不要说小罗，就是我，在他眼里也不值一提。对这种人，不能玩儿技巧，而要阐明利害，直接让他‘二选一’。再说，小罗还有一个秘密武器啊。”

“啊？我有什么秘密武器？”方小罗诧异。

“年轻，就是秘密武器。”那海涛笑。

晚上九点，那海涛和方小罗坐在了海城市西郊区区长廖长远的对面。只不过这次是方小罗坐在主审的位置上，而那海涛则在记录员的位置操作着电脑。

廖长远精神不佳，一双眼睛熬得通红，嘴唇干裂，显然好久都没有说过话了。

方小罗在宣权之后，开始了发问。

“姓名？”

“廖长远。”他低着头说。

“年龄？”

“五十五岁。”

“籍贯？”

“海城。”

“家庭成员？”

“老伴儿刘翠兰，五十六岁，以前是海城棉纺厂的职工，现已退休在家。”

“知道为什么要留置你吗？”

“是为了信科那块地的事吧？”廖长远抬起头，温和地看着方小罗。

“既然知道，就请说说吧。”方小罗很客气。

“那块地从立项、审批，一直到最后确定，都是区政府集体研究和决策的结果，虽然我主管，但并未在其中有过什么越界的行为，更谈不上有什么问题。如果你们认为有什么问题，可以提出来，我解释。”廖长远回答得很自然，能看出，他对方小罗并没什么防备。

在一般情况下，侦办贪污受贿类案件时，都要沿着“钱”走。比如消费与收入严重不符，挥金如土，或者银行有巨额存款来源不明。等找到这些线索后，再沿着资金流向，调查来源、去向、数额、性质，一旦判定属性、固定证据，就可以通过资金和账户的相互关系，继续扩线侦查，往往会牵扯到涉案人的家属和亲朋，就能进一步积累审讯的“子弹”。

但在侦办这起案件中，纪委监委却并未在廖长远的亲属账户中发现什么异样。廖长远十八岁参加工作，干过畜牧站的养殖员、乡村小学的教师、建设办副主任、街道办主任、副区长等职，当这个区长，实际上也是五十岁之后的事，仕途不算一帆风顺。他年薪二十万，至今还和老伴儿住在单位分的九十平方米三居室内，账户也未见有大额存款。从表面上看，应该算是个清官了。但是一旦涉及他的儿子廖波和母亲肖淑琴，情况就不一样了。所以预审前的背景调查环节非常重要。

“秋天总会有哀伤的故事，只是落叶不愿澄清。这首诗不错啊。”方小罗话锋一转，按照那海涛教的，发出了第一颗“子弹”，名叫“穿甲弹”。

“你这是……什么意思？”廖长远皱眉。

“我是说，你儿子写的诗不错。哦，我是从他朋友圈看到的，可能英文的原文会更有意境。你刚才在说家庭成员的时候，把他给落下了。”方小罗用“穿甲弹”击穿他的伪装。

廖长远没想到会岔到这个话题，轻描淡写地回答：“哦，他叫廖波，现在美国留学。”

“都二十六岁了，还没学成归来？”那海涛在旁边插话。

“他……是去进修，刚走没多久。”廖长远说。

“那他的学费呢？自己打工吗？”方小罗问。

“我们有一定的积蓄，再加上他的奖学金，差不了很多。”廖长远回答。

“他的奖学金……每年有多少？”方小罗问。

“奖学金？哦……这个我还真不太清楚。”廖长远说。

其实这是方小罗发出的第二颗“子弹”，名叫“爆破弹”。

“但经过我们调查，廖波每年的收入高达上百万。他至今还是国内一家企业的股东，这件事你知道吗？”

“我……不知道啊。”廖长远缓缓摇头。

“去年3月，廖波以‘投资’为名入股襄城‘清泉墅’项目，但却并未实际出资。而从那时至今，他先后四次获得了‘清泉墅’项目负责人共计二百余万元的‘项目分红’。这件事,你不会不知道吧？”方小罗让那颗“爆破弹”炸响。

预审有句话，叫“要想审老子，先审儿子；要想审受贿的，先审行贿的”，职务犯罪嫌疑人一般都是绳子两头的蚂蚱，只要一个查实了，另一个也就不难被攻克了。廖波，当然就是廖长远的突破口。

廖长远知道自己瞒不下去了，他低估了面前这个小姑娘的能力。时间一分一秒地过去。方小罗也不说话，默默地看着他。她知道，廖长远在做思想斗争，在权衡利弊。

方小罗又等了一会儿，鼓了鼓勇气开了口：“廖长远，我和你儿子的年龄差不多。作为同龄人，这个年龄正是该锐意进取努力工作的时候，但是他现在不能，只能躲在异国他乡，远离自己的祖国和家人。为什么呢？因为他身处险境。看似每年获得巨额分红，还是一个企业的股东。实际上你和他都知道，这只不过是那些人的诱饵，你们吐不出来的鱼钩。他们用金钱和利益捆绑住你们，拉你们下水，成为奴隶。说实话，我看不起你。你不是一个尽职的父亲。如果不是因为你,他们也不会对廖波下手。事到如今，你也可以拒不交代，抗拒组织的审查，但结果只有一个，就是你的儿子廖波会终生经受良心的炙烤，而外边那些围猎你的人会继续绑架他，用他来要挟你。孰重孰轻你自己考虑，孰是孰非你自己判断。作为一个党政领导干部，你必须要正视自己犯下的错误；作为一个父亲，你必须要对你的儿子负责。”她一口气说完，说得真诚、动人。

这是方小罗的第三颗子弹“燃烧弹”，为的就是通过教育感化，让廖长远受到良心的炙烤。

廖长远动容了。他长叹一声，下意识地用手擦泪。

“该是你的责任，你一定要承担；不是你的责任，你也包揽不了。”方小罗定了调。

“对不起，一切都是我的错。我辜负了党的培养、组织的信任，也耽误了自己孩子的前途。”他做着和许多贪官事发之后一样的忏悔。

“策划这件事的人是谁？”方小罗问。

“刘牧，信科集团的实际控制人。还有，卢霖，刘牧的合作伙伴。”廖长远说。

“卢霖？”那海涛警觉起来，似乎听过这个名字。

“他是什么情况？”那海涛问。

“他是海城嘉华集团的董事长，和刘牧的关系很近。他行事隐秘，看似低调却能量很大，和省里的许多领导都有交往。我之所以被拉下水，除了刘牧，他也起了很大作用。说实话，干了这么多年的党政工作，我对金钱还是有抵抗力的。但眼看着任期届满，再不使使劲儿就要退居二线了，刘牧和卢霖跟我说，可以通过省里的关系帮我运作，让我再往上走一步。唉……我真是鬼迷心窍了。”他用手捂住脸。

听他这么供述，那海涛不禁用指关节敲击桌面，仰头看着天花板上的监控器。

在监控室里，郭局正打着电话，“卢霖，嘉华的董事长，赶快摸清情况。”他已经在给章鹏布置任务了。

证人

卢霖住的地址，就是海城最昂贵的别墅区——西郊的罗马湖别墅。数辆警车飞驰着，迅速向目的地集结，章鹏亲自上阵执行抓捕任务。他一边指挥，一边跟郭局做着汇报。

在审讯室里，廖长远已经在打印好的笔录上签字并按下了指印。那海涛长长地出了一口气，这场仗赢了，从早晨八点到凌晨时分，十六个小时，连续拿下了四名嫌疑人，连纪委监委的同志都啧啧称奇。他觉得很提气，自己应该不比师父“七小时”差。方小罗也很兴奋，初试牛刀便大获全胜。

“师父，你刚才说见过卢霖？”在押走廖长远后，方小罗边收拾材料边问。

“是啊，五十出头，看上去挺和善，有书卷气，是个城府极深的人。”那海涛叼着一支烟，靠在椅子上休息。

“他和刘牧是什么关系？”

“当时没看出来，他很低调。在饭局上几乎没怎么说过话。但现在想想，他的地位应该比刘牧高。从饭桌上的座次就能看出来。”

那海涛不禁回忆着，年初那次潜入刘牧饭局的情景。

那是在春节之后，气温刚刚回升就来了一场倒春寒，雨雪不期而至，整个城市都笼罩在一片灰霾之中。但在海城的某个私人会所里，却春意盎然、歌舞升平。这里正举办着一个大派对，庆祝牧野集团新项目的成功。会所聚集了上百名商业人士，人们衣冠楚楚，谈笑风生。舞台上，几名艳舞女郎像蛇一样舞动，随着台下男人们的口哨声和起哄声，气氛一波波地推向高潮。那海涛穿着一身黑色大衣，随着线人混在其中，假借这名线人助理的身份来探听虚实。他端着一杯红酒，站在距离刘牧主桌十米开外的地方，观察着情况。

主桌坐着八个人，刘牧并不在主位，而是在副陪的位置上。主位是一名中年的谢顶男人，也就是后来因刘牧事件被监委留置的海城市副市长姬箴。坐在姬箴对面主陪位置的，是一个面带书卷气的男人，现在回想起来，应该就是卢霖。那海涛仔细看着，在刘牧身边还坐着一个戴眼镜的男人，那人不时与刘牧交头接耳，但只能看到侧脸。那海涛趁周围无人注意，拿出手机想要拍照，却被一个安保人员给拦住了。

“您好，请问有请柬吗？”安保人员问。

那海涛忙收起手机，拿出请柬递给对方。

安保人员看了看请柬，向一侧伸出了手，“请您跟我来一下。”

“怎么了？出什么问题了吗？”那海涛皱眉。

“没有。”安保人员赔笑，“是我们董事长想请你聊聊。”他说着往主桌那边指了指。

那海涛顺势望去，正看见刘牧在冲他举杯。

在会所的一个小包间里，刘牧和那海涛面对面地坐着。包间的隔音很好，外面的喧嚣被有效遮挡。

桌上没有菜，只有十多瓶不同的红酒、白酒和洋酒。刘牧用食指转动着餐桌上的转盘，酒瓶随之转动起来，像一个酒类的展览。

“喝酒吗？”刘牧问。

“喝着呢。”那海涛抬了抬手中的酒杯。

“那个酒不行，年份不够，味道不醇。”刘牧摇摇头，“你们当警察的，是不是不能喝酒啊？听说就算回家喝，也得报备？”他点出了那海涛的身份。

“呵呵……”那海涛笑笑，没正面回答。

“看来今天，你这是报备过了？”刘牧也笑了笑，“唉……真累啊，何必呢。”

“来，我陪你一杯，桌上的酒你选，红的、白的，还有洋酒，看你喜欢哪个。”刘牧抬了抬手。

“什么酒喝到肚里都一样。不过是个醉，没什么区别。”那海涛说。

“怎么会？”刘牧皱眉，“喏，麦卡伦，单一麦芽威士忌，大师版，十五万；柏图斯波尔多，2005 年的，四万；要是不习惯，还有二十年的茅台。酒有不同的等级，同样是醉，但过程不同。饮酒不在结果，在享受的过程。”

“哼，你是在教我吗？”那海涛皱眉。

“谈不上。”刘牧摆摆手，“我的意思是，咱们没必要这么针锋相对的。挑一瓶你喜欢的酒，出门到主桌上喝，我给你介绍几个朋友，对你是有好处的。”他笑了笑。

“哼，这些酒我都喝不惯，我就喜欢二锅头，便宜，实惠，还不上头。”那海涛靠在椅背上。

“哎，你们这帮警察啊……”刘牧摇头，“人这一辈子啊，都是给人打工的。但要看给谁打工。我那司机，一年十万，每天工作十多个小时，就这一瓶儿酒钱，他的命就卖给我了。而我呢，可以给更多人创造工作机会，也可以买更多人的命。就因为那么一点儿小事儿，你就追着我不放，你以为能扳得倒我吗？”他看着那海涛。

“我不管你是谁，只管对错。”那海涛说。

“哼，哪有那么多对错。人和酒一样，一旦你尝试了最好的，以前的次的就很难下咽了。”他说着站了起来，“一切看你，要是愿意，就跟我走，姬市长也在，跟你们局领导都熟。要是不愿意，我也不强留，哎，那有两箱酒，我让司机帮你带回去，尝尝好的。”

那海涛也起了身。他走到那两箱酒旁，用手提了提，“刘总，这个重量，里面不光是酒吧？”

“别紧张，你可要可不要，一切都是自由选择。就像这酒，可喝可不喝。但老话儿说，多个朋友多条路，你知道的，我这儿不止一条路。”刘牧面带傲慢。

“对不起，我的朋友圈很小，容不下太多人。再说，我要那么多路干吗，走好眼面前儿这条就行了。哎，还有啊，我还提醒您，天黑路远，路要是太多了小心走岔了。”那海涛说着一转身，就离开了包间。

“哇，你可太帅了。”方小罗惊叹，“有范儿，有范儿。”她伸出大拇指。

“别拍马屁。”那海涛摆摆手，“当时那个主桌的人，后来都没什么好下场。”他抬手看了看表，“先休息会儿吧，养精蓄锐，等等章鹏的信儿，要是拿下卢霖，估计咱们还得连夜审讯。”

正说着，章鹏的电话来了。“嘿，你瞧瞧。”那海涛冲方小罗笑。他说着接通电话，但表情却骤然改变，“你说什么？跑了？”

在警车上，红蓝色的光映照着章鹏的脸，他大声地说着：“卢霖的信号在快速移动，我们怀疑他的目的地是东郊的海城港口，想乘船逃离。我已经联系了沿途的警力，立即进行堵截。”

“他怎么得到的信儿啊？这不会是巧合吧！”那海涛急了。

“不知道！还有一个新的发现，赵利很有可能也在他的车上。”章鹏说。

“赵利？你怎么知道？”那海涛惊讶。

“我们之前追踪到赵利的一个关联号码，但不确定是否是他在使用。这个号码一直关机，但就在几个小时前，这个号码开了，我们就确定了位置。没想到这个号码的位置跟卢霖重合，也在奔向海城港的方向。”章鹏说。

“赵利……”那海涛重复着。

“师父，怎么回事啊？”方小罗在一旁问。

“坏了！”那海涛有一种不祥的预感，他迅速地穿上衣服，拿出车钥匙就奔向了门外。

“哎，你干吗去啊？”方小罗在后面问。

在海城高速上，那海涛疯了一样地开着车，速度已经超过了一百二。老警车已经快十年了，风噪和胎噪震耳欲聋。

“拦截到了吗？”他拿着手机大声地问。

“还没有！但前面的警力已经到位了。海襄高速，海港出口，无论他从哪儿走都有我们的人。放心吧，你就别来了。”章鹏说。

“告诉我，他现在的位置。”那海涛问。

“现在……正在经过‘十里坡’路段，那儿是山路，崎岖难行，我们从高炮台出口绕过去，正好堵住他。”

那海涛挂断电话，目不转睛地盯着前方。风呼呼地吹着，疲惫和困意阵阵袭来。他甩了甩头，把车窗摇开一个缝儿，让冷风吹进来，好让自己清醒。

车速已经到了极限，发动机发出轰鸣，车身也开始发抖，那海涛无奈降低了车速。前方的指示牌显示，距十里坡路段还有三十公里。那海涛抑制不住地想着，卢霖和赵利怎么凑一块儿了，如果他们是一伙儿的，又意味着什么？记忆里的许多碎片扑面而来，赵利最后一次做记录时的状态、眼神和说过的话，他之前的一系列表现，都不禁浮现在眼前。那海涛下意识地拼凑着，却无法有效拼接、完美梳理。正在这时，一辆载重大货车突然迎面驶来，两束远光晃得那海涛睁不开眼。他赶忙向右打轮，大货车嗖的一声从旁边掠过。他踩了几下刹车，警车才降下了车速。从后视镜望去，那辆货车满是泥泞，遮挡住了号牌，肯定又是趁夜超载运输的。他呼了口气，用手抹了抹额头的冷汗。这时手机响了，他低头看去，是章鹏的来电。

“喂，什么？信号消失了？在哪里消失的？”他大惊失色。

在十里坡路段五公里的位置，刑警们在山崖下发现了卢霖驾驶的车辆。那是一辆尾号为“6606”的黑色宝马X5。车辆损坏严重，前挡风玻璃已经粉碎。由于系着安全带，卢霖虽身负重伤、陷入昏迷，却还有生命体征。但赵利就没那么幸运了，他在宝马车坠崖的过程中被甩出车外，头撞到山石上，发现的时候已经死亡。他身旁散落着满地的红色钞票，一阵风吹来，钞票纷纷扬扬地四处飘散。那海涛跟着章鹏来到山谷下，经过技术人员的勘查并推测，现场没有刹车痕迹，宝马坠崖的原因是受到外力的撞击。从撞击的高度推测，应该是一辆货车。那海涛恍然想起了那辆大货车。他马上向交管部门进行了通报，要求立即进行查询并阻截。郭局随后也赶到了现场。他看着赵利的尸体和漫山遍野的钞票，重重地叹了一口气。

凌晨两点，淅淅沥沥地下起了小雨。手术室外，那海涛和章鹏站在郭局身后，几个人看着手术室门前的红灯，都沉默着。

“我们勘查了车里的情况，也搜查了卢霖的住处。他走的时候并没带什么随身物品，显然是临时起意。他的通话记录显示，在三个小时之前，曾接到了一个电话。”章鹏汇报着。

“什么电话，机主是谁？”郭局回头看着章鹏。

“尾号7889，无机主登记，而且只打过这一个电话。通话时间一共只有三分钟。”

“不用问了，现在已经弃用了。”郭局说。

“嗯……”章鹏点头。

“无机主登记，只打过这一个电话……哼，和举报信科集团徐佳妮，举报信科工厂盗窃案的手法一样啊。”郭局摇了摇头，“查最后关机的位置，摸出线索，务必全力以赴。”

“是。”章鹏回答，“还有，经过清点，散落在山谷里的现金接近三百万，而且都是连号的新钞。装现金的皮箱上有赵利的指纹。我们推测，这笔钱是赵利随身携带的。”

“三百万……”郭局皱眉，“通知经侦，让林楠联系银行查取款情况，到网点调监控，获取取款人的信息，尽快扩线。”

“是。”章鹏回答。

“海涛，因为你和赵利有工作关系，加上案卷丢失，这段时间没让你参加专案工作。这不是对你的不信任，而是为了避嫌。你理解吗？”郭局看着他。

“嗯。”那海涛点头。

“咱们干警察的，是不相信巧合的。近期发生的一系列案件，都围绕着一个人，那就是刘牧。赵利、卢霖、徐佳妮、申捷，包括那个失踪的女孩陈梦，都与刘牧有关。我想让你加入专案，一起参与侦破。你意下如何？”

“没问题，我肯定全力以赴。”那海涛站直了身体。

“好，那从即日起，你和小罗加入专案组，配合章鹏工作。”郭局定了调，“章鹏，你说说赵利出事前的情况吧。”

章鹏点点头，“经过这段时间对赵利的调查，发现他从年初开始，一直在玩原油期货，但他玩的却是个黑平台的‘虚拟盘’，最后损失惨重。不但本金没了，还欠了几十万的外债。这个黑平台已于上个月被外地警方打掉了。这个情况你掌握吗？”

那海涛摇摇头，“我说有段时间，他怎么总显得沉闷，郁郁寡欢呢。”

“海涛，这个案件很特殊，你也知道刘牧和卢霖的背景，以及现在这起案件可能发生的后续情况。之所以现在才让你和小罗进入专案组，也是经过慎重的考虑和严格的考察。近期出了很多怪事啊。咱们每次行动，似乎外界的某些人都能及时掌握，特别是这次卢霖的逃亡。你看看他接到电话的时间，就是在咱们准备行动的时候。以后交流案情，仅限于咱们几个人，这起案件要严格保密。明白吗？”

“明白。”那海涛点头，“您是怀疑……咱们内部有人跑风漏气？”

“我也不愿意这么想，所以才配合省厅在此前做了小范围的测谎。但测谎的范围不能再扩大了，不然会人心惶惶。所以仅凭现在的结果，还不能贸然说有没有内鬼。比如赵利，看似是个老实人，在预审行里干了这么多年，但就是因为一念之差，酿成了恶果，还付出了生命。我听章鹏汇报过，在卢霖的家里也发现了赵利的生活痕迹，对吧？”

“是的。”章鹏回答，“勘查人员判断，赵利应该在卢霖的别墅里生活很长一段时间了。”

“唉……”郭局叹了口气，望着窗外的层层迷雾，“这个案件越来越复杂了，但越是这样，咱们越不能放弃。水深才出大鱼，咱们早晚能抓到幕后的那只黑手。你们也要做好思想准备，齐心合力迎战强敌。”

这时，章鹏接到了交管部门的电话，他在旁边说了一会儿才过来汇报，“郭局，肇事车辆找到了，被丢弃在 G5 出口五公里处的辅路上。是一辆蓝色的东风牌 4.2 米小型自卸货车，没有悬挂车牌号。”

“马上让勘查人员过去，调查那辆车上的指纹、足迹和 DNA 生物痕迹。全力寻找肇事者。”

“是。”章鹏回答。

“工厂被盗，匿名举报，引出贪官，制造车祸。哼！你们还想干什么？”郭局望着窗外。

这时，手术室的门开了。主治医生走了出来。

“怎么样？”郭局上前问。

“伤者的伤势非常严重，除了多处骨折之外，由于大量失血，造成失血性休克。虽然保住了性命，但很有可能陷入植物人的状态。”医生叹了口气。

黑暗中，一个穿着洁白芭蕾服的女孩翩翩起舞，一束灯光映在她身上，显得安静端庄。但她却似乎在躲闪着那束光，一直向黑暗逃离。她的舞步越来越快，那束光也越追越急，仿佛想将她笼罩其中。她惊慌失措，身上忽明忽暗，突然，她消失了，灯光也熄灭了。一片黑暗。

那海涛腾地就醒了，环顾四周，才发现自己在长途车上，而他的脑袋正靠在方小罗肩上。那海涛赶忙坐正身体。

“呼噜山响，都不好意思叫你。”方小罗说，“做梦了？”

“嗯……”那海涛惊魂未定，拿出茶杯喝了一口。

“漂亮女孩都忧郁吗？”那海涛问。

“什么？”方小罗不解。

“漂亮女孩就像一只小鹿，经过幽暗的森林，不知道有多少野兽在窥视着她呢。所以漂亮的女孩都忧郁。”他想起了那个咖啡厅老板说的话。

“呵呵，你这都是从哪儿听的。”方小罗笑，“我更相信一句话，人的命运是在客观环境下，在一次次源于个性的选择后形成的。是偶然形式中潜在的必然，之所以不易逆转，是因为惯性使然。所以要想逆天改命，不能寄希望于逃脱环境或逃离现实，而要强大内心、完善自己，做好每一次的选择，将生活的曲线拉升。”

“哎哟，挺有道理啊。”那海涛说。

“女人，不能相信命运，屈从命运，要自己把握命运。”方小罗的脸上露出坚毅。

“哼，你这样子，特像一个老预审。”

“谁啊？”

“二姐。”

“听你说过好几次了，哪天见见啊。”

“唉……前置了，现在在派出所巡逻呢。”那海涛叹了口气，“她送给我一句话，我也送给你吧。洞悉黑暗，笃信光明。”

“洞悉黑暗，笃信光明。”方小罗重复着，“好，记住了，挺起范儿的。”

又过了半个多小时，两人才下了长途车。不远处是一个村庄，秋风呼啸着，一片寂静。

两人经过询问，找到了陈梦的养母陈香芹。

老人已经七十多岁了，背驼得很厉害。说话也断断续续的，思维似乎不是特别清楚。她穿着铁灰色的厚重棉衣，在一个空荡荡的房子里给两人倒水。阳光透过窗户射进屋，映出斑驳的光影。那海涛向四处看着，这是一个老房子，墙皮发黑，多处掉落，上面用胶条贴着陈梦从小到大的许多奖状。学习标兵、三好学生，最高的奖励可能就是一个学校舞蹈比赛的第一名了。

老人倒完水，颤颤巍巍地放在两人面前。“孩子有出息呀！在城里是个大明星。”她说。

“她最近回来过吗？”那海涛问。

“什么？”老人耳背。

“我是说，陈梦最近回过家吗？”那海涛提高了嗓音。

“没有。但总给我寄钱。”老人说。

“您是从什么时候收养她的？”

“嗯……得有二十年了吧。”

“她的生身父母呢？”

“死了，很早就死了。这孩子命苦，可怜。”老人说，“你们是警察？她怎么啦？出事儿了吗？”

“没有。我们就是想找她了解点儿情况。”

“哦。”老人这才放心。

“她最后一次回家是在什么时候？”方小罗问。

“最后一次……”老人想着，“大半年了。跟一个男孩儿一起回来的。男孩儿个高，长得还精神。”

“是她男朋友吗？”

“不知道。”老人笑。

“她回来住在哪儿啊？”方小罗问。

老人没说话，站起来冲里面指了指。她从柜子里拿出一把钥匙，打开了一个房间。那海涛和方小罗走进去，那个房间不过七八平方米的样子，墙上却挂着一张艺术照片，与周围的环境格格不入。上面的陈梦穿着一身芭蕾服，摆着天鹅的造型，背景漆黑，身影洁白。

回程的路上，那海涛久久无语。方小罗看着他，好奇地问：“那个女孩什么样？很美吗？”

那海涛拿出一张纸，递给了方小罗，上面写着：“我总觉得自己是株植物，永远都不想开口说话，在没人关注的地方默默生长，用一辈子的努力去延向触不到的天空。小的时候，我觉得这个世界是干净清澈的，所有的花都能盛开，所有的黑夜都会过去。但现在呢，这个世界这么肮脏，没有谁是干净的，但这并不意味着，他们可以践踏我的尊严。芭蕾是诗，不是杂技，芭蕾为灵魂而舞，不为五斗米折腰。我不配继续留在这里，所以离开了。善良至上，罪恶受罚，希望你答应的事情，能够做到。”

“这是她留下的？”方小罗问。

“我答应过她，如果刘牧真的涉嫌犯罪，一定会将他绳之以法。”那海涛说，“她跟我说的最后一句话，是‘希望你答应的事情，能够做到’，我忘不了她那个眼神。”

“她失踪多久了？”

“好久了。但愿她没出意外……”那海涛把头仰靠在长途车的椅背上。

“我看你啊，是喜欢上她了。”方小罗说。

“胡扯什么。”那海涛瞥了她一眼，“咱们警察的职责，不就是保护弱者吗？”

“你怎么知道她是弱者？”方小罗问，“听你的描述，我倒觉得，这是个厉害的女孩。”

"怎么讲？"

"她养母说，她喜欢吃玉米、烤冷面，生活很朴素。但从你的材料上看，她在夜店坐台，用高跟鞋喂客人喝酒；她在餐厅用餐，一顿饭吃了近一万元。你不觉得她很割裂吗？"方小罗说，"而且这封信，就不像是个弱者写的。"

那海涛没说话，默默地想着。

"我问你，什么老鼠站着走路？"

"老鼠？"那海涛不解。

"米老鼠啊。"方小罗笑。

"哦，嗐……"那海涛摇头。

"那什么鸭子站着走路呢？"方小罗又问。

"那还用说，唐老鸭呗。"那海涛不假思索地回答。

"错，所有的鸭子都站着走路。"方小罗说，"你这就是惯性思维。惯性思维会令人失去判断，变得愚蠢。"

"嗯……"那海涛点头深思。

"加油吧，咱们一起去破解谜题。洞悉黑暗，笃信光明。这八个字我很喜欢。"方小罗说。

在医院病房里，卢霖安静地躺在病床上，身边的检测仪器发出嘀嘀的声音。那海涛和章鹏站在床旁。

"有醒来的希望吗？"那海涛问。

"深度昏迷，植物人状态。一时半会儿没戏。"章鹏摇头。

"那辆货车查得怎么样了？"

"车是偷的，车上没有指纹和DNA痕迹，只有鞋印。没有任何手机轨迹，作案时应该没带手机。是个老手，准备充分，作案后有条不紊地逃离。"

"王八蛋！"那海涛气得拍了一下大腿。

"现在全城都在搜，但是还没有线索。黎勇那边的视频侦查也上了，等消息吧。”章鹏说，“这件事远比想象的复杂。那个陈梦……我觉得也是凶多吉少。”

“先别这么说。”那海涛说，“我们去她养母家了，没什么太大收获，但找到了一个新的号码。”

“什么号码？”章鹏皱眉。

“半年前，她曾带着一个男孩回去过。老人记了那男孩的电话。”那海涛说着掏出一张纸条，上面记着一行号码。

“好，我马上去查。”章鹏点头。

经过查询，那个男孩叫金宝，今年二十六岁，是海城本地人，在一家IT公司工作。经过对他的背景调查和周边摸排，发现他的履历简单，社会关系清晰，每天两点一线，是个标准的宅男。但对金宝的轨迹调查却发现了问题，他的轨迹曾多次出现在芭蕾舞剧院、大树咖啡厅、夜归人夜店和沪上餐厅，还曾停留在陈梦的暂住地翠屏西里小区。以此推测，他与陈梦的关系应该不一般。同时，在详细分析了金宝的手机通话记录之后，有一个号码引起了章鹏等人的注意。这个号码曾长时间停留在翠屏西里和芭蕾舞剧院，很有可能是陈梦的另一个手机号。更重要的是，这个号码在陈梦失踪后的第三天，出现在了海城港。

传唤金宝的时候，他正在公司的电脑前工作。他留着一个蓬松的爆炸头，戴着一个黑边眼镜，人瘦瘦高高的，面对刑警表情茫然。章鹏对他很客气，只说让他配合调查，没让他当众出丑。这是那海涛的叮嘱，那海涛要和他建立一种平等的、善意的、缓和的沟通关系，以此“随风潜入夜”，打开他的心门。

监控室里，那海涛等人通过监控器观察着金宝的情况。只见他坐在候问室里，双眼紧闭，沉默不语。

“我们走访了芭蕾舞剧院陈梦的同事、咖啡厅的骆教授、沪上餐厅的女店员，还有夜归人的姑娘们，对他都没有印象。”章鹏说。

“在芭蕾舞剧院出现的轨迹是傍晚六点，咖啡厅是下午四点，沪上餐厅是夜里十点，夜归人是凌晨一点……和陈梦下班、读书、用餐、打工的时间几乎重合。这意味着什么？”那海涛问。

“什么？”章鹏不解。

“意味着他在追求陈梦。”方小罗插话，“但为什么芭蕾舞剧院等几个地方的人，却都不认识他呢？”她反问。

“为什么？”章鹏问。

“因为他是单方面的追求，虽然一直跟着陈梦，却并未进入这些场所。”方小罗回答。

“嗯，这个推测有点儿意思。”章鹏点头，“陈梦另一个号码的最后关机位置在海城港，不排除她现在已经离开海城了。”他分析着。

“金宝的轨迹呢，在海城港出现过吗？”那海涛问。

“出现过，和陈梦那个号是同一时段。”章鹏说，“但我可提醒你啊，这小子看着嫩，但还挺绷得住。俩小时了，一句话不说。”

那海涛盯着屏幕，思索着，“小罗，这个人你来吧。”

“我来？还是我……审？”她转头看着那海涛，显得底气不足。

“上心测，做你擅长的。撬不开他的嘴，就撬开他的心。”那海涛说。

十分钟后，金宝被带进了审讯室。给他开的是传唤手续。传唤时间一般为十二小时，遇到疑难复杂的案件可以延长到二十四小时。

金宝低着头，一言不发。方小罗坐在主测的位置上，有条不紊地调着设备。那海涛端着茶杯，一口一口地喝着热茶。

“我们是海城市公安局的民警，我叫方小罗，是负责心测的，这位叫那海涛，是我的副测。”方小罗做着开场白，“根据相关法律规定，我们要对你进行心理测试，这是《心理测试自愿书》，请你阅读。”她开始了测前谈话。

金宝接过材料，手有些颤抖，“为什么要对我进行测试？”他看着方小罗。

“陈梦失踪了。有证据显示，你知道相关的情况。”方小罗开门见山。

“我……我不知道。”他摇头。

“尾号 4585 的联通号码，是她的手机吧？”那海涛问。

“4585……”金宝想着，不禁看着那海涛。

那海涛与他对视，他赶忙躲闪开眼神，“是，是她的号码。”

那海涛操作电脑，进行了记录。

“你和她是什么关系？”那海涛问。

“我们……”金宝犹豫了一下，“没关系。”他摇头。

“你们认识多久了？”那海涛又问。

“半年多吧。”

“怎么认识的？”

“这……我可以不回答吗？”他问。

“不可以，配合调查是你的义务。再说，现在我们已经将你定为陈梦的重要关系人了。”那海涛说。

“在夜店认识的，她出过我的台，之后我们偶有联系。我跟她……没什么关系。”他轻轻摇头。

“我告诉你，截止到现在，她已经失踪一个多月了。之所以把你带到这儿，是因为你作为她的关系人，有做证的义务，同时……也有作案的嫌疑。”那海涛盯着他的眼睛。

“我有什么嫌疑？我跟她一点关系都没有！”金宝提高嗓音。

那海涛观察着他的举动，不动声色。

“所以你更要自证，与此事无关。”方小罗语气温和。

“嗯。那……你们来吧。”他点点头。

方小罗站起身，走到审讯室的门前，将空调温度调到二十四摄氏度。为了保证科学的测试结果，嫌疑人的身心状态必须要保证平稳。在实际工作中，测试的过程实际也是心理施压的过程，常有一些嫌疑人，在测谎开始的时候就已经“撂了”。

方小罗充满仪式感地启动心测仪，然后将呼吸带、皮肤电夹等设备连接到金宝身上；那海涛则展开笔录纸，打开印油。两人分工负责，配合默契，宛如多年的搭档。

待图谱的各类指标都趋于正常之后，方小罗开始了发问。

“你认为陈梦离开本市了吗？”

“不知道。”金宝摇头。

“你认为陈梦没有离开本市吗？”

“不知道，她去哪儿和我有什么关系？”金宝摇头的同时，图谱出现了变化。

“你知道陈梦现在怎么样了吗？”

“我不知道。”

“你不知道陈梦现在的去向吗？”

“我说了，不知道。”金宝否认的同时，图谱再次出现变化。那海涛仔细地看着，渐渐摸出了门道。

“她失踪的那一天，你见过她吗？”

“我不知道她哪天失踪的。”金宝辩解。

“你只需告诉我，见过，还是没见过？”方小罗说。

“没见过。”金宝否认。

“她失踪那一天，你是和她在一起吗？”

“没有。”

“她失踪的那一天，是在车站吗？”

“不知道。”

“她失踪的那一天，是在港口吗？”

“我不知道。”

“她失踪那一天，你和她吵过架吗？”

“没有。”

“她失踪那一天，你和她动过手吗？”

“没有，没有！你们到底想问什么？”他突然情绪失控。此时图谱上的各项指标开始异常。

方小罗知道，被测人一般不会因为发问而造成情绪失控。这种表面上的愤怒恰恰代表两种含义，一是极端抗拒的情绪，二是虚张声势的恐惧。她站起身，给金宝倒了一杯水，把节奏放缓，以消除他的恐慌和敌意。

“你不必激动，我们的问题只是心测的程序而已。你只需回答是与不是，不用过多解释。”方小罗说。

金宝喘着粗气，眼神看似愤怒，实则充满了畏惧。那海涛默默地看着他，揣测着他的心理变化。

“咱们继续，可以吗？”方小罗问。

金宝没有说话，点了点头。

“她失踪那天，你伤害过她吗？”方小罗问。

“没有。”金宝的声音变得缓慢。

“陈梦出事了吗？”方小罗加快了语速。

“我不知道。”金宝摇头。

“陈梦出事是你造成的吗？”方小罗紧接着问。

“不是，不是。”金宝连续摇头。那海涛侧目看图谱，上面的几项指标都发生了巨大的异动。

“陈梦出事当时，你就在她面前吗？”

“没有，没有。”金宝连连否认。

方小罗停顿了一下，暂时缓和他的情绪，之后又问了几个无关紧要的问题，才转到重点上。

“你知道陈梦现在处于什么状态吗？”

这次金宝没有回答，抬头痴痴地望着方小罗。而方小罗却并没有等他，继续发问。

“她还活着吗？”

金宝依然不语，但下意识地摇头，随即又用力点头。

“她死了吗？”

“我……不知道。”金宝否认。

“你知道她在什么位置吗？”

“不知道。”

“是在西郊吗？……是在东郊吗？”方小罗逐一发问。

那海涛不敢插话，仔细盯着图谱。他完全明白了，在测谎之中，被测人是否口头回答其实并不重要，一旦被心测员带上道，身体各项指标的反馈就已经代替语言了。

此时的金宝满头是汗，当方小罗发问到重要环节的时候，他显然已经崩溃了。

“她现在是在土里吗？”

金宝剧烈地摇头。

“是在水里吗？”方小罗盯着他的眼睛。

“是在树林里吗？……是在田野里吗？”她又是两个问题。

“我不测了，不测了！”金宝突然发作，抬手拽掉了手指上的皮肤电连线，“我是冤枉的，我根本就没杀人，你们冤枉我，冤枉我！”他大声叫喊。

“我们什么时候说你杀人了？”方小罗看着他的眼睛问。

“你们没说吗？什么西郊、东郊，水里、土里的。你们这是暗示，你们要搞冤假错案！”他大声喊着。

“杀没杀人，你自己心里清楚。人在哪里，我们也心里有数。”那海涛在旁边插话，但随即就被方小罗打断。

“好，既然你不愿意继续心测，那咱们就告一段落。你别激动，先喝杯水。”方小罗说着起身，拆掉他身上的设备。

那海涛不明就里，张开嘴想说些什么，又把嘴闭上了。

在询问室外，方小罗双臂环抱，面沉似水，“人已经死了。”她对那海涛说。

“能确定吗？”那海涛感到浑身发冷。

“根据图谱上显示，在陈梦失踪前，金宝不但见过她，而且跟她发生了肢体接触，是不是殴打需要进一步测试。陈梦现在应该在东郊，很有可能已经在水里了。”方小罗叹了口气。

“在水里……海城港，轨迹位置对得上。”那海涛倒吸一口凉气。

“尽快寻找线索和证据。仅凭心测结果，是不能作为采取强制措施的理由的。”方小罗说。

“嗯。”那海涛点点头，立即将情况通报给章鹏。此时章鹏正带人在海城港调查，经过摸排，附近一个小卖店的老板辨认出了金宝和陈梦，他说在轨迹出现当日，两人曾在小店买过一箱啤酒，还有红酒洋酒各一瓶。同时经过对金宝住处的搜查，还发现了一条重要线索，在金宝床下的鞋盒里，有一双红色的女士高跟鞋，跟陈梦穿的那双相仿。那海涛感到心往下一沉，满身的力气似乎瞬间就消失了。他有些恍惚，默默地走到窗旁，看着外面明媚的阳光。

在审讯室里，那海涛坐在了主审的位置上。他表情严肃，一双眼睛像鹰一般盯着金宝。

“我们是海城市公安局的民警，现依法对你进行讯问，依据《中华人民共和国刑事诉讼法》的规定，做伪证或隐瞒罪证，要负法律责任，你明白吗？”那海涛一字一句地问。

金宝没说话，眼神充满惶恐。

“刚才给你做的是心测，属于自愿范畴，现在给你做的是讯问笔录，是强制进行。金宝，知道今天为什么把你带过来吗？”那海涛厉声问。

“我……不知道。”他摇头。

“因为出事儿了！出什么事儿你不知道吗？”那海涛用手指节敲击着桌面，“我问你，最后一次见陈梦是在什么地点？”

“最后一次……是在……”金宝犹豫着，在刚才的心测中并没有涉及这个问题。

“你们去东边干什么了？”那海涛“抛砖引玉”。

此话一出，金宝的表情凝固了。

“说话！”那海涛厉声问。

“我们……去看风景。”金宝咽了口吐沫。

“看什么风景，在哪儿看的，具体说！”那海涛步步紧逼。

金宝低下头，不说话了。

“你跟我这儿挤牙膏呢？你以为不说我们就不知道吗？”那海涛质问。

金宝依然不说话，保持沉默。

“金宝，我现在提醒你一句，现在摆在你面前的只有两条路，一条是坦白事实，争取主动；另一条是继续隐瞒，顽抗到底。在做笔录之前，你签的是《犯罪嫌疑人诉讼权利告知书》，你现在的身份是犯罪嫌疑人，还用我多说什么吗？”

“凭什么说我是犯罪嫌疑人？你们有什么证据证明，陈梦出事儿跟我有关？”金宝突然发作，他本想据理力争，却不料一下说漏了嘴。

“陈梦出什么事儿了？”那海涛咬住不放。

“她……”金宝不说话了，又低下了头。

这时，那海涛的手机振动了一下，他低头看去，是章鹏发来的信息，“在海城港观景台东侧一点五公里处，发现了遗留的生活垃圾。有十二个嘉士伯啤酒的易拉罐包装和红酒、洋酒瓶各一个。但附近没有监控，不能确定是嫌疑人和陈梦所喝，还需要拿回去进一步做 DNA 鉴定。”

这正是那海涛急需的“子弹”，他马上给方小罗发了一条信息，冲她使了个眼色。方小罗看到信息，便起身走出了审讯室。

那海涛又与金宝周旋了几句，这时，方小罗回来了，怀里抱着一摞厚厚的材料，煞有介事地放在审讯台上，又凑到那海涛耳畔窃窃私语。那海涛的表情顿时严肃起来，金宝不由自主地抬头看着。

“一个那么好的女孩，就落了这么个结果。金宝，这就是你干的好事？”那海涛怒斥着。

“我怎么了？我什么也没干啊。”金宝一边反驳，一边盯着那些材料。

其实那摞材料并不是什么证据，而是一份刑侦支队的考勤表。预审的过程就是对抗的过程，试探虚实、予以施压，心理的较量最为惊险复杂。如果桌子上只有一张纸，那犯罪嫌疑人就会怀有侥幸心理，仗着胆子与预审员对抗周旋，而如果桌子上摆满了材料，那嫌疑人就会自然地产生联想，这些材料与自己犯下的罪行有关。通过这种造势，就能有效打消嫌疑人的侥幸心理。

“哼，什么也没干？好，我也愿意相信你什么也没干。那我问你三个问题，如果你能回答，就说明你是无辜的。”那海涛站起来，拿着材料说，“第一，我问你，你带陈梦去了东郊哪里？第二，你们在观景台东边的无人地方干了什么？”他加快了语速，“还有第三，她现在到底怎么样了？”他说着就将那摞材料拍在桌上，但由于力度太大，里面的一张照片飞了出来。

那张照片不偏不倚，正落在金宝面前的地上。借着审讯室的灯光，金宝定睛一看，顿时吓得魂飞魄散。照片中横躺着一具尸体，从头发的长度能判断是一具女尸，尸体已经呈现“巨人观”，面容早已看不清，但一双眼睛却大睁着，死不瞑目。

“啊！啊！”金宝大叫起来，“不是我干的，不是我干的！是她……是她自己跳下去了！”

那海涛见状，赶忙上前收起照片。

“说！”他拍响了桌子。

金宝双手捂脸，“我……我也不知道发生了什么。那天她找到我，说让我陪她出去。我一直追求他，就同意了。我是在夜店里认识她的，半年前我和朋友去‘夜归人’玩儿，她是我的陪侍小姐。我觉得她跟别的女孩不一样，气质挺好，很纯。后来知道那是她的兼职，她本身是跳芭蕾的。后来我就追求她，但说实话，也没想跟她成为男女朋友关系。我父母都是有知识的人，是不会同意的。她显然也了解这一点，所以就一直跟我不远不近的。”

“你去过大树咖啡厅？”那海涛问。

“是。我是去过大树咖啡厅。而且芭蕾舞剧院、沪上餐厅我都去过。那个时候我被冲昏了头脑。我真的想追她，我很喜欢她……”金宝用手捂脸。

“后来呢？接着说。”方小罗说。

“那天她找到我，说想一起去散步。我问她想去哪儿，她说想去海边。我就陪她去了海城港。那天风不大，天气也不冷。我们下午就到了。她想喝酒，我就从附近的小卖店里买了一箱啤酒，还有红酒洋酒各一瓶。我们提着酒，从观景台一直向东边走，大约有一公里的样子吧。我们坐在一处无人的山崖边喝酒，喝了很多，聊了许多不切实际的话，没什么具体内容，都是些关于舞蹈和艺术的。后来我们都喝醉了，那个时候已经到了傍晚，我们就在山崖边做爱。她很主动，甚至有些疯狂。我们很投入，世界仿佛都要融化了。后来，她站起来，在夕阳中跳着芭蕾舞。她跳得特别好，很舒展、很美，她自己也是一副很陶醉的样子。但是……但是……”他说不下去了。

“继续说，后来发生了什么？”那海涛问。

“警官，能给我根烟吗？”金宝看着那海涛。

那海涛抽出支烟，递过去给他点燃。

金宝抽着烟，缓缓地说：“她脱掉了那双红色的高跟鞋，赤脚走到悬崖边，回头看了我一眼，就跳了下去。”

“她是自己跳下去的？”那海涛问。

“是的，是她自己跳下去的。”

“她说了什么话没有？”方小罗问。

“她什么也没说，但是最后的表情并不痛苦，而是微笑着。我永远忘不了她那个模样。”金宝颤抖着，“那双高跟鞋还藏在我家床下的鞋盒里。警官，我说的真是实话，我没有说谎。”他带着哭腔。

“那你为什么不报案？就眼睁睁地看她坠海？”那海涛问。

“我……我……我怕我爸妈知道。我跟她没动真感情，只是想在一起玩儿玩儿。她自杀，凭什么要拉上我呀？我还有稳定的工作，还有光明的未来啊……我要是报案了，解释不清楚怎么办？警官，我是无辜的，无辜的呀！”金宝涕泪横流。

“渣男！”方小罗忍不住骂道。

“对，我就是渣男，我跟她就是逢场作戏，我跟她不是男女朋友。她是个小姐，我只是她的客人。我没杀她，真的没有杀她！”他情绪失控，放声大哭，“我刚获得了一个被派遣到国外工作的机会，我不想给自己惹麻烦。对不起，我报案晚了，现在报案还来得及吗？”

那海涛默默地看着他，心里冷冷的。他不知道陈梦知不知道，自己最后的微笑、自己最后那灿烂美好的舞蹈，竟给了这样一个男人。

海城港东侧一点五公里处，悬崖陡峭，下面惊涛拍岸，是汹涌的大海。

那海涛茫然地望着那片海，身后特警支队的蛙人队长说：“不可能的，就算兄弟们下去了也没戏。这儿的浪太大了，人只要一下去就会被巨浪冲走。”

“那你的意思呢？不管了，不查了，放弃了吗？”那海涛回过头没好气儿地问。

“你丫怎么不会好好说话呀？”蛙人队长也不高兴了。他看着下面的海浪叹了口气，冲队员们招着手，“兄弟们，备小艇，咱们下潜。”

蛙人队员们开始了行动。

“师父，人只要从这儿下去了，是很难生还的。”方小罗在一旁说。

那海涛没说话，沉默着。时值傍晚，夕阳把面前的一切染成金黄。那海涛想象着陈梦的最后一次舞蹈，那舞姿优美、舒展、自由，在她接近死亡的时候，绽放出了最后的美好。

“我记得马丁·海德格尔说过，向死而生的意义就是当你无限接近死亡的时候，才能体会到生的价值。”那海涛说。

“但我看到的是一种绝望。她对生活绝望了，不相信还有未来。她是有计划地离开。”方小罗说。

远处的蛙人队员们还在搜索着，海风开始大了，耳畔轰轰作响，似乎连世界都在怒吼着，在催促着那海涛为那个逝去的年轻生命找回尊严，找到真相。

回去之后，方小罗再次给金宝进行了心测。心测的结果表明，他确实目睹了陈梦的跳崖，但在那一刻却并未与其发生肢体接触。但由于金宝对真相的隐瞒，放纵了这种结果的发生，并在之后不予施救，所以依然被刑事拘留。经过连续多日的搜索，蛙人部队和沿岸警方并未找到陈梦的尸体。陈梦失踪一案依然不能宣告破案。

内鬼

几日后，大树咖啡厅的骆教授得知了情况，给陈梦办了一场追思会。这是一场没有遗体的葬礼。来的人很多，沪上餐厅的店员们、“夜归人”的小姐们，还有咖啡厅的一些顾客，唯独芭蕾舞剧院的同事一个也没到。在这个世界上，陌生人往往比熟人有人情味。那海涛也去了。陈梦没有遗照，那海涛就把那张芭蕾照片放在了桌上。大树咖啡厅休业半天，大家面对那张照片沉默着。骆教授放了一曲熟悉的乐曲，是法国作曲家圣桑的《天鹅之死》。那海涛默默地听着，大提琴的声音仿佛波光粼粼的湖面，一只天鹅在皎洁的湖面上滑行，仰望着天空璀璨的星光。它很孤独，心中的悲伤无处倾诉，只能努力地伸展翅膀。是什么让它如此难受呢，是爱情的背叛还是人群的冷漠，是生活的艰辛还是无情和抛弃？它展开翅膀飞向天际，但不幸再次坠落湖面。终于，它伤痕累累地飞起来了，从那个悬崖扑向了美丽的夕阳。它精疲力竭、努力展翅，眼泪洒落在空中。在生命的最后一刻，它舒展出最美丽的姿态，似乎希望这姿态能永远留在人们心中。但很可惜，所有人都在忙碌着，没人关心和欣赏。于是它的美变得如此卑微，甚至一文不值。

葬礼结束，那海涛失魂落魄地走在冷夜里。他心情灰暗，浑身发抖，耳畔总回响着陈梦说的那些话：

“这个世界，没有谁是干净的，但这并不意味着，他们可以践踏我的尊严。”

“希望你答应的事情，能够做到。”

那海涛不知不觉地走到了沪上餐厅。他推开门，坐在陈梦常坐的位置。

“点菜。”他叫来店员。

他要了秃黄油拌饭、清炒蟹粉、五粮液炒草头和一瓶奔富 707 红酒。店员认得那海涛，问他真的要点这些菜吗。

“快上吧。”他不耐烦地摆摆手。

不一会儿菜就上齐了，那海涛打开红酒，倒满酒杯，大口大口地喝着。喝完了一瓶，又要了一瓶。酒劲儿上来了，眼前的视线开始模糊，大脑也昏昏沉沉的。一转头仿佛陈梦就在窗外的黑暗中起舞，再一转头，她竟然坐在了自己对面。那海涛举起酒杯，跟陈梦碰杯。他想告诉陈梦，世界不是这么冷酷的，还有温暖，只要你再坚持一段时间，就能看到光明了。但陈梦似乎不为所动，还是那么冷冷的，表情无助又倔强，似乎根本不信那海涛的话。这时，那海涛想起了骆江平说过的，漂亮女孩就像一只小鹿，经过幽暗的森林，不知道有多少野兽在窥视着她呢。他叹了口气，又想起了刘牧说的那个领头羊的故事。谁是好人，谁是坏人，谁是被害者，谁是作恶者，谁是助纣为虐者，谁又是始作俑者？可能只有骆江平的答案接近真相，那就是真正的作恶者，其实并不在这个故事里。

他不知不觉地趴在了桌子上。黑暗中，陈梦突然不见了，那海涛焦急地寻找。四处伸手不见五指，一点光亮也没有。耳畔只有呼呼作响的海风声。突然，在他面前出现了一束光。那束光迅速地在向前移动，似乎是在指引方向。那海涛循着那光努力地跑着，越跑越快，几次跌倒又迅速地爬起，生怕那束光消失了。终于，他被那束光引到了那个悬崖边。光不见了，陈梦也不在。悬崖边上只有一双红色的高跟鞋。

那海涛醒来的时候，已经过了酒店打烊的时间。他结了巨额餐费，出门的时候又看到了那个乞丐。他还没收工，穿着那身灰黑色的肮脏“工作服”，装成残疾人在向路人乞讨。那海涛突然就愤怒了，一脚踢飞了那个盛满零钱的帽子。

“你能不能说点儿实话？能不能不要欺骗别人？不要利用别人的感情？”他歇斯底里地吼着。

乞丐被吓了一跳，嗖的一下站了起来，他不想去招惹面前这个醉鬼，捡起帽子赶紧跑了。

那海涛在他乞讨的地方呕吐着，把那价值一万多的昂贵食物都吐了出来。他哭了，痛哭流涕，悲痛欲绝。这些天太压抑了，陈梦的死是击倒他的最后一拳。

这时有人给他拍背，他转头一看，是方小罗。

在摄影棚，老范把一个谎话娃娃送给方小罗，“你是第一次来吧，听说是省厅的测谎专家？”

“不是什么专家，是那海涛的徒弟。”方小罗笑。

“你长得这么漂亮，干吗当警察啊。在我这儿找个剧组，随便串个角色，肯定能红。”老范笑。

“算了吧，我可没那本事。”方小罗摇头。

“他是个好人，也是个好警察。但就是被这行儿给拿住了，太敏感，太较劲，想得也太多。你好好劝劝他。”老范冲那边努努嘴。

“哎，这个娃娃怎么玩儿啊？”方小罗问。

老范把娃娃摆正，冲着方小罗的脸，“我这个地方怎么样啊？”他问。

“挺好的。”方小罗答。

谎话娃娃的木质鼻子立即拱出来一截。

“嘿嘿……”老范乐了，“这个小‘匹诺曹’啊，只要听到别人说假话，鼻子就会变长。”

“哈哈，这是什么原理啊？”方小罗问。

“高科技呀。主要是通过人脸识别技术。是一个南方厂家生产的，在我这儿试卖。这个送你了。”

“那谢谢了。”方小罗很大方，“唉……如果以后这个技术成熟了，我们就失业了。”

她又跟老范聊了几句，才捧着那个谎话娃娃来到那海涛面前。那海涛正一口一口地喝茶醒酒，恰逢一列火车经过，桌子嗡嗡地震动起来。

“在这儿吃饭，是不是特有出差的感觉？”方小罗笑。

“嗯，是啊，跟在餐车里似的。”那海涛摇头，“记得以前出差啊，跟着师父们，带一个铝制的饭盒，里面装满了猪蹄、鸡爪子，再带两瓶白酒。硬座一宿，能套出许多审讯的技巧。”他笑着说。

“嗯，看你这样我就踏实了。”方小罗说。

“怎么了？刚才不像个警察了？”那海涛问。

“我有一个朋友说过，人生本来就是一出悲剧，不知道怎么演的时候，就反着演。高兴的时候可能最悲伤，但悲伤的时候要学会笑着，这样才不顺撇。要学会将悲剧按照喜剧的方式演，才能演完这场大戏。”

“不顺撇？”那海涛看着方小罗。

“是啊，你是警察，预审员，‘那三斧子’，名提。刚才那样就是顺撇。”

“嗯，是有点儿。”那海涛点头。

“我觉得现在要做的，不是为她悲伤，而是要尽快找到线索，查出实情。”

“嗯，我也是憋得久了，发泄一下。”那海涛叹气，“每当心情不好的时候，我就会来这儿，听着火车声，反而能让自己安静。哎，你为什么来海城啊？”他问。

“我？”方小罗笑笑，“两点原因，一是领导指派，执行任务，这是表面原因；二是想学本事，内心驱动。”

“奔着学预审来的？”

“嗯，就是奔你来的。认你当师父，也是我跟郭局申请的。”

“为什么？咱俩就见过一面儿。”

“哀兵必胜，你现在这个状态，最容易倾囊相授。”方小罗笑。

“嘿……得,我还中计了不是？”那海涛摇头,“其实……我是个失败者。”

“为什么这么说？”

“哼……”那海涛笑笑，打开了话匣子，“我曾经的师父不认我了。为什么呢？因为我改换了师门。哼，那个时候我年轻啊，一心想要进步。我师父在案子上出了点事儿，仕途受阻，我就听了别人的意见，跟了一个能上进的师父。是,跟了他以后我进步很快,没几年就当了预审员。但后来呢，我那第二个师父跳楼了，自杀，因为被对手拉下了水。再后来，我想结婚，因为爱上了一个姑娘。我特别努力地爱她，但她身边的人都不看好我们的未来。说我是预审，每天的工作太复杂，心眼儿太多。她不信啊，就义无反顾地跟我在一起。我们觉得只要努力就能改变未来。但最后呢？无疾而终。她出国留学了，留下我一个人在这个城市。以前我不知道什么叫孤独，每天工作得轰轰烈烈、忙忙碌碌，白加黑、五加二，孤独甚至是一种难得的奢侈。但在她走了之后，我看见孤独了，而且摆脱不了，如影随形。”

“那就说明你还爱她，你们还没有结束。”方小罗说。

“爱，是一种情况；在一起，是另一种情况。有时候就算有爱，也不一定在一起。”那海涛说。

“我不信。如果有爱，我肯定会选择在一起。哦，你是中年人了。”方小罗撇嘴。

“后来又来了一个大案子。对，就是刘牧的案件。其实关于他行贿的那些事儿啊，只是表面现象。行贿案的背后才是重点。那些被贿赂的人，还会牵扯到更多的人、更复杂的关系网。但就在即将起诉的关键时刻，案卷丢了，记录员也跑了。唉……是我用人失察啊，太大意了，被停职也不冤。

对，被你测谎也不冤。”他苦笑着，“后来又出了陈梦的事儿。我虽然只跟她见过一面儿，但我看她的眼睛啊，就像在看我自己。在这个庞大的城市里，她很卑微，似乎被这种强大的、蛮横的喧嚣裹挟其中。我真的能感同身受。刘牧侵犯她、侮辱她，同事们抛弃她、远离她，就连她认为可以托付的男人也不过是个逢场作戏的渣男。我特别希望能替她做主，这是真心话。当然，作为一个警察，我们要以事实为根据、以法律为准绳。办这起性侵案我也有私心，就是能借此机会重新把刘牧给装进牢笼，重启案件。但是现在，陈梦死了，在这个茫茫世界中消失了，毅然决然地跳进了那片海。我觉得，是我的失职，作为一名预审、一名警察，我失职了！没有履行对她的承诺。唉……预审，洞悉黑暗，笃信光明，有时候我真是累了。”他叹着气。

“她真的死了吗？还记得那个老鼠走路的谜语吗？”方小罗问。

“你的意思是……不见棺材不掉泪？”那海涛问。

“只要没有发现陈梦的尸体，就不能下最后的结论。眼见才能为实。知道为什么鉴定专家能识别假货吗？那是因为即使造假的技术千变万化，无限接近于真实，但终究不是真的。专家天天看真东西，眼里不揉沙子，所以一旦看到假货，凭直觉就能分辨出来。我觉得这件事儿太真了，所以反而不能太顺撇。”方小罗说。

“是吗？”那海涛皱眉。

“你说过要以事实为根据，以法律为准绳。我是搞心测的，不相信推测，相信证据。这点，你要相信我的直觉。”

“嗯，不能顺撇。”那海涛点点头，“不找到证据，就不能下定论。”

“是啊，洞悉黑暗，笃信光明。无论到何时，要相信希望，相信有光。”

“得嘞，方师父。”那海涛说。

“得了吧，您可别给我叫老了。”方小罗笑，“现在清醒了吗？我的老师父。”

“我有这么老吗？”那海涛皱眉。

“得，小师父。”方小罗笑，“其实我来找你，也是有事。郭局让咱们明天上午过去。”

“又有任务了？”那海涛正色。

“据说是一个很难缠的事儿。卢霖之前跟一个警察接触过，郭局怀疑那个人就是警队里的内鬼。”方小罗说。

副局长办公室里，郭局介绍着情况。

“在调查这起行贿案的过程中，纪委监委还留置了一名咱们局的干部，这件事本来是涉密的，我不该对你们说。但是……”他停顿了一下，“从昨天开始，纪委监委的同志已经审了他几轮，根本攻不下来。所以我想……”

“想让我们去审？”那海涛问。

“嗯。”郭局点头，“纪委监委那边找的也是几个有预审经验的同志上阵，但无一例外都失败了。”

“那个人是谁？”那海涛问。

“你认识他，曾经也是预审支队的。和你师父平辈的‘名提’，潘江海。”郭局回答。

“潘江海？‘大喷子’？”那海涛皱眉。

“是啊，铁嘴钢牙橡皮腮帮子，也是响当当的‘名提’。”郭局苦笑。

“让我来，不合适吧？”那海涛有些犹豫，他深知这个人的能力。潘江海毕业于政法学院，不仅对法律了如指掌，而且为人圆滑、变化多端，在名提中属于技术灵活的“巧匠”。都说要想当一名好的预审员，首先得是一名好“演员”。生旦净末丑，神仙老虎狗，不仅要能“见人说人话，见鬼说鬼话”，还得会“七十二变”。而潘江海就是这样的预审员。他算是那海涛的前辈，要不是当年作风散漫，在办案中出过一些瑕疵，又赶上了“四大预审”叱咤风云，早就该出人头地了。

郭局看出了那海涛的犹豫，轻轻地叹了口气，“是啊……‘大喷子’不好审，如果你觉得心里没底，我再想想别的办法。”

“不是我心里没底，是觉得自己人审自己人，不合适。”

“从他拿钱的那一刻起，他就不是咱们的自己人了。”郭局严肃地说，“你呀，知道跟你师父差在哪儿吗？就差在斗性太强，但意志力不够。什么时候你要能跟你师父一样，半杯茶、俩核桃、三包烟，稳坐‘七小时’了，你这‘那三斧子’就算磨出来了。记住，对潘江海的审讯一定要客观公正，不能带丝毫的主观臆断。你和小罗打好配合，实在不行，可以预审和测谎同步并用。我要看到一个真实的结果。”

“好，我马上准备。”那海涛点点头。

在监控室里，那海涛、章鹏和方小罗站在监控器前。画面里是一个咖啡厅的场景，一个穿浅色T恤的男人，正提着一个黑色提包走进包间。

“那个人就是卢霖。”章鹏介绍。

“那个包里是钱吗？”那海涛问。

“应该是，目测应该有五十万左右吧。我们查过潘江海的个人账户，次日入了五十万现金。”章鹏说。

“但视频没拍到包里的现金。”方小罗说。

“是啊，所以他不认。”章鹏说。

“还有其他‘抓手’吗？”那海涛皱眉。

“没了。”章鹏摇头。

那海涛叹了口气，又让章鹏调出对潘江海的审讯录像。录像中，潘江海正坐在审讯椅上“七十二变”。他果然老练，时而拍山震虎、引而不发，时而旁敲侧击、欲擒故纵。敲、拍、点、缓、突，兵来将挡、水来土掩，几乎把审讯椅当成了主场，将预审员变成了嫌疑人。最终不但没能从他身上获取真相，还间接被他套走了不少信息。那海涛默默地看着，心里琢磨着入手的方法。

“师父，要不我先来？”方小罗说。

“为什么？”那海涛问。

“他也是一名老预审了，对审讯策略了如指掌，我觉得用传统手段很难突破。所以我想，为了节省时间，可以直接上心测手段。”

“哼……预审讲的是拍山震虎、引蛇出洞、旁敲侧击、欲擒故纵，斗智斗勇斗心，藏锋藏智藏势。干了这么多年，挺不容易遇到一对手，你还不让我试试？”那海涛笑。

“嘿，你可别掉以轻心。他可是关键人物。”章鹏提醒，“要我看啊，你们预审、心测双剑合璧得了。去年那个公安科技会议上不是都说了吗？预审是剑，戳穿谎言，心测是针，探悉人心，二者合一，是未来审讯的趋势……”

“嘿，还一套一套的。”那海涛笑，“我倒要瞧瞧，这‘大喷子’有没有真本事。小罗，你好好记录，等我跟他过完招，你再给他测一堂。”

晚上八点，潘江海被押进了审讯室。他五十上下的年纪，长得干巴瘦，薄嘴唇、小眼睛，眼角往上挑着，眼珠滴溜乱转，一看就是个精明人。

他昂着头，拿眼瞥着那海涛。两人都不说话，除了方小罗的手指偶尔碰到键盘的声响，房间里没有任何声音。

“抽烟吗？”那海涛对潘江海说。

“不抽，戒了。”他摇头，“我劝你最好也别抽。烟、酒，这些嗜好都是人的弱点，人一旦有了弱点就容易被别人攻克。特别是预审员。”他一上来就反客为主。

“呵呵……”那海涛轻笑，“我知道，你曾经是一名好的预审员。”

“什么话？你那意思，现在不是了？”他反问。

“你在办D融宝的案子时出了问题，虽然一直在局里工作却不负责案件，现在又摊上了这个事儿，你该知道自己的处境吧？”那海涛问。

“监委现在对我做的是留置审查，并不是刑事拘留，你也干预审这么多年了，这点法律常识还没有吗？”潘江海咄咄逼人，“唉……”他叹了口气，“你师父是个好预审啊，半杯茶、俩核桃、三包烟，‘七小时’拿下。名不虚传。但你……”他摇了摇头，“我看过你的审讯录像，还欠了点儿。”

两人初次过招，相互试探。那海涛看着潘江海，能觉出他的能力。在审讯中，微笑的是高手，暴躁的会处于下风。潘江海这套嬉笑怒骂，不但夺过了主动权，还压制住了那海涛的攻势。那海涛拿起茶杯喝了口水，稳了稳神，开始了下一轮的策略。

预审分急和缓，急审要拍山震虎、重点突击，缓审则要旁敲侧击、欲擒故纵。对待高手是不能贸然进攻的，谁先进攻谁就先亮出底牌，但也不能过于保守，保守就意味着不进则退。对潘江海，那海涛准备虚实并用、急缓结合，攻重点、摆证据、磨性子、斗心智，在拉锯战的同时，以战斗姿态前进。

“你也是接受党多年教育的老同志了……”那海涛将语气变得温和，先以政策攻心去试探火力。

“当然，我受的教育比你多。”潘江海没等他说完，就抢过了话权。

“你该知道自己的处境，也该明白下一步要怎么办。”那海涛看着他的眼睛。

“以前我知道，现在……我真不知道。”潘江海抬起头看着面前的监控，“哎，我说郭局，您要是怀疑我就亲自过来问问，咱俩也不是不熟，以前搞专案的时候，我也没少跟你汇报。干吗找个生瓜蛋子跟我这儿腻歪啊，多没劲啊……”他大大咧咧地说。

“潘江海，你这是什么态度！”那海涛知道不能由着他的节奏走，啪的一声拍响了桌子，准备攻心夺气，正面进攻。

“你这是什么态度！”潘江海也拍响了审讯椅。

“‘大喷子’！你跟别人喷，可以，跟我没戏！这是审讯室，不是你办公室。你现在的身份不是预审员，是一名被审查人员，你得了解自己的现状！”那海涛厉声喝道。

“扯淡！谁给你的权利剥夺我的警察身份，你以为自己是谁啊，是纪委监委的还是局领导？你一个副支队长顶多也就是个副处，你牛什么呀！膨胀了？这刚哪儿到哪儿啊？再说预审都合并了，你那现职是不是也没了？”潘江海立马反击，“再说了，‘大喷子’也是你叫的？你凭什么跟我这么说话呀？你是什么态度啊？要论资排辈，你应该叫我师叔，不论资排辈也是革命同志吧。你甭跟我说了，就你那点招儿都是跟‘七小时’学的吧？这老家伙也没教你什么好东西，净教这些碎嘴子了。你凭什么怀疑我？你有证据吗？书证、物证、视听资料、电子数据、当事人陈述、证人证言、鉴定意见、勘验笔录，八种证据哪个你立得住？我告诉你，今天我是配合你；要是不配合你，我可以拒绝提审。”他这个“大喷子”果然名不虚传，一张嘴就连珠炮似的滔滔不绝。

“潘江海，没证据可能留置你吗？我告诉你……”方小罗看不下去了，也要插话。

不料瞬间就被潘江海打断，“哎哎哎，姑娘，这儿轮得着你说话吗？说句难听的，我当预审员的时候，你还穿尿裤呢。记住，记录员别乱插话，这是毛病，得改！审讯最忌讳的就是打乱节奏。”他反倒教训起方小罗来，“还有你，瞧你这表情。绷个脸，跟谁欠你八百吊似的。不会笑吗？在调查清楚之前要疑罪从无，不能有罪推定，明白吗？”他又针对起那海涛。

那海涛刚开了火力，就遭遇了潘江海的反击，双方顿时剑拔弩张起来。预审就怕这个，如果情绪都顶到了头还没拿下口供，那就没有回旋余地了。应该是对方急你就缓、对方硬你就绕、对方退你才进，这样才能四两拨千斤。那海涛有点晃范儿，觉得自己的招数似乎都打在了棉花上，被对方无形化解。

他看着潘江海，沉默了一会儿，突然笑了，“行，不愧是‘大喷子’，您手艺可以。我刚干预审的时候，师父就没少跟我提过您，说您是铁嘴钢牙橡皮腮帮子。”他换了副笑脸，恭维起潘江海。

他这么一说，潘江海也笑了，“嗐，什么喷子喷子的，都是那帮老王八蛋瞎起的。其实我啊，不懂预审，以前那些大案也都是你那俩师父领着干的。”

方小罗在旁边看得发蒙，没想到刚才两人还剑拔弩张呢，没两句话又缓和下来了。殊不知，此时两人的较量已经进入提气、变脸、入戏的实质阶段。

“海涛，抱歉啊，刚才我也不是针对你。我是生那帮纪委监委的气。”潘江海换成了拉家常的语气，“但有些话啊，我还得说。我是公职人员啊，来调查我的应该是纪委监委的人啊，干吗弄一帮局里的虾兵蟹将啊？警察审警察啊，这符合规定吗？再说，跟我玩猫腻、逗咳嗽，局里那帮小子也不灵啊。嘿，反而是那帮人缩在后面儿，这不是拿你们当枪使吗？哦，审好了是他们的英明，审不好是你们的责任。我就说这事儿啊，没这么干的。”他开始挑事儿、拿话离间。

那海涛自然知道他的意图，但也就坡下驴，“嗐，没办法，我也是听从领导的安排。其实从我内心讲，是不愿意相信您受贿的。”他特意加重“受贿”二字，同时观察着潘江海的反应，“但既然活儿派下来了，我最起码也得走个过场不是？相互理解，相互理解啊。”他笑着说。

潘江海不为所动，就跟没听见似的，“理解。预审就是碎催。天生给其他警种擦屁股的。你看看，都这个点儿了，要是没这事儿，你肯定得回家搂着媳妇儿睡了吧。哦，对了，你还没媳妇儿呢是吧。对不住，扎你心了。”他坏笑，“唉……你年轻啊，我就多说两句。就算再想当官儿，也一定得顾家，别跟你师父似的，老不着家，后院儿起火……”他边说边用手指着那海涛，这就是预审行的“点拨指”，看似不经意，却是激怒对方的手段。

那海涛忍住愤怒，笑着应对，“没事儿，单身挺好，一人吃饱了全家不饿。反正回家也是闲着，正好陪您逗逗咳嗽。”

“哎，没事儿就好。姑娘，看见没有，人家对我多客气，我都说了这么半天了，嗓子都干了，给我倒杯茶可以吧？不用太好的，大红袍、金骏眉就算了，高沫儿就行。”潘江海冲方小罗说。

那海涛冲方小罗点点头，方小罗才拿出一个纸杯，给潘江海倒了杯茶送去。

潘江海缓缓地喝了几口，以此缓解情绪，拖延时间，“哎，你刚才说我什么？受贿？”

“是啊。”那海涛点头，“那我可就跟您明挑了，这事儿就摆在这儿，您要是不说，等别人撂了，您可被动。您可得琢磨琢磨自己的处境。”他盯着潘江海的眼睛。

“谁撂了？撂什么了？给钱还是给东西了？有监控录像还是人赃俱获了？蚂蚁来例假，多大点事儿啊……”潘江海与他对视。

“嘉华集团的董事长，卢霖。还用我多说吗？”那海涛亮明底牌。

“他跟我有什么关系吗？”潘江海反问。

“您认识他吗？”

“认识啊，我棋友啊。”

“棋友？什么棋友？认识多长时间了？”

“象棋，路边儿认识的，没多长时间。”潘江海被带上了节奏，“哎，他没出国啊？”潘江海虚晃一枪，看着那海涛的眼睛。

那海涛知道这是他在投石问路。潘江海的目光像一把刀子，直插过来，如果这时有稍许躲闪，就会暴露出事实情况。

那海涛分析着，潘江海应该不知道卢霖已经出事了，于是放松表情，笑着问：“他出没出国，您不知道吗？”

“嗐，我就随便一问，瞧给你吓的。”潘江海笑，“听你这意思，他还在海城呢？”他又问。

那海涛避开他的眼神，话锋一转，“你该知道，如果我们没有确凿的证据，是不可能把你带到这儿的。我不想再跟你普及什么从轻的条件，这些你都明白。我就想知道，你为什么这么做？”那海涛将称呼由“您”变成了“你”。

“唉……”潘江海摇了摇头，表情似有软化，“你是不是觉得，我跟他是一根绳子上的蚂蚱？”

“如果你们之间没关系，我会问你吗？本月第一个周三的下午，你和他在锦城大厦的咖啡厅见过面吧？”那海涛问。

“第一个周三的下午？”潘江海故作思考，“不记得了。”他果断地摇头。

“监控录像为证，还需要给你做个人脸识别吗？”那海涛问。

“没问题啊，你出示给我看看。”潘江海说。

“好，给他看看。”那海涛用手指节点着桌面。

方小罗打开审讯室的电子屏，插上U盘，播放出当天的录像。录像清晰地显示，卢霖提着一个黑色大包，走进咖啡厅的包间。

“这个人是卢霖吧？”那海涛问。

“看不清楚，老了，我这眼睛花了。”潘江海摇头。

“那这个人呢，你总认得吧？”那海涛让方小罗把录像放大，显出潘江海的身影。

“这个人是你吧？”那海涛问。

“哦……还真有点儿像。”潘江海撇嘴。

方小罗又操作起来，将录像快进到十分钟之后。录像中显示出潘江海的身影，他正提着那个黑色的大包，走出咖啡厅。

“这个你怎么解释？”那海涛问。

“这怎么了？有什么问题吗？”他反问。

“包里是什么？”

“我哪知道啊！他上了个厕所，我就帮他拿了一会儿。”潘江海狡辩。

“我们已经调取了你的存款记录。整整五十万元，你怎么解释？”

“我解释什么？”

“不是那个黑包中的钱吗？”那海涛质问，“哼，大象来例假，事儿大了！你知道什么叫傻瓜定律吗？就是如果把别人都当傻瓜，自己一定傻到了家。”他笑了笑。

“你怎么证明我存的钱就是那黑包里的钱，之间有证据衔接吗？”潘江海反问，“哼，知道什么叫错误定律吗？就是如果你认为别人都不对，那一定就是自己的错。”他反唇相讥。

“都说到这份儿上了，还这么扛着，有意思吗？”那海涛皱眉。

“就凭你这么点儿证据，就算我真有事儿，你敢拍板认定吗？”潘江海皱眉，“那我问你，你看见钱了吗？是现金吗？就算看见了，有没有可能是假币呢？有没有可能是道具呢？”

他这么一说，那海涛被问住了，“你这是诡辩！”他说。

“你这是指供诱供！”潘江海上纲上线。

两人又杠上了。

“哎，你知道西郊有个罗马湖吧？就那个别墅区，听着挺高大上的。其实那名儿啊，压根儿就不是什么洋名儿。之所以叫罗马湖，是因为那片湖在罗庄和马庄之间。所以许多事儿啊，别光看表面儿，实际上不一定是那个样儿。”他话里有话。

那海涛看着他，琢磨着他话里的意思。

“干预审的，有时不能眼见为实，而要眼见为虚。你师父没教过你吧？”潘江海笑。

一场审讯，整整三个小时。两人针锋相对你来我往，从表面上看，算是打了个平手，但从实际来说，却是那海涛败了。潘江海诡计多端、巧舌如簧，不但次次化解掉那海涛的攻势，而且反客为主，拖延了时间。那海涛知道，一旦让潘江海得知卢霖陷入昏迷的情况，那下一步的审讯将更加艰难。无奈之中，只得让方小罗披挂上阵，对潘江海进行心测。

在审讯室，方小罗将心测设备摆放好，有仪式感地将呼吸带围在潘江海的腰间，又逐一连接上血压和皮肤电等检测设备。

“哎，连轴转啊？不让吃饭啊？”潘江海问。

方小罗没说话，连接完设备，坐回到审讯台后。

“身体没什么不舒服吧？”她问。

“没吃饭啊，低血糖啊。”潘江海说。

“做过什么手术吗？得过什么大病吗？”方小罗又问。

“手术没做过，但病可是不少，特别是这儿。”他指着左胸口，“心，疼啊。”

“怎么回事？”方小罗问。

“被人诬陷啊。姑娘，没听说过身病好医、心病难治吗？我一个从警多年的老预审，一个忠于党和人民的老党员，心疼啊，贼疼！”他摆出一副可怜的样子。

“哎，潘江海，你别装，不是晚上吃过饭吗？”那海涛在旁边说。

“你呀，是站着说话不腰疼，你刚多大啊，到我这岁数试试？”潘江海说。

方小罗和那海涛面面相觑，无奈之下，只得给潘江海要了盒饭，看着他囫囵地吃下。

潘江海吃完了盒饭，心满意足地抹了抹嘴，又拿起纸杯喝了口茶，“不错，鱼香肉丝，我就好这口儿。哎，要是能加个鸡腿儿就更好了。”

“现在行了吗？我们已经告知你测试仪器的性能和测试中的注意事项，如果没有异议请在下面签字。”方小罗将一份《心理测试自愿书》放在潘江海面前。

潘江海拿起《自愿书》，眯眼看着，“既然是自愿，就是可以拒绝了？”

“你有权拒绝，如果你不自信的话。”方小罗使用激将法。

“拒绝是权力，自信是态度，这是两码子事儿。”潘江海说着就扯掉了连在身上的设备。

一看他这样，方小罗有些急了，“测谎的依据来源于人体的生理信号，人可以说谎，可以控制呼吸，让心跳加速，却无法控制瞳孔的放大和皮肤温度的反应。这是科学。你要想自证清白，这是最好的手段。”

“呵呵，我不需要自证清白。”潘江海打了个饱嗝，又打了个哈欠，“太晚了，得睡了，要不明天扛不住下一轮的审讯。”

“老潘，你这么干就没劲了吧，合着是在这儿骗吃骗喝呢？”那海涛说。

“嘿嘿，你还挺聪明，我这小心眼儿一下就被你看穿了。这儿伙食不好，白菜炖豆腐，米饭还是凉的。哎，明天接着提我啊。记住了，要在饭点儿之前，没多高的要求，盒饭就行，最好加个鸡腿儿。”潘江海说着就闭上了眼。

在楼道里，两名监委干部将潘江海押走。他没走几步就停下了，转头看着那海涛。

“嘿，记住我今天说的话没有？”

“哪句？”那海涛问。

“眼见为虚啊。小子，长进着点儿，别老愣头愣脑的。”他笑。

审讯室里，方小罗显得很沮丧。那海涛走过来，看着她笑。

“怎么了？让‘大喷子’给气着了？”

“我不喜欢欺骗，所以才从事心测。我没想到一名老预审员，会做出这样的事。”方小罗看着那海涛。

“但他说的那句话挺有道理。有的时候啊，不能眼见为实，而要眼见为虚。越是看着像什么，有时就越不是什么。这个道理你不是也跟我讲过吗？而且我提醒你，当警察的，有时也不能太黑白对立，泾渭分明。人性不是非黑即白，有着很长的幽暗地带、灰色地带，就算咱们抓获了犯罪嫌疑人将他绳之以法，通过检察院起诉让他接受法律的惩处，那最后呢？他还不是要通过改造重新回归社会？所以咱们能做的，是尽量在这个过程中将他们往白处拉，避免重蹈覆辙，让他们远离那个灰色地带中的黑色。你明白吗？”

“嗯。”方小罗似懂非懂地点点头。

“现在我倒觉得，这件事儿虽然越来越复杂了，但距离真相也越来越近了。阴云密布会下暴雨，但雨后就会天晴。”他拿出一张 A4 纸，用钢笔在上面写着。

赵利、陈梦、卢霖、刘牧。然后在每个名字后面打上括号。赵利（死亡），陈梦（疑似死亡），卢霖（车祸），刘牧（？）。他又写上了潘江海的名字，后面也打上括号，却并没写“受贿”二字，而写了“存疑”。

“所有的关键人，现在只有刘牧活着，这说明什么问题？”那海涛问。

“说明一切都是刘牧做的？”方小罗想着。

“对，这就是惯性思维，表面文章。”那海涛说，“一般人都会这么认为，但如果眼见为虚呢？咱们是不是就得换个思路？”

“你的意思是……”

“我总觉得蹊跷。刘牧刚放出来没多久，就做出了性侵的事儿。他为什么会这么鲁莽？我觉得，这是咱们下一步的侦查重点之一。”

“眼见为虚……”方小罗琢磨着。

“你说过，心测是科学。人在说谎时有许多特点，说话，结巴、不连贯、停顿次数过多、转折不当、重复词过多，以获取思考、编造的时间；出现生理变化，皮下汗腺分泌增加导致出汗，双眼之间或上嘴唇出汗，手指、手掌出汗尤为明显，脸红、呼吸改变；还有不易察觉的生理变化，如肌肉紧绷或颤抖，脉搏加快，血压升高，血输出量增加，眼睛瞳孔放大，胃收缩，消化液分泌减少，口腔干燥，舌、唇干涩等；最直接的是肢体动作变化，也就是体态语，情绪暴躁、手舞足蹈，或者抓耳挠腮、腿部抖动，等等。”那海涛果然厉害，过耳不忘。

“哎呀，厉害了！一字不差啊。”方小罗感叹。

“那你知道预审是什么吗？八个字儿。”那海涛问，

“洞悉黑暗，笃定光明。”方小罗说。

“不，还有闹中取静、去伪存真。鉴定专家为什么能识别假货呢？因为每天都在看真东西啊。”

“明白了。”方小罗笑。

“坐审不如走审。明天早点儿起，我带你去几个地方。”那海涛说。

练兵

清晨，阳光洒在海城港上。那海涛带着方小罗在海边跑步，他穿着印有“七处”字样的马甲，跑得很快，方小罗在后面紧追不舍。

“师父，你精神头怎么这么大啊？褪黑素效果这么好？”方小罗气喘吁吁地追着。

“褪黑素戒了。预审员的基本素质除了智力、脑力、判断力之外，还得需要体力。体力跟不上，就撑不住长时间的斗勇斗智。”那海涛说，“每个人内心都有黑暗的角落，你我也一样。我们要做的，是要把光引到那里，将黑暗照亮，不要让自己成为黑暗的俘虏，变得脆弱偏执。而这一切，都需要一个好的体力，明白吗？”

“明白！”方小罗咬了咬牙，跟了上来。

那海涛带着她跑到了一个海鲜市场里。市场里人声鼎沸，摩肩接踵。渔民们刚从海里捕捞完海货，将海货摊在地上，供人挑选。

“平时逛市场吗？”那海涛问方小罗。

“不逛。除了吃食堂就是叫外卖。”方小罗说。

“去买一斤虾，一斤鱼，一斤海蛎子。带回去中午让食堂加工一下，咱们也改善下生活。”

“我去买啊？”方小罗诧异。

“快去。”那海涛催促。

方小罗只得照办。她随机找了个摊位，按照那海涛的要求，买了鱼、虾和海蛎子。

那海涛拿过来也不说话，提着就到了市场的公平秤旁。上秤一称，每种都不到一斤，特别是那个虾，塑料袋里还都是海水。

那海涛又把海货提了回去，什么话都没说，就往老板那儿一扔。老板很精明，满脸堆笑，赶紧拿出罩网补量。

“哎呀，没想到连菜市场都这么复杂呀。”方小罗感叹。

“连菜市场都没琢磨透，怎么搞预审啊？”那海涛撇嘴，“阴阳秤砣、塑料袋里加水、眼前换货，这帮奸商都指着这些障眼法挣钱呢。所以要记住了,眼见为虚,不要相信别人,也不要相信自己。唯一要相信的就是证据。”

“对，要相信公平秤。”方小罗笑。

“对，要相信第三方。”那海涛不失时机地说。

他把海货放进车的后备厢，脱下了“七处”的马甲，又带着方小罗来到了一家高档服装店。服装店早晨刚开门,里面的顾客并不多。见两人进来，女店员马上相迎。

女店员嘴甜,边打量方小罗边说:“哎呀,这个姑娘的皮肤可真是太好了,穿什么都好看。您想买什么样儿的衣服？我们店刚进了一批新货。冬季新款，又有满减活动，性价比很高，给您介绍一下啊。”她说话的同时也不忘瞥着那海涛。

那海涛摆出一副傲慢的嘴脸，“什么叫性价比高啊？只要衣服好，不用考虑性价比。”他说着就搂住了方小罗的腰。

店员立马明白了，“对，您说得对，一看这位先生就有品位。”

她带着两人走到货架前，逐一介绍一些新的款式。方小罗看了看价签，撇了撇嘴。那海涛随意挑了几条裙子和外套递给方小罗，“试试，我觉得这几件挺好。”

方小罗拿过衣服一看，皱了皱眉，“是不是太老气了？”

“怎么会呢？先试试再说,你也听听人家意见。”那海涛冲店员努了努嘴。

方小罗进了试衣间，不一会儿就穿出来一条。那是一条灰色的裙子，她站在试衣镜前，怎么看都觉得和自己气质不搭，“好看吗？”她问那海涛。

“我觉得特好看。”那海涛夸张地说。

“我也觉得特别适合您。您瞧这样式、这颜色，穿在别人身上可能显老，但穿在您身上啊，那是成熟、端庄、有气质，能展现一个女人的韵味。”服务员笑着说。

“真的吗？”方小罗有点恍惚。

她又走进更衣室，换了另一件外套。那是一件呢子大衣，纯黑色的，穿在身上更显成熟，而且号码还有点大。

“这个太肥了，还有别的号吗？”方小罗问。

“不肥，多好啊。”那海涛说，“你说呢？”他看着服务员。

“是啊是啊，这件比上一件还好。别看有点大，但是宽松、舒服啊，特别适合冬天穿。而且这件衣服就一件，您走在街上也不会撞衫，肯定是人群中的亮点。”服务员说。

“是吗？”方小罗有点晕了。

两个人试了半天，最后一件没买。他们离开服装店的时候，正看到另一个店员在竭尽全力地夸着一个胖太太。而那个太太身上试穿的衣服简直惨不忍睹。

“哎，你这是在拿我做实验吧？”方小罗问。

“颜色老气的他们说你成熟气质好，宽松肥大的就说你穿着舒适，就一件儿的尾货还说你不会撞衫独一份儿。哼，相信直觉，不听忽悠。这也是干好预审的基础。”那海涛笑。

两人又上车，那海涛将车开到了海城市的戏剧学院。他找到一个教表演的老师，两人很熟的样子。

“哎，这是蔡教授。特别专业，外号菜鸟。”那海涛笑着给方小罗介绍。

“你就损吧。”蔡教授给了那海涛一拳，“说吧，有什么可以为你效劳的，那警官。”

“带我们看看你的表演课吧。今天上午不是有两节吗？”他显然早有准备。

蔡教授带两人进了教室。今天是戏剧学院一个进修班的第一堂表演课，教室里的二十名学员都是业余进修的表演爱好者。蔡教授拍了拍手，给学员们介绍了一下今天表演课的内容。第一个训练项目，就是两人一组进行表演，表演的内容是学狗打架。学员们面面相觑，几个女生甚至往后躲。但蔡教授没有犹豫，随机点名将二十名学员分成了十组。

“今天的内容是表演的基础。表演的第一步就是打破自己原有形象的束缚，放飞自我。这样才能成为一个好演员。”蔡教授边拍手边说。

于是在他的指导下，十组学员捉对厮杀，俊男靓女们趴在地上汪汪地学起了狗叫。蔡教授逐一进行指导，满意了才能通过，放不开的、演不像的就要继续表演，直到他满意为止。有个女孩甚至因为羞愧哭了起来。

“这……太残忍了吧……”方小罗不禁感叹。

“你要不要上去试试？”那海涛问。

“我可不去，你饶了我吧。太现眼了。”方小罗摇头。

“哎，老蔡，我们这姑娘可得在你这儿插个班啊。下次有表演课的时候说一声，让她来练。”那海涛说。

“行，没问题。”蔡教授笑着点头。

“哎，真让我学啊。”方小罗皱眉。

“忘了我说的了吗？好的预审员就跟演员一样，得制造情境、进入角色，提气、变脸、入戏，三十六计，七十二变，以百变应不变。要不，我给你报个相声班去？”那海涛说。

“那算了吧，我还是学表演吧。”方小罗叹了口气。

“光会表演还不行，还得学会稳住情绪。一场审讯，微笑的是高手，暴躁的是新手。”

“明白了。”方小罗点点头。

他们出了戏剧学院的门，没上车，而是径直走向了一家房产中介。进门前，那海涛对方小罗说：“从现在开始，你就是贵妇，我就是你的钱包。选房时看看他们怎么忽悠你。”那海涛笑。

“这也是课程的一部分？”

那海涛没说话，推门走了进去。

方小罗知道这是那海涛在考验她，便壮着胆子忽悠中介。中介的小伙子看着年轻，却也是个老油条，一上来就摸方小罗的底儿。

“这附近有两个小区都特别抢手。一个临近戏剧学院，因为招生的原因，房龄虽然老了，但是租房的特别多。您买到手里，立马就能租出去赚钱。还有一个，位置虽然远点儿，但是房龄短、质量好，里面住的都是层次高的人，平时遛弯儿就能建立许多社会关系。您看您想先看哪个小区？”中介小伙问。

方小罗摆出一副满不在乎的表情，“当然先看好的。”

“价格方面呢，有什么要求？”

“先从朝向好、房龄短、物业好、装修质量高的开始吧。哎，要黄金楼层啊，价格不是最主要的问题。”方小罗说。

“好的，我马上去拿钥匙。”中介一听这话，满脸堆笑。

他带着两个人看了三处房，都是钥匙托管给中介的。这三处有一个共同之处，就是看似装修得富丽堂皇，实则朝向和位置都一般。第一处临街，下面就是高速路，虽然有隔音设施，但只要打开窗就能听到来往车辆的喧嚣；第二处一层带花园，但一进卫生间就闻到一股恶臭，下水系统显然不好，而且地势低洼，从花园的高度就能预测到，下雨就容易被水淹；第三处是顶层，房屋的装修和面积都没问题，但西面的窗户拉着窗帘。那海涛拉开窗帘一看，外面是一片工地，估计要是建起楼来没一两年消停不了，而且窗户朝西，下午阳光直晒会很难受。

三处房子看完，两人已有倦意。在回去的车上，方小罗摇头，“唉，这个世界上怎么这么多人说谎呢，就不能老老实实地说真话吗？”

“当然不能。说真话，那些缺斤短两的海货卖给谁？那些过时的衣服卖给谁？那些位置不好朝向不好的房子又卖给谁？”那海涛笑。

“都是奸商，但他们不能代表这个世界吧。”

“人心难测。咱们搞预审的不能跟普通人一样，总看着这个世界的好。咱们要有底线思维，凡事都要从最不好的方面去想。为什么叫洞悉黑暗、笃信光明呢？基础是洞悉黑暗。”

“明白了，就是做一个悲观主义者呗。”方小罗靠在椅背上。

中午，两人到摄影棚的小餐厅吃饭。一斤虾，一条鱼，一斤海蛎子，老范收了成本费，不一会儿就上了菜。虾是两吃，一半白灼，一半椒盐；鱼清蒸，淋上酱油，香甜可口；海蛎子配上粉丝和蒜蓉蒸，鲜美多汁，再加上两碗海鲜面，两人吃得狼吞虎咽。方小罗饿坏了，唏哩呼噜地吃着面，头也不抬。小餐厅外不断过着火车，震得餐桌嗡嗡作响。

“知道为什么我总爱来这儿吗？因为我师父告诉我，预审的基本功之一，就是要在杂乱的环境中闹中取静，只有学会不被外力干扰，才能辨清真假、获取真相。”那海涛边吃边教，“在预审中，每一个环节都不能凑合，讯问的要点，时间、地点、人物，缺一不可。预审的手段要多变，随时调整，不能总使一个招儿，要学会周旋和以退为进。”他吃了口面，“预审说白了就是与人沟通，少用法言法语，多用生活用语、拉家常。这样才能消除对方的敌意。”

“嗯，我都记住了。”方小罗点头。

“还有，基本功也不能落，要学会看卷。这点不用教，你搞心测也一个道理。但看笔录啊，要学会看重点，哪句话是‘挖’、哪句话是‘埋’、哪句话是‘架’、哪句话是‘撤’，好的预审员问的笔录能感受到呼吸。记住，无辜的人通常会激烈辩解，而有罪的人则缄口不言。当然，也有例外。”

“嘿，看来那师父可真把你当徒弟了。”老范在一旁笑。

“那可不吗，倾囊相授啊。”方小罗也笑。

“都说教会徒弟，饿死师父。那三斧子，你不怕呀？”老范问。

“怕，特怕。”那海涛笑，“唉……记得那会儿还叫‘老七处’的时候，海城的流氓混混一提这名字就吓得哆嗦。但现在……”他叹了口气，“小罗，好好学吧，其修远兮啊。”

“放心，我肯定不会让你的手艺失传。绝对让你饿死。”方小罗笑着回答。

“吃完了歇会儿，下午还得审讯。”那海涛说。

“审讯？审谁呀？”方小罗问。

“我跟刑警要了个案子。你拿着练练手。”那海涛说着站起身来，“哎，这个，给你。”他一扬手，把那件黑马甲扔给了方小罗。

方小罗用手接住，马甲的背后印着“七处”。

下午的案子其实并不复杂。三天之前，海城酒店发生了一起互殴致人死亡案。死者叫杨庆，二十八岁，男，是海城机电公司的一名职员。该人当天晚上在海城酒店一层餐厅饮酒，在如厕归来的时候，碰见了在二楼办喜事的新娘子郭梅。杨庆当时喝多了，对新娘郭梅动手动脚。郭梅随即大喊，惊动了新郎赵田。赵田和伴郎孙黎、周武、郑旺、冯晨、楚卫共六人立即下来质问杨庆。赵田和郭梅是二婚，本来就因为一些家庭琐事在婚礼上闹得不愉快，加之杨庆酒醉，脏话连篇，于是便仗着人多，对杨庆大打出手。没想到下手太重，造成杨庆死亡。刑警接报案后赶赴现场，将六人刑事拘留。但由于案发时海城酒店一楼的监控损坏，所以未获取监控录像等视听证据，参与殴斗的六人相互推诿，都不承认自己动手，案件陷入僵局。

方小罗熟悉着案卷，在一张纸上画着六个人的关系图，准备从新郎赵田开始审起。

“为什么选择赵田？”那海涛问。

“因为他与新娘郭梅的关系最近，所以下手理应最重。”方小罗说。

“看见没有？这就是顺撇。”那海涛笑，“如果是我，就会从参与度最低的楚卫身上下手。”

“为什么？”方小罗不解。

“第一，被害人身上没有钝器伤；第二，他身上也没有锐器伤。要是钝器致人死亡的，就先查是哪个人抄家伙拿东西的；要是锐器致人死亡的，就看谁拿的刀子。但这死者是被钝性外力，比如拳头，多次作用于头面部及躯干部，造成肝脾破裂，致颅脑损伤合并创伤失血性休克死亡。说白了就是被拳脚相加打死的。说实话，你要是想细揪他是死在谁的哪一拳哪一脚上，很难，现场又没有监控，参与的一共有六个人，谁会老老实实地认罪呢？所以咱们就得想办法。预审行里有句话，叫‘人不怕多就怕少’，参与犯罪的人每多一个,突破的难度就会大幅度降低。这种案子是沾者有份儿，只要在现场就脱不了关系,所以你要利用好他们之间的矛盾。记住一个词。”

“什么词？”方小罗问。

“细节。”那海涛说，“还有上午学的那些技术，徒弟，练练吧？”他冲方小罗笑。

按照那海涛的指导，方小罗重新排列了讯问犯罪嫌疑人的顺序。楚卫年龄最小，下楼最晚，却第一个被提到了审讯室。他二十三岁，个子不高，人长得精瘦，眼神躲闪着，根本不敢往审讯台上看。方小罗看着他，想起了一句话，“柿子先从软的捏”。

宣权之后，方小罗例行公事地问：

“姓名？”

“楚卫。”

“三天前的晚上在干吗？”

“参加婚礼。”

“说详细。”方小罗模仿着那海涛的样子，用手指在桌面上点着。

“哦，参加赵田的婚礼，给他当伴郎。”楚卫回答。

“你和赵田是什么关系？”

“他是我表哥的朋友。我表哥叫冯晨。”

“哦。”方小罗点点头。

那海涛操作着电脑，详细地记录着。同时在手旁的A4纸上画着图：冯晨——楚卫表哥。

“晚上八点二十七分，新娘郭梅在一楼大厅叫喊，之后发生了什么？”方小罗问。

“她受到一个醉鬼的骚扰，赵田喊了一嗓子，我们就跟着下去了。”楚卫年龄不大，说话挺实在。

“然后呢？”方小罗冲楚卫抬抬手，示意他自然供述。

“然后就打起来了。那个醉鬼很蛮横，欺负了新娘子还不承认。我们，不，他们，就动手了。”楚卫把自己往外择。

“你没动手吗？”方小罗皱眉。

“没有，没有。”楚卫连连否认。

“那你当时干什么呢？”

“我……我就站着来着，什么也没干。”

“那为什么在把你带到派出所后，你的衣服和裤子都被撕破了？”方小罗出示证据。

“是那个醉鬼抓的。”楚卫低下头。

“你没动手他干吗抓你？”方小罗叮问。

“这……这我就不知道了。”楚卫摇头。

方小罗知道，这么问下去是不会有结果的。她正犹豫着，那海涛开了口，“你在那儿站了多久？”

“我……一直站着啊。”楚卫抬头说。

“睁着眼闭着眼？”那海涛提出的问题很滑稽。

“睁着，睁着眼啊。”楚卫答。

“好，既然睁着眼在那儿站着，打架的过程是不是都看到了？”那海涛下着“套”。

“哦，看到了。”楚卫上了“套”。

“好。”那海涛冲方小罗点点头。

方小罗多聪明啊，立刻就明白了，“现场都有谁动手了？”她厉声问。

“动手了……”楚卫犹豫着。

“说，不是睁着眼吗？”方小罗拍响了桌子。

那海涛心里暗笑，没想到这丫头一坐上主审位，还挺有气势。

“除了我哥冯晨，都动手了。”很明显，楚卫也想把冯晨往外择。

“好，除了冯晨是吧。”那海涛如实记录。

“具体说说，都谁打了，怎么打的？”方小罗问。

“就是……”楚卫回忆着，“刚开始的时候就是推推搡搡，赵田推那个醉鬼，那个醉鬼也推赵田，后来醉鬼突然给了赵田一下，赵田就动手了。那个醉鬼用手掐赵田的脖子，赵田急了，用脚踹他的肚子。”

“还打哪儿了？”方小罗问。

“还用拳头打了他的脸和前胸。哦，还踢他的下阴来着。”

那海涛在纸上记着：赵田击打的位置，腹部、面部、胸部、阴部。

“其他人呢？”方小罗又问。

“其他人……”楚卫想着，“哦，孙黎。他刚开始没打，在旁边拉架，但后来那个醉鬼给了他一拳，他就也动手了。”

“打哪儿了？”

“他是个胖子，下手挺狠的。他从后面勒住了醉鬼的脖子，弄得醉鬼喘不过气，然后还把醉鬼踹倒在地，用脚踹他的腰。”

“还有其他位置吗？”

“有，你让我再想想。”楚卫回忆着。

那海涛在纸上又起了一行：孙黎击打的位置，颈部、腰部。

方小罗又接连问了周武和郑旺的细节，审讯才告一段落。

“我最后问你一句，你和冯晨到底动没动手？”方小罗问。

“我们……真没动手。”楚卫连连摇头。

“你要知道，做伪证是要承担法律责任的，明白吗？”方小罗叮问。

楚卫没说话，低下了头。

那海涛冲方小罗使了个眼色，那意思是不必恋战。于是方小罗便结束了笔录，让看守带上了第二名嫌疑人，胖子孙黎。

孙黎是个搬运工，今年二十六岁，人长得高高大大的，足有两百斤的样子。他昂着一张肥嘟嘟的脸，看着方小罗。

“姓名？”方小罗问。

“孙黎。”

“三天前的晚上在干吗？”

“参加婚礼。”

“晚上八点二十七分，发生了什么？”

“哎，你们就别绕圈子了，是想问那个醉鬼的事儿吧。打架我参与了，但我只推了他一把，其他什么都没干。”孙黎是个急脾气，直接奔了主题。

方小罗心里暗笑，但表面却平静如水，“说说你怎么动的手？”

“我就推了他一把，我看他冲赵田扑过去，就从侧面推了他一下。”他避重就轻地说。

“从哪边？左边还是右边？”方小罗叮问细节。

“右边，我推的是他的右边。肋骨的位置。”孙黎说。

“还有其他位置吗？”

“没有，肯定没有了。”他矢口否认。

那海涛在纸上记录着：孙黎击打的位置，右侧肋骨。

“那怎么楚卫说，就你打得凶啊？你不是还勒过人家脖子吗？”那海涛插话。

“他那是胡说！”孙黎急了，“要不是他在那儿拱火，这场架还打不起来呢。”

“什么意思？”方小罗问。

“刚开始赵田跟那个醉鬼就是推搡，后来在推搡中那醉鬼给了楚卫一拳，楚卫急了，抬手就还了一个嘴巴。”

“楚卫也动手了？”方小罗问。

“当然了，他打得欢着呢。”孙黎说，“他哥哥也不白给啊，过来就踹那醉鬼肚子。”

“他哥哥是谁？”

“冯晨啊。大晨子，跑快递的。腿长，踹人贼狠。”孙黎比画着，“我勒那醉鬼脖子，也是想制服他，怕他们闹得太大了。”他解释着。

“这么说，你还是勒了是吧？”方小罗问。

“这……”孙黎顿觉失语，“但我这算是正当防卫啊，是那个醉鬼先动的手啊！”

那海涛唰唰地在纸上记录着：楚卫击打位置……冯晨击打位置……

孙黎是个外向型性格，只要开了口就停不住。不一会儿他就将赵田、周武、郑旺、冯晨和楚卫的打架细节悉数供出，不但细节清晰，而且谁先动的手，谁去拉的架，谁去反的击，谁去找的后账，都说得详详细细。一堂笔录做完，方小罗心里有了底。

“师父，下一个提冯晨吗？”方小罗问。

“呵呵。”那海涛笑了，“不错，开窍了啊。孙黎这么玩命地供楚卫，现在当然是审冯晨的最好时机。”

方小罗也笑了，不禁说着：“不要相信别人，也不要相信自己，唯一要相信的是证据。”

“怎么想起这句了？”那海涛笑。

“就是突然觉得挺有道理，学以致用啊。相信直觉，不听忽悠，好，咱们开始下一个吧！”她信心满满。

等冯晨被带进审讯室的时候,审讯台上多了一摞案卷。方小罗挺着腰杆，在主审的位置正襟危坐，一副坐堂问案的架势。她已经进入了角色。

她简单问了冯晨的基本情况，便开门见山，直奔主题，“你和你弟弟楚卫，在斗殴事件里动手了吗？”

冯晨是个快递员，确实如孙黎形容的，腿长。他是新郎赵田的朋友，表弟楚卫来当伴郎，也是他的主意。

“没有。”他缓缓地摇头。

“那谁动手了？”方小罗问。

“没看见。”冯晨是个慢性子，说话慢吞吞的。他低下头，保持沉默。

方小罗看冯晨这样,就停止了发问。她看似随意地抄起旁边的一本案卷，煞有介事地翻看着，“你跟你弟弟下手挺狠呀。你弟弟扇了杨庆的嘴巴，你用脚猛踹他的肚子。在杨庆倒地后，你们俩还猛踹他的腹部，是这个情况吧？”她一副胸有成竹的样子。

一听方小罗说得这么精准，冯晨绷不住了，他抬头看着那些案卷，下意识地咽了口吐沫。

“这是……谁说的？”他问。

“谁说的不重要，事实情况就是如此。我告诉你，造成杨庆死亡的，是被钝性外力多次作用于头面部及躯干部造成肝脾破裂，致颅脑损伤合并创伤失血性休克死亡。说白了就是被殴打致死。无论你承不承认，我们都会按照死者受伤的鉴定结果定罪。之所以提审你，是给你辩解的机会。如果按照其他人的证言，那所有的伤就都是你和你弟弟造成的了。”方小罗说着，啪的一下将那本案卷拍在桌上。

那海涛在旁边暗笑，心想这丫头已经学会熟练使用刑警队的考勤记录了。

冯晨叹了口气，半天才挤出一句话：“我知道，人死了，但真正下手狠的不是我和楚卫，而是赵田。”

“为什么这么说？”方小罗问。

“你想啊，郭梅是赵田的老婆，被醉鬼欺负了，他肯定最生气啊。我们都是凑热闹的，参加赵田的婚礼遇到这种事儿也不能不管，而且当时都喝了酒，一冲动就上了手。但说实话，我们跟那个醉鬼无冤无仇，也犯不着下狠手。倒是赵田当着他媳妇儿的面儿，下手轻了不行。所以虽然我和楚卫都踹了他，但都没敢使狠劲儿。下手重的就是赵田。”

“赵田都打哪儿了？”方小罗问。

“嗯……你让我想想。”冯晨想了想，详细供述了赵田击打杨庆的过程和具体位置。

一场笔录下来，方小罗已经能大概勾画出事实全貌了。确实如那海涛所说，这种案件人越多就越好审，借助嫌疑人的畏罪心理，不怕他们相互推诿，只要他们相互揭发，各种细节碎片就能拼出全貌，之后再去伪存真，就能逐步将事实还原。细节决定成败，抓好每一个细节，做好每一个环节，就能一环压一环，形成最终的证据链。

“不怕嫌疑人辩解和脱罪，就怕他们不张嘴。记住了，预审就是与人沟通与人斗，要想斗争就先得沟通，否则孤掌难鸣。哎，刚才的架势可以啊，有点提气、变脸、入戏的意思了。”那海涛边画图边笑。

“嗯……我真的体会到了。搞预审跟演员演戏一样，得制造情境、进入角色，三十六计，七十二变。看来那个表演课还真得学学。”方小罗笑。

“哎哎哎，别自满啊，这刚哪儿到哪儿啊。”那海涛撇嘴，“还有一句话别忘了，得稳住情绪，微笑的是高手，暴躁的是新手。哎，下面这场再试试。”他耐心地给方小罗做着教学训练。

师徒俩马不停蹄，又将剩下的三名犯罪嫌疑人逐一进行了提审。经过嫌疑人们的循环指正，他们将每人证言中的细节进行了固定，形成了完整的证据链。六人的证言相互佐证，除去虚假辩解的成分，其他都是真实可信的细节。在最后审讯新郎赵田的时候，方小罗尝试使用了政策攻心和重点突击，在赵田狡辩之际，她按照那海涛画的供述导图，迅速从庞杂的细节中找到重点、一击制敌。面对铁证，赵田最终放弃了抵抗，供述出实情。

这场婚礼本是一场喜剧，但就是由于年轻人的冲动，将喜剧变成了悲剧。在审讯结束后，那海涛将六个人的讯问笔录和一张完整的供述导图交给了刑警，让他们在第二天再给六个人做一轮笔录，进一步固定证据。战斗了一天，方小罗显得很疲惫，但她的眼里却闪着光。她感觉自己终于迈出了预审的第一步，触碰到了预审的精髓。她下定了决心，准备好好跟“那三斧子”师父学艺。

大盗

没见过这么冷的深秋，阴雨连绵，还一直刮风。还没到换装的季节，那海涛已经穿上了警服冬装。他整理好材料，叫上方小罗到郭局的办公室汇报。经过连廊的时候，雨大了起来，那海涛用身体护住材料，以免被淋湿。楼道黑漆漆的，又到了傍晚时分。这是警察工作的常态，五加二、白加黑，案子不破就休息不了。经侦那边回来信儿了，赵利散落在山谷里的那些现金，来自沿海的一个地下钱庄。

那海涛走到郭局办公室门前，听到里面有人说话，就没有贸然敲门。他夹着材料，和方小罗在外面等待。

说话的是个男人的声音，那海涛仔细听去，觉得有些耳熟。

“那孙子给的都是现金，还都是连号的。经过调查，来自沿海的一个地下钱庄……”

他越听越觉得蹊跷，在脑海里寻找这个声音。

“外面谁啊？”里面传出了郭局的声音。

“哦，我。”那海涛赶忙敲了敲门。

那海涛进了门，冲郭局点点头，背对着他的位置坐着一个人。那人长得干巴瘦，正叼着一根香烟喷云吐雾。

“您现在方便吗？”那海涛问。

“汇报案子吗？”郭局问。

“是。”那海涛点头。这时，那个人转过身来。那海涛一愣，没想到正是潘江海。

“那大名提，忙坏了吧？”潘江海笑着抬手打招呼。

“是你……”那海涛惊讶。

他愣在原地，但毕竟是搞预审的，随即也明白了个大概。郭局冲他招招手，示意两人坐下。那海涛犹豫了一下，没有选择坐在潘江海身边，而是搬了把椅子，坐在了他的对面。

两人隔着一张桌子，对视着。

“看这意思，您这是……卧底？”那海涛微微一笑。

“我可没那本事。我是打麻将，让人给‘截和’了。”潘江海笑着摇头。

“我说呢，要不也不能这么坦然啊。”那海涛话里有话。

“我看你呀，还是欠火候。要是有你师父那两下子，我肯定扛不住。但没事，还年轻，慢慢练，有的是机会。”潘江海也话里带刺儿。

“现在和那时候不一样了……”那海涛撇嘴，“那个时候能连续审讯，现在每次不能超过八小时，到了饭点儿得让嫌疑人吃饭，弄不好还得给他弄个夜宵、加个鸡腿儿。您说，这怎么审啊？”他看着潘江海。

“嗐，时间不在长短，在单元时间的使用。你呀，还是不够坏。”潘江海摇头，“也难怪，你跟老齐学的那套啊，是名门正派，文明的办法。有机会师叔给你讲讲下三路的招数？”

那海涛没接话。方小罗在一边看着，觉得挺尴尬。

“嘿，你看我这人，又好为人师了不是？动不动就教人，再弄个热脸贴冷屁股。”潘江海笑，“哎，姑娘。你学不学啊？要学我教你两手？”他转头问方小罗。

“哎哎哎，你们俩，怎么一见面就掐啊。”郭局打断潘江海，“海涛，这次是咱们闹了一个误会。”

那海涛这才放松表情，冲潘江海点点头。

方小罗心里暗笑，看来真是一山难容二虎啊。

“我是准备潜进去抓内鬼，没想到却被当作内鬼给抓出来了。”潘江海苦笑。

“是这样，老潘这段时间的停职都是省厅领导的安排，有一个重要的专案需要他参加。所以他在停职期间一直在省厅参与工作。这次接触卢霖，也是按着省厅领导的指派。但没想到刚跟卢霖接上头就被咱们给撞上了。这个责任在我，没有及时跟省厅领导沟通。”郭局说。

“那潘爷收的那钱……”那海涛问。

“卢霖给的那笔现在在省纪委监委呢，入我账户的都是公款，省厅专案组的钱。”潘江海说。

“明白了。”那海涛点头。

“那笔五十万元行贿款省厅专案组查了，来自沿海的一个地下钱庄。”潘江海说。

“巧了，赵利收的那笔现金也是这个情况。”那海涛说。

“而且那笔钱还有一个特点，就是新票，还连号。”潘江海说。

“赵利的那笔钱也一样。”那海涛说。

“这么说……是同一伙人干的？”郭局想着，“省厅专案组在追查那个地下钱庄吗？”

“查着呢，听说是经侦总队四支队在上。”潘江海说。

“那先让咱们市局经侦支队停手，我一会儿跟周副厅长汇报，看看是不是需要协同调查。别像这次一样，相互干扰。”郭局说，“好，那就先让老潘介绍一下案件情况吧。”他抬抬手。

潘江海点上一支烟，娓娓道来。几个月前，省公安厅组建了代号为“荡涤”的专案。专案涉密级别很高，由周副厅长亲任专案组长，省厅刑侦、经侦、网安、技术等部门作为专案成员。潘江海因在之前的“D融宝”案件中表现突出，也被吸纳其中。经过前期的侦查和摸排，将海城嘉华集团的董事长卢霖列为重点调查对象。为了找到案件切入点，专案组让潘江海采用“引蛇出洞”的方法，与卢霖进行接触。在双方几番试探之后，卢霖为拉拢潘江海，约他到咖啡厅见面，并在见面时给他拿了五十万现金。

“这么说，卢霖的事儿都牵扯到省里的人了？”那海涛问。

“案情涉密，我不能说太多。但这个案件不光牵扯到卢霖，还有刘牧。”潘江海说。

“嗯……”那海涛点头，“他为什么给你钱？”

“投石问路，拉我下水。”潘江海说，“这帮孙子做事有个特点，一边儿递银子一边挖坑儿。他们在给我钱的同时，还摸到我媳妇儿在银行工作了。要不是我提前给我媳妇儿打好预防针，她那没准儿还多了几千万存款呢。”

“能再多问问吗，您那案件里还涉及什么人？”那海涛又问。

“你想问谁吧？”

“有一家高科技公司叫信科，您听说过吗？”

“老总叫徐佳妮，她就是我们联合省纪委监委给留置的。”

“明白了。”那海涛点头。

“没事，‘荡涤’专案虽然涉密，但省厅领导的意见是，有什么问题随时沟通。这专案是省政法委扫黑除恶的重点督办案件，你们现在办的事儿也包括其中。”潘江海说。

“哎，一大早周副厅长就给我打电话，说抓了他的人，我还纳闷儿呢，一问是老潘。”郭局笑。

“那您现在被我们错抓了，下一步怎么办？”方小罗问。

“下一步……按照领导的重要指示精神，蹲看守所呗。”潘江海苦笑，“现在外边的好多人都知道这个事儿了，我不能再露面了。”

“那您可以参加我们的案件啊。”方小罗说。

“我能干什么呀？给那大名提当记录员？”潘江海瞥了那海涛一眼。

“别别别，您主审，我给您当记录员。”那海涛笑。

“行了行了，你们俩一说话就夹枪带棒的。但我觉得小罗的提议挺好，我看这样老潘，你既然暂时回不了省厅，那就在市局专案组做一些案头的工作吧。比如嫌疑人的背景调查。周副厅长也跟我通报了情况，现在这起案件很复杂，沿着刘牧和卢霖的线儿还能牵出更大的贪腐人员。从现状上看，匿名举报、巨额行贿、制造车祸，甚至出现证人死亡事件，连卢霖都自身难保，对手是在疯狂反扑啊。包括那个女孩，到底是不是自杀也下不了定论。”郭局叹了口气，“扫黑除恶、打伞破网、铲除黑恶势力、保一方平安，是我们警察责无旁贷的职责和使命。虽然咱们的行动影响了省厅的‘荡涤’专案，但这也不失为一个切入点和突破口。为了集中力量办理此案，从即日起，你们三位组成一个工作小组。”

“我们仨？”那海涛皱眉。

“对，两个名提，一个心测专家，多好的搭配。”郭局笑，“小组的名字我都给你们取好了，这次不以‘日期’为代号，而以工作目的命名。”

“工作目的？”那海涛不解。

“工作目的是调查‘真相’了。你们小组的名字，就叫真相小组。”郭局说。

“这个名字好。”方小罗点头。

“下一步怎么办？”那海涛问。

“下一步从三个方向同步开展侦查。第一是视频侦查，我已经跟黎勇交代过了，进一步查询几个相关人的情况，同时注意发现他们之间的关联；第二是追着钱走，我一会儿给经侦的林楠打电话，让他们详细调查刘牧的牧野集团、卢霖的嘉华集团和徐佳妮的信科集团近年来的经营情况，同时让他们配合省厅追好那个地下钱庄；第三是刑侦那边，我再给章鹏加点人手，在追踪的同时注意扩线，发现的情况及时向你们通报。既然真相小组成立了，你们就是一家人，要通力协作、团结一心，做到补台不拆台。那海涛，你是第一责任人，明白吗？”

“明白。”那海涛站起来正式地回答。

漆黑的夜幕中，三个人并肩走着。潘江海穿着一件连帽大衣，把自己裹得严严实实的。

“哎，潘师傅，我有点不明白啊，既然你是在执行任务，那市纪委监委抓你的时候，为什么不解释呢？”方小罗问。

“哼。换作是你，会在监控探头底下透露这么重要的案情吗？”潘江海反问。

“您是觉得，在咱们内部还有人‘落水’？”那海涛皱眉。

“我不愿意这么想。但是那句话怎么说的来着？叫万无一失，一失万无。那个案子里看似是卢霖跟我单线联系，但实际上我在明处，他在暗处。或者说是他们在暗处。我不确定他背后还有谁，所以得加倍小心。”

“嗯，您这么做没错。”那海涛点头。

“唉……”潘江海长叹一声，“这可是我人生中的第三次卧底了。也不知道领导什么意思，是看我这模样像个腐化堕落分子吗？”

“像，我看特像。”方小罗笑。

“你别笑，你来海城也是专案组的计划之一。”潘江海说，“本来是让你师父柳主任来的，后来是她推荐的你。”

“哦……”方小罗点头。

“哎，我说那组长啊，都这个点儿了，请我们上哪儿吃去啊？”潘江海问那海涛。

“前面有个麦当劳，我这儿有券，薯条管够。”那海涛笑。

“嘿，你瞧这组长当的，铁公鸡，一毛不拔啊。”潘江海冲方小罗挤眼。

“开玩笑的，您说地儿，我请客。”那海涛说。

“得了吧，还是跟我走吧。”他说着把大衣的帽子往头上一罩，率先走出市局大门。

车停在了市南区的一条老街上，潘江海带着二人来到了一处小饭馆。从远处看，饭馆的招牌亮着“紫牛蛋大”，那海涛一边走一边琢磨意思，走到近前才发现，那招牌被门挡着，只露出前面的四个字，念全了是紫米粥、牛肉面、蛋炒饭、大鱿鱼。

老板跟潘江海挺熟，直接将三人让进了包间。

“老几样儿，多来点儿花生毛豆，聊天。”潘江海随口说。

不一会儿菜就上了，就是招牌上那四样。

“哎，我说潘爷，请省厅的心测专家吃饭，您就选这地方？”那海涛笑。

“这地方怎么了？开了二十多年了。听说过咱们局的‘三叉戟’吗？最开始也是拿这儿当据点。”潘江海说。

“得咧。”那海涛笑着点头，拿起勺子喝了口粥。还真别说，绵软细腻，还真不错。

“我想您这么晚带我们来这儿，肯定不光是为了吃饭吧？”方小罗问。

“哼，不愧是心测专家，就是不连设备也能把人看透。”潘江海笑，“这不是局里说话不方便吗。”

“哼，所以您才在审讯室里做戏。”那海涛说。

“明面儿上我对着的是你们两个人，但监控器的后面呢？我知道还有谁盯着。所以我当时才冲着监控喊，让郭局亲自过来问问。但这位爷岁数大了，压根儿没听懂。”潘江海摇头。

“您为什么有这种怀疑？”那海涛问。

潘江海看着那海涛，犹豫了一下，“我在跟卢霖接触的过程中，拿话探过他的底，他嘴很严，但暗示我有很大的人物在背后。我吞他‘钩’的目的，也是为了引出他背后人。可惜，差了一点儿。”

“他背后是什么人？”方小罗问。

“说不好，但感觉不只是商人那么简单。”潘江海说，“而且在我收钱之后，他还曾经点过我，说在局里不止一个朋友。”

“所以你就怀疑咱们局还有被拉下水的人？”那海涛皱眉。

“你别忘了，我也干了二十多年预审了。特别是前几年跟着经侦摸爬滚打，没少见着咱们自己人因为点儿小钱儿从马上栽下来的。卢霖是什么人？公司的董事长。谁是他的关系人，信科集团的徐佳妮，牧野的刘牧？哼，我看不止于此吧。海城这些日子发生的事儿，你不觉得奇怪吗？”潘江海问。

“嗯……”那海涛点头，“我有个建议啊，既然咱们这小组成立了，就不能光依靠章鹏那帮刑警了。咱们也响应一下市局的号召，侦审合一，自己查，自己办，自己审。”那海涛说。

“对啊，靠那帮刑警的小子干吗？我告诉你啊，刑警会抓人，但审人没戏；咱们搞预审的，抓人比他们差吗？”潘江海不忿。

“就是可惜您了，这段时间还得隐着，不能坐堂问案。”那海涛说。

“没事，打水、擦地、订卷的活儿可以交给我啊。”潘江海笑。

“得了吧，让潘大名提打水擦地，我是不想混了是吧。”那海涛摇头，“您就负责背景调查吧，这活儿必须经验丰富的人来。”

“行，咱们一起，配合好。”潘江海说着就举起茶杯。

三人碰杯，都笑了。

“我师父教我的第一堂课，就是不光要坐审，还要走审，侦查是预审的最好补充。”那海涛说。

“你师父行，不光手艺好，而且为人正，难得啊。你还真别说，我从你的一招一式里啊，还真能看出他的影子。”潘江海说，“姑娘，跟他好好学。肯定能成名门正派。”

“其实……您那套下三路的招儿，我也想学。”方小罗也笑。

“嘿，你还不挑食是吧。”潘江海撇嘴。

“艺多不压身嘛。”方小罗说。

“潘师傅，我也想学。”那海涛也凑热闹。

“得了吧，你们俩就别拿我这老家伙开涮了。我呀，是干了这么多年也没入主流，搞预审也是走偏门，难登大雅之堂。但说实话，这二十多年预审我没觉得干着冤，藏锋藏智藏势，斗智斗勇斗心，三尺审讯台后看的是人间冷暖、世间万象，咱这一辈子看了他们几辈子的事儿，值啊。以前一提预审，其他警种的都得高看一眼。为什么呢？甭管他们怎么抛家舍业风里来雨里去，把人抓了最后还不是得放到咱们这儿审？咱们要是拿不下来，他们这案子就白搞了。不怕你们笑话，以前逢年过节，跟案件有关的人请咱们吃饭，咱们肯定不去。但局里那帮孙子可没少请我们老哥几个吃饭。而且还都是‘倒挂’。什么叫‘倒挂’呢？就是他们处长请咱们科长，他们科长请咱们民警。这说明什么呀？说明咱们重要啊！一个民警能顶他们一个科，一个科能顶他们一个处，咱们个个都是以一当百的主儿。”潘江海感叹着。

“来，走一个！您这话提气。”那海涛举杯。

三人又喝了一杯茶。

“但现在呢，预审没了，机构没了，我们这帮老家伙也散得差不多了。要不是我被借调到省厅，估计现在也跟老马和二姐一样，到派出所巡大街去了。所以呀，好汉别提当年勇，该趴着就趴着，好时候过去了就存点念想儿，别再到处吹牛了。”潘江海表情落寞。

“您这话不对。机构没了，人还在，预审没了，精神永存，公安工作永远离不开审讯这门手艺。现在成立真相小组，说明局里对咱们还是很重视的。既然要干，咱们就干好了，别丢了老七处的脸。”那海涛说。

“行。你小子还有点血性。”潘江海点头，“我今天叫你们出来，其实还有一件事儿。卢霖的案子中有一条重要线索，我觉得得赶快做。”

“什么？”那海涛皱眉。

“在一周之前，卢霖曾经到市北区的小西街派出所报过案。你们知道这情况吗？”潘江海问。

“不掌握。”那海涛摇头，“因为什么？”

“他开车行驶到小西街管界的时候，一辆电动车追了他的车尾，就在他下车查看的时候，放在副驾驶一个书包被盗了。”

“一周前？正是我们调查信科集团的时候。”那海涛说。

“会是……案卷吗？”方小罗警惕起来，“在卢霖和赵利出事之后，到现在还没找到案卷。”

“这事儿得查清楚。”那海涛皱眉。

“明天我得回趟省厅，领导有工作安排。你们先好好查，有什么需要协助的随时打我电话。”潘江海说。

小西街派出所的所长姓孟，身材高大，脸上有烧伤的痕迹。看人的时候眯着眼，视力显得也不太好。

他见到那海涛很热情，“嘿，那三斧子，好久没见啊，怎么着，听说搞专案呢？”孟所说起话来瓮声瓮气的，一看就是长期泡在基层。

“嘿，你消息够灵通的啊。”那海涛笑。他暗想，看来潘江海的担心一点不多余，市局的专案看似保密，其实全局都在盯着呢。

“最近怎么样？”那海涛指了指孟所的眼睛。

“嗐，这是老毛病了，只能越来越差。不妨碍工作。”他大大咧咧地说。

“找你查个事儿，一周前的这个案子。”那海涛说着就将一份材料递了过去。那是办案系统里关于卢霖被盗的报案记录。

孟所眯着眼睛看了一会儿，皱了皱眉，“案子正在办，还没有头绪。但这个事主最近联系不到了。”

“哼，是联系不到了，都栽花盆儿里了。”那海涛苦笑。

“什么意思？”孟所没懂。

“嫌疑人出车祸了，成植物人了。”方小罗在一旁说。

“哎哟，怎么弄的啊？”孟所惊讶。

“别打听了，涉密。先办事儿吧，这是我的介绍信。”那海涛说着拿出手续。

孟所将两人引到办公室，让民警拿来案件材料。

“案发时间在当日上午十一点二十分左右，卢霖驾驶尾号为6606的黑色宝马X5，行驶到西街北里十字路口的时候，遇到一辆电动自行车。我们调取了监控，就是这一辆。”他说着把材料递过来。

材料上的监控截图并不清晰，但可以看出，骑车的人戴着头盔，打扮成外卖骑手的样子。

“就在事主下车跟外卖骑手交涉的时候，另一个人打开车的左前门，拿走了一个黑色书包。”孟所往下指了指。

在下面的一张截图上，可以清晰地看到，一个穿黑色外套的男子正在往汽车副驾驶里钻。

“有被盗书包的照片吗？”那海涛问。

“有。”孟所又翻出一张截图。截图上显示，那个男子的右手正提着一个黑色书包，书包似乎很沉，男子提得很费劲。

“车内留有痕迹吗？”方小罗问。

“技术在车右前门的把手上，提取了两枚指纹。”孟所说，“经过指纹库比对，与近一年来在海城发生的多起盗窃案件相关。”

“这么说是惯犯？”那海涛问。

“是一伙儿老手。”孟所点头，“在作案之后，他们立即骑车逃离。西街北里是有名儿的‘堵点儿’，从这条路向西，会经过一个‘城中村’，那边儿正在拆迁的过程中，监控缺失。这伙人显然是有备而来。”

“你的意思是，这不是随机作案？”方小罗问。

“不像，整个作案时间不超过三分钟，然后迅速逃离，不像是临时起意的案子。我们还在查，但是没什么进展。”孟所摇头。

刑侦支队办公室，投影仪将三个不同的案件信息投射到幕布上。

“第一起，去年 9 月 3 日凌晨时分，市北区华兴道 14 号楼 2103 室发生一起入室盗窃案件。犯罪嫌疑人从顶楼攀爬进事主家，盗走苹果手机一部、浪琴手表一只、现金三千四百余元，还有项链、手镯若干。经技术勘查，在窗户外侧发现指纹两枚，鞋印五个。经比对，与卢霖被盗案件的指纹相符。”章鹏说着案件。

“指纹有记录吗？”方小罗问。

“没有。但与之前的多个盗窃积案都重合。”章鹏说。

“屋内没发现指纹吗？”那海涛问。

“屋内没有，应该是嫌疑人为了攀爬方便，在爬楼时没戴手套，所以将指纹留在了窗外。”

“一个人作案？”方小罗又问。

“是的，没有发现第二种指纹或者鞋印。”章鹏说，“在同日，该小区还有三户被盗，分别是 14 号楼的 1305 室，12 号楼的 1703 室和 1901 室。但这三户都被撬开了门锁，但并没有发现指纹，已做并案处理。”

“嗯。”那海涛点点头。

“第二起，去年 12 月 2 日，在市南区兴旺里，犯罪嫌疑人使用‘白日闯’的作案方法，撬开兴旺里 3 号楼 6 单元 102 的户门，然后进行盗窃。事主家损失惨重，被盗财物在二十万元以上。但由于兴旺里是老旧小区，3 号楼门前并未安装监控，刑警队到现在也没查出有价值的线索。”

“查查资料，现场有遗留物没有？”那海涛说。

“没有什么有价值的遗留物，但在事主家门口的防盗门上，发现了不少张超市的小广告。”

“嗯，老手段。洗楼，挨家挨户插广告，以此判定家里有没有人。”那海涛说。

“那我接着说了，第三个案件是……”章鹏继续串并着案件。

经过长达两个小时的串并，与卢霖案相关的案件竟多达十五起，而且这只是一年内的发案。三个人边研究边吃盒饭，时间一晃就过了晚上十点。他们都有些乏了，盯着幕布上的案情发愣。

“看出什么规律了吗？”那海涛问方小罗。

“主犯是惯犯，但没被处理过，所以指纹库里没有信息。根据现场遗留痕迹判断，这个人为男性，中年，标准身高，穿四十二码的鞋。”方小罗说。

“没了？”那海涛问。

“没了。”方小罗摇头。

“你不是省厅专家吗？现在不是流行那什么……心理画像吗？”那海涛问。

“术业有专攻，那套我不行。”方小罗摇头。。

“你呢，章鹏。”那海涛冲章鹏抬了抬下巴。

“十五起案件连续发生，有一定规律。从去年的发案来看，差不多每隔一周就有一起，也就是说，只要嫌疑人销赃完毕，就会接着动手。因为案件高发，市北分局刑警队还在年初搞过一次集中蹲守，但由于作案地点分散，所以集中蹲守并未取得好的效果。而且在此期间嫌疑人还顶风作案，又偷了两户。”

“但是在卢霖被盗案件发生之前的四个月，已经没有发案了。”方小罗插话。

“嗯。”那海涛点头，“这能说明什么呢？”

“说明他们是冲着卢霖来的。”方小罗说，“在十五起案件中，被盗金额超过十万元的就有五起，凌晨作案、白日闯，一般都是奔着大户去的。如果不是另有目的，他们是不会干这种小买卖的。”

“同意，他们盯卢霖，应该不止一两天的时间了。”章鹏也说。

“那个外卖员呢，有没有线索？”那海涛问。

“我们通过那个外卖员穿着的服装找到了外卖公司。根据外卖公司的轨迹显示，那个时段并没有该公司的外卖员经过那里。我们怀疑应该是嫌疑人伪造或盗窃的服装。”

“嗯，这个也在意料之中。”那海涛点头。

“真的没有规律吗？”方小罗操作了几下电脑，将十五起被盗案件的地点标注在电子地图上。

“横跨市南、市北、市西三个区……”那海涛站起身，在幕布前踱着步，“我觉得咱们也别偷懒了。明天一早，到几个现场转转吧，没准会有新的发现。”

“哎，这种粗活儿就让我们来吧，你们两位‘真相小组’的，就干动脑子的事儿吧。”章鹏笑着说。

“嘿，什么意思啊，对我们不放心？”那海涛瞥了他一眼，“你可别跟市局党委唱反调儿啊，局里正推行侦审合一呢，凭什么我们就不能到一线侦查？”他给章鹏扣了顶大帽子。

“哎哎哎，我可不是这个意思。得，那明天我配车配司机，听从两位调遣，还不行吗？”章鹏笑。

“车可以，司机就免了。你跪安吧，有什么事儿我再吩咐。”那海涛摆起了架子。

清晨，市南区兴旺里小区，行人很少。阳光透过树叶照在地上，显得平和安详。这个小区建于20世纪80年代，原来是二机厂的宿舍，在商品化之后，大多数原住户都搬走了，留下的房子多为租户居住。小区没有物业，每月只收几十元的清洁费，加之年久失修，显得破旧不堪。

那海涛和方小罗一前一后地走着，不时溜进楼栋又出来，转了几圈，才出了小区。在小区门口，有一个700路的公交车站，等车的人们簇拥在一起，十分嘈杂。

“整个小区几乎都看不到监控。刑警也走访多次了，没什么有价值的线索。”方小罗说。

"是啊，老旧小区，居民都不交物业费。在上一家物业撤离之后，就没人维护了。"那海涛说。

"我不明白，嫌疑人是怎么知道事主家有货的？"方小罗问。

"看见没有。"那海涛冲小区门口努了努嘴。

方小罗望去，正见到一个男子，抱着两个大纸箱子往小区里走。

"这附近有个手机市场，许多租户都是做手机生意的。"那海涛说。

"明白了，被盗的是存货的仓库。"方小罗点头。

那海涛叉着腰，环顾四周，"我估计咱们这么转也不会有什么发现。走，去下一个地址吧。"

午后，西街北里十字路口车流拥堵，方小罗蹲在路旁，专注地看着手机上的电子地图。

"有什么发现吗？"那海涛问。

"转了半天了，说实话，要想躲过探头，也不是那么容易。"方小罗往西边指了指，"那边虽然是个城中村，但是沿途设了好几个探头，只要从那过去，必定得拍下来。但案发后，刑警调了监控，并没发现有骑电动车的人经过。"

"那就怪了，他们不从这儿走，能从哪儿离开呢？"那海涛不解。

"会不会是弃车而逃，步行离开的呢？"方小罗说。

"但在附近也没找到那辆电动自行车啊。"

"会不会他们在附近有个点儿，事发后将车就地藏匿呢？"

"这倒是个思路。"那海涛点头，"但是……这儿除了大厦就是商城，能让电动自行车进吗？"

"是啊……而且在报案记录上显示，案发后，两人是骑车向西逃离的。"方小罗咬着手指。

"他们会不会虚晃一枪？"那海涛想着，"走，过去看看。"他说着向城中村的方向走去。

西行的那条路正在翻修，坑洼不平。两个人边走边看，不一会儿那海涛就来了灵感。他攀上了北侧的一处矮墙，往下指了指，“快，你上来看看。”方小罗随即也攀了上来。

矮墙下是一片待拆除的平房区，瓦砾遍地、残垣断壁，堆放着不少生活垃圾。

“如果是我，就把自行车藏在这儿。”那海涛往下指着。

“但从这儿过去，不又回到案发地点了吗？”方小罗问。

“如果你是作案人，案发后会往人少的地方跑吗？”

“对啊，反其道而行之，越危险的地方反而安全。”方小罗点头。

“人越少的地方，目标就越大，所以先把交通工具藏起来，再换身衣服，就能堂而皇之地大隐于市了。”那海涛分析着。

“等风平浪静之后，再来取车。”方小罗说。

“嗐，那倒不至于。嫌疑人不会冒那个险。”那海涛笑了，“这儿虽然垃圾遍地，但值钱的东西早被拾荒的给拿走了。”

“哦，也对，只要放在这儿，自然会有人替他们收拾。”方小罗点头。

“联系一下刑警队，让他们走访一下附近拾荒的，没准会有发现。”那海涛说。

夜晚，市北区华兴道14号楼的楼顶，风很大。那海涛站在楼的边缘处，往下探着头。

“哎，要想从这儿翻下去，有什么办法？”那海涛大声问。

“什么？”风声太大，方小罗没听清楚。

“我是说，怎么才能从这儿翻下去？”那海涛提高嗓音。

方小罗四处看了看，又围着楼顶转了一圈，“这儿。”她用脚踢着一个排风口说。

那海涛走过来，蹲下来观察。在排风口的边缘有一处明显的勒痕。

“技术部门的勘查材料里有，应该是在这里系的绳索。”方小罗说。

“手机、手表、现金、项链，东西倒不多。”那海涛站起来，“嫌疑人作完案后，应该是又攀上楼顶，然后原路返回。”

“派出所走访过物业了，这个小区的顶楼由于装着晾衣竿，所以平时并不上锁。嫌疑人应该事先踩过点儿。”

“看出什么规律没有？”那海涛问。

“规律？”方小罗想了想，“是不是……被盗的户型都是朝南的？”

“对，聪明。”那海涛点头，他说着又走回到楼边上，望着远方的灯火，拨通电话，“喂，你那边怎么样，看得清吗？”

华兴道小区的对面是一个城市广场，此时章鹏正站在一个石墩子上。他眯着眼，眺望着小区，拿起电话回答:“清清楚楚，一览无余。”

“能数数有几户黑着灯吗？”那海涛问。

“等会儿啊……”章鹏眯着眼，“14 号楼的顶层有一户，如果最东边是 01 号，那就是……2105 室。还有，12 号楼从上往下数四排，03 和 05 号都黑着灯，还有……”他逐一说着。

在楼顶上，那海涛挂断了电话，“这下明白了吗？”他问方小罗。

“你的意思是，嫌疑人也站在章鹏的地方，一直在观察这个小区？”

“是的。”那海涛点头，“这伙人挺专业，入室盗窃戴手套、套鞋套。在动手之前提前踩点儿，只要天一擦黑，就在对面观察哪户不开灯。只要连续几天，就能摸清长期不在家的住户。这可比上门踩点儿要简单多了。”

“所以只有小区南侧的 12 号楼和 14 号楼发生了盗窃案。”方小罗说。

“嗯……这帮孙子够狡猾啊，他们现在会在哪儿呢……”那海涛叉着腰往远处看着。

“你真觉得，要先从这个盗窃案开始查吗？”方小罗问。

“你相信直觉吗？”那海涛转头看着方小罗，“我相信。我的直觉告诉我，卢霖那个书包里，很有可能就是丢失的案卷。”

“但仅凭现在这些线索，也很难在短时期破案啊。”方小罗说。

“我觉得就是一层窗户纸。我总觉得他们的盗窃路径有一定的规律可循。找到这个规律，就能摸清他们的下落。”那海涛说。

乌云遮月，街头清冷，秋夜凉了起来。那海涛在路边叫了半天车，价格都加到了1.5倍，也没司机应答。没办法，两人只得坐上了700路的末班车。

末班车开得很快，风透过车窗的缝隙吹进来，发出飕飕的声音。那海涛坐在车尾的位置上，望着窗外出神。

“一般喜欢坐在车尾的人，内心都缺乏安全感。”方小罗说。

“你说的那是凡人，警察之所以坐在车尾，是为了统观全局，随机应变。”那海涛说。

“警察不是凡人吗？”方小罗反问，“比如你，除了警察和预审员这两个身份之外，对自己的身份是怎么认同的？”

“除了警察我没有别的身份。我和你不同，不是通过社会院校招聘进来的，也没有从事过其他职业。我从上警校的第一天，就高举右手进行宣誓，为了公安事业无怨无悔，到现在一晃十多年。说实话，我除了当警察，其他什么都不会。”那海涛缓缓地说，“你呢？”

“我？其实刚开始，我是没想当警察的。”方小罗说，“我是从省医科大学临床医学专业毕业的，毕业那年我在省儿童医院实习，如果按部就班的话，在实习期满之后，我会成为一名儿科医生。但就在一个下午，命运跟我开了一个玩笑。在那年的秋天，我陪一个朋友参加省里的人才招聘会。那个招聘会人山人海，我们逛了一天，他也没找到心仪的工作。但就在走进最后一个展馆的时候，我却被一道蓝色的风景给吸引住了。那是省厅刑侦总队的招聘展台，呵呵，也许现在想起来觉得可笑，但是当时真是把我惊呆了，太帅了。”

“看来面子工程还是管用的。”那海涛笑，“怎么着，就因为这个当了警察？”

“也不全是。”方小罗笑，“其实我们俩都报名了，但最后只有我被录取了。”

“那人是你的男朋友吧？”那海涛笑。

“哼，不愧搞预审的，眼睛贼尖。其实他也很优秀，只不过……”她停顿了一下，“追求不同，路也不同。”

“干了这些年，会后悔当初的选择吗？”

“后悔？说实话，刚开始确实后悔过。警察工作，特别是心测工作，太辛苦了，加班加点，几乎没有业余时间。记得有一次同学聚会，他们大部分都成了白衣飘飘的医生，谈论的都是医疗行业的话题。看着她们拿着比我多数倍的薪酬，开着体面的豪车，俨然成了人生赢家，心里确实不是滋味。”

“但是，该说但是了吧？”那海涛笑。

“但是！”方小罗加重语气，“在从事心测这个行业之后，我改变了这种想法。我老师是柳主任，省厅著名的心测专家。记得我参与的第一个案件，是一个拾荒老人被杀的案件。现场在一个荒无人烟的田野，一场大雨过后很难找到痕迹。那时正值深秋，我站在那具蜷缩在一起的尸体旁想，这么弱小的一个生命，为什么还有人要去侵犯和践踏？刑警抓获了嫌疑人，是村里出了名的混混，也是村长的亲戚。他拒不配合调查，还打伤了辅警。我当时就下定决心，一定要将此案攻克。后来我们通过心测，发现了嫌疑人使用的凶器，很有可能是根木棍。就是通过这么一个细微的线索，刑警找到了凶器，最后将嫌疑人绳之以法。破案后，刑警请我们喝酒，我在酒桌上哭了，我觉得我的工作是有意义的，给生者安慰，为死者昭雪，这是伟大的使命。至今我也没有后悔过自己当初的选择。”

“嗯。说得好。”那海涛不住点头。

这时公交车响起了报站声，“幸福路到了。下一站，西街北里。”

“嘿，开了这么久，才刚到西街北里啊。”那海涛凑到站牌旁看，“华兴道，宝能学院，双台村，幸福路，西街北里……”他默念着。

“你也说说，干了这么多年预审的感受。”方小罗说。

“我？呵呵。”那海涛笑，“我一毕业就干这行。那时正是预审的辉煌年代，甭管什么警种，抓了人都得放到预审去审。批准逮捕、补充证据、移送起诉，预审干的是警察行业里最精髓的工作。那时还是老七处，下面设大队，一个大队不过十多个人。进去先干记录员，等业务能力强了，能独当一面了，经过选拔才能干上预审员的位置。别小看这个跨越啊，一般的新人怎么也得十年八年的，业务能力弱点儿的，一辈子成不了预审员的也不在少数。”

“但‘那三斧子’只用了四年。”方小罗说。

“嗐，那是我遇到了两个好师父。”他叹了口气，“那时为了能学到手艺，真刻苦啊，打水、擦地、记录、订卷，干别人不干的活，忍受默默无闻的苦累。但老名提们真是厉害啊，眼尖、脑子快，瞥对方一眼就知道是什么鸟儿变的，举手投足都是故事。嫌疑人说没说实话，心里跟明镜儿似的，你问他怎么看出来的，他还不透底，就说是感觉。其实后来我才明白，要想练这功夫，得走到审讯室外，坐审不如走审，实地走访、案卷翻阅、背景调查、案情分析，缺一不可啊。我刚上班时有个连环杀人案，嫌疑人曾经被处理过，既狡猾冷酷，又有反侦查经验。进看守所之后，因为没有直接证据，他死猪不怕开水烫，拒不承认犯罪事实，问急了就叫嚣，‘有本事你们就崩了我’，让许多预审员都吃了苦头。眼看着拘留期限就要到了，最后主管刑侦的老局长找来了我师父，让他上阵。但由于尸体没找到，所以审讯处于被动。我师父一进去就开始提气、变脸、入戏，加上有个好的记录员，一个红脸、一个白脸，一个拍、一个揉，一个跟他唠家常讲道理，一个跟他拍桌子瞪眼阐明利害。最后聊到父母和孩子的时候，嫌疑人有点晃范儿了。于是他们就沿着这个话题往下捋，摸出了嫌疑人的漏洞。而且还以此确定了作案现场，找到了好几具尸体，唉……那真是一场精彩卓绝的大戏啊。”他感叹着。

“其实预审和心测差不多，细节决定成败。”方小罗说。

这时公交车再次报站，“城市广场到了。下一站，棉纺厂。”

“哎哟，咱们这是坐过了吧。”那海涛说，“应该在纪念馆南路下，离单位最近。”

“净顾着听你讲故事了。没事，索性再坐几站，到佳苑三里下也行。”方小罗说着凑到站牌旁。

“原来要想学预审呀。先得从打水、擦地、订卷开始，然后才能当记录员。为什么呢？可不是想让新人当碎催。”那海涛说。

“我明白，打水能迅速认识其他单位的同事，擦地就得早晨第一个到办公室，订卷能迅速了解案情。这三样不光是预审，也是当警察的基本功。你别忘了，我也干了好几年了。”方小罗说。

两人又聊了一会儿，佳苑三里到了。他们下了车，但还没走几步，那海涛突然停住了脚步。

“下一站是哪儿？”他问方小罗。

“下一站？是兴旺里吧。”方小罗说。

“对对对，兴旺里，兴旺里！”那海涛似乎想起了什么，转身就往回走。

“兴旺里怎么了？”方小罗不解。

“我手机没电了，你赶快过来拍一下站牌！”那海涛大声叫她。

在专案组办公室里，电子地图通过投影仪打在幕布上。那海涛、方小罗和章鹏在仔细看着。

“700路公交车，一共有41个站点，从产业园区起始，一路经过机械总公司、华兴道、宝能学院、双台村、幸福路、西街北里、纪念馆北路、纪念馆南路、城市广场、棉纺厂、佳苑二里、佳苑三里、兴旺道等站点，最后再经过天泰小区、右岸公园回到机械总公司。章鹏，能看出什么规律吗？”那海涛问。

“规律……”章鹏掐着下巴，仔细观察着，“哦！”他恍然大悟，“华兴道、西街北里、兴旺道，都在其中啊。”

“行，不糊涂。”那海涛笑了，“不光有这三个发案地，而且其余几个盗窃案，也发生在双台村、纪念馆南路和沿途站点附近。”

“明白明白。”章鹏点头，“嫌疑人盗窃的区域都是在 700 路沿线。”

“我们推测，案犯没有自驾车，无论作案还是踩点，乘坐 700 路公交车的可能性极大。而且我们把研判时间又向前和向后分别拉长了一年，发现了更多疑似的案件。”方小罗操作电脑，地图上立即出现了多个红点。

章鹏眯着眼看，“如果是 700 路沿线，那只有市南区的天泰小区、右岸公园等几个站点没发生过盗窃案了。”

“俗话说，‘兔子不吃窝边草’。”那海涛说。

“所以……嫌疑人很有可能居住在那里。”章鹏点头。

“天泰小区是有名的治安乱点，里边的出租房星罗棋布，嫌疑人藏匿在那儿的可能性很大。”方小罗说。

“这帮孙子，终于露出马脚了。”章鹏点头，“那下一步怎么办？”

“我觉得分三步走。第一，让派出所先扫扫线索，看看是否有盗窃前科的人在那边居住；第二，对附近的手机店和旧货店进行走访，看看是否有被盗的物品在那儿销赃；第三，就要做车上的工作了。”那海涛说。

“车上的工作？让民警上车去贴靠？”章鹏皱眉。

“不仅要注意发现可疑人员，还要全面调取公交车上的视频监控。这事，得找视侦的黎勇帮忙了。”那海涛说。

一旦找到方向，案件的进展就快了。经过连续三天的侦查走访，一个重点人浮出了水面。

夜色如墨，车灯像一把剪刀，将黑暗划破。那海涛把车停在天泰小区附近的一处角落。时值凌晨，周围很静。章鹏咳嗽了一下，十多个便衣就围拢过来。

“瞎猫，人在吗？”章鹏问。

“在呢。”为首的一个高个警察说。

那人是视侦大队鹰眼小组的黎勇，外号“瞎猫”。

“屋里有几个人？”那海涛递过一根烟给他。

“就他一个。”黎勇接过烟点燃。

“哎，你眼睛好点儿没有？”那海涛问。

“还那样儿。手术之后虽然视力恢复了，但是看东西模糊。唉，真成瞎猫了。”黎勇自嘲。

“平时可以瞎，今晚不行。能确定是那个人吗？”那海涛问。

“我可是照你的要求进行比对的。我们调取了去年 9 月 3 日市北区华兴道、12 月 2 日市南区兴旺里、西街北口三次案发前 700 路公交车里的监控，又以十五起盗窃案发案前后的时间为节点，调取了所有监控录像。同时又调取了这些时间段里从天泰小区、右岸公园站点下车的监控录像。我们将录像中所有被拍摄到的人员进行了视频比对，发现重复在十次以上的相同人员一共有十四名。”黎勇说。

“这么多？”章鹏皱眉。

“这只是初步比对，我们在昨天就完成了。然后我们按照你们给的‘人物画像’进一步缩小了范围。二十到四十岁之间、男性，在此情况下，人数缩小到了五名。”

“还有鞋号呢？有没有前科人员呢？”方小罗问。

“别着急啊，姑娘。”黎勇笑，“在这五人中，本市从业者两人，外地从业者两人，还有一人没有登记。这个人就是我们的重点。”

“行了，别卖关子了，说吧。”那海涛拍了他一下。

“吴哲，男，三十六岁，襄城人，两年前来到海城，无固定职业。”黎勇说。

“没了？”那海涛问。

“没了。”黎勇答。

“那怎么能认定他有嫌疑呢？”方小罗不解。

“他哥哥叫吴思，曾经被处理过。罪名，销赃。”黎勇说。

“嗯，这么说有点儿靠谱了。”那海涛点头，“走吧，一对指纹就行了。”

天泰小区里群租房众多、私搭乱建严重。吴哲租住的房子并不是小区的楼房，而是靠西的一处平房。根据刑警摸排，在第二条小巷的最里一间。章鹏、那海涛、黎勇等十多名警察分成三组，从不同方向接近目标。时间已过凌晨，周围一点声音都没有。章鹏率先摸到了门前。那间平房不大，目测也就十多平方米的样子，门前搭着一个防雨的油毡，下面放着几个空酒瓶。防盗门锈迹斑斑，屋里没亮着灯，但蹲守的刑警证明他在家。

章鹏没有动手，在原地等着，直到另一组刑警已到达平房的后窗，他才示意身后的警员拿来撞门器。

两个刑警使用撞门器，“嘭”的一下将防盗门撞开。章鹏掏枪率先冲了进去。刑警就是这样，在刀锋上行走，领导更要冲锋陷阵率先垂范。

但没想到一进屋，里面却空空如也，并没发现人。

“坏了！”章鹏手心冒汗，他赶忙闯到里屋查看，却不料刚挑开门帘，一个黑影就举着煤气罐冲了出来。

“别动！再动我就点了！”那人大声叫嚣着，正是吴哲。

“去你大爷的！”章鹏一点没犹豫，一枪柄就砸在了他脸上，然后一个正蹬将他踹了出去。煤气罐砸在地上，咚咚作响。众刑警赶紧扑过去，将他制服。

“装什么大个儿的。”章鹏不屑地咒骂。

吴哲被戴上了手铐，在地上挣扎着。他长得很健壮，虎背熊腰的，一看就是练过。

“带走。”章鹏往外挥了挥手。

到了刑警队，刑警们立即给吴哲滚了指纹。他的指纹与卢霖被盗案和华兴道入室盗窃等多起案件都对上了。这个大盗终于被绳之以法。主犯到位，理应趁热打铁立即开展审讯，但那海涛却显得不慌不忙。

他在监控室里抽着烟，看着吴哲的影像。

“现在不问吗？”方小罗问那海涛。

那海涛抬手看了看表，“不着急，先晾晾他。”

“晾晾他？”方小罗不解，“不趁热打铁吗？你不是说过，抓获嫌疑人之后要利用好最开始的‘黄金三小时’吗？这个时候嫌疑人立足未稳、情绪未定，正是初审突破的好时候。”

“怎么，绷不住了？急着上阵？”那海涛看着她笑，“那我问你，现在咱们手里有多少证据，能证明多少事实？”

“指纹都对上了，这还不是证据吗？”

“但只有指纹啊。赃物呢，搜到了吗？现场录像呢？有他的痕迹吗？”那海涛说，“在审讯嫌疑人之前，必须要做好案头的工作。背景调查，嫌疑人的身份，特别是要弄清楚‘纵轴’和‘横轴’。”

“纵轴横轴？”方小罗不解。

“所谓纵轴，就是嫌疑人的基本情况。出生地点、籍贯、民族，从小到大的经历，有没有前科，文化程度，等等，他现在的身份是什么，是律师、医生吗，还是快递员或司机？弄清了纵轴，就能理出一条线，就知道该跟他怎么对话。而横轴呢，则是他的家庭成员、社会关系、生活圈子、性格喜好。在摸清纵轴横轴之后，你就能找到相交的一个点。而那个点，就是咱们的突破口。”那海涛说。

“嗯，明白了。就和心测的测前调查一样。”方小罗点头。

“你赶快熟悉材料吧，等熟悉了之后，这个人，你来。”那海涛说。

“啊，还是我来啊？”方小罗问。

“怎么啦，上次那个案子不是问得挺好吗？怕了？”那海涛笑。

“不是怕，就是这个案件这么重要，我怕我……”方小罗欲言又止。

“还是怕了。”那海涛摇头，“没事儿，放开了问，戴着这个，我会在后台帮你。”他说着拿出一个隐形耳机。

“帮我？你不当我的记录员啊。”方小罗诧异。

“今天这场预审你独撑。相信自己，没什么不可以。”那海涛笑。

方小罗接过耳机，做了个深呼吸，“好吧，我试试吧。”她说着把耳机掖进耳朵里。

“记住，不要急。审讯的第一阶段是试探虚实，第一句话、第一个眼神非常重要，既要摸对方的脾气秉性、性格特点，还要测他的畏罪情绪和心理承压能力。如果急，就不能硬上，要事缓则圆、以逸待劳；如果缓，就要拍山震虎、重点突击，或者循序渐进、步步为营。知道在审讯中最重要的是什么吗？”那海涛问。

“是……”方小罗想了想，“是策略？”

“不。”那海涛摇摇头，“审讯二字，都是主动出击。审讯者只有牢牢把握主动权，才能不让对方带走节奏。记住，审讯中最重要的，是控场。”

方小罗连眼睛也不眨，仔细地听着。

“这次审讯我对你有三点要求。”那海涛伸出三根手指，“第一，控住场，不要被他带着走；第二，不要轻易出示证据，暴露咱们的底牌；第三，不要急躁，慢慢来，拉长审讯时间，必须坚持住两个小时。”

“啊？还有时间限制啊。”方小罗皱眉。

“先去看看卷，晾晾那孙子，一个小时后再开始审。”

“但按照规定，八个小时之后就要让嫌疑人休息了，时间来得及吗？”

“呵呵……”那海涛笑了，“看见那孙子那身‘块儿’了吗？他精神头儿比咱们足，现在正处于被抓捕后的‘应激反应’之中，畏罪、抗拒心理都最严重，对待这种人就要挫其锐气、以逸待劳，明白了？”

“哦……”方小罗摸出了门道。

但说是说，做是做。真到上手的时候，方小罗还是有点慌。凌晨一点，她和吴哲隔着审讯台对视，窗外一片寂静。那海涛随便找了个刑警，当她的记录员。

方小罗定了定神才问："刚才我已经向你出示了《犯罪嫌疑人诉讼权利义务告知书》，你看明白了吗？"

吴哲身材魁梧，看人喜欢从下往上挑，一看就是个油盐不进的主儿。在刚才的抓捕中，他被章鹏打了个乌眼青。他捏着《告知书》，"45 度角"地看着方小罗，摇了摇头，"看不明白。"

"不认字吗，还是哪里不清楚？我可以给你解释。"方小罗说。

"既不认字，也不想弄清楚。"吴哲撇嘴，"我根本就没罪，凭什么让我看《犯罪嫌疑人告知书》？"他反问。

"那我再跟你重申一下，因为你涉嫌盗窃，所以对你开具的是'拘传'手续。"方小罗加重了语气。

"我没盗窃，你们是徇私枉法。"他叫嚣着。

"如果没有证据，我们会拘传你到公安机关吗？如果没有证据，你会坐在这儿吗？"方小罗试图强硬，但依然操着法言法语。

"有证据？好啊！那你说说，都有什么证据？"吴哲不但不收敛，反而放肆起来。

方小罗叹了口气，心想自己根本就没控住场。

"那我问你，去年 9 月 3 日凌晨，你在哪里？"方小罗换了个切入点。

"大姐，去年的事儿你能记着吗？还 9 月 3 号凌晨……说实话，就是今年 9 月 3 号凌晨在哪儿我都不记得。"吴哲说。

"啪"，方小罗拍响了桌子，试图拍山震虎，"那我告诉你，去年 9 月 3 日凌晨，市北区兴华道 14 号楼 2103 室发生了一起入室盗窃案，被盗走苹果手机一部、浪琴手表一只、现金三千余元，还有项链、手镯等物。在现场，发现了你的指纹，你怎么解释？"她盯着吴哲的眼睛。

“我没法解释，不知道是谁捣的鬼。”吴哲矢口否认。

“我警告你，你就是不承认，我们也能依据证据‘零口供’定你！从轻的条件是自首……”

方小罗刚要对他进行政策教育,就被他打断,“既然你能‘零口供’定我，那还问我干吗？你给我送回去得了。”吴哲摆出一副死猪不怕开水烫的样子。

方小罗心里的火噌的一下就冒上来了，她刚抬起手想拍桌子，就想起了那海涛的提醒，不能轻易暴露手中的证据，看来自己又犯戒了。于是她停顿了一下才继续说:“自首、揭发，或者有退赃情节的，可以从轻处理，你要把握好机会。”她换了个语气。

“哎哎哎，我凭什么自首揭发啊，我根本就没罪。我还告诉你，要是你们制造冤假错案，我要申请国家赔偿，要追究你们的责任。”没想到他还起了范儿，拍起了桌子。

“你给我老实点，这是公安局，不是你们家！”记录员看不下去了，也拍响了桌子。

吴哲撇了撇嘴，低头不说话了。

“那我问你，在一周之前，你是否骑着一辆米黄色的电动自行车，到过西街北里十字路口？”方小罗问。

“什么？”吴哲把手放在耳畔。

“我问你，是否骑车到过西街北里路口，怎么，听不清吗？”方小罗提高嗓音。

“啊？”吴哲装腔作势，“对不住警官，我这耳朵不好，现在什么也听不见。”他大声说。

在监控室的屏幕里，方小罗和吴哲还在苦战，两人你来我往、近距离博弈。时间一分一秒地过去，能看得出双方都渐渐陷入疲惫。那海涛看着监控打着哈欠，坐的时间长了，觉得后背发硬，于是站起来伸了个懒腰，索性搬过三把椅子，搭了个临时的“床”。他仰躺着，给手机上了个闹钟，之后便沉沉地睡去了。

这个觉睡得昏昏沉沉，他梦到了摄影棚、火车道、芭蕾舞剧院、沪上餐厅以及海城港。他似乎又见到了陈梦，又站在那个舞台旁观望，看着那束光打在她身上。陈梦一直在舞蹈着，旋转、跳跃，仿佛不会停歇。那海涛想往前走，却迈不动脚步，想说些什么，张开嘴却发不出声音。他甚至已经意识到自己身处梦境，却也无法醒来。于是，他就这样进退维谷举步维艰。终于，他听见有人叫自己的名字，于是便回到了现实世界。

"'那三斧子！'"

他一睁眼，发现方小罗正站在面前。"怎么样了？"他支撑起身体，打了个哈欠，揉了揉眼睛。

"我在里面浴血奋战，你倒好，在这呼呼睡大觉。不是说好了在后台支援吗？怎么一上阵就变了？我说耳机里怎么没声音呢，还以为坏了呢。"方小罗是真生气了。

"嗐，咱们俩是革命分工不同。你前线克敌，我后方休息。怎么样，撂了没有？"那海涛伸了个懒腰。

"你说呢？"方小罗叹了口气。

"你没亮出证据吧？"那海涛靠在椅子上问。

"没有。但也没问出事实。"

"那就是胜利。"那海涛伸出大拇指，"嫌疑人现在状态怎么样？"

"快睡着了，要不明天再审吧。"

"别价啊，挺不容易熬到这个点儿了。"那海涛说着站了起来，低头看表。这时，他手机上的闹钟也响了起来，"嗯，现在正是时候，趁着火候儿，走，给我当记录员。"他说着披上警服，推门走了出去。

在审讯室里，那海涛跷着二郎腿，眯着眼看吴哲。方小罗坐在记录员的位置上，操作着电脑。时间已经过了凌晨三点，对面的吴哲低头沉默，似乎是要睡着的感觉。

“嘿嘿嘿，干吗呢？”那海涛用手指节有节奏地敲击桌面。

吴哲根本没反应，像是没听见一样。

“哎，说你呢，睡着了？”那海涛大声问。

方小罗冲他使了个眼色，那海涛随即笑笑，“哦，我给忘了，他是耳朵不好吧？听不见？”他说着站起身来。

那海涛缓缓地走到吴哲面前，低头俯视着。吴哲一动不动，显然是在装睡。那海涛知道，这是方小罗刚才的审讯给他“惯坏了”。

“还真是听不见啊。”那海涛自言自语，边说边绕到吴哲身后。他推开审讯椅后面押送嫌疑人的铁门，缓步走了出去。

审讯陷入停滞，审讯室也静了下来。吴哲低着头，似乎很享受的样子。这时，门外又出现了那海涛的身影。只见他左手拿着一个大号的铝合金饭盆，右手举着铁质的大汤勺，蹑手蹑脚地潜到吴哲身后。

“铛！”那海涛突然在吴哲耳畔敲响饭盆。吴哲被吓了一跳，惊叫了出来。那海涛被逗得大笑，“哎哟喂，这耳朵不是挺灵吗？”

“你干吗呀！”吴哲大喊着，他满脸怒气，但手还在颤抖着。

“干吗？给你治病。看你耳朵不好，用个民间偏方。怎么着？是不是得给我做个锦旗啊，上面写‘妙手回春’。”那海涛笑。

吴哲知道这是那海涛在玩弄自己，又低下头，“我什么事儿也没干，你们就是把我耗到天亮，我也没什么可说的。”他摆出一副无赖的样子。

“嘿，别耗着呀，时间这么珍贵，你还哪有毛病，我再帮你治治。”那海涛眯着眼看他。

“你们玩儿我是吧？”吴哲目露凶光。

“对，我就是玩儿你！”那海涛说着回到座位上，仰身靠在椅背，不急不缓地点燃一支烟。

气氛冷了下来，双方在无声地对峙着。那海涛的身体看似松弛，但眼神却死死盯着对方。在审讯中，眼神一旦相交，就是短兵相接，再无回旋余地。两人对视着，吴哲不一会儿就败下阵来，低下了头。

“指纹对上了，录像也调取了，你干了这么多的事儿，用我一件一件地说吗？”那海涛的语速不急不缓，以保证每一句都能传到对方耳朵里，“要是个爷们儿，就说人话，要是个孙子，就继续装聋作哑。”他使着激将法。

“我什么也没干。”吴哲开了口。

“没干过什么？”那海涛问。

“我没去过西街北里，也不知道什么书包。”他否认着。

他主动提到了这个地点，说明他对卢霖案印象深刻。

“哦……那你倒跟我说说，我们说的那天，你在哪儿，在干什么？”

“我……”吴哲犹豫了一下，“我在家睡觉。”

“在家睡觉？哦。”那海涛点头，“那怎么在小区门口的监控里，发现你早晨九点半就出去了？”

“哦，那是我去买烟。”吴哲随口就来。

“到哪儿买的烟，买的什么烟？”那海涛叮问。

“到……家门口小店买的烟，什么烟……中南海吧。”

“然后去了哪儿？”

“然后……就去遛弯了。”

“去哪遛弯了？”

“就去……华昌市场啊。”

那海涛知道，华昌市场是一个集贸市场，里面监控不多。

“去华昌市场干吗了？”

“随便看看。”

“哦……”那海涛转头对方小罗说，“哎，记好他说的每句话啊。”

“好的。”方小罗点点头。

“去华昌市场看什么了？”那海涛加快语速。

“去……看电器了。”吴哲说。

“什么电器，电视、洗衣机，还是电风扇、剃须刀？”

“电……电视……”吴哲边想边答。

“什么牌子的？多少寸的？价格多少？”

“牌子……哦，康佳的，尺寸……32号的，价格……价格……”他开始结巴。

“华昌市场有卖电视的吗？你这儿胡编乱造呢！”那海涛拍响了桌子。

“哦，那是我记错了。”他赶忙解释，“我是去看……电风扇了。”他被那海涛带快了节奏，疲于应付。

“现在什么季节？晚上都快零度了，还买电风扇？吴哲，你跟我这儿玩儿呢？”那海涛提高了嗓音。

“哎哟，我是脑子乱了，记串了。”他摆着手，“我是看剃须刀去了。”他还没意识到，自己已经上了那海涛的道。

“买了吗？”那海涛越问越快。

“没有，就随便看看。”

“都在哪个摊位看过？”

“那……我哪记得啊。”

“在那儿吃饭了吗？”那海涛改变问题。

“吃……吃了吧。”吴哲眼神茫然。

“是吃了，还是吃了吧？”那海涛叮问。

“吃了，吃了！”

“是市场的哪个餐厅，东餐厅还是西餐厅？”

“东餐厅，对，东餐厅。”

“吃什么了？包子，面条，还是盖饭？”

“包子……对，包子。”

“吃了几笼？”

“两笼，还有一碗馄饨。”

“付了多少钱？”

“付了……我也忘了。”他摇头。

“结账用的现金还是微信？”

“是……现金。对，现金。”他自作聪明。

“老板是男的还是女的，多少岁，哪里人？”

“是……哎呀，警官，我真的不记得了。”

“在哪个摊位吃的？靠里还是靠外？”那海涛根本不给他停顿的机会。

“应该是……靠里的位置吧。”他的额头已经冒出汗水。

“餐厅放音乐了吗？”

“放了。”

“什么音乐？”

“音乐……就是流行歌曲，具体是什么不知道。”他大幅度地摇头，几近崩溃。

“都记下了吗？”那海涛转头问方小罗。

“记下了。”方小罗答。

“那我现在告诉你，经过我们的调查，整个华昌市场都没有卖电视、洗衣机、电风扇和剃须刀的。而且东、西餐厅正在装修，你是在哪儿吃的包子啊？”他啪的一下拍响了桌子。

吴哲这下瘫了，气喘吁吁地看着那海涛，眼睛发直。这就是那海涛的姑息养奸之计，不怕嫌疑人说谎，就怕他不张嘴。嫌疑人编造的谎言越多，漏洞也就越大，给自己挖的坑也就越深。

“然后是几点回的家呀？”那海涛又问。

这次吴哲不敢乱说了。

“你可想好了啊，你们家门口可有监控。”那海涛提醒。

连续三个多小时的审讯，让吴哲疲惫不堪，他眯着眼睛，用力地摆摆手，

“随你们便吧，爱怎么着怎么着吧？”他摆出一副死猪不怕开水烫的架势。

那海涛知道，此时的对手身心疲惫，已经到了进攻的最佳时机。

“吴哲，你抬起头来！”那海涛厉声喝道。

吴哲被吓了一跳，下意识地抬头。

“我就问你，你到底想怎么样？”那海涛问。

“我说过了，要是有证据，你们就判了我。剩下的，我一句话也不会说！”他也强硬起来。

“看你这意思，是较劲是吧？”那海涛满眼愤怒。

“较劲了，你能拿我怎么着吧？”吴哲叫嚣着，但状态已是强弩之末。

“好。”那海涛重重点头，“哎，你不用记了，从现在开始不用记。”他转头对方小罗说。

那海涛站起身来，绕到审讯台前，俯视着吴哲，“我这人有个毛病，不喜欢重复说话。下面的话，我只跟你说一遍，听不听是你的事儿，但我有义务跟你普普法。”那海涛说着点燃一支烟，露出一脸痞气，“干这么多年预审了，我不会幼稚到指望从你嘴里要证据，懂吗？这些事儿是不是你干的，我门儿清，你自己也门儿清。你现在不用回答我，但你自己要想清楚，你手里有多少张牌，能跟我打。如果你觉得自己能扛住，OK，那咱们就试试，看看谁玩儿得过谁。刑事拘留三十七天，只要公安局没有充分的证据，检察院就批不了捕，到时您就抬屁股走人。要真是那样，算你有本事，我佩服你。但我明确告诉你，没戏！为什么呢？因为这么多起案子，我就是再不济也能定你一起，到时候最起码‘装’你一年吧？哼，对，这么多事才装你一年，那肯定是我失败了，你厉害啊。那好，所以我就想告诉你，我后面要怎么做。”

听那海涛这么说，吴哲不由得抬起头，盯着他。

方小罗也看着那海涛，从未见过他摆出这副嘴脸，不由得想起他说的“七十二变”。她琢磨着那海涛的策略，开始看出门道了。这场审讯，那海涛先是以戏谑的方式引起吴哲注意，再通过其“自证无罪”引出漏洞，现在又开始了攻心夺气。这一系列的操作就是在控场。他要让嫌疑人跟着他的节奏走，按照他的思维模式想问题，才能发现漏洞。同时，那海涛避实就虚，并不暴露卢霖案是预审的主攻方向，反而引嫌疑人自己说出了重点，这更印证了他们的推测，卢霖被窃案事关重大，让吴哲印象很深。再加之连续多个小时的“熬鹰”和“头脑风暴”，吴哲虽然表面上看似强硬，但实际已处于“一鼓作气、再而衰、三而竭”的状态了。

这时，那海涛已经用起了“点拨指”，他用食指不时指着吴哲的头，不急不缓地说：“我明白，你是老炮儿啊，高手。跟你一块干活儿的几个人都折进去过，唯有你，每次都能逃脱打击，是吧。但你自己做过多少案子心里不清楚吗？我想你肯定心里清楚。那我把话放这儿，你不是要跟我较劲吗？那行，咱们从现在开始就是个人恩怨了。是不是？”

吴哲不明白那海涛为什么这么说，不服气地梗着脖子，盯着他的眼睛。

那海涛冷下脸，从兜里摸出了警官证，展示在吴哲面前，“这是我，姓那，叫海涛，海城市公安局的，记住我了吗？”

“记住了。”吴哲装着狠。

“行，我今天把话撂这儿，只要我还当一天警察，你的事儿就一件不能少。对，现在我们手里掌握的证据也就这么几起，其他的你不说，是吧？行，没问题。那我就给你弄个‘零口供’，有多少起算多少起，批准逮捕，移送起诉，到法院一判，也就四五年。哼，没什么大不了的。”那海涛撇嘴，“但你要记住了，有一种规则叫‘解回再审’，我手里就这么一张牌，我就能用好喽，让你觉得始终有一双眼睛在盯着你，到什么时候也逃不了。”

“你甭吓唬我，我懂法律。”吴哲还嘴。

“我知道啊，贼头儿能不懂法律吗？海城电视台的《今日说法》没少看是吧？行。”那海涛点头，“但你要自问啊，自己干过多少起呢，一百起，两百起？你放心，我有的是时间搞，我拿着这份工资，干的就是这个。你等着啊，这次不是‘零口供’，判不了多少年吗？那行，等你出来的时候，无论是回襄城还是留在这儿，得买身好衣裳吧，得交个女朋友吧？做梦啊！到时候我只要再发现一起，立马给你装回去，再判你三年，行吗？”他盯着对方说。

吴哲没再回嘴，缓缓地低下头，显然已经将这些话听进去了。

那海涛心里暗笑，继续“挖坑”，“这一进去又是三年吧，时间不长。但在这期间，我又挖出案子了，怎么办？继续啊。到时候一起一起地给你弄，一起一起地走诉讼，你要不怕把牢底坐穿，我就给你服务到家。什么监狱里的加分、减刑啊，不可能！轮不上你。我说到做到！”

“大哥，我跟你无冤无仇，你干吗做得这么绝啊？”吴哲抬起头问。

“谁丫是你大哥啊！”那海涛提高嗓音，“你是贼，我是警察，我干的活儿就是办你的。不是较劲吗？行啊，那咱们就是个人恩怨了。我刚才的话肯定说到做到。”他面露凶相。

“我……我错了，我不是那意思，您别生气。”吴哲说了软话。

“怎么茬儿？想聊聊？”那海涛也放缓了语气。

“聊聊呗……”吴哲看着那海涛。

“想聊就摆出一个好姿态，别老绷着脸，跟谁欠你八百吊似的。”那海涛说着走到他面前，“来，给我笑一个。”

“笑一个？”吴哲皱眉。他知道这是那海涛要让他认栽，但最终还是咬了咬牙，从牙缝里挤出了一丝笑容。这笑容太难看了，龇着牙，像狼一样。

“你不是懂法吗？甭管多少起案子，也不是杀人放火。超过一定数额，最多就是十几年。到时在里面好好表现，弄个减刑，或者揭发检举、戴罪立功，也没准不到十年就放出来了。但要是这么一起一起地挖，我肯定给你弄个‘最大福利’。我今年三十多岁，离退休还早着呢，你要是觉得在外面逛着难受，想这辈子在里面躲清闲，那我就成全你。我让你这辈子不是走从监狱出来的路，就是走回监狱的路，把牢底坐穿，你信吗？”他说着把警官证揣回兜里，“行了，今天也别跟他熬着了，该说的我都说了，他要是不愿意签字，咱们就零口供吧。”他转头冲方小罗说。

“警官，你别搞我啊？”吴哲说。

“对，我就是搞你。解回再审，我能用好这张牌啊。”那海涛瞪着他。

“我……错了，真错了。我不该那样，您给个机会。”吴哲哀求道。

“我凭什么给你机会啊，冲你这个态度？”那海涛皱眉。

吴哲叹了口气，“那几起案子都是我做的。我认了，行吗？”

“不行！”那海涛摇头，“我要你一起不落地跟我说，知道为什么抓你吗？知道因为哪个事儿吗？”

“不知道。”吴哲摇头。

“是啊，你犯的事儿太多了啊。”那海涛撇嘴，“现在……”他抬手看表，“四点五十，按照规定，再有两小时就得让你回去睡觉。你琢磨好了，要想继续跟我较劲，那简单，你就跟刚才那德行一样，胡说八道，满嘴跑火车。要是想明白了，想踏踏实实地供述。我也给你个机会。”

“什么机会？”吴哲问。

“重新给你起份笔录，算你主动供述。”那海涛说。

吴哲下意识地点点头，沉默了良久，“警官，能给根儿烟抽吗？”

那海涛抽出一支烟，给他点燃，“好好想想，每一起的时间、地点、盗窃的金额，还有销赃的下家。记住，一起都不许落。”他命令道。

吴哲深吸了一口烟，“那我就从上周的那起开始说？”他问。

“哪一起啊？”那海涛装糊涂。

“上周在西街北里十字路口，我从一辆宝马车里偷了个书包。”吴哲终于撂了。

“里面装着什么东西？”

“鼓鼓囊囊的，很沉，像是书本或杂志。”

“书包现在在哪儿呢？”

“我不知道。”吴哲摇头。

“还扛着？”那海涛加重语气。

“真不是。那件事我纯属帮忙，是按照别人吩咐做的。”他解释。

“谁？姓名，联系方式，现在哪里？”那海涛连发三问。

“联系方式有，在我手机里。具体姓名不知道，是个叫‘黑子’的人，也是道上的老手。这个活儿是他让我干的，一共就给了我一万块钱。当天他骑着电动车，撞了宝马的后屁股，在我拿到书包之后，就交给了他。”

“说一下他的体貌特征。”

“身高一米七五左右，很瘦，皮肤黑，但脸上戴着墨镜，长什么样看不清。”

“是实话吗？”

“千真万确，要是瞎话天打五雷轰。”他熬了一宿，眼神已处于迷离状态。

“给我们线索，让我们找到那个人。你要珍惜从轻的机会，检举揭发就是重要的条件。”那海涛说。

吴哲几口就抽完了烟，那海涛又给他点上一根，“他是襄城口音，很重的那种。得手后，他骑车带我进了城中村，我们就在那儿分手了。但我留了个心眼，在后面儿偷偷跟着他。他挺贼的，把自行车扔进了一堵矮墙的后边，又换了衣裳。然后往出事儿的地方走，绕了几个弯儿，一直进了市南区的高新大厦。”

“你没跟进去吗？”

“没有。”吴哲摇头。

“怎么找到他？只有找到他，才能证明你说的一切都是真的。”那海涛说。

“我坐在他车后面的时候，闻见他身上有一股很浓的消毒水味儿。我当时还想呢，这孙子不会是干保洁的吧？”他分析着。

“好，希望你说的都是事实。”那海涛说。

经过审讯，吴哲整整供述了三十多起案件，华兴道、兴旺里的案子都撂了。几份笔录加在一起足有一百多页。

清晨，阳光倾泻在路面上，街头渐渐恢复了喧嚣。那海涛和方小罗坐在一张油腻的餐桌前吃着早点。那海涛饿坏了，一边唏哩呼噜地喝着豆腐脑，一边嚼着一大根油条。方小罗看着他不禁笑了。

“笑什么？你不饿啊？”那海涛将最后半截油条放进嘴里，露出满足的表情。

“我是觉得，只要出了审讯室，你就根本不像个预审员。”方小罗说。

“预审员什么样？整天凝眉瞪目，咄咄逼人？”那海涛笑了，“记住，在审讯中，微笑的是高手，暴躁的是新手。要想成为一名好的预审员，首先得是生活中的一名好演员。”

“‘七十二变’是吧。”方小罗笑。

“对。‘七十二变’。”那海涛点头，“这个东西教科书上可没有，得靠自己去学习体会。预审员不能只会搞一类案子，杀人、伤害、强奸、抢劫这样的严重犯罪得接得住，小偷小摸、街头诈骗也得提得起来。得做到‘十八般武艺’样样精通，打通‘任督二脉’。”他一口气说完。

“那按你的标准，我的审讯能得多少分？”

“也就……六十吧。”

“哎哟，还及格了？”

“要论技术和策略，及不了格。但要说完成任务，你基本做到了，起码没露出手里的底牌。”

“是啊，按照你的要求，得‘劳其筋骨，饿其体肤’，再让他‘一鼓作气，再而衰，三而竭’。我是看出来了，其实我这三个小时啊，就是在‘熬鹰’呢。”

“嘿，这你还真说到精髓了。”那海涛笑，“预审不能不用力，也不能太用力。与人沟通的方法就是随机应变。咱们面对的是什么呢？是三教九流五行八作。要想跟不同的人有效地进行沟通，就要了解他们，走近他们，倾听他们的声音，知道他们的内心所想，这样才能打开他们的心门，获取真相。”

“关键词，‘沟通’。”方小罗重复着。

“还有一个关键词记住，叫换位思考。”那海涛说，“就像审吴哲一样。你在审讯中不能光站在自己的立场上，而要换位思考，站在他的立场上想，他此时最不想说什么、最怕什么、最不愿意听什么、内心的恐惧是什么？有什么畏罪心理，抵触情绪，侥幸心理？摸清了这些，你就能找到与他沟通的方式和突破的方法。”

“嗯，换位思考。”方小罗点头。

“还有就是人设。”那海涛说，“所谓的‘红白脸’或者‘双红脸’说的都是人设。一旦确定了角色就不能轻易变换。红脸就得拍山震虎、咄咄逼人，就得一句顶一句，顶着情绪往前走；白脸儿呢，就得政策攻心、围城打援，看红脸儿顶得急了得拉一把，看嫌疑人压不住了得泼盆冷水。这两个角色不能串，红脸不能忽冷忽热，白脸也不能忽软忽硬，得相互配合好才能做到进可攻退可守。能明白吧？”

“能。”方小罗点头。

“最重要的一点就是不要轻易出示证据，要珍惜手里的‘子弹’。力争让每一颗子弹都发挥效果。不是有那么一首歌吗？‘我们都是神枪手，每一颗子弹消灭一个敌人’，就是这个意思。要学会铺垫，学会‘挖坑’或者‘架梯子’，等积累起一股‘势’之后，在关键时刻射出子弹。才能达到一颗子弹炸毁大坝的效果。反之，过早露出底牌就会事半功倍，陷于被动。”

“明白了。”方小罗连连点头，“你一直这么厉害吗？”她笑。

“嘿，有进步啊，学会拍马屁了。”那海涛笑，“我是跟了一个好师父。记得他当时告诉我，做笔录要原汁原味，要有呼吸感，要讲‘器型’。这个，以后再教吧。”

“明白了，师父。为表诚信，你随意，我干了。”方小罗说着就端起豆腐脑。

测谎

通过对吴哲手机信息的调取，专案组获取了尾号为7542的黑子电话，但经过查询，这个号码在案发当天就被停用了。号码最后的关机位置，就是在高新大厦。

高新大厦隶属于高新集团，位于市南区的繁华地带。上午十点，那海涛和方小罗来到了大厦顶层的保卫部。接待他们的是保卫部的江经理。那海涛掏出警官证，找了个检查内部安全的理由，让江经理调出了大厦保洁人员的名单。

江经理做事麻利，不一会儿便拿来了名册，“正式雇用的保洁一共有十五人，负责大厦的公用区域。”他打开名册。

那海涛仔细看着，名册里登记着保洁的基本情况，包括姓名、性别、年龄、身份证号和电话等。但那海涛扫了一遍，并没有家在襄城的。

“近期有离职的吗？”那海涛问。

“近期没有，去年倒是有一个。”江经理说，“再说了，近期我们也不允许他们离职。”

“为什么？”

“你们不是为廖总那个案子来的？”江经理诧异。

"你说的是哪个案子？"那海涛反问。

"就是办公室被撬的那件事啊。"江经理说。

"哦，对，也连带着查那事儿。"那海涛说，"哎，问问派出所，那个案件的进展怎么样了。"他冲方小罗使了个眼色。

在大厦楼道里，那海涛翻看着报案记录，属地派出所的张副所长在旁边介绍着。

"案发时间是当日的中午十二点多，当时正是用餐时间，所以办公区里没有人。根据监控显示，犯罪嫌疑人戴着头盔和墨镜，打扮成外卖骑手的样子，撬开了六层一间办公室的门，进入两三分钟的时间就出来了。"

"案发时间和卢霖被盗案是同一天。"那海涛边看材料边说。

"十二点多……正好和卢霖的案子接上。"方小罗皱眉。

"是啊，穿的服装也一模一样，而且还背着那个书包。"那海涛看着监控录像的截图，指着快递员背着的那个黑色书包。

"谁报的案？"那海涛问。

"一个员工，他经过时看办公室的门开着，就报告了保卫部。"张副所长回答。

"丢了什么？"那海涛问。

"丢了什么那个员工说不清，但办公室的桌子和柜子都很乱，一看就是被翻动过，应该是丢了一些材料。"

"财物呢？手机，现金？"

"应该都没有丢，办公室的主人一直没来上班，所以没有现金和手机，比较贵重的应该就是笔记本电脑和打印机了，但是并没有被搬走。"

"那算什么盗窃案件呢？"方小罗问。

"所以啊，我们只能当作线索掌握。"

"办公室的主人去哪了？"那海涛问。

"听说出国度假了，一直没来上班。"

"这个人是什么情况？"

"廖金龙，公司行政部的一个经理。"

"姓廖？"那海涛敏感起来。

他想了想，拿电话打给了章鹏。不一会儿，查询结果显示，廖金龙是廖长远的亲侄子，两周前持私人护照去了美国，至今未归。

"这件事越来越不对了。"那海涛在楼道里踱步，他的大脑在飞速旋转着。廖长远，廖金龙，外卖骑手，被接连盗窃的两个现场。一个书包，一摞材料。他们到底在干什么？被窃的材料到底是什么？

"以你们的名义，联系一下被害人。"那海涛说。

"廖金龙一直关机，联系不上他。"张副所长说。

"嗯……"那海涛皱眉，他隐隐地觉得，这背后肯定隐藏着一个巨大的事儿。

"外卖骑手能在中午吃饭的时候，如此从容地窃取材料，你不觉得他对大厦的环境太熟了吗？"那海涛问方小罗。

"是啊，如果没有内应，是不可能这么轻易得手的。"方小罗说。

"如果那个外卖骑手就是'黑子'，那咱们首先要找出他的内应。怀疑的第一个范围就是这十五名保洁。小罗，你说你一天之内能测十个人？"那海涛问。

"如果范围是十五个人，不用测十个，七八个就能搞定。"方小罗挺有底气。

"好，那你赶快回去拿设备，这次得靠你了。"那海涛说。

此次行动以派出所的名义开展，那海涛和方小罗拿这起盗窃案为抓手，调查潜伏在大厦里的内应。一个小时后，方小罗从局里拿来了心测设备和高清摄像机。他们借用了大厦保卫部的一间办公室，作为临时的心测场所。

在张副所长的配合下，大厦的十五名保洁按照自愿排名，依次进行心测。这是方小罗的小手段，从心理暗示来讲，一般做了坏事的人，是不愿意最早或最晚接受测试的，他们往往会选择中间偏后的位置，既能试探虚实，又不至于成为最后的重点。

桌上摆着心测仪、笔记本电脑、钢笔、A4 纸和印油。方小罗和那海涛端坐在办公桌后，充满了仪式感。方小罗看着被测人员自主的排序，在心里已经有了重点。

第一个上来的叫苏红艳，四十五岁，浙江金华人，在高新大厦任保洁员有一年半时间。

方小罗按照程序进行了测前谈话，然后给苏红艳戴上了设备。

方小罗的语气温和舒缓，看图谱上的各种曲线趋于稳定之后，才开始发问。

“你知道廖金龙办公室被盗的事情吗？”

“我知道。”苏红艳说。

“你知道被盗是在早晨发生的吗？”

“不知道。”苏红艳摇头，“我也是听说的。派出所的人已经找过我了。”她解释。

“不用做太多解释，只需要回答知道或不知道。”方小罗说。

“哦。”苏红艳点点头。

“你看到盗窃过程了吗？”方小罗继续。

“没有。”苏红艳摇头。

“你知道盗窃人是谁吗？”

“不知道。”

“是你吗？”

“不是。”

“是你的邻居吗？”

“不是。”

“是你的家人吗？”

“不是。”

“是你的同事吗？”

“不是。”

心测的过程重复冗长，和针锋相对的预审截然不同。光苏红艳一个人，方小罗就测了一个多小时。时间匆匆流逝，等测完第八个人的时候，太阳已经落山。那海涛作为一个不合格的副测，在旁边昏昏欲睡。

“好，有需要我们再找你。”方小罗结束了又一个保洁的谈话。

已经过了下班时间，但按照方小罗的要求，今天必须全部测试完毕。保卫部的江经理挺会来事儿，不但留住了所有的保洁人员，还给那海涛等人买来了盒饭。

趁着休息的间隙，那海涛伸了个懒腰，“哎，有什么发现吗？”他打着哈欠问。

“对心测来说，排除就是最大的进步。”方小罗说。

“八个人都排除了？”那海涛皱眉。

“是的。”方小罗点头。

“这么准吗？”那海涛坐正身体。

“这是科学，心测讲的是‘人机结合，以人为主’，被测人的生理信号是不会骗人的。”方小罗很自信。

“嗯，我听你说过，中段儿的这几个才是重点？”那海涛问。

“范春叶，郑凤仙，卞秀环，周璐，程秀兰。这才是今天心测的重点。”方小罗说。

“好，打起精神来，一鼓作气。”那海涛胡噜了一把脸，打起了精神。

十多分钟后，范春叶进了办公室，她今年五十二岁，孟州人，已经干了四年保洁，算是这里的“资深人士”。但与之前的八个被测者不同，她一进门就发起了飙。

“还有完没完呀？这么晚了也不让下班，不让回家。来来回回好几次了，你们警察行不行啊？”她满脸愤怒。

那海涛刚要说话，就被方小罗拦住。方小罗面不改色地看着对方，她知道，表面上的愤怒代表两种情绪，第一种是委屈，第二种是恐惧。

她沉默了一会儿才说：“心测是自愿进行的，接不接受是你的权利。其实心测的过程就是排除的过程，如果没有问题，也能还大家一个清白。我觉得，这不是在浪费时间。”

方小罗这么一说，范春叶没话了，“那你们就快点……”她嘟囔着。

方小罗看着她，冲她抬了抬手，“您先坐，有什么事咱们慢慢说。”

范春叶叹了口气，坐在了椅子上，她看着方小罗，收敛了目光中的愤怒，“其实我也理解你们，这么晚了也都是为了工作。但你们也得为我们考虑啊，白天干着苦活累活，下了班了还得受审。你说，谁心里能舒服？哼，跟小周说的一样。”

“小周？”说话听声、锣鼓听音，这两个字引起了方小罗的注意。

“小周说什么了？”方小罗借机问。

“人家说了，在这个大厦里，我们这帮保洁呀，是干的活最多，拿的钱最少，好事轮不着，出了事屎盆子就往身上扣。这就叫欺负老实人。您说，要是这事放在您身上，能不生气吗？”范春叶问。

那海涛也盯着她，听出了弦外之音。这时，方小罗站起身，给她倒了一杯开水，继续跟她聊。

“您说的小周是谁？”方小罗问。

“小周，哦，就是周璐啊，江西人，人聪明，学问大，干活儿也勤快。”能看得出，范春叶的性格外向，说起话来没什么顾虑。

“怎么个学问大呀？”方小罗问。

“像我们这些搞保洁的呀，一般都没什么文化，也就上过小学初中吧，但人家小周可是大专毕业。”

“您的意思是，她的学历在保洁里是最高的？”

“对。”范春叶点头。

“大姐，您是保洁组长吧？”那海涛问。

“嗐，什么组长，都是干活儿的。”范春叶笑着摆手，情绪缓和下来。

“您觉得周璐说得对吗？”那海涛又问。

“这……”范春叶停顿了一下，“她说她的，我就是一听。哎哎哎，要测就测吧，测完了我好回家。”她大大咧咧地说。

方小罗了解完情况，便开始了对范春叶的测试。测试过程非常简单，不到半个小时就排除掉了。在测试中，方小罗又问到了她丈夫的情况，结果显示也与此案无关。

在测试之后，方小罗没有按部就班，继续按照顺序测试，而是提前将周璐叫了进来。周璐今年三十二岁，女，江西人，从她的眼神就能看出，这是个精明人。进屋之后，她并没表现出范春叶那样的愤怒，反而是一种异常的冷静。方小罗看在眼里，心里有了谱。

“你来这里干保洁多少年了？”方小罗开始了测前谈话。

“一年多一点吧。”周璐谨慎地回答。

“平时工作辛苦吗？”

“还可以吧。”

“住在公司吗，还是在外面租房？”

“租房。”周璐的回答都很简短。

“家人在海城吗？”

“家人……不在。都在老家。”周璐回答的时候，下意识地避开眼神。

她这个表现，别说方小罗了，就连那海涛都看出了端倪。

“好，我们已经告知你测试仪器的性能和测试中的注意事项，这是《心理测试自愿书》，如果没有异议请在下面签字。”方小罗将《自愿书》送到她手中，整个过程仪式感十足。

周璐没有说话，凝视着《自愿书》，“我能问一个问题吗？”她抬头看着方小罗，“如果我不接受，能怎样？”

“接不接受是你的权利，但是除你之外，其他被测人都接受了。”方小罗回答得巧妙。

周璐低下头，显然在做着权衡，“好，那我接受吧。”她签了字。

在戴上设备之后，方小罗便开始发问。

“你知道廖金龙办公室被盗的事情吗？”

“不知道。”周璐摇头。

“直到现在还不知道吗？”

“哦，现在知道了。”

“你看到盗窃的过程了吗？”

“没有。”

“知道盗窃人是谁吗？”

“不知道。”

“是你吗？”

“不是。”

“是你的邻居吗？”

“不是。”

“是你的家人吗？”

“不是。”

方小罗按照顺序发问。但随即就改变了方向。

“你现在是一个人居住吗？”

“是。哦，不是。”周璐回答得自相矛盾。

那海涛用余光看着图谱，上面已经发生了异动。

“你是和同事一起居住吗？”方小罗又问。

“我是一个人居住。”周璐改口。

“你不用做太多解释，只需要回答是或不是。”方小罗说。

周璐看着她，点了点头。

“你是和朋友一起居住吗？”方小罗继续问。

“不是。”周璐摇头。

“你是和父母一起居住吗？”

“不是。”

“你是和丈夫一起居住吗？”当方小罗问到这个问题的时候，图谱上出现了巨大的波动。

与此同时，那海涛给章鹏发了信息，要求立即调查周璐的家庭情况。三分钟之后，章鹏回信儿，说周璐离异，但根据在旅店业的开房记录查询，她曾与一名叫李凡的男子有过同房记录。而这名叫李凡的男子，则有过数次盗窃的记录，是个几进宫的老炮儿，现在正在一家货运公司当搬运工。

那海涛把情况打在笔记本电脑的屏幕上，方小罗用余光一扫，心里有了数。

“你进入过被盗的房间吗？”方小罗问。

“没有。”周璐摇头。

“你到过被盗房间的附近吗？”

“附近……”周璐犹豫了一下，“到过。”她点头。

“你多次到过被盗房间的附近吗？”方小罗延伸问题。

“没有。”周璐摇头。

那海涛看着图谱，上面的曲线已经乱了。在测试她之前，保卫部的江经理曾经介绍，这十五名保洁员按照分组，负责不同的楼层，而六层并不在周璐的负责范围之内。

“你带家人或朋友进入过大厦吗？”方小罗问。

“你这么问是什么意思？”周璐眼神警惕。

“就是你带自己的家人或朋友进到大厦参观过吗？”方小罗解释。

“没有。”周璐摇头。但图谱却是相反的反应。

“你将大厦的情况告诉过家人或朋友吗？”

“没有。”周璐下意识地低头。

“你将大厦的情况告诉过你的男朋友吗？”方小罗突然把问题问得具体。

周璐猛地抬起头，茫然地看着方小罗，“没有，没有。”她连连摇头。

“你有男朋友吗？”方小罗的问题兜兜转转。

“我都说过了，没有。”周璐显得焦躁。

“你男朋友现在是在老家吗？”方小罗问。

“我没有男朋友。”

“是在海城吗？”

“不在海城。”

“他是军人吗？”

“我说了，没有男朋友。”

“他是外卖员吗？”

周璐摇头。

“是建筑工人吗？”

她不再说话。

“是货运公司的搬运工吗？”

“他……”周璐张开嘴，似乎想要回答，却没发出声音。

当问出这个问题之后，周璐的心跳、血压、呼吸、皮肤电等信号纷纷报警，身体也出现异常。只见她迅速坐直，僵硬地盯着方小罗。方小罗知道，这种反应在医学上被称为木僵，是人在受到极度惊吓后产生的下意识动作。

这时，章鹏已将周璐的暂住地发给了那海涛。那海涛将地址打在屏幕上，方小罗用余光看着，一共有两个地址，一个在市南区的五里道，一个在市西区的光明路。

方小罗又问了几个问题，转到了地址上面。

“你现在住在市北区吗？”

“没有。”

“你现在住在市南区吗？”

“是的。”

“你现在住在市西区吗？”

“没有。”

“你现在住在市东区吗？”

“没有。”

按照图谱上的显示，方小罗用手操作鼠标，将指针点在市西区光明路的地址上。那海涛明白了，立即发信息给章鹏，“货运公司的搬运工，市西区光明路。”

这时，周璐的额头已经冒出了冷汗。方小罗见状，停止了发问，“怎么了，是不舒服吗？”

“没有。”周璐否认，“还要问多久？”她看着方小罗。

“有什么着急的事吗？”方小罗问。

“哦，那倒没有。我就是看……这么晚了，后面还有好几个人没问。”她找了个理由。

“你知道你男朋友在做什么吗？”那海涛突然插话。

“啊？”周璐一愣，“我……没有男朋友。”

“李凡不是吗？”那海涛射出“子弹”。

周璐张大了嘴，眼神里露出惊恐。

“我们公安机关办案，讲的是事实，摆的是证据，在这件事上你要实事求是，配合我们的工作。事情已经发生了，该承担的责任就得承担，亡羊补牢为时未晚，现在取决于你的态度，自己说出来和被我们问出来，结果虽然是一样的，但由于态度不同，对你的处理也会不同，明白吗？”那海涛开始政策攻心。

“我……我真的什么都没干。”周璐摇头。

“你干了什么自己知道，你也明白我们想问你什么。”那海涛故意不把话说明，“现在给你做的是心理测试，并没给你开具强制措施，所以，只要你如实陈述事实，一切还都来得及，懂吗？”那海涛看着她的眼睛。

周璐沉默了，她低下头，身体不由自主地颤抖着，图谱上出现巨大的波动。方小罗和那海涛对视了一下，继续发问，以扩大战果。

“你知道被盗的物品是什么吗？”方小罗问。

“不知道。”周璐摇头。

“是现金吗？”

“不知道。”

“是电子设备吗？”

“我不知道。”

“是材料吗？”

“不知道。”

“这些东西现在放在哪里？”

周璐没有说话。

“是在你家里吗？……是在你男朋友家里吗？……是已经送出去了吗？”

方小罗连发三个问题，周璐都没回答。她开始沉默，一言不发。但图谱上的曲线却给出了每个问题的答案。

“东西在她男朋友那里，已经送出去了。”方小罗将两行字打在了电脑的屏幕上。

这时，那海涛收到章鹏的信息，顿时信心大增。简单的几个字，“李凡已到位。”

那海涛将信息递给方小罗看，方小罗果断地结束了测试。她站起身来，解开了周璐身上的设备。

“测试结束了？”周璐问。

“是的。”方小罗说。

“但是你还不能走。从现在开始，我们要正式对你进行传唤，一切到公安局再说吧。”那海涛一字一句地说。

一听这话，周璐瘫软在椅子上。

晚上十点，在海城公安局的审讯室里，李凡坐在了审讯椅上。他今年四十五岁，身材不高，皮肤黝黑，一说话是浓重的襄城口音。体貌特征跟吴哲的供述相符。

他身上戴着心测的设备。在审讯台后，那海涛坐在主审的位置，方小罗在右侧操作着电脑，观察着图谱。

“知道为什么把你带到这儿吗？”那海涛问。

“不知道。”李凡懒洋洋地回答。

“因为你办了不该办的事儿！”那海涛拍山震虎。

李凡没说话，躲闪着那海涛的眼神。

“去过市南区兴旺里吗？”那海涛按照心测的方式问。

“没有。”李凡摇头。

“市北区的华兴道呢？”那海涛又问。

“没有，我都不知道这两个地方在哪儿。”

“你一个外卖员，还有不知道的地方？”那海涛拿话点他。

“我不是外卖员，是搬运工。”李凡纠正。

“哦……对不起，你看我，把你的职业都给记错了。”那海涛装傻，“对这儿不陌生吧？”他指了指审讯室，“多次盗窃，几进几出，哼，觉得自己是老炮儿了，能扛得过去是吧？”

“我可没这么说。”李凡低下头。

“搬运工……哦，那运东西的时候，西街北里去过吗？”他又问。

“西街北里……”李凡下意识地重复，“没……没怎么去过。”

他这么一说，那海涛忍不住笑了，“没怎么去过什么意思？”

“哦，运货可能路过那儿，但没干过什么事。”此言一出，连他自己都觉得后悔。

“行，说得利落。”那海涛挖苦着，“认识吴哲吗？”他话锋一转。

“谁？”

“干这个的。”那海涛用手比画了一个掏钱包的动作。

“我不明白你说的意思。”李凡摇头。

“上周某天中午的十一点，你骑车到过西街北里吗？”

“上周？没有。”李凡摇头。

“你撞过一辆黑色的宝马 X5 轿车吗？”

“没有。”

“车的尾号是 6606？”

“我说了没有。”李凡摇头。

“之后你就到了高新大厦。”那海涛变提问为叙述。

“没有。”李凡否认。

“你虽然没有门卡，却随着人流混进了大厦。”

“我没有！”李凡提高了嗓音。

“你接到了信息，趁着办公区没人，进了六层廖金龙的办公室。”

“我没有，我说了没有！”李凡激动起来。

“那这个人是谁？”那海涛也提高了嗓音，从手旁抓起一张照片，扔在了地上。

李凡不禁望去，照片上是一个外卖员走在楼道里的画面。

“你敢说这个人不是你吗？”那海涛质问道。

“不是我。”李凡矢口否认。

“在你的暂住地，我们已经搜出了这件外卖服，这个你怎么解释呢？”那海涛叮问。

李凡沉默了，他的胸膛起伏，能看出他在顶着巨大的压力。

方小罗轻拍了那海涛一下，用温和的语气接过话。

“你是从大厦后门进去的吗？”

“我说了没去过。”李凡低着头说。

“是从前门进去的吗？”

李凡下意识地摇头，不再回答。

“你是从电梯上的楼吗？……你是从步行梯上的楼吗？”方小罗接连发问。

李凡沉默着，但电脑屏幕上的图谱却并未沉默。

方小罗又继续问了几个问题，然后直接将场景转入到办公室内部。

“办公室进门的地方是一个茶几吗？”

李凡不说话。

“是一个沙发吗？……是一把座椅吗？”方小罗边问边看着图谱。

“你拿走的是现金吗？……是物品吗？……是材料吗？”图谱上的信息已确定无疑。

问得差不多了，方小罗就对那海涛使了个眼色。那海涛知道，图谱的信息已经和现场勘查的结果对上了。李凡无疑就是盗窃廖金龙办公室的犯罪嫌疑人。

“说吧，东西放哪儿了？”那海涛说。

李凡依旧沉默着，一言不发。

“你以为你不说我们就查不清吗？我告诉你，该抓的都抓了，该取的证也到手了。你说不说，对我们而言，结果都是一样的。但对于你，却截然不同。”那海涛说着站起身来，“根据《中华人民共和国刑法》第二百六十四条的规定，盗窃罪是指以非法占有为目的，盗窃公私财物数额较大的行为。公私财物指的是什么呢？是能被人控制和占用的东西，最重要的是要具有一定的经济价值，说白了得值钱。按照法院的量刑标准，数额较大的，判三年以下；数额巨大的，是三年到十年；而如果数额特别巨大了，就得十年以上了。你琢磨琢磨，你够哪档。”那海涛用手指节敲击着桌面。

李凡缓缓抬头，试探地看着那海涛。

那海涛继续说：“那数额较大和巨大以多少钱为槛儿呢？一千到三千，算较大，三万到十万，算巨大。但如果能有主动投案、全部退赃等情节的，还能从轻或免除。李凡，你是几进宫的老炮儿，不是生瓜蛋子了，这件事儿的分量你应该明白啊。你拿的那些玩意儿是什么值钱的东西吗，值得你这么死扛不撂吗？现在我给你点儿时间，你自己也好好琢磨琢磨，到底想怎么办。”那海涛加重了语气。

李凡犹豫着，不自觉地咽了口吐沫。那海涛不失时机地点燃一支烟，深深吸了一口，显出很享受的样子。李凡闻到了烟味，显得有些焦虑。那海涛抽出一支，递了过去。

李凡接过香烟。那海涛帮他点燃，他狠狠吸吮了几口。

“我告诉你，吴哲早已经到案了。周璐因为你，也被牵进来了。人家比你小十多岁，能看出来是想踏踏实实地跟你过日子，出了事儿还一个劲儿地往自己身上揽，怕把你露出来。你一个大老爷们儿，就这样躲在人家后边当缩头乌龟？哼，让人看不起。”那海涛摇头。

“这件事跟她没关系，你们有事冲我来，别针对她。”李凡手一抖，烟灰掉落在地上。

“你甭在这儿假仗义，是你将周璐拉下水的。说句难听的，她是你的从犯，没她的配合，你也不会这么轻而易举地偷走东西。现在她已经供述了帮你踩点儿的全部事实，下一步该怎么办，孰重孰轻你自己掂量。”那海涛说。

“如果我能争取立功，是不是她也能从轻？”李凡问。

“你觉得呢？”那海涛并不正面回答。

“那我说，这件事我是受人雇用的，我偷的不是什么值钱的东西，就是一些材料。”李凡吐了口。

“是什么材料？”那海涛叮问。

“你问哪次的？”李凡反问。

“一共几次？”

“两次。”

“详细说。”

“都是同一天的事儿。一次是上午十一点二十分左右，在西街北里十字路口，我和吴哲打配合，偷的一辆宝马 X5 车里的黑色书包。还有一次就是你们刚才问的，偷的高新大厦六层那个办公室。”

“黑色书包里装着什么，高新大厦办公室里偷了什么？”那海涛问。

“装着好多本卷宗，封皮是黄色的，上面印着……”李凡欲言又止。

“说！”那海涛拍响了桌子。

“印着……海城市公安局。”

那海涛心里震了一下，“一共多少本？”

“十多本，我没具体数。”李凡说。

“办公室里偷了什么？”那海涛继续问。

“书柜里的一个记账本，绿皮儿的。”

“谁雇用你的，东西现在在哪？”

“我也不知道是谁，真的。他们是通过电话找的我，给了我十万现金，我都是按照他们要求做的。那个尾号 7542 的电话卡也是他们给我发来的。我怕自己一个人不行，才拉上吴哲的。”李凡说。

“他们是几个人？”那海涛问。

“给我打电话的是一个人，但是我觉得，这件事弄得这么大，肯定不止一个人在操作。”李凡说，“接这个活儿的时候我也怕，所以就把通话的内容都录音了。录音存在我家柜子里的一个录音笔里。还有，我在拿到那个书包和记账本之后，是通过快递给他们寄过去的。地址是东郊的焦化厂。哎，能再给我来根儿烟吗？”

那海涛将一包烟都甩给他，“别着急，慢慢说，特别是细节。把握好机会，如果能依照你的线索抓到那帮人，肯定算你有重大立功表现。”他边说边看了一眼方小罗。

方小罗正忙着记录，头也不抬。

曾经的焦化厂现在已变成一片废墟，此前海城曾要在这儿兴建 CBD 商圈，但后来因为种种原因搁置下来，这里便成了城市中一片荒原。有人说是因为开发商资不抵债，项目和地块将被转手，也有人说地块已经被政府收回，这里将被建为一个休闲乐园。

那海涛和方小罗踩着一地的碎石瓦砾，随着一个快递员停在了一堵未拆完的砖墙下。

“就是这里。”快递员指着。

那海涛环顾四周，这里被拆得七零八落，别说监控了，就连路灯都没有。

“什么时间送达的？”那海涛问。

“送货的时间是当天傍晚的八点，地址原来写的是焦化厂最西边的那个新华书店。后来收货人说他不在那儿，就引着我来到了这里。”快递员说。

“还记得他长什么样子吗？”那海涛问。

“到这里的时候天已经黑了，收货人戴着墨镜和帽子，看不清长相。好像……穿着黑色的上衣和蓝色牛仔裤，身高大约在 175 左右吧，不胖，是个男的。”快递员回忆着。

“嗯，谢谢。如果有需要我们再找你。”那海涛拍了拍快递员的肩膀。

等快递员走了，方小罗走到那海涛的身旁。“看来，这条线索也断了。”

“在意料之中。他之所以选择在这儿收货，就是为了躲避侦查。但这条线索还不能放，通报视侦的黎勇，让他们从周边摸排可疑人员。”那海涛说。

他叹了口气，从兜里拿出一支录音笔，按动按钮，里面传出了一个男人的声音。

“只要事情办成了，自会有你的好处，记住，做事一定要仔细，不能露出半点马脚。”男人的声音很粗。

那海涛向前快进，录音笔播放着：

“记住，一辆尾号为6606的黑色宝马X5，要拿的东西是一个黑色的书包。不管用什么方法，也得拿到！”

“高新大厦六层，603办公室，进门以后右手边的书柜，里面有个绿皮的记账本……”

那海涛又向后快进。

“你的费用我放在老焦化厂第二个路口的垃圾桶旁了，自己拿，不见面不是因为不信任，而是为了双方安全……”

“这个声音怎么听着这么奇怪啊？”那海涛皱眉。

“用了变声软件，他们显然是有备而来。”方小罗说。

“你也觉得是‘他们’？”那海涛问。

“一个人能做出这么缜密的行动吗？”方小罗反问。

“嗯……”那海涛点头，“走，先回市局吧，老潘那边儿有信儿了。”他抬了抬手。

市局专案组，潘江海坐在两人对面儿抽烟。他满脸疲惫，表情很严肃。

“这么说，卢霖被盗的那个黑书包里确实装着案卷？”潘江海问。

“是的，特征都对。黄色卷皮儿，上面印着海城市公安局，数量李凡供述的是十多本。实际丢失的是十二本。”那海涛回答。

“那咱们可不可以推测，之所以卢霖手里有案卷，是赵利交给他的。而他那天带着案卷，是要去送给谁。”

“嗯，可以这么推测。”那海涛点头。

“但那帮孙子怎么会知道得这么精准呢？”潘江海不解。

“这个我也暂时分析不出来。”那海涛也摇头。

“赵利偷了案卷，交给了卢霖，放出了刘牧……那会不会是卢霖那天想把案件交给刘牧呢？”方小罗问。

“不好说。”潘江海摇头。

“您去省厅的工作怎么样，老将出马，一定有不少收获吧？”那海涛问。

“廖金龙的事儿你们都知道了？”潘江海没有说笑。

“知道，他的办公室被盗了，丢的是一本绿皮的账本。”那海涛说。

“知道他跟廖长远是什么关系吧？”

那海涛点头。

“廖长远这个老油条没说实话啊。他儿子廖波虽然是被申捷那帮人拉下水的，但侄子廖金龙却一直在帮他做着非法的勾当，我怀疑那个账本里记着一些关于行受贿的重要证据。我已经通报省厅猎狐办了，他们准备发国际协查，查找廖金龙的下落。”

“那偷这个账本的人会是谁呢？”方小罗问。

“有两种可能。要不就是廖长远紧急避险，自己雇人偷走的；要不就是他对手干的，想攥住他的把柄。”潘江海分析着。

“账本被偷的时候，廖金龙已经潜逃美国了。”那海涛提醒。

“是啊，但他走的时候忘掉了那个账本，遗留下了这个重要的证据。”潘江海说。

“所以有人要抢在廖长远之前，拿到这个证据。”方小罗说。

“嗯，这也印证了廖长远为什么在之前的审讯中含糊其词，却在谈到他儿子廖波的时候迅速招供。看来他在避重就轻，还隐藏着更大的秘密。”那海涛说。

“我觉得在这些案子中，是有人想浑水摸鱼，渔翁得利。”潘江海说，“哎，我听说你们还拿到幕后指使者的录音了？”

“是，那个惯偷李凡留了个心眼儿，拿录音笔录下了幕后人的声音，但声音应该经过了变声处理。”那海涛说。

“这个没事儿，一会儿我把这些音频交给省厅的技术专家，让他们做一下‘声纹’识别。”方小罗说。

“现在都出现过哪些匿名电话，针对刘牧这边的？”潘江海问。

“尾号 1144 举报信科集团徐佳妮的，匿名举报申捷的，匿名举报信科工厂盗窃案的，还有……”方小罗想着。

“这些匿名举报受理部门应该都有录音。马上拿李凡提供的这个音频进行比对。与刘牧案件有关的其他案件，特别是一些重点人员，也要广泛获取音频，通过‘声纹’进行比对。”潘江海说。

“嗯，以声找人，这确实是个思路。”那海涛点头。

“还有三条重要线索，我也要向你们通报。”潘江海在烟缸里捻灭了烟蒂，“第一，经侦那边的调查结果出来了。刘牧在被释放之后，可干了些大动作呀。牧野集团看似实力雄厚，实际上这些年经营不善，已经资不抵债，只是个空壳了。刘牧在潜逃前，已经将大部分的资金转移走，并通过虚假借贷等方式，将不动产变现。”

“看这意思，他是早就想跑。”那海涛思索着，“那个地下钱庄呢，经侦查得怎么样了，和刘牧有没有关联？”

“那个地下钱庄规模很大，市局经侦已经跟省厅专案组沟通了，还在继续侦查。”潘江海说，“第二，刑警那边儿把所有相关案件的人员都进行了摸底调查，发现了一条重要线索。在一年之前，那个失踪的女孩陈梦，曾经到省人民医院的神经内科看过病。根据病历显示，她得了肌萎缩侧索硬化症，也就是俗称的渐冻症。她的病比较重，根据医生诊断，可能只有三到五年的生命了。”

“渐冻症……”那海涛惊讶。

“所以她才会自甘堕落，挥霍人生。”方小罗说。

“还有第三，也是最重要的。经过省厅视频侦查部门的广泛摸排，发现了一条重要线索。那就是刘牧很有可能在汕洲出现过。”

“汕洲？”那海涛知道，如果从水路走，海城是可以直达汕洲的。

“那下一步咱们怎么做？兵分两路，一路审廖长远，一路奔汕洲？”那海涛问。

“这些情况我都跟郭局汇报了。郭局的意思是廖长远的审查先往后放，此事还得先跟纪委监委汇报。咱们明天一早就去汕洲，拿下刘牧才是现在的重中之重。”

“咱们？这意思是您这个‘背景调查专家’也能一起去了？”那海涛笑。

“你才是‘背景调查专家’呢。骂人是吧？”潘江海没给他好脸儿，“郭局让我给你搭把手。在海城得隐着，到外地应该没什么大事儿。组长，麻利儿地订机票吧。”潘江海说。

被告人

飞机穿越云层，掠过一片金灿灿的海面。汕洲是个美丽的港口城市，人口五百多万，依山傍海、气候宜人，是个著名的候鸟城市，许多北方人都来这里过冬。在这里，随处能听到来自全国各地的口音，也能吃到不同地域的美食。

章鹏打前站，提前一天就到了，他和当地同行小李开来一辆商务车，接上了那海涛等人。

在车上，章鹏介绍着情况，“省厅视频侦查部门在汕洲长途车站搜索到了疑似刘牧的影像数据，但却并不能百分之百地确定。我们循线侦查，通过长途站的售票系统，发现了一个尾号为 6689 的汕洲电话。”章鹏介绍着。

“能确定是他吗？”那海涛问。

“我觉得差不多，这个号码登记的是一个虚拟机主，从开机到停用不到一个月。拨打第一个电话的时间是在国庆长假之后。”

“在刘牧潜逃之后？”那海涛问。

“是的。”章鹏点头，“这个号平时并不开机，偶尔开一下，也是打完了就关。经过当地同行调查，这个号码几次的关机位置，都在当地的一个红龙大酒店。”

“查过了吗，什么情况？”潘江海问。

“属地派出所以常规检查为由，调取了酒店近期的登记记录，并没发现刘牧的名字。更何况咱们已经上了‘网逃’，如果他用身份证登记，系统早就报警了。”章鹏说，“看，过了前面的那个钟楼，就是红龙大酒店了。”他边说边向窗外指着。

红龙大酒店是个四星级饭店，门口的招牌经过风吹日晒锈迹斑斑。那海涛在门前转悠了一会儿，看停着的车大都是一些一二十万的牌子，就估摸出了这个宾馆的水平。他冲潘江海使了个眼色，两人溜溜达达地走了进去。他们没亮出警官证找前台核查，而是在大厅随意找了个位置，坐下观察。

酒店建于九十年代，装修已经显得老旧，现在是上午，往来的客人并不多。两人跷着二郎腿待了半天，也没看出什么异样。

“中餐厅，西餐厅，商务中心，会议室，多功能厅，健身中心，美容美发，夜总会……”那海涛眯着眼，看着墙上悬挂的指示牌，“刘牧这么个养尊处优的主儿，会到这儿来住吗？”他转头问潘江海。

“会不会是有朋友在这儿，所以自认为安全些？”潘江海说。

“不好说。”那海涛摇头，“能不能让派出所依照那几个关机时间，查查入住的监控？”

“要查也得等明天了，都连续两天过来查了，如果他真和酒店的人认识，就打草惊蛇了。”

那海涛点点头，“哎，潘爷，如果你是刘牧，为了躲避追捕逃到陌生的城市，会往一个酒店里钻吗？”

“应该不会，起码得租个别墅藏进去。但也说不好，万一这孙子觉得大隐隐于市安全呢。”

“有几次关机？位置在这儿？”那海涛问。

“6689这个号码启用时间不长，听章鹏说一共有三次吧。每隔三四天有一次，关机时间都是在凌晨左右。”

“最后一次是在什么时候？”

“最后一次……应该是五天前。之后便没有信号了。”

“这孙子别再脚底抹油，离开汕洲了。”那海涛叹气。

“就算他真走了。咱们也得在这儿查清楚，把线索给连上。”潘江海说。

那海涛没再说话，他拿出手机，打开了电子地图，在上面仔细地看着。这里距汕洲机场不远，只有十几公里的距离，但远离市区。附近是汕洲正在开发的城市新区，向北是港口，向南是高速，可谓四通八达。但居民区较少，人流量不大，虽然生活购物不方便，但却是个隐居的好地方。而挂牌四星级的红龙大酒店，在附近应该算是最高档的消费场所了。

“他会不会是过来耍的呀？”那海涛突发奇想。

“行，你小子没少学坏。”潘江海笑，“我觉得这事儿靠谱。但现在这时候还看不出来，咱们得晚上再过来瞄瞄。”他冲墙上悬挂的指示牌努努嘴，“没看见最后仨字儿吗？”

“最后仨字儿？‘谢光临’？”那海涛装傻。

“你在我这儿装什么清纯呀，又不是没审过治安送的案子。”潘江海不屑地看着他。

晚上九点，两人再走进大堂的时候，景象已和白天截然不同。红龙大酒店的大堂里热热闹闹，客人往来不绝。其中不乏一些提着行李入住的客人，但更多的是到夜总会去消费的。

潘江海到夜总会里转了一圈，发现里边没有“荤”的，只有“素活儿”。但夜总会旁的一个 SPA 却引起了他的注意。他单枪匹马潜进去不到十分钟的时间，便给那海涛发来了信息，俩字儿，“有料。”于是那海涛起身，也走了进去。

“香颂”SPA 装修得并不算高端，但那海涛一进去就知道有故事。在前台，一个表情暧昧的女领班冲他微笑，上来就问：“您是住店的客人吗？”

那海涛知道她在探底，轻轻地摇摇头。他用余光一扫，并没发现潘江海的身影，心想这“老油条”肯定已经摸进去了。

“有什么服务吗？”那海涛摆出一副油腻的表情。

“您是第一次来吧。我们这有背部按摩、足部保健、香熏活肤、全身推拿，看您的需要了。”领班笑着把他往里引。

那海涛边走边观察。SPA 的过道里布置着好几个探头，里面曲径通幽，空间虽不算大，却设有十多个单独包间。

在 3 号包间，领班给那海涛倒上了一杯茶，刚要去叫服务员，却被那海涛叫住了。

“哎，你们老板在吗？”

“老板？”领班凝视着他，“您找他什么事？”她问。

“什么事能跟你说吗？”那海涛板起脸。

领班上下打量着他，估摸着这不是个善茬，“老板不在。”她回答。

“不在啊？”那海涛跷起了二郎腿，“不在我就等着。你告诉他，老朋友来了。”

领班没再说话，推门走了出去。能听到门口对讲机的“刺啦”声，那海涛端起茶杯，闻了闻味道，茶叶应该还不错。

在 9 号包间，潘江海已经换上了一次性的浴衣，一个妖艳的小姐正依偎在他身旁。她年龄不小了，起码得三十大几，皮肤黝黑，姿色一般。

“大哥，你还没说选啥服务呢？”小姐一张嘴是北方口音。

“背部按摩，香熏活肤，全身推拿……哎，没劲啊。”潘江海撇嘴。

“那您还想要啥服务呢？”小姐转过脸，用双手搂住潘江海的脖子，“一看你就是‘老狼友’，要是办个卡啊，肾部保健，命根子保养，也可以做啊。”她说着就往下摸。

“哎哎哎，可别瞎摸啊，摸坏了你负责啊？”潘江海拽住她的手，“你叫啥名？到这儿多久了？”

“我叫佳佳，昨天刚到这儿的。”小姐说。

“扯淡，都说昨天刚到的，车票呢？拿来我看看。”潘江海说着挠了佳佳一下。

佳佳咯咯咯地笑了，“你这个坏蛋。”她打着潘江海。

“加个微信呗。”潘江海说着摸过手机。

她很配合，没几下就加好了微信。潘江海又操作了几下，给她发了个转账。

她一愣，点开转账一看，竟是两千元整，“哎呀大哥，你可真得劲，来吧，让我好好伺候你。”她说着就准备脱衣服。

“嘿嘿嘿，我都不急，你急什么啊。”潘江海坏笑，“哎，问你个事儿呗。”

“啥事儿，你随便问。”佳佳挺痛快。

“这个人你见过吗？”潘江海递过手机，上面显示出刘牧的照片。

“这个人……大哥，你啥意思啊？”她露出了警惕的表情。

“这孙子欠我钱。要是有他的信儿，我再给你加这个数儿。”潘江海说着伸出了四根手指。

在3号包间里，SPA的老板坐在了那海涛对面，身后还站着两个虎背熊腰的保镖。

“你是干吗的？找我什么事？”老板不到四十岁，满脸横肉，脖子上挂了个大金链子。

那海涛没多废话，一掏兜儿将警官证拍在桌上。

老板瞄了瞄证件，撇嘴笑了，“条子？哼，我也没犯事儿，你凭什么找我茬儿？”他盯着那海涛。

那海涛与他对视着，抬手向他身后指了指，“后边两个，出去！”他语气强硬。

老板停顿了几秒，冲后面摆了摆手。包间里只剩下他们两个人。

“警官，听你这口音，不是本地的吧？我这是正规经营，没碍你事儿吧。”老板缓和了语气。

“我过来找人，跟你没关系。问问你手底下的，这个人见没见过？”那海涛说着拍出一张照片。

老板接过照片，瞥了一眼，“找他干吗，犯什么事儿了？”

“他犯什么事儿了，我需要告诉你吗？我告诉你，之所以用这种方式找你，是给你留面子，不想搅黄你的生意。怎么着，非让我把当地的同行给找来，给你好好做做清查？”那海涛盯着他的眼睛问。

“别别别，那多不合适啊。”老板笑了，拿出一支烟递给那海涛。

那海涛叼起烟，任由他给点燃。

“那您说，需要我做什么？”老板赔着笑脸。

“这孙子事儿不小，我们大老远地跑到汕洲，就是为了找他。我是刑警，办的是杀人越货的事儿，像你这儿弄的下三路的事儿归治安管，我们是‘铁路警察，各管一段’。只要你能给我提供线索，我就不为难你。要是不说……”那海涛停顿了一下，“我跟你玩儿到底。”

老板看着那海涛，眼里早就没了刚才的强硬，“行，那我让下面的人看看。”

“不用都看，先把那个领班叫进来吧。”那海涛说。

在9号包间，佳佳抽着一支烟。潘江海冲她点着头，继续问着：“他每次来找的小姐叫什么名字？”

“阿莉。”佳佳说。

“这么多姑娘，只找她一个人吗？”

“阿莉年轻呗，刚二十出头，你们这些老家伙，不都喜欢嫩的吗？”她瞥着潘江海。

“他一共来过几次？”

“一共……来过三四次吧，后来就不来了，我觉得……”佳佳撇撇嘴，“阿莉肯定是去干私活了。”

“你的意思是，跟着那个老头儿走了？”潘江海问。

“这儿小费才多少啊？正规的三百，‘大活儿’也就一千，还得被店里切走一大半儿。我要是像阿莉那么年轻，也去傍个老头儿。哎，大哥，要不你把我也包了得了。”佳佳说着又凑上来。

“嘿嘿嘿，先说正事儿。”潘江海一把推开她，“有阿莉的联系方式吗？还有，阿莉的真名叫什么？”

“电话我通过微信发给你，名字吗？应该叫……蔡莉莉。对了，我还有她的微信号……”佳佳操作着手机，“好了。那剩下的……该转给我了吧。”她伸出四根手指。

两人正说着，9 号包间的门就被推开了，那海涛闯了进来。

佳佳被吓了一跳，赶忙往后躲。

“走吧，人找到了。”那海涛冲潘江海招招手。

“蔡莉莉，五天没上班了。”潘江海站起身来。

“嘿，你也知道了。”那海涛笑。

“你们是……”佳佳茫然。

“公安局的，谢谢你的信息。”潘江海拿起手机，操作了一下，将那笔两千元的转账撤回。

在汕洲刑侦支队的办公室里，那海涛等四人在开着会。方小罗坐在潘江海身边，夸张地用鼻子闻着，“哎，我说潘师傅，您这身上是什么味儿啊？”

“香颂 SPA，你说什么味儿啊？”章鹏坏笑。

“不对，不是浴液的味道，是一股……廉价的香水味。”方小罗说。

“唉……我这是不入虎穴焉得虎子啊，为了获取情报，就……”

“就献身了。”潘江海还没说完，就被章鹏插嘴。

“哎哎哎，开会呢，都正经点儿。”那海涛用手点着桌面，“现在已经核实，香颂 SPA 的小姐蔡莉莉，和刘牧有过接触，而且不排除他们现在还在一起。汕洲刑警也调取了录像，确认了 6689 的使用者就是刘牧。我觉得下一步，咱们要从蔡莉莉身上做工作了。”

“蔡莉莉，今年二十三岁，广东揭阳人，三年前从老家到汕洲打工，在香颂 SPA 只干了不到半年就离开了。局里已经联系揭阳警方了，据调查，蔡莉莉近一年都没回过家。”章鹏说。

“在香颂打工期间，蔡莉莉一直住在员工宿舍，如果有卖淫的情况，一般也在 SPA 的包间里进行。据该店的老板徐玉峰和小姐顾佳反映，蔡莉莉在五天之前，以回家探亲为由取走了押在店里的身份证和行李，之后便没再来上班。他们认为，蔡莉莉是被那个客人包养了。”

“蔡莉莉在汕洲的旅店业系统里并没有登记。以此推测，刘牧在本地应该有个‘点儿’。只要能找到她，就能找到刘牧。”方小罗说。

“咱们马上做三步工作。第一，发协查通报，追查蔡莉莉的下落，联系电话留我的；第二，立即摸一下她在本地的社会关系和相关情况，看看有没有线索；第三，潘爷，你不是有她微信号了吗？想办法，钓钓她。”那海涛说。

“嘿，你的意思是，我继续献身呗。”潘江海撇嘴。

“别别别，我看算了，您这‘老腊肉’，哪钓得上鱼来啊。我看啊，得换个‘工作号’，弄个‘小鲜肉’的头像。”章鹏笑。

晚上十点，汕洲港口附近的金海大排档依然人声鼎沸。汕洲同行很热情，邀请那海涛等人尝尝海鲜。做东的是当地的贾探长和警员小李。贾探长三十出头，长得白白胖胖，一个劲地劝那海涛喝酒。小李是今年的新警，不善言辞，脸上还带着学生气。

夜风习习，一望无际的海平面上波光粼粼，海鸟飞翔，海潮涌动，那海涛听着波涛撞岸的声音，觉得心里十分安静。酒过三巡，他拿出几支香烟，分给在座的几个男同事。他们看着大海默默地喷吐着，享受着难得的片刻惬意。这时，潘江海的手机突然发出了声音，他低头一看，喜上眉梢。

“鱼上钩了。”

那海涛等人赶忙凑上来，只见一条提示在他手机上显示，“添加好友成功”。

“嘘……”潘江海让大家安静，他操作着手机，看对方好友的姓名是“茉莉”。他琢磨了一下，发出第一条信息，“还记得我吗？”他投石问路。

也就一分钟的时间，“茉莉”回话了，“你是……”她这么回答，显然是有交谈的欲望。

“一个月前我到过香颂，跟你聊得特别好。”潘江海用的“工作号”叫“Neo”，朋友圈里都是旅行和美食的照片。

“哦，你是那个大男孩吧。”“茉莉”问。

“大男孩，一般指多大岁数？”潘江海转头问。

“大男孩……二十四五岁？”那海涛猜。

“不不不，她如果说是大男孩，肯定年龄要比她小。”方小罗插话。她是心测专家，显然是有发言权的。

“对，我觉得有理。”章鹏也点头。

“给她拍一张海边的照片。”方小罗说。

“现在吗？你确定？”潘江海问。

“确定。要想获得对方的信任，就先得显出自己的诚意。”方小罗冲他点头。

潘江海站起身，冲着汕洲港口的方向拍了张照。在月色下，港口外的海面波光粼粼、安详平静。

“发过去了吗？”方小罗问。

“发了，还说点什么吗？”潘江海问。

“什么都不要说，等她回话。”方小罗说。

不一会儿，信息回复了，只有短短的两个字，“真美。”

趁这个间隙，潘江海已经迅速地打开了对方的朋友圈，将她近期的所有记录都截图给了那海涛。四个人立即分成两组，两人负责跟“茉莉”聊，两人负责信息研判。

为了便于聊天，方小罗索性拿过了潘江海的手机，继续回复，“一个人在汕洲很寂寞，想家了。”

“嘿，不愧是省厅专家，会聊天。”潘江海在旁边点头。

“她应该还在汕洲。”那海涛边看她的信息边说，“哎，这个地方，是汕洲的景点吧？”他拿给身旁的贾探长看。

“对，是在汕洲。这是龙山区的望海亭。”贾探长说。

朋友圈是在两天前发的，那海涛继续往前看着。这时，方小罗收到了回复。

“身在异乡，谁又能躲过寂寞呢。”“茉莉”显得很忧郁。

方小罗继续回复，“来喝杯酒吗？我在港口。”她正式发出邀请。

“不了，时间太晚了，我已经躺下了。”“茉莉”回复。

方小罗抬手看表，时间已经到了晚上十一点，她想了想，又操作起手机，“你没去上班吗？我还想一会儿过去找你呢。”

“我不在那里了，离开了。”“茉莉”回复。

“离开了好，开始新的生活吧。”方小罗输入。

她和“茉莉”有一搭没一搭地聊着，并不主动探询，时间又过了一个多小时，海边开始冷了，但似乎还没有实质性的进展。

“朋友圈都看遍了，没有发现有价值的线索。小罗，要不回去再说？”那海涛说。

“再等等，她既然没有停止回复，说明还有表达的欲望。”方小罗紧盯着手机。

“嘀嘀”，又回复了。那海涛低头看去，手机上显示，“之所以不想离开这个城市，因为还有牵挂。”

“有谱儿。”那海涛点头。

看贾探长和小李一直在旁边陪着，那海涛于心不忍，“你们先撤吧，明天我们到队里去找你们。”

两人很客气，抢着埋完单才走。这时，方小罗发出了惊呼，“她还有个孩子！”

一听这话，三个人赶忙围拢过来。在手机屏幕上，显出一行回复，“庆幸，阿宝上了最好的幼儿园。”

“这么年轻就有孩子了？”那海涛问。

“她认为‘Neo’的年龄比她小，所以就以姐姐的口吻说话。她刚才回复说，‘我不像你想得那么简单，我的生活一塌糊涂’。我就问，‘那就没有什么好事发生吗？’，之后她就回复了这条。”

“最好的幼儿园……”那海涛想了想，拿出手机拨打电话，“喂，贾探长，抱歉啊，还没到家吧。我问问你，汕洲最好的幼儿园是哪个？啊？哪个区的？这个我还不知道……”

“要不再追追这个问题？是哪个幼儿园？”章鹏说。

“不行，那样就惊了。”方小罗摇头。她想了想，继续发，“我也遇到了很不好的事情，所以也不敢回家。”这句话有两层含义，一是产生共情、拉近关系；二是抛砖引玉，为下一阶段的对话打基础。

“什么事，严重吗？”“茉莉”关切地问。

“没什么……”方小罗特意用了一个省略号。

“视频聊聊，可以吗？”“茉莉”突然发出邀请。方小罗这下可慌了，不禁回头看着那海涛。

那海涛也左顾右盼，在场的三位男士，无论是年龄还是颜值，显然都不像是“大男孩”。

“鹏子，要不你来？”那海涛说。

“我就算了吧，就我这模样，别再给她吓跑了。”章鹏摆手。

“海涛，我看你行。”章鹏说。

“我审过刘牧，不能露面。”那海涛说。

“那潘爷就更不行了，人家找的是‘大男孩’，不是大叔。”章鹏说。

“我这个岁数的，有钱的叫大叔，没钱的叫大爷。你就别拿我开涮了。”潘江海说。

“先拖拖。”那海涛叮嘱方小罗。

“稍等一会儿，我找个安静的地方。”方小罗回复“茉莉”。

那海涛赶紧求援，五分钟之后，贾探长和小李又赶了回来。那海涛一见小李就笑了，“瞧，这不就是‘大男孩’吗？来来来，赶紧帮我们唱个‘双簧’。”

“双簧？”小李没懂，挠挠头。

“嘻，”那海涛笑了，“是这样……”他将聊天的情况介绍给小李。

不一会儿，小李便按照方小罗提供的“剧本”，开始和“茉莉”视频。

方小罗选择的地点是在海边，这里既安静无人打扰，也能在开着免提下让大家听到。而“茉莉”的背景也是室外，显然是为了聊天出了家门。两人嘀嘀咕咕地说了得有十多分钟，才告一段落。

“孩子应该是在津桥区的蓝海幼儿园，她现在还在汕洲，住在西海公园附近。”小李把手机递给那海涛。

“西海公园？你怎么知道？”那海涛问。

“在视频通话时，我故意背对海边，让她看见景色，而她也同样给我看了身边的场景。西海公园有个地标建筑‘西海灯塔’，灯塔的正面有个挺大的牌子。在视频上，我虽然看到了灯塔，却没有看到牌子，所以他的位置应该是在灯塔南侧。根据远近判断，我想差不多在距离公园三四公里的位置。”小李说。

方小罗一边听着，一边看着用手机录制的通话视频，“没错，从电子地图上查看，在西海公园南侧有一片居民小区，三四公里的地方应该是‘西海家园’。”

“行啊小李，真有你的。”那海涛笑着拍了他一下。

“你可别小看我们小李啊,他可是公大侦查系的高才生。”贾探长也笑了。

事不宜迟，六个人立即打车前往西海家园。在路上，贾探长又调来了一队汕洲刑警支援。贾探长找到了小区的物业，让值班的保安辨认了刘牧和蔡莉莉的照片。保安一眼就认出了蔡莉莉。

“这个女的，就在小区住。”保安说。

“男的呢？”那海涛问。

“男的没见过。”保安摇头。

“女的住在哪里？”贾探长问。

“住在……”保安想着，“大概是 9 号、10 号楼的方向。”

“是带着一个孩子吗？”

“对，三四岁的样子。”

贾探长又要来了业主登记和租户信息，上面却都没有蔡莉莉的名字。显然，她很有可能是在亲朋家借住。

“咱们今晚得蹲在这儿了，明早兵分两路，一路去津桥区的蓝海幼儿园调查，一路在这守蔡莉莉。”贾探长说。

“好，也只能这样了。”那海涛点头。

一夜无眠。次日清晨，众人分为两组，各司其职。早晨七点，方小罗和章鹏随着小李赶到蓝海幼儿园。果不其然，幼儿园早班的老师认出了蔡莉莉的照片。她儿子随她的姓，叫蔡怡嘉，小名叫阿宝。但这几天，送阿宝来的都是孩子的大姨。依此线索，那海涛和潘江海在贾探长的配合下对小区彻查，终于在七点四十五分，在九号楼下拦住了送孩子上学的小区业主蔡秋霞。

蔡秋霞三十出头的年纪，看到警察似乎并不意外。她开着一辆比亚迪轿车，后面的宝宝椅上坐着一个胖乎乎的小男孩。

“是你的孩子吗？”贾探长走过去问。

蔡秋霞摇摇头，没说话。

那海涛凑到小男孩身旁，叫了声“阿宝。”

小男孩下意识地看着他，说明名字没错。

“你妈妈呢？”那海涛问。

“妈妈在家，她病了。”阿宝说。

“嗯，乖。”那海涛知道孩子不会说谎。

他走到蔡秋霞面前，“我们是海城警察，来找蔡莉莉的。请你配合。”他严肃地说。

蔡秋霞叹了口气，点了点头。

在九号楼501室，那海涛见到了衣冠不整的蔡莉莉。她一听是警察，瘫软在地上。

“刘牧呢？”那海涛开门见山地问。

“他……”蔡莉莉的声音颤抖着。

“说！”那海涛厉声道。

“他的死与我无关，不是我害的，不是！”蔡莉莉突然抬头，大声辩解。

“什么？”那海涛大惊。

在龙山区“临海半山”别墅区9B的门前，停满了警车，几个制服警拉上了警戒带。在别墅的二层卧室里，发现了刘牧。他躺在床上，赤裸着身体，早已没了呼吸。经过技术人员的现场勘查，并没有发现血迹和搏斗的痕迹。经法医初步判断，应该是急性心肌梗死造成的死亡。

在别墅门口，那海涛默默地抽着一支烟。他没想到几经波折，找到的却是一具尸体。

贾探长走到他身边，“那警官，尸体要拉去汕洲市局进一步检验，你看还有什么需要做的吗？”

“谢了啊。”那海涛拍了拍贾探长的肩膀，“真的如法医所说，是因为心脏的原因死亡的吗？”他还是不甘心。

“蔡莉莉供述，她发现刘牧死亡，是在两人性交之后。刘牧五十多岁了，大概有心脏方面的疾病，加之饮酒过度，造成了突发性的心脏疾病。这种情况一般被称为‘性交猝死’。按照法医的行话来说，这是‘在进行性爱的时候心脏心率快速升高，导致他的血管收缩和血压上升，在极端情况下出现血管破裂而导致的猝死’。”贾探长说。

“嗯，够专业。”那海涛点头。他叉着腰，回头看着这个别墅区，“这是哪年的小区，怎么维护得这么差啊？”

“在二十年前算是豪宅吧，那时住在这儿的非富即贵。但现在汕洲在发展新区，这里不行了，富人都搬走了。”贾探长说。

“我们得把蔡莉莉带走。带走之前，需要问一堂笔录，还得麻烦你们配合了。”那海涛说。

“客气什么，天下刑警是一家啊。”贾探长说。

“还有，得帮我弄套设备。”那海涛说。

汕洲刑侦支队的审讯室，方小罗将心测设备连接到蔡莉莉身上，那海涛坐在主审的位置上，表情严肃地盯着她。她头发凌乱，面色土灰，两只手握在一起，在不停地发抖。

方小罗冲那海涛摇摇头，示意以她现在的状态，不适宜进行心测。那海涛点点头，站起身来倒了一杯水，放在蔡莉莉面前。

“别紧张，如果刘牧的死属于意外，你只需要承担民事赔偿责任。你儿子已经托付给你堂姐蔡秋霞照顾了，不必有后顾之忧。你现在要做的，是配合好我们的调查，尽快将事实还原，明白吗？”那海涛把语气放缓。

“嗯……”蔡莉莉用双手握住水杯，轻轻地点头，“我不知道他叫刘牧，他给我看的身份证，名字叫宋威。”

“你和他是怎么认识的？”那海涛问。

蔡莉莉喝了口水，缓缓地说：“其实我们认识的时间并不长。入秋之后，来汕洲旅游的人开始变少了，香颂的生意也很差，老板就让我们通过网络招揽客户。他就是通过这种方式加到我微信的。我跟他聊了一段时间，他就上门来找我了。”

“他第一次来是什么时候？”

“第一次来……应该是在三周之前。”

“来了只为找你吗？”

“是的。”蔡莉莉点头，“他很谨慎，做事显得小心翼翼的。但出手很大方，小费给得很多。”

“接着说。”那海涛抬抬手。

“之后，他差不多每隔三四天来一次吧。每次都找我，每次都是在最里面的包间。他显得很神秘，也不留电话，只要走了我的微信号。付款也不用电子支付，而是用现金。我刚开始觉得，他可能是怕老婆知道吧。”

“后来呢？发生了什么？”那海涛问。

“一周之前，他来的时候很匆忙。他买了我三个‘钟’，在包房里问我愿不愿意到他那去住。刚开始我还以为他在开玩笑呢，干我们这行的，总会遇到劝我们从良的神经病。”蔡莉莉苦笑，“但没想到他说的是真的。他承诺给我五十万，包养我一年。我看他来真的，就说回去考虑一下，他怕我不信，还给我看了他的身份证。上面的名字是宋威。”

“只接触过几次的陌生人，你就这么相信了？”那海涛问。

“嗐，”蔡莉莉惨笑，“像我们这种人，就和浮萍一样，随波逐流。为了阿宝，只要能赚钱的事情，我都干。”

那海涛停顿了一下，转头看着方小罗。方小罗仔细观察着图谱，冲那海涛点了点头。

“你何时住进那栋别墅的？”那海涛问。

“应该是在六天之前吧。他不让我跟老板说，我就找了个借口拿走了身份证和行李。我告诉他，我在老板那儿还有两万块钱押金，他说会补偿给我。我们是打车去的‘临海半山’，他那儿没有别人，乱糟糟的。我觉得，他像是在躲什么事，逃到汕洲的。”

“他在本地有朋友吗？”那海涛问。

“我不知道。”蔡莉莉摇头。

“他在本地有亲属吗？”那海涛又问。

“我不知道。”蔡莉莉还是摇头。

方小罗心里暗笑，那海涛已经学会将心测的技巧用在预审里了。她拿笔在笔录纸上画了一个对钩，示意从图谱上看，蔡莉莉没有说谎的迹象。

“一共和他生活了几天？”那海涛问。

“算是三天吧。”蔡莉莉说，“早知会这样，我是肯定不会跟他去的。”她用手捂住了脸。

“说一下他出事的过程。”那海涛说。

蔡莉莉叹了口气，“那天晚上下着小雨，他让我去买啤酒，准备看八点钟直播的足球赛。我们其实没喝多少啤酒，也就十多瓶吧，但不知怎么就醉了。我觉得头昏昏沉沉的，就倒在床上睡，不一会儿他就摸了过来。他显得挺亢奋的，也不洗澡，就要和我做。我感到浑身无力，就任由他摆布，但越往后我就越亢奋。我觉得，他肯定是往那酒里下了东西。”

“什么东西？”那海涛皱眉。

“不知道，应该就是那种助兴的药呗。”蔡莉莉说，“我曾被人下过药，就是那种感觉。”

“后来呢？发生了什么？”那海涛问。

“后来……我就睡着了，什么也不知道了。等醒来之后，就发现他不动了。一摸，人都凉了。”蔡莉莉低下头。

“你刚才还说自己亢奋，怎么后来就睡着了？蔡莉莉，你说的是实话吗？”那海涛叮问。

“真的，我真的睡着了。事到如今，我没有必要欺骗你们啊。”她解释着。

“好，那我问你，当晚的雨是几点开始下的。是六点吗？”方小罗接过了话茬儿。

“不是，”蔡莉莉摇头，“应该是……”

“你只需要回答我是与不是。”方小罗打断她。

“哦……”蔡莉莉懵懂地点头。

“是七点吗？”方小罗又问。

“是。”蔡莉莉点头。

“是八点吗？”

“不是。”蔡莉莉摇头。

“出事的时候你们是在浴室吗？”方小罗问。

“不是。”

“是在客厅吗？”

“不是。”

“是在卧室吗？”

“是。”

“出事的时候你们在搏斗吗？”方小罗换了问题。

“不是。”

“是在吵架吗？”

“不是。”

“是在做爱吗？”

“是。”

方小罗连续问了十多个问题，蔡莉莉都对答如流。方小罗边问边盯着图谱，之后在纸上写下了一行话，“与现场勘查相符”。

“好，在出事后你做了什么？”那海涛接过了话题。

“我醒来的时候差不多是凌晨三点吧。我吓坏了，他一动不动的，已经没了呼吸。我怕惹上麻烦，就提着行李离开了别墅。我怕被监控拍到，没走小区的正门，是从别墅东侧的栅栏爬出去的，往下跳的时候还被栅栏的尖头划伤了腿。”她说着撩开了裤腿，右小腿的外侧有一道明显的血痕。

“为什么不打 120，万一人还有救呢？”那海涛问。

“我当时很害怕，什么都没想就逃走了。后来我也想再回去看看，但实在是不敢。我不能坐牢，我还有个儿子，我坐牢了，他怎么办啊……”蔡莉莉说着捂住脸，哭了起来。

“那间别墅是他自己租的吗？”那海涛问。

“不知道。我没问过他。”蔡莉莉摇头。

“他给你钱了吗？”

“没有，我本来想跟他要的，但还没开口，他就出事了。”蔡莉莉回答的时候，躲避着那海涛的眼神。

楼道里，那海涛和方小罗一前一后地走着。

“她说的都是实话吗？”那海涛问。

“主要情节都没有反常，个别地方处于‘灰色地带’也可以理解。”方小罗说。

“比如？”

“比如她说刘牧没给过她钱，就是‘灰色地带’。”方小罗说。

“嗯……”那海涛点头，“我在想，有没有可能是蔡莉莉与他人合谋害死的刘牧呢？”

“你是说先勾引刘牧，然后在酒里下药，再造成刘牧性交猝死？”方小罗也琢磨着，“会不会太复杂了？如果图谋他的钱财，为什么要杀了他，直接抢劫不更有效吗？”

“是啊……而且从现场的勘查结果来看，百达翡丽的手表，箱子里的五十万现金，还有名牌西装和皮带，都没被拿走。但刘牧……就真的这么死了吗？”那海涛叹气。

“我觉得啊，咱们得尽快将尸体运回海城。我联系省厅，让法医专家过来鉴定。这事儿蹊跷，不能就这么盖棺论定。”方小罗说。

“好的，我让老潘留下继续和汕洲刑警一起往下调查，现场的空酒瓶已经收集了，也得进行鉴定。而且刘牧能从海城逃到这儿隐藏，肯定会有当地人接应。”

“那蔡莉莉呢？”

“先刑拘吧，在确定刘牧死因之前，还不能放了她。”那海涛说。

断线

失眠，严重的失眠。在寂静的黑夜里，仿佛一个人站在广袤的沙漠上，一眼望不到边。沙漠没有界线，人怎么奔跑也逃不出这片静谧的牢笼。那海涛在办公室的折叠床上辗转反侧，脑海里不断闪现着各种凌乱却又有着某种关联的碎片。初冬时节，外面风声鹤唳，一场突如其来的大雨将整个城市席卷，落叶在空中飞舞着，根本无法把握自己的命运。刘牧去世的消息不胫而走，甚至连细节也被描述得清清楚楚。网民似乎很喜欢这样的消息，纷纷讨论着他的死因，以及死亡背后的故事。有人说刘牧是个恶人，唯利是图，巧取豪夺，所以人不报天报，最后死在了纵欲上；也有人替刘牧辩解，说他是身处旋涡，不能自保，他的死亡见证了那一代崛起草根的失败；还有人往深层次的原因上挖，说刘牧死得蹊跷，背后肯定有更大的隐情；更有甚者还刨出了陈梦的情况，说刘牧的死与夜总会的情人有关。这种讨论愈演愈烈，让刘牧的名字不断在网上发酵，而善意与恶意的讨论和揣测缠绕在一起，也让舆论旋涡越来越大。而海城市公安局则正处在这个旋涡的风暴眼中。专案组顶着巨大的压力。

牧野集团坠入谷底，银行断贷，资金链断裂，动产不动产遭查封冻结，投资人倒戈，各类诉讼也接踵而来。临时负责人无力支撑，宣告辞职，一个庞大的商业帝国分崩离析。连锁反应也在持续发酵，与之关联的多家公司受到重创。就像一套多米诺骨牌，一块倒了就会连成一片，一片倒了就会尸横遍野。

报案人死了，嫌疑人死了，关系人死了，关键证人也死了。案件成了无头案，似乎看不到任何转机。但案件却不能结，因为每个人的死因都没有查清。这是那海涛从警以来最失败的案件。回到海城以后，他一遍一遍地翻着各类资料，发疯似的寻找线索，急功近利地想要获得转机。他在那块儿分析案情的白板上，写下了相关案件中所有人员的姓名、重要的时间和细节线索，又不断用红蓝色的白板笔勾画出相互间的关系。密密麻麻，形同蛛网。他把自己关在专案组的办公室里，黑白颠倒，昼夜不分，别人敲门也不开。似乎只有这样才能让他稍做平静，不致坠入无尽的黑洞。

刘牧死了，陈梦死了，赵利死了，卢霖死了，但他还活着。一个活着的人，一个有办案能力的警察，一个功勋卓著的预审，竟无法为受害者申冤、无法亲手缉拿罪犯、无法获得真相、无法让罪恶曝光于天下，甚至连真正的敌人都不知道是谁。这不是最大的侮辱和失败吗？那海涛的脑海里一遍遍重复着陈梦质问他的话，一遍遍闪现着那个舞台灯光下凄美的身影，一遍遍重现着刘牧的傲慢和他死亡后僵持的表情。这一个个镜头堆满了他的脑海，让他无法摆脱、几近窒息。

又是一夜。当雨渐小、风渐停的时候，已是清晨五点。那海涛打开了台灯，收起了支在办公桌旁的折叠床。他换上了一身运动服，开门走出了办公室。这是几天来他第一次走到户外，雨还没完全停，外面的地上湿漉漉的，空气中是一种冷冽的味道，周围依然漆黑，只有一缕晨光在远方浮现。那海涛迈开脚步，在黑暗中奔跑着，雨水淋湿了他的脸庞，也让他干涸的灵魂得到了一丝滋润。他越跑越快，呼吸也急促起来，他放开脚步，有节奏地喊着号，仿佛要以此找回昔日的自信和自负。跑着跑着，他似乎失去了方向，但眼前的那道晨光却越来越亮，指引他前行。不一会儿，他竟跑到了那个火车道旁。

他大口大口地喘着气，浑身湿透，用手撑住膝盖，抬头望着远方。这时，身后传来了轰鸣，地面开始震动，雨雾被冲散，风向被逆转，一个微弱的光点儿逐渐变大变亮。一列火车从远方驶来。那海涛转过头，看着那列火车，倾听着那震耳欲聋的轰鸣，内心的黑洞似乎在一瞬间被填满。这时，有几个黑影从那个方向跑来，他们的速度并不快，却保持着同一节奏。

啪啪，啪啪，啪啪……

那海涛警觉起来。他站直身体，仔细观察着那些人的动向。与此同时，那列火车飞驰而来，巨大的灯光晃得他睁不开眼。那几个黑衣人仿佛是从光里跑来的，迅速向他逼近。

“什么人？”那海涛大声问。

对方却没有回答。所有的声音都被火车的轰鸣吞噬。

火车从那海涛的身边经过，巨大的风将他的头发吹乱。同一时刻，晨光变亮，黑暗褪去，一枚火红的太阳跃出了地平线。待火车远去，那海涛才看清了那几个人的模样。

是方小罗、潘江海、二姐和老马。他们四个人穿着同一款的黑色冲锋衣，看上去酷酷的，像警匪片里的造型。

“那三斧子，你干吗跑得这么快啊？老娘都跟不上了。”那边传来了二姐的声音。

“人家年轻啊，咱们这老胳膊老腿儿的狗撵兔子肯定跟不上啊。”那一个是老马的声音。

“怎么着，听说这两天抑郁了。闭门思过呢？不至于吧，这刚哪儿到哪儿啊？这案子只要一天不结，咱们就得接着往下查。别干这掉链子的活儿。”那个是潘江海的声音。

“对呀，师父。你得振作起来，别忘了你可是海城第一名提。”能这么说话的，当然是方小罗。

四个人走到那海涛面前。

那海涛看着他们有点恍惚，“二姐、‘马迷糊’、‘大喷子’，你们……都是从哪儿冒出来的呀？”

“我们找你晨练，没想到你小子倒是抢先一步。刚出市局大门就看见你在前边狂跑，跟打了鸡血似的。”二姐笑。

“别想那么多了，兵来将挡水来土掩，车到山前必有路，船到桥头自然直。这个世上的事儿啊就是这样，你觉得最没戏的时候，没准儿就快柳暗花明峰回路转了。就跟审人一样，都耗了N个小时了，烟也抽完了，茶也喝干了，尿也憋不住了，黔驴技穷，强弩之末。这个时候就不看技术了。谁能绷得住，谁就是最后的赢家。”老马说。

“可不，碰上硬的咱们来软的，碰上软的咱们来细的，碰上细的咱们来绕的，碰上绕的咱们就直给。只要还有口儿敞着，咱们就能见缝插针往里突。预审是干什么的？就是让不可能变为可能，让死人能张口说话的。”潘江海笑。

“行了吧，潘爷，你又吹牛×。”那海涛笑着摇头，“哎，你们老两位怎么也来了？”那海涛问。

“你的意思是我们多余呗？”二姐往上挑了挑眉毛，“我这段时间在派出所巡逻，每天一万步。失眠也好了，吃饭也香了，又聚人气儿，又接地气儿，什么毛病都没有了。刚舒服两天啊，郭局就找我，让我承担点儿苦活儿累活儿，让我为市局领导分忧。我一看，行吧，既然组织上这么需要我，我也别掉链子。所以……就过来溜达溜达。”她看着那海涛笑。

“那可太好了！你们来了我就有底气了。”那海涛也笑了。

“机构没了，人还在，预审没了，精神犹存。要想抓住狡猾的狐狸，就得比它还狡猾。”老马说，“该掐喉的得掐喉，该挖坑的得挖坑……”

“捧上去就摔死他，掉下去就埋瓷实。”潘江海接过话茬儿。

“咱们老七处的出马，还有干不掉的魑魅魍魉吗？”二姐皱眉。

那海涛看着几个人，有些激动。一种滚烫在他心里左突右撞，将空洞填满，将冰雪消融。

“明白。我是不会放弃的。只要有一线希望，一定将案件查清。更何况还有你们老几位的加持。我有信心。”那海涛说，“哎，你们穿的这是什么衣裳啊？还一人一件儿。我怎么没见过呀？”

“哼，还没让你看背面呢。”方小罗笑，“来，各位，一、二、三，转身！”她说着一拍手，四个人同时转身，摆出了一个挺难看的造型。

只见四件黑色冲锋衣的背后，印着同样的三个黄色字母，“TTT”。

“什么意思？”那海涛不解。

“真相小组，The truth team！”方小罗说。

“哈哈，酷啊！”那海涛大笑，“哪儿弄的？市局发的？”

“美的你，警保处能有这个闲心吗？这是人家小罗自己设计，从网上做的。”潘江海说。

“淘宝，一件二百。师父，你给报销吗？”方小罗笑。她说着一甩手，将一件同款的冲锋衣扔给那海涛。

那海涛看着冲锋衣上的“TTT”笑了笑，“谢谢几位，有你们我心里就踏实了。但你们要有心理准备，咱们面对的可不是一般的对手，很可能是一股巨大的势力。”他说着将衣服利落地穿上。

“废话，简单的活儿找我们干吗？”二姐撇嘴。

“是啊，警力这么紧缺，杀鸡可不能再用牛刀了。我要是不拿下个大案，都对不起派出所帮我看岗亭的兄弟。”老马也笑。

“听说过鸡兔同笼吗？知道怎么分清多少只是鸡、多少只是兔子吗？”潘江海问。

“怎么分清？”那海涛给他捧哏。

“拿根棍子，照着笼子一敲。等兔子跳起来的时候，你就知道有多少只鸡藏着了。”潘江海说，“省厅的法医中心传来消息了。刘牧真正的死因不是什么性交猝死。在他的腋下发现了一个针眼儿。”

“针眼儿？”那海涛眉头紧皱。

市局专案组，章鹏在一块白板前介绍着情况。郭局和真相小组的五名成员坐在下面认真听着。

“省厅法医中心对刘牧的尸体再次进行了尸检，发现他体内有一种精神毒剂。这种毒剂一般通过注射进入体内，但能通过新陈代谢被身体排泄掉，所以如不仔细检查，很难发现。法医在刘牧左腋下发现了一个针孔。毒剂很有可能就是从那里注射进去的。”章鹏介绍着。

“这种毒剂足以致命吗？”那海涛问。

“足以致命。而且在剧烈运动后毒剂会起效得更快，同时挥发得也更快。这个就是令刘牧死亡的真正原因。至于心脏问题那只是表面现象。”

“现在可以认定刘牧的死是他杀了。”郭局说。

“是的。”章鹏点头，“省厅专案组派了专家去汕洲调查，他们从现场的空酒瓶中还发现了一种迷幻药。这种迷幻药可以让人产生幻觉、陷入昏迷，同时还能致人兴奋。”

“那酒里果然有问题。”潘江海皱眉。

“还发现什么现场痕迹了吗？”郭局问。

“作案者很小心，也很专业，在别墅内几乎没留下任何痕迹，甚至在逃离现场的过程中，还将门把手上的痕迹擦去了。但由于当天下雨，他在别墅的连廊留下了一个鞋印。经过我们比对，这枚鞋印和撞卢霖坠崖那辆肇事货车中的鞋印相符。”

“什么？”郭局惊讶，“这么说是同一人干的？”

“大致可以这么判断。”章鹏说，“而且通过技术手段，在刘牧被害的那个时段中，还发现了一个手机号码，现在也在追查中。”

“好。”郭局用手拍了一下桌子，“这些线索都是案件未来的突破口。你们刑警要紧追不放，将线索挖深挖细。找到那个凶手，就能将多起案件串联起来。看来咱们的对手不一般呀，他们分工明确、条理清晰、手段狠辣，为达目的不择手段。在行动中你们也要注意安全，必要时可以开枪。”

“明白。”章鹏点头。

“小罗，你说一下经侦和视侦那边反馈的情况。”郭局说。

方小罗走到白板前，替下了章鹏。她拿起白板笔，边说边写：“经过经侦的调查，发现刘牧在被抓之前，其任董事长的牧野集团已经资不抵债了。在他被释放之后，表面上公司还在正常经营，但实际他一直在大肆转移资金，试图外逃。他利用非法手段，与许多个人和企业虚构借贷合同，以求资产保全。而在这一系列的操作中，经侦还发现了一个情况，刘牧曾以牧野集团的名义，支持过一个叫‘全民读书’的公益活动，并从账上拨款五千万元予以赞助。经侦认为，他的这笔划款和那些虚假借贷是一个性质，实际上是一种转移资金的方法。”方小罗在白板上写下刘牧和牧野集团的字样。

“是啊，都火烧眉毛了，这孙子怎么可能有闲心去支持公益呢。”潘江海说。

“这家被赞助的机构，名字叫大树咖啡，而负责人叫骆江平。”方小罗在白板上写下了“骆江平”三个字。

“骆江平……”那海涛听着熟悉，不禁在大脑里搜索着这个名字，“是……那个咖啡店的老板吗？”他突然想了起来。

“就是他。”方小罗点头。

“他接受刘牧的捐款？”那海涛皱眉。

“那经侦那边可以追款吗？”二姐问。

“因为刘牧赞助的是公益事业，所以骆江平算是‘善意取得’，而且在资金入账之后，骆江平已将资金打散并转移到其他账户了。追款会很困难。”方小罗说。

“根据经侦的调查情况，视频侦查也对大树咖啡厅及相关场所的监控录像进行了汇总、梳理和分析。经查，刘牧、陈梦和骆江平曾在多个时段同时出现在大树咖啡厅和海城足球场。”

“同时出现？”那海涛皱眉。

“也就是说，他们之间有某种紧密的联系？”潘江海问。

“这个就需要我们下一步的调查了。”方小罗在刘牧、陈梦、骆江平的名字上画了一个大大的问号。

郭局站起身来，缓缓走到窗旁。他伸手将遮阳的窗帘拉开，外面的阳光顿时倾泻进来，“今天是个好天气啊……无论黑夜多漫长，都挡不住光明的到来，再厚的阴霾，只要有一丝阳光透过，就总会过去。”他感叹着，“海涛，你准备先从哪个环节下手？”

“这个案件情况复杂，我想还是先得从基础工作做起。特别是对骆江平这个人，要先摸清他的底细。郭局，还有那个廖长远，现在可以提讯了吗？”那海涛问。

“应该差不多了，我一会儿再打电话问问。”郭局说，“哎，我听小罗说，你们小组还有口号啊？叫洞悉黑暗，笃信光明。”

“那不是我们小组的口号，是二姐总结的预审精神。”那海涛说。

“哎哎哎，我可没那么多墨水。”二姐摆手，“这是那个时候老七处主管我们的副处长说的。”

“我看这八个字挺好，以后你们要记在心里，用在行动上。放手干吧，拿出老预审人的精气神，让那帮躲在幕后的孙子看看，什么是海城的名提！”郭局看着几个人，一字一句地说。

傍晚，市南区的星光夜市拉开了帷幕。这里人流如织，摩肩接踵，摊位前人满为患，聚集着一批夜猫子，被称为海城的“深夜食堂”。人们大声畅谈，把酒言欢，消除着一天的压力。那海涛、章鹏和方小罗挤在人群中，边走边看。

“哎，吃点什么不？”章鹏问方小罗。

“我看那个炸串儿不错。”方小罗往前指了指。

“那个不卫生。你瞧那油的颜色，不定反复用了多少次了呢。”那海涛摆摆手。

“那就那个麻辣烫。”方小罗又往另一边指了指。

“那个也不行。没听咱们局食药支队那帮人说吗，这麻辣烫里用的都不是真辣椒，用的是辣椒精，吃了对身体有害。”那海涛又说。

“照你的意思就什么都不能吃了，咱们仨也不能饿着肚子呀。”章鹏说。

“哎，我看那个不错。”那海涛往前指了指。

章鹏往前一看，那是一个煎饼摊，“哼，那个就干净了？我可也听食药支队的说了，这卖煎饼的还往鏊子上烤鞋垫儿呢。”

“嘿，你怎么这么多事儿？你要这么讲究，什么都甭吃了。”那海涛给了他一句。

“嘿，你倒……”章鹏被噎得哑口无言。

三个人边说边往前走，那海涛拉开书包，从里边拿出了一个狭长的钱包，“哎，今儿这顿我请啊。”他冲章鹏晃了晃钱包。

钱包鼓鼓囊囊的，一看里面的干货就不少。

“嘿，我说你这个老土，现在谁出门还带钱包啊？我看你别现眼了，还是我来吧。”章鹏说着拿出手机。

“哎，我说你们俩好意思吗？吃个煎饼争着结账，又不是满汉全席。”方小罗摇头。

三个人挤到煎饼摊前，方小罗和章鹏负责排队，那海涛负责结账。三人也算分工明确。

正值饭点儿，夜市的人越来越多，没想到吃个煎饼也得排个长队。那海涛随手把钱包插进屁兜里，但由于钱包太长，露出了整整一截儿。

“哎，给我多加个鸡蛋，少放点儿辣椒。”那海涛边说边掏钱包。

就在这时，他突然觉得有人碰了自己一下。他下意识地转头，发现一个穿棒球衫的人正往远处跑。“坏了！我的钱包！”他往后一摸，空空如也。

章鹏和方小罗也顾不得排队了，他们跟着那海涛一起，朝着那个方向追去。那个“棒球衫”跑得很快，像泥鳅一样地在人群中穿行着。他显然对夜市的环境很熟悉，经常是跑到一个摊位前，向里一蹿就跑上了另一条路。人群大乱，食客们纷纷躲闪。那海涛等人穷追不舍，但距离却越落越远。这时，“棒球衫”钻进了一个胡同，他回头看了一下，撇嘴笑着，估算着手里那个鼓鼓囊囊的钱包里能装多少干货。但正在这时，胡同的另一头却出现了两个黑影。那两个黑影迅速逼近，步伐轻快，行动迅速，一看就是好脚力。他赶紧往回跑，不料在另一头又出现了两个黑影。他知道要坏事儿，稍做犹豫，一纵身蹿上了一堵矮墙。然后沿着矮墙想跳到另一条胡同。却不料刚往下一探头，就发现下面正站着那海涛等三人。

那海涛没说话，冲他笑着招了招手，“嘿，别光跑，先看看钱包里有没有货啊。”

经他这么一提醒，“棒球衫”才下意识地打开钱包。一看，顿时泄了气。钱包里一分钱都没有，装的是一沓厚厚的白纸。

“狗子，下来吧。我们盯你好久了。”章鹏也在下面说，“对不起啦，为了把你拿下，我们也无奈来一次钓鱼执法。”他笑。

“你们……怎么知道我的外号？”他左右环顾，发现自己已经被包围了。

“我们是海城市公安局的，找你有事儿。苟超，赶快下来！”那海涛命令道。

苟超这才明白自己进了圈套，他还心存侥幸，想找机会开溜。

“哎哎哎，我可提醒你啊，那边儿四位，可是我们局有名的抓捕能手。一个叫撅胳膊，一个叫拧腿，一个叫拉胯，一个叫抱摔。你要是想试试，我不拦着你。”那海涛喊。

“我数三下，你不下来，我们就上去了。”刚才那条胡同里的一个黑影喊着。

一看这架势，苟超无奈叹了口气，“得，我认栽，认栽行了吧。”他说着跳下了墙，还没站稳脚跟，就被扑倒在地。

“哎哎哎，别撅我胳膊！哎哟哟，别拧我腿！”他大叫着。

“哎，黎勇，封小波，你们鹰眼小组的轻着点儿！”那海涛在另一头喊。

在押回去的路上，章鹏等人可给他折腾惨了，先是戴上背铐、套上头套，在闹市中好好让他现了回眼。然后再押上警车，坐在中缝儿里，一路上听着呜哇的警笛直抵审讯室。所有流程充满了仪式感。苟超虽然被处理过，但这么大架势也是第一次见。他坐在审讯椅上，腿止不住地发抖，身体蜷缩着，不时抬抬眼皮，往审讯台上瞄。

那海涛教过方小罗，初审是预审双方的第一次较量，这个阶段嫌疑人立足未稳、情绪未定，预审员最容易施展审讯技巧，拿下口供。一旦过了这个阶段，或者嫌疑人“醒”了，就会事倍功半，陷入拉锯战。所以老预审都会趁对手立足未稳，先攻心夺气，杀他个下马威。这便是预审行里常说的“黄金三小时”。

那海涛坐在台上，拿眼往下瞄着，也不着急宣权，从牙缝里挤出一句话，“怎么茬儿，别绷着了，说说吧。”他一嘴的江湖腔。

“我……说什么呀？”苟超抬眼望审讯台上看。只见桌子上除了摆着笔记本电脑之外，还码着厚厚一摞材料。

“你觉得呢？”那海涛反问，同时看似随意地用手拍了拍那摞材料。

苟超咽了口吐沫，低下头。他琢磨着，警察找自己到底是因为什么事儿。

“怎么说你呢？我也不怕你不爱听啊。你这人啊，就是狗改不了吃屎。都说不能在同一个地方摔两次，你问问自己，在同一个地方都摔几次了，怎么还不长记性啊？”那海涛说着模棱两可的话，“以为自己那点儿小聪明能得逞吗？神不知鬼不觉？扯淡，你做的那些事儿，我们都在账本儿上记着呢。”那海涛说着点了根烟，缓缓地喷吐了一口，显出一副漫不经心的态度。

方小罗没在电脑上记录，他知道这是那海涛在布着疑兵。

“警官，我真没什么事儿。刚才那事儿我也是一时糊涂。再说钱包里也没钱，您看我这态度也不错，就把我当个屁，放了得了。”苟超满脸堆笑。

“钱包不值钱啊？需要我给你看看发票吗？”那海涛反问。

“嗐，你那不是算钓鱼执法吗？”苟超坏笑。

“你甭跟我这儿嬉皮笑脸的。我告诉你，你的事儿大了，你今天出不去了。怎么说，从哪件开始，你自己琢磨。第一，别跟我这儿‘挤牙膏’，第二，别跟我这儿打马虎眼。”那海涛提醒。

苟超盯着那海涛，表情冷了下来，他眼珠乱转，仔细琢磨着。

那海涛看着他，并不着急出示证据。说实话，现在那海涛手里的“子弹”并不多，除了他给陈大力牵线那个绑架的案子之外，只有一起在市中区溜门撬锁的线索。而那摞材料自然也是虚张声势，除了倒数第三本还有点用之外，其余都是临时凑数。

在陈大力绑架案事发之后，苟超便遁了，这一遁就是两个月。之前的营生干不了了，眼看着就要断顿儿，他无奈狗急跳墙就操起了旧业。在五年前，他曾因盗窃被判过一年，但要论手艺，他可没法跟吴哲、李凡相提并论。那海涛知道这是一个“混儿”，滚刀肉、万金油，自认为聪明。对待这种人得讲究方式方法，既不能太严肃说教，也不能跟他嬉皮笑脸，得掌握好尺度，捏住他的软肋，才能击其“七寸”，将其拿下。

这时，那海涛的耳畔传来了潘江海的声音：“海涛，我在捋这孙子的轨迹，他最近经常在海城饭店一带转悠，还经常去一楼大堂的咖啡厅。我查了，那儿有几起拎包的案子，估计跟他有关。”

此时潘江海正坐在监控室里，做着背景调查。

预审问人，是不会小孩打醋——直来直去的。一个好的预审员除了破获现案之外，还得能深挖余罪。衡量一个预审员是不是名提，看的也是他“刨底儿”的能力。这场审讯，那海涛准备把这小子的底儿摸得干干净净。

他琢磨了一下，开了口，“喜欢喝茶还是喝咖啡啊？”

苟超一愣，疑惑地看着那海涛，“您……这是什么意思？”

“没什么意思，就是随便聊聊。这怕什么呀？”那海涛笑。

“喝……茶。咱也不是有钱人，哪喝得起咖啡啊，平时一杯高沫儿撑一天。”苟超撇嘴。

“我也喝不惯那玩意儿，贼苦，喝了还睡不着觉。”那海涛说，“那你不喜欢喝咖啡，怎么老往咖啡厅里钻呀？”他话锋一转。

“我……”苟超眼珠一转，“什么咖啡厅啊？”

“别装糊涂，能把你带到这儿来，我们就已经捏到你短儿了。怎么着，还想藏着掖着呀？”那海涛盯着他的眼睛。

苟超又不说话了，他下意识地把两只手攥在一起，不停地搓着。

“嘿嘿嘿，要说就麻利儿的，要是拒不供述你也痛痛快快地告诉我，耗着干吗呀？知道现在几点了吗？都十点半了。你今天晚上踏踏实实地在看守所过，我们还得下班回家呢。”那海涛用手指点着桌面，“提醒你一句，海城饭店，一楼大堂咖啡厅。说了我不难为你。”

“警官，那事儿不是我干的，我是……望风的。”没想到他还挺痛快，吐了口。

“那是谁干的啊？”那海涛问。

“小六子，市南区的那个。”苟超说。

“叫什么名儿，长什么样儿，住在哪儿，懂规矩吧？”那海涛说。

“懂。”苟超点头，“叫孙睿，不到三十岁吧，住市南区菜园东街5号院，具体门牌号不知道，就进院左手边那间。”他说得挺详细。

那海涛知道，这是他给警方的献礼，也算是“投名状”，寄希望于避重就轻，以此蒙混过关。

“警官，我这算是揭发检举、戴罪立功吧？”苟超问。

“还没说全呢。偷什么了？”那海涛叮问。

“嗐，也没偷什么，就拎了一个包。那孙子不仗义，拿了就走，也没给我分点儿。哎,不对,是他想分给我我也没要。这是违法的事儿啊。”苟超说。

“不要你给他望风？义务劳动啊？”那海涛皱眉。

“嗐，我这不是，悬崖勒马了吗。”他坏笑。

在监控室里，潘江海已经把相关情况通报给章鹏。章鹏立即组织人赴菜园东街对孙睿实施抓捕。同时，潘江海又通报给那海涛一个情况，经过视频比对，苟超在两周前曾多次出现在市北区的“江南别墅”一带，而那个别墅区在同期曾发生过一起入室杀人案。《海城新闻》对那个案子报道过，社会上有一定的反响。案件刚被市北分局的刑警破了，杀人者已经落网。

那海涛知道，潘江海通报给自己这个情况，是为了给审讯提供“抓手”。他又跟苟超周旋了几句，切入主题。

“平时骑车还是开车啊？”他问。

“您怎么这么关心我啊……刚问了喝茶还是喝咖啡，这一下又转到出行上了。”他刚刚中了那海涛的套儿，满脸防备，不敢再轻易回答。

“对你好呗，衣食住行，都得问到。”那海涛嘴上说着笑话，但表情却越来越严肃，“哎，你去法医中心，取个材料。”他转头对方小罗说。

方小罗立即起身，走出了审讯室。她当然不会去什么法医中心，而是从楼道一拐，推开了监控室的门。

潘江海冲她笑笑，递过材料，“二选一，算术题。”

“算术题，什么意思？”方小罗不解。

“一会儿好好跟你师父学，这是个技术活儿。”潘江海卖了个关子。

方小罗回到审讯室,将材料交到那海涛的手里。那海涛煞有介事地看着，眉头紧皱。

“平时看《海城新闻》吗？”他问。

“新闻……偶尔看。”苟超试探地回答。

“知道两周前市北区发生什么事儿了吗？”那海涛加快语速。

"市北区？"苟超想着。

"我说得具体点儿，市北区的'江南别墅'。"那海涛盯着他的眼睛。

"江南别墅……"苟超眼珠乱转，"我没去过那儿啊。"

"确定吗？"那海涛抬手指着他，"你敢对自己的回答负责吗？"

"我……"苟超犹豫了，"我去过是去过，但是……就是过去玩儿玩儿，什么都没干啊。"他解释着。

"找谁玩儿？玩儿什么？"那海涛叮问。

"没找过谁，就是随便溜达。"

"大冷天的溜达？苟超，你该知道那件事的严重性吧！"那海涛啪的一下拍响了桌子。

"什么事儿啊，我什么都没干！"苟超辩解。

"那我给你挑明，两周前的周六晚上十一点，市北区'江南别墅'C3栋发生了一起杀人案。犯罪嫌疑人用技术开锁的方式，进到别墅内意欲盗窃，却不料被房主醒来发现，随即发生搏斗。嫌疑人使用一把尖刀，扎中被害人腹部，造成其死亡。这件事儿，你不会不知道吧。"

"这可不是我干的，我哪有那本事啊！"苟超急了。

"不是你干的，我们会把你带到这儿吗？不是你干的，为什么你会在当日出现在监控里？"那海涛大声质问。

"你们警察不能冤枉人啊！哎，刀找着没有？可以查指纹吧？或者，现场有别的痕迹吧，你们也可以验验是不是我的啊。"

那海涛暗笑，心想这孙子没少看法制类的节目。

"没找着刀，也没查到指纹，就看见你了！"那海涛继续紧逼。

"我对天发誓，这事儿绝对不是我干的！"苟超激动起来，手铐拽得审讯椅哗哗作响。

"你凭什么这么说，有什么证据？"

"我……我……"苟超满头是汗，"我那天去'江南别墅'，是偷了一辆电动自行车。”他吐了口。

“不可能，我们怎么没接到报案？”

“你赶快问问，A9 栋别墅门口的，雅马哈的电动车。那家人是不是傻啊，丢了车都不报案？”苟超顿足捶胸，为他们着急。

“几点偷的？车现在哪里？”那海涛问。

“晚上十一点，就跟你刚才说的那个点儿一样。你说，我要是真杀了人，能不赶紧颠儿吗？还有心思再偷辆车？那我的心得多大啊。”苟超苦笑。

其实那起杀人的发案时间根本就不在那天的十一点，那海涛是张冠李戴，逼着苟超二选一的。

方小罗这才明白了“二选一”的意思。

在苟超的“大力”配合下，那海涛联系到属地派出所，连夜调查那起电动自行车失窃案。果不其然，事主丢了车，但由于家境殷实，并没报案。与此同时，章鹏传回了消息，孙睿已被抓获归案，正在进行突审。那海涛心里有了底，只要这两个嫌疑人相互咬，就不愁不查他们个底儿掉。

“行，还算你小子老实。”那海涛给予表扬。

“那……我是不是就没事儿了？”苟超试探地问。

“没事了？这刚哪儿到哪儿啊？”那海涛反问，“哎，我看咱们这样吧，立个规矩，来个加分减分。”

“加分减分？”苟超不解。

“你主动交代一起，我就给你加一分，算你表现好。但要是让我揪出来一起，就给你减一分，算你态度不端正。你看这样行吗？”那海涛问。

“哎哟，我哪有那么多事儿啊，您真拿我当江洋大盗了？”苟超一脸苦相。

“不光是干这个。”那海涛比画了一个掏钱包的动作，“别的呢？你少干了？”他瞄着苟超。

“我……”苟超语塞。他避开眼神，低头琢磨着。

“没听懂我说的话吗？还扛着是吧？”那海涛说着就从那摞厚厚的材料

中抽出了一本，啪的一下甩在桌上。“让他自己看！”他这个动作看似随意，实际上已经练过很多次了。被抽出的材料就放在整摞案卷的倒数第三本，记录着苟超某次作案的相关证据。除此之外，其余卷宗都是摆设。

方小罗拿起案卷，翻开其中一页，在苟超面前展示。苟超仔细看去，顿时哑口无言。案卷里清晰记录着市中区某小区被窃的案情，还贴着一张清晰的监控录像照片。照片上是作案嫌疑人的正脸，正是苟超。

“认识这个人吗？”那海涛皱眉。

“这不我吗？”他还挺乐观，自嘲地笑。

“按规矩，减一分了啊。”那海涛说。

“别啊……”苟超眯着眼，下意识地看着那摞案卷，“警官，你那儿得有二十多本儿吧，哎，我可没犯那么多事儿啊。”

“谁说一本就是一个事儿了。嘿，你这眼睛还挺贼。”那海涛笑，“碰上疑难复杂的，怎么着也得两本儿啊。”

“哦……”苟超点头。

“是自己说，还是让我揪出来啊？要不，我再拿一本儿给你看看？”

“不用不用不用。”苟超摆手，“别减分了，我自己说，行吗？”

“先把这起说明白。主动点儿，争取个好态度。”那海涛用手指点着桌面。

一个小时后，还没问到主案，苟超已经撂了八起案件。其中盗窃五起，敲诈勒索两起，寻衅滋事一起。同时还供出了多名同案嫌疑人。另一边，通过刑警对孙睿的审讯，又牵出了胡林等五名嫌疑人，加起来共串并出二十三起案件，可谓是一网打尽。

已经熬到深夜，苟超说得口干舌燥，抽完了半包烟。看火候儿差不多了，那海涛开始往主案上引，“还有吗？”他问。

“还有？”苟超想着，他的侥幸和畏罪早已被打破了，处于惯性供述之中，“您指的是哪个方面？”他双眼迷离地看着那海涛。

“比如……帮人介绍活儿的。”那海涛说。

“哦，您说的是那事儿吧。我就知道那是一雷活儿……”苟超叹气。

“具体说说。”那海涛并不挑明。

“刚开始接活儿的时候，我没想到那帮孙子能干得那么绝，以为就是吓唬吓唬人家呢，就找了那个叫陈大力的司机帮忙。没想到那帮孙子是玩真的，而且事后还不结不休，跟狗撵兔子似的找我。唉……早知道这样，真不蹚这个浑水了。”他面带疲惫，语无伦次。

“你说的他们是谁？”那海涛为了让他保持清醒，又递过去一根烟。

苟超猛抽了两口，“那帮孙子诡得很，根本不露面儿。连给钱的时候都不从网上转账，而是找个地方把现金藏在那儿，让我自己去取。在江湖上混了这么久，还真没见过这么鸡贼的。”他摇着头。

“他们为什么找到你？”

“嗐，我是盛名之下呗……”他说完又觉得不妥，“不是不是，是臭名昭著呗。”他赶忙找补。

“说说具体情况。”那海涛示意方小罗记录。

“我平时为了赚点儿零花钱，就经常接点小活儿，社会上的人有什么事儿了也爱找我。就那事儿发生前的一个多星期吧，我接到了一个尾号为1149的电话。来电的是个男的，说想让我帮个忙，开车去高速路接个货，然后在城里转上几圈，再送到一个地方。报酬是二十万。我也不是个雏儿，知道天底下没有这么便宜的事儿，就问他们到底送什么？他们也不说，就跟我说一口价儿，干就干，不干拉倒。我想了想，估计不是毒品就是赃物，为了这么点儿钱有点不值当的，所以就找了那个开货车的陈大力，转包给了他。那孙子好赌，输了不少钱，我就劈了十万给他，让他去干具体的事儿。”

“行，你小子什么活儿不干，一转手就切十万。”那海涛说。

“我这儿可担着风险呢。在那个事儿之后，我其实除了躲你们，也在躲他们。那帮孙子不依不饶，雇了人满处找我。”

“他们找你干什么？”

"哼，不是封嘴就是灭口呗。"他叹了口气，"要是一般人，估计就悬了。但他们别忘了，我是干这个的啊。"他做了个偷钱包的手势，"我每次出家门的时候，都留下记号。只要有外人进去了，我就能知道。在那事儿出了之后，我住的地儿就进了人。我知道他们下手黑，所以才一直在外边飘着。"

"你说的那个 1149 的电话，后来还联系过你吗？"

"那事儿完了之后就断了，他们可不傻。"

"那二十万你收着了吗？"

"没有。按照约定，办事儿之前收十万，事成之后再收十万。我就拿了十万，都给陈大力了。"

"怎么收的钱？怎么给陈大力的。"

"他们把钱放在我家附近的一堆杂物里，拿一个纸盒子装着，都是新票，而且连号。我没给陈大力现金，用自己的钱给他转了账。"苟超说，"那笔现金现在还在我这儿，一分都没敢花。我知道这事儿闹得挺大，也留着后手呢，怕你们找后账。"

"那十万现金现在在哪儿？"

"在我出租房厕所的吊顶上，拿一个纸盒子装着。我说地址，你们记一下。"

方小罗记录下地址，发给了章鹏。

"知道运的是什么吗？"

"刚开始不知道，后来知道了，应该是个小孩。我也是听陈大力说的。他当时很紧张，问我是不是还要干。我说废话，你不干他们不废了你？就硬着头皮劝他，说只要不打开那个箱子，就不算明知故犯，警察就定不了你的罪，咱们索性就把糊涂装到底。拿钱办事，责任是他们的。"

"这些话你都是怎么琢磨的？"那海涛皱眉。

"TVB 啊，还有香港警匪片儿，里边都这么说啊。"苟超回答。

"哎，他们既然已经绑架了孩子，干吗不自己去运啊？"

“可不是光运货那么简单，他们是让陈大力带着孩子满城里跑，让警察找不到具体位置。”

“你知道他们跟孩子的父亲要多少赎金吗？”

“听说了，五百万。但我觉得那个数只是个幌子，他们绑架的目的，根本就不是为了钱。”

“那为了什么？”

“是要让那个孩子的父亲闭嘴。听说那人是搞什么自媒体的，整天在网上胡说八道，而且还有点影响力。所以我猜，那帮人绑他的孩子，是让他别乱说话。”苟超分析着。

听他这么说，那海涛不禁回想起那个案子的诸多细节。无机主登记的电话、连号的新票现金、支付赎金的方法，竟然与李凡、吴哲盗窃卢霖的案件如出一辙。

“哎，警官，我申请加一分。”苟超突然说。

“什么？”那海涛一愣。

“主动交代啊。”苟超还挺痛快，“跟那帮孙子联系的时候啊，我留了个心眼儿，把他们的声音用录音笔给录下来了。那个录音笔也存在我租的房子里。用一个塑料袋裹着，贴在我厨房水槽的下边了。”

摄影棚里进了一套新设备，据说是一种影视拍摄专用的电子背景幕布，只要在光线不太亮的地方，就足以将虚构的环境乱真。老范吹牛说这套设备堪比好莱坞，只要布置好了，肯定能吸引更多剧组。他在靠门口的位置搭了个演示间，准备每天换不同的场景。星期一是夏威夷风光，沙滩海浪；星期二是罗马风景，阳光假日；星期三是市井胡同，熙攘街头；星期四是宇宙遨游，银河太空。他在外面布置着，真相小组的几个人就坐在小餐厅里玩扑克牌，方小罗站在旁边给大家沏茶倒水。

“孩子的父亲叫马良，开了个自媒体叫‘透视镜’，专门找一些社会热点进行追踪报道。你们觉得，现在用不用传唤这个人？”那海涛手里的牌不错，边打边问。

“先别贸然动，那个马良在明处，之所以近期没被骚扰，应该是那帮人觉得这事儿过去了。要动也得做好保密工作，起码不能让他再受到人身威胁。”潘江海说着打出四个“A”，“炸弹！”

“但也得尽快摸清马良的情况，同时保证他的安全。他手里的料，估计对那帮孙子有威胁。”二姐被老潘的“炸弹”炸了，说话的情绪不太高。

“还有啊，苟超手里那两个证据，也得尽快做。”老马提醒。

“十万现金、录音笔，刑警那边全搜到了，现在已经开始进行相关工作了。哎，小罗，明天再催催。”那海涛说。

“放心吧。哎，师父，马爷他看你牌。”方小罗说。

“嘿，你怎么为老不尊啊。”那海涛转头一看，老马果真用眼瞄着。

“小罗怎么不玩儿啊？”老马问。

“不会。”方小罗摇头。

“这个也得练，边玩儿边说案子，眼观六路耳听八方，案子说利落了，牌也打赢了，才是好预审。”老马说。

“哦……”方小罗认真地点头。

“别听他胡说，净给自己找借口。”二姐撇嘴，“要是声纹比对同一了，就说明绑架孩子的跟偷卢霖东西的是一拨人了？”她问。

“还不止这些。”那海涛说，“还记得举报徐佳妮和工厂盗窃案的那几个匿名电话吗？刑警调取了录音，经过声纹比对，跟雇用李凡的是同一个人。而且苟超供述的那个尾号1149的电话，只跟举报徐佳妮的1144差最后一位。”

“前面的号码也相同啊？”二姐边打边说，出了一个大“顺儿”，果然是忙而不乱。

“是的。”那海涛点头。

"哎，案子里的其他相关人员没做声纹比对啊？"老马边捋牌边问。

"在押的都比对了，都不是。其他的还不敢贸然取样，怕打草惊蛇。"那海涛说。

"嗯……这样就越来越清楚了。"潘江海点头，"如果说徐佳妮和刘牧是同一阵营的，那是不是就可以推测，1144、1149，还有打那几个匿名电话的，是站在刘牧对立面的？他们想趁着刘牧出事，借力使力将他搞垮。"

"这帮孙子还挺神通广大的，不但知道案卷的事儿，还能在光天化日下从卢霖那把案卷偷走。"二姐皱眉。

"但如果是刘牧的对立面，他们怎么能这么清晰地掌握情况呢？"老马不解，"哎，我有点儿乱啊，这帮人到底是哪拨儿的？"

"不会是双面间谍吧。"方小罗插嘴。

"你是电影看多了吧。"那海涛摇头，"来，你也练练。"他说着就把手里的牌交给方小罗。

那海涛站在方小罗身后，"别忘了，还有廖金龙被盗的那个账本呢。他们花这么大力量踩点儿、行窃，账本里肯定记着不少干货。"

"哎，现在廖长远能提审了吗？"二姐问。

"郭局正联系着呢，据说身上的事儿越查越多，他可是省纪委监委的重点对象。"潘江海说。

"还有在'临海半山'发现的那个鞋印，不是也和货车上的那个对上了吗？视侦那帮小子怎么不给力啊，还没查出个结果。"老马边说边瞄方小罗的牌。

"哎哎哎，你眼睛看哪儿呢？"那海涛拍了他一下。

"没事，不怕看。"方小罗笑，"那陈梦呢，她的出现又怎么解释？"她说着打出了一个小"顺儿"。

"她得了渐冻症，生命已经不长了。作为一个舞蹈演员，这可是双重打击啊。"那海涛叹了口气。

“是啊……所以才会万念俱灰、自暴自弃吧。”二姐叹气，“她的尸体还没找到吗？”

“没有，汪洋大海，何处寻觅啊……”那海涛摇头。

“但她的出现，似乎让所有的一切都在加速发酵。如果没有那个强奸案，刘牧就不会潜逃。海涛，这条线咱们可不能糊涂啊。”潘江海提醒。

“有时间得再去趟省人民医院，确定一下她的病情真伪。那个金波也得再审。一天找不到她的尸体，就一天不能确定她的死亡。”那海涛说。

“说了一大圈儿了，咱们的对手是谁呢？怎么越听越乱啊？”老马挠头。

“您那眼睛，左顾右盼的，能不乱吗？”二姐撇嘴。

“我相信在这些人背后，还隐藏着一股势力。他们诡计多端，在引着咱们往瞎道儿上走。”那海涛说。

“就像‘楚门的世界’？”方小罗问。

“是的。”那海涛点头，“富商强奸了一个女孩，然后畏罪潜逃，警方追捕，发现其纵欲而死。女孩也跳崖自尽。这一切都太顺撇了。”

“有一个词叫信息茧房，意思就是当一个人只关心自己喜欢的信息时，就会被那些信息包裹其中，令眼界越发狭窄，最后失去思考和判断力。说简单了，就是你刚才说的顺撇儿。”方小罗说。

“但我相信这就是一层窗户纸，只要咱们想明白了，不被误导，他们的阴谋就得逞不了。”那海涛说，“现在有一个人非常重要。”

“那个骆教授？”潘江海问。

“对，这个人身上‘故事’太多，没准儿是个扮猪吃老虎的角色。”那海涛说，“哎，二姐，工业化流水线屠宰羊，每天杀戮众多生命，但引导羊群进入流水线的领头羊可以不死。我问您，在这个过程中，谁是好人，谁是坏人，谁是被害者，谁是作恶者，谁是助纣为虐者，谁又是始作俑者？”

“什么乱七八糟的……”二姐出了一个“对儿”，“嘿，你看，我这牌都出错了。”她埋怨道。

"这是谁说的？"潘江海问。

"刘牧那次跟我视频通话时讲的故事。我觉得他是在暗示什么。"那海涛说，"我在追踪陈梦下落的时候，将这个故事讲给了那个骆教授，你知道他怎么说吗？他说真正的作恶者，其实并不在这个故事里。"

"并不在这个故事里……"方小罗琢磨着，停下了手里的牌，"那下一步怎么办？先从哪项工作做起？"

"我觉得要多管齐下，几件事儿同步进行。最重要的，是严格保密。小罗，你给预审支队的全体成员做过心测，结果怎么样，有可疑的吗？"那海涛问。

"没有发现。但那次心测的重点只是丢失的案卷，并不涉及其他问题。"方小罗说。

"唉，希望不要再出现第二个赵利了。"那海涛叹气，"二姐，马爷，你们一来咱们组也就齐整了。老话不是说吗，坐审不如走审，咱们得主动出击，好好往深里挖一挖了。"

"哼，那帮孙子想趁火打劫？没戏！正义，在咱们手里呢。"老马说着一甩手，就将一个"顺儿"打了出去，"5、6、7、8、9，嘿嘿，还最后一张，有人管吗？"他撇着嘴问。

"我来，8、9、10、J、Q。"方小罗也一甩手，正好管上老马。

"嘿，你这丫头，你什么牌我都看见了，怎么还有个Q啊？"老马急了。

"嘿嘿，马爷，没听说过藏牌吗？"方小罗笑。

"哈哈哈哈，'马迷糊'，中计了吧？玩鹰的让鹰给啄了眼。"二姐也笑。

"哎哟喂，还跟人家那儿吹呢，什么眼观六路耳听八方，案子说利落了牌也打赢了。看见没有，人家才是好预审呢。"潘江海拍着老马的肩膀，"唉，长江后浪推前浪，把部分前浪拍在了沙滩上。"

"行，从今儿往后，你就是咱们组的副组长。"老马也笑，冲方小罗伸出大拇指。

"别别别，那我可不敢当。"方小罗摆手。

“行了行了，都别开玩笑了。马良、陈大力、申捷、陆海明、廖长远，还有那个骆江平。咱们分分工吧。”那海涛说。

“哪个最‘事儿’？我来。”二姐说。

“哪个最硬？我来。”老马说。

“哪个最油滑？我对付。”潘江海说。

“那个骆教授，留给我。”那海涛说。

“那……还剩谁啊？”方小罗皱眉。

“哈哈哈……”大家一起笑了。

“我们都听你的，你看着安排吧。”二姐说。

“得，那感谢老几位了。”那海涛抱拳，“咱们就先围城打援，从案头的工作做起吧，知己知彼百战不殆，准备好了，调几个好的记录员，咱们让他们看看，什么叫‘名提’。”

几个人走出小餐厅的时候，老范已经将演示间布置好了。他按动遥控器，只见里面的场景突然就变成了海底世界，碧波荡漾、色彩斑斓、礁石林立、鱼翔浅底。这个最新款的电子背景幕布果然不同凡响。

“行啊，老范，这效果不错啊。”那海涛感叹。

“我也是受剧组的启发，现在他们拍电影都不用绿幕了，用这个方便，往那一贴，就能以假乱真。”老范叉着腰欣赏着，“哼，要是能找着素材，我还想把这儿变成审讯室呢，到时候再配上几件‘号坎儿’，直接能拍看守所的戏了。”他笑。

“你就扯淡吧，要敢这么干，治安支队不办了你？”潘江海撇嘴。

“那得看用来干什么了，我倒觉得给纪委拍警示教育片不错。”方小罗说。

“嘿，这还真是个好主意。记住，快记住。”老范赶忙跟手下的伙计说。

深挖

医院的病房很安静。双层玻璃隔绝着窗外的冷风横行。阳光洒在卢霖身上暖洋洋的，就像什么也没发生过一样。那海涛、方小罗和一名医生站在床前。

“你的意思是，他的病情在持续好转？”那海涛问。

“是的。近几天他出现了眨眼和手指动的情况，这是好转的迹象，而且各项指标也有明显变化，不排除能逐渐苏醒。”医生说。

“那太好了。”那海涛有些激动。

“先别高兴得太早，苏醒是一个逐步且缓慢的过程。植物人因大量脑细胞受损，即使有了好转的迹象，距离恢复也有很长的距离。轻者可能几天，重者可达数月甚至数年，但绝大多数的病人还是终身无法苏醒的。”医生说。

“那现在咱们说话他能听得到吗？或者说，他有反应吗？”那海涛又问。

“植物人是区别于脑死亡的。植物人是活人，即使认知能力完全丧失，但小脑、脑干仍在正常工作，保留了一些本能性的神经反射和代谢功能，包括呼吸、心跳、血压等。同时对外界的刺激也能产生一些本能的反射，比如咳嗽、打喷嚏等，但机体已没有意识，没有了知觉和思维。但不排除在即将苏醒的阶段，对外界的刺激，比如说话，会有所反应。”医生说。

“他现在算是在即将苏醒的阶段吗？”方小罗问。

“这个还有待观察。有新的情况我随时向你们通报。”医生说。

走出医院，外面的风渐急渐冷。已过立冬，万物收藏，秋天的景象还未完全退场，冬天的气息已经扑面而来。那海涛和方小罗踩着厚厚的落叶，脚底发出沙沙的声响。

“他们已经开始了，咱们也分头行动吧。”那海涛对方小罗说。

在城市的另一边，一个消瘦的男人站在一片落叶林旁，他穿着米黄色的风衣，戴着黑框眼镜，头发梳得一丝不乱，一看就是个搞文字工作的人。他在原地徘徊着，似乎在等什么人。这时，一女一男从远处走来。为首的女人年龄在五十左右，戴着个墨镜，烫了个大波浪的发型。她见到男子微微一笑，伸出手问：“你好，是马老师吧。”

那个男子犹豫了一下，与她握手，“哦，我是马良，您就是王女士吧，听说有重要的消息提供给我？”

“对，特别重要。”王女士笑着点头，“您的‘透视镜’还办吗？”她问。

“一切正常啊。”马良说，“为什么这么问？”

“听说你受到了很大压力啊。”

“哼，这也正常。‘透视镜’一直秉承公开、透明、负责的态度，追踪报道社会热点问题，不免会触及一些人或组织的利益，也不免会受到一些干扰。但我相信，这个社会有光，需要公正、平等和正义，所以无论有什么压力我都会坚持下去。再说还有这么多网友在支持着我，你们尽可以放心地将消息提供给我。”马良说。

“在‘透视镜’发布，需要支付费用吗？”王女士问。

“不需要。我们是公正的‘第三方’。我建立公众号的目的，是因为操守和良心，是要去揭穿那些社会上的肮脏与不公。所以您放心，对您提供的消息我一定会认真对待的。”他用手抬了抬眼镜。

“嗯……”王女士点了点头。

“那您看，咱们在哪儿说？是去我办公室还是找个咖啡厅？”马良问。

“去我那儿吧。”王女士说着摘掉了墨镜，原来是二姐。“我是海城市公安局的，叫王梦露。”她说着掏出了警官证。

“公安局的？你们找我什么事儿？”马良皱眉。

“关于你孩子被绑架的案子，还得了解点儿情况。为了保护你的隐私和人身安全，我们才把你约出来，请你理解。”二姐说。

“明……明白。”马良点头。

在海城市公安局看守所的审讯室里，老马正埋头吃着盒饭。盒饭的菜不错，鱼香肉丝、宫保鸡丁、回锅肉外加一个炸鸡腿。老马边吃边吧唧嘴，一副贪婪的样子。民警将陈大力押进审讯室，铐在了审讯椅上。记录员还没到，审讯台后只有老马一个人，他压根没抬头，继续大快朵颐，四周弥漫着饭菜的香味儿。又吃了一会儿，老马才抬起头，他旁若无人地点燃一支烟，有仪式感地喷吐着，一副很享受的样子。

“哎……饭后一支烟,赛过活神仙啊……”他瞄着陈大力,“你吃了吗？”

“我……还没吃呢。”陈大力下意识地咽了口吐沫。

“早说呀……”老马一俯身，又拿出了一个盒饭。他利落地打开，起身放到陈大力的面前，“我那记录员还没到呢，这是他的，你先吃。”他大大咧咧地说。

“这……不合适吧？”陈大力看着老马。

“有什么不合适的呀？别跟我客气。又不是我自己掏钱，都是公家的。一会儿让记录员再拿一份就行了。”老马冲他抬抬手。

“那……可谢谢您了。”陈大力受宠若惊。他进看守所可有一段时间了，刑事拘留、批准逮捕、退补侦，溜溜几个月。他一直干体力活儿，平时无肉不欢，这段时间看守所的馒头白菜早就把他肠胃里的油给刮干净了。他抄起塑料勺，狼吞虎咽地吃着，一个鸡腿没两口就下了肚。

老马用手撑着下巴，看着他笑，“哎，抽烟吗？”

“啊？”陈大力一愣，“行……行吗？”他好久没受过这种待遇了。

“那有什么不行的。”老马说着掏出一根中华，凑过去给他点燃。

陈大力放下鸡腿，用油腻的手夹着烟卷，深深地吸吮着，那表情都快成仙了，“哎哟，还是‘华子’。警官，今天是过节吗？”

“过什么节呀？”老马皱眉。

“不是过年过节的，怎么有这么好的待遇啊？”陈大力不解。

“嗐，阎王爷欺负小鬼儿，舒服一会儿是一会儿呗，该吃吃该喝喝，先别管那么多。”老马冲他抬抬手。

听他这么一说，陈大力愣了，“哎，我怎么听着这么不吉利啊。”

专案组的小会议室里，架着一个摄像头。二姐此时已经换上了警服，坐在会议桌后看着马良。刚才的那个年轻人坐在她旁边，操作着电脑。

“知道我们为什么要找你吗？”二姐问。

“不还是因为那件事儿吗？”马良显得有些烦躁，“我还想问你们呢，都这么长时间了，查出个子丑寅卯了没有？绑架的嫌疑人抓到了吗？”他果然是做自媒体的，思路清晰，语速很快。

“好，看来咱们说的是一回事儿。”二姐立马回嘴。她可不怕快，在老七处的时候，她是出了名儿的嘴快脑子快。

“你做自媒体多少年了？”她问。

“六七年了。”马良答。

“当初为什么要干这事儿？”

“刚开始就是喜欢、好玩儿，后来发现还有钱赚，就在玩了两年后，把工作辞了，正式干这个了。”

“干这个怎么挣钱？”

“盈利的模式很多啊。可以通过一定的点击量获得广告，或者给商家写点软文。”

“我老听人家说什么‘10 万 +’，什么意思？你给我解释解释。”

“‘10 万 +’就是单篇文章的阅读量超过 10 万，‘10 万 +’的文章越多，就说明这个公众号越成功。”

“你那个‘透视镜’‘10 万 +’多吗？”

“也不算多，‘10 万 +’看实力也看运气。每隔一段时间，能出一两个吧。”

“哎哟，这么不容易啊。”二姐感叹，“听说你微博的粉丝也有好几百万？”

“没有好几百万，也就二百多万。”

“嘿，还谦虚上了。那这么说，你算是当之无愧的网络红人或者‘大 V’了。”二姐捧。

“嗐，”马良苦笑，“‘大 V’有什么用？不过是混口饭吃。”他放缓了语速。

记录员一直没抬头，在笔记本电脑上奋笔疾书。他知道二姐看似是在调侃，实则是在为之后的发问做着铺垫。

“你这么大的影响力，收入也肯定不菲吧？怎么还住那么个小两居啊？”二姐又把语速提了起来。

“我的收入不高，没比以前坐办公室提升多少。”

“那起码比以前自由了吧，不用朝九晚五了。”

“自由？”马良摇头，“干自媒体的累是你们不能理解的。每天起早贪黑、搜刮空肠，标题、创意、时事热点、关注的话题，哪个搞不好都会影响到文章的质量。在这个世界上哪有什么真正的自由啊，不光是诗和远方，更多的是孤灯和冷夜。如果有一天你决定创业了，也就意味着将工作和生活混为一谈，彻底失去自由了。唉……有时回想起以前坐办公室的日子啊，还真觉得挺怀念的。”他感叹着。

“那你图什么呀？受这么大累，还费力不讨好。”

“理想。理想你懂吗？虽然看似虚无缥缈，但却值得我为之付出。”马良的眼中闪着光。

“你的理想是什么？”二姐问。

“就是透视镜这个名字。真实，真相。”马良一字一句地回答。

“你的孩子一定很崇拜你吧？”二姐问。

“是。怎么了？”马良皱眉。

“他最近怎么样？”二姐关心道。

“最近还行吧，就是还总做噩梦，睡不着觉。有时候半夜哭醒了，说看见了一个蒙面的叔叔，把他装在箱子里了。”马良叹气。

“你认识绑架你孩子的人吗？”二姐看着他的眼睛。

“不认识啊。我怎么会认识他们？”马良说。

“那他们为什么会盯上你？”

“这我怎么会知道？”马良摇头。

“你有仇人吗，近期发生矛盾的，或者竞争对手？”

“你们都问我多少遍了。我在明处，他们在暗处，到底是什么人绑架了我的孩子，是需要你们去调查的啊。”马良的语气强硬，眼神却在躲闪着。

二姐知道这是他的心结，但他越是想躲闪，就越是不能让他回避。“是啊，我们都问你多少遍了，但你也没说呀。”二姐有点不耐烦。

“那我再说一遍，我不知道。”他一字一句地回答。

“他们跟你要五百万赎金，你拿得出来吗？”

马良没说话，看着二姐。

“他们要是真想绑架你的孩子，需要雇一个司机拉着他满城地转悠吗？”

“这个你不该问我。调查这些情况是你们的职责……”

“嘿嘿嘿……”二姐抬起手，打断马良的话，“现在是我在问你，我问，你答，懂吗？”她不客气起来，“回到上一个问题，五百万赎金你拿得出来吗？”

“我拿不出来。”马良摇头。

“好，那你接着回答。他们要是真想绑架你的孩子，需要雇一个司机拉着他满城地转悠吗？”

“应该不需要。”马良顺着二姐的思路说。

“那他们为什么要这么干？”二姐加重了语气。

马良又不说话了。

“好，这两个问题暂且先放在这儿。那我再问你，既然你前边说发一个‘10万+’的文章那么不容易，那在你孩子被绑架的当日，你为什么删掉了两个‘10万+’的文章？”二姐叮问道。

马良一愣，下意识地与二姐对视。他也是个聪明人，立马意识到了二姐前面诸多的发问都是铺垫，现在才刚入正题。

“你们到底想问什么？”他反问。

“我就想问问你删掉的文章，跟绑架孩子的案子有没有关系？”二姐开门见山。

“我可以不回答这个问题吗？据我所知，你们给我使用的是询问笔录，我应该算是被害人或证人吧。你们没有权力强制我回答。”马良摆出了强硬的姿态。

“不！你有义务配合我们的工作。”二姐给出了否定的答案，“这起案件的发生，不仅危及你孩子的人身安全，更危害到了整个社会的安全。我们警察必须要将此案查到水落石出，不然就是失职。你说过，做媒体的需要操守和良心，我希望你能说到做到，不只是嘴上功夫。”

“我不明白你在说什么。”马良装糊涂。

“我们调取了你删除的那两篇文章。一篇的题目是‘牧野集团背后，到底隐藏着一股什么样的力量’，另一篇的题目是‘信科集团获得政府奖励，背后藏着什么猫腻？’，对吗？”

马良没说话，低下了头。

“怎么茬儿？连你自己都忘了？那好，那我就简要说一下内容。第一篇说的是牧野集团的刘牧，他之所以被海城公安局抓捕，面儿上是由于向省市的一些党政人员行贿，但真实的背景则是牵扯到省里更大的‘老虎’，其中不乏省委班子的成员。你是这么写的吧？”

“那……都是我道听途说、胡编乱造的。”马良敷衍。

“那咱们再说说这第二篇文章。”二姐不容他反驳，“你说信科集团获得了西郊区政府的落户奖励、建立实验室和研发赞助的资金，但实际上并不是在乎那么点儿补贴，而是借此获得那块地的使用权。这个也是你写的吧？”

“就算是我写的，又能说明什么呢？公众号的文章就是为了博眼球，如果我有什么不当的行为，你们可以处理我啊。”马良昂着头说。

“你的信息来源是什么？”二姐问。

“我说过，胡编乱造。”

“不是还有道听途说的吗？哪个道听的，哪个途说的？”二姐叮问。

“这……”马良一时语塞。

“你为什么要在孩子被绑架的当天，将这两篇文章删除？你可别告诉我是巧合啊。”

“如果我说就是巧合呢。”

“唉……”二姐叹了口气，“也不知道是谁说的，‘相信这个社会有光，需要公正、平等和正义，所以无论有什么压力都会坚持下去’。你呀，真是说一套做一套啊，让人看不起。”她用手指着马良。

看守所的审讯室里，老马正叼着根烟，跟陈大力聊着，“我跟你说啊，别有心理负担。咱俩现在就是聊天，不算正式做笔录。你看，连个记录员都没有。”他说的看似随意，实际上是在以逸待劳，攻心夺气。

陈大力刚吃完饭，本来就有点儿犯困，再被老马这么一忽悠，警惕性就全没了。他痴痴地点着头，像是明白什么，又像什么都不明白。

“你该知道，现在我们警察执法跟原来不一样了。原来讲的是坦白从宽、抗拒从严、顽抗到底、牢底坐穿。现在是法制社会，当然不能这么干了。但我们警察审讯犯罪嫌疑人啊，讲的依然是态度。态度好了，有自首情节、能主动退赃、揭发检举，符合这些条件就能从轻。就说去年那个杀人案，都上《新闻联播》了，最后也就判了个死缓。为什么啊？嫌疑人有揭发检举的情节啊，算是立功表现。所以啊，你下一步会怎么走，完全取决于你自己。”老马循循善诱。

“你们都问过我多少次了，我该说的都说了。我就是一个运货的，他们拿钱雇我办事儿，我就负责把箱子送到指定的地点。”陈大力说。

“把箱子送到指定的地点？”老马皱眉，“箱子里装的是什么呀？”

“箱子里是……”陈大力欲言又止，“是孩子。”他低下头。

“我今天来可不是听你唠这些旧嗑儿的。”老马眯着眼看他，“我跟你明挑，狗子已经抓着了，他说自己只是个‘粘活儿’的，整件事儿都是以你为主导。”

“他放屁！没他的介绍我能接这个活儿吗？没他出的那些馊主意，我能铤而走险吗？我都拿到箱子了，才知道里边儿是个孩子。我……当时也是没退身步了啊。”陈大力摇着头说。

“怎么没退身步了？拿起手机，打个110，不全齐了？再说了，狗子让你干吗你就干吗啊，那箱子里装的要是炸弹呢，你也送吗？”老马撇嘴。

“我……”陈大力没话了。

“哼……”老马摇头，“看来我这盒饭是打水漂儿了。你合着是软硬不吃，油盐不进啊。”

“警官，我不是那意思。”陈大力解释。

“那就是看我岁数大了，好欺负。看见笑脸儿了，有点不识抬举。看见尿人了，压不住火儿。”老马外号“马迷糊”，说的可不是他自己迷糊，而是能让对手迷糊。在年轻的时候他与二姐并称“两大快嘴”，审起人来快慢结合、动静相宜。

“不是不是，您误会了。”陈大力摆手。

“那你是什么意思！”老马拍响了桌子，“都到这份儿上了，还有什么顾虑吗？”

陈大力是一个货车司机，从事的是重体力劳动，性格粗犷豪爽，现在缄口不言十分反常。自从他被捕之后，供述一直模棱两可，加之案件主犯迟迟未到，致使该案一直处于停滞状态。老马今天讯问他，之所以没让记录员在场，就是想营造一种轻松的氛围，来解开他的心结。

一顿拍山震虎之后，老马准备开启情绪段落。老七处的人都知道，“马迷糊”这嘴一旦慢下来，撒手锏就快出来了。他看着陈大力叹了口气，从兜里掏出了一支录音笔，“得，趁着记录员还没来，我就破个例吧。”

一听这话，陈大力不禁抬起头来。

在会议室里，二姐正在马良面前踱着步，她背着双手，将语速降了下来。

“你儿子叫马昊鹏，意思是志向远大、一飞冲天。我相信，你不是那种为了钱能出卖灵魂的人。我也理解你缄口不言的原因，无非就是为了你儿子的安全。但你想过没有，你这么做会让更多人处于危险之中。”她看着马良的眼睛，“上个周末，我妹把孩子放在我们家。那是个小姑娘，跟你儿子岁数差不多大，聪明，好动，求知欲强。她平时除了上网课，就爱看动画片。那天我突发奇想地问她，什么是英雄呢？结果她说了好几种职业，比如医生护士啊，警察啊，还有记者。我觉得挺有意思，就问她，那你长大了想干什么呀？她说想干记者。哎，这个回答挺高大上吧，我就琢磨着她为什么想干这个职业，起码应该是追求公平自由诸如此类。你猜她怎么说？她说因为蜘蛛侠和超人都是记者。”二姐笑了，“你知道吗？在你儿子获救之后，他没有哭，我们的刑警就问他，你不害怕吗？他说不害怕，因为我爸爸是记者，我要当他那样的人。”

二姐的一席话让马良有些动容，他叹了口气，“你说的都有道理，但也是毒鸡汤。你体会过孩子被掳走的焦急吗？我觉得整个世界都塌了，那是种生不如死的感觉，我不想再重复了。他妈去世得早，他在这个世界上只有我了。”

“这就叫为了一己私利而置他人于不顾。再说了，你现在安全吗？你脱离他们的视线了吗？那帮幕后的黑手作恶多端，无法无天，到现在还在干着肮脏的勾当。你就这样当个鸵鸟，把头埋在土里吗？你对得起自己的良心吗？对得起每天熬夜写出来的文字吗？”二姐质问。

“我只是个平民老百姓，手无缚鸡之力，甚至连自己和孩子都保护不了。我不是超人，也不想当什么英雄，我就想好好地活着，你明白吗？”马良大声说。

“我们现在做的事儿，就是要让更多像你们一样的人好好活着！能无拘无束地和家人在一起，安安稳稳地睡觉。我们不需要你来当超人，只要你说出实情，明白吗？”二姐也提高了嗓音。

马良不说话了，把头深深埋在两膝之间。

“我告诉你，他们是不会放过你的。刘牧死了，你知道吧？”二姐问。

“我知道，从新闻上看到的。”马良有气无力地回答。

“卢霖也出车祸了，现在还躺在医院。”

“卢霖？那个刘牧的合作者？”马良惊讶。

“就是你文章里提到的嘉华集团的董事长。”二姐说。

“还有谁出事儿了？”马良追问。

“信科集团的徐佳妮也出问题了。”

“哦，我说最近怎么没她的新闻呢，原来是这样……”马良感叹。

“嘿，我给你提供的信息不少吗？又可以写出一个‘10 万 +’了吧。那是不是你也应该还给我一些有价值的线索？”二姐说，“我们今天找你，选择的是工作时间；没去你的办公室，而是把你约到了一个无人的地方；我们没开警车，用的是私人座驾；包括询问的地点也不是在审讯室，而是这间普通的会议室。我们这么做的目的就是保证你的安全，不让你暴露。你体会不到我们的良苦用心吗？”二姐问。

“我明白，谢谢你们。”马良点点头。

“我希望咱们能将心比心，互相理解。我们两个都是专案组的成员，对你所说的一切情况都会予以保密。你该知道，这个案件重大复杂，背后还隐藏着不为人知的真相，也该清楚，他们为达目的不择手段，不达目的誓不罢休。”

“你们警察……斗不过他们的。”马良抬头看着二姐。

“你刚才说过了，做媒体的需要操守和良心，你的理想就是真实和真相。那我现在也告诉你，我们干警察的理想，就是除恶务尽，将违法犯罪分子绳之以法。如果你相信我，就说出实情，咱们联手在一起，将那帮躲在黑暗里的人揪出来。如果你不相信我，也可以继续当个缩头乌龟，回去搜刮空肠，言不由衷地弄一些花边新闻和应景的文章,凑你的‘10 万 +’。但如果是这样，我相信等你孩子长大的时候，也不一定会看得起你。”二姐句句诛心。

“行了，你别再跟我讲什么大道理了。如果想让我配合，必须满足我三点要求。”马良说。

“你说说，我听听。”二姐皱眉。

“第一，必须保护我和我家人的安全；第二，必须对我所说的事实予以保密；第三，你们要对我作出承诺，不会因为受到阻力而让这个案件搁浅。”

“好！我向你保证，会做到这三点。”二姐回答得干脆利落。

“你一个普通警察怎么保证？”

“怎么个意思？觉得我的分量不够？”二姐撇嘴笑笑。她想了想，转身冲后面的摄像头挥了挥手。

不一会儿，门开了。郭局走了进来。

“我是海城市公安局的副局长郭俭，你提出的三点要求，我可以向你保证。”

马良一看郭局的气势，就知道是个大官儿，“那好，我说。那两篇文章的消息来源，是我在北京一个做媒体工作的朋友提供的。牧野集团、信科集团和嘉华集团沆瀣一气、狼狈为奸，侵占的都是国有资产，骗取的都是老百姓的血汗钱。他们背后的保护伞是省里的高官。听说廖长远也被你们抓了，他也曾派手下来找过我，让我删帖。我提醒你们，他可是个扮猪吃老虎的主儿。”

“好，那你就把相关的情况详细说出来。我以海城市公安局副局长的身份向你保证，一定会全力以赴地调查此案，如果力不能及，会向省里甚至更高级别的领导汇报。现在中央正在扫黑除恶，捣毁黑恶势力的‘保护伞’和‘关系网’也是重点工作之一。你要对我们有信心。”郭局的话掷地有声。

“他们绑架我的孩子，当然不是为了五百万的赎金，而是让我删帖，闭嘴，保持沉默。在此之前，刘牧和廖长远都派人找过我，他们恩威并施，企图堵住我的嘴。我相信此事一定与他们有关。对不起，我背弃了自己的理想和操守，我不配再叫什么‘透视镜’。”马良叹了口气。

“无论黑夜多漫长，都挡不住光明的到来。知道我们预审行里有句话怎么说吗？洞悉黑暗，笃信光明。我想这句话也同样适用于你们媒体人。”郭局一字一句地说。

“好的，我一定配合你们的工作。”马良点头。

“哎，听说过骆江平这个人吗？”二姐插话。

“没有，从没听说过。”马良摇头。

在审讯室里，老马按下录音笔的播放键，里面传出了一个女人的声音：

“大力，一晃这么多天了，也不知道你在里边怎么样。今天马警官找到我，跟我说了你的情况，我才放心了。家里挺好的，妈的病也有所好转。这段时间亲戚和朋友们都很帮忙，连外地老家的人都来了。你那十多万的欠债，大家也都替你还上了。他们都让我告诉你，不要担心，好好在里面改造。你的事儿，我没告诉女儿，我跟她说爸爸出了一个长差。等你什么时候考一百分了，爸爸就能回来了。结果你知道吗？她没过几天就考一百分了。她问我你什么时候回来，我就说快了……”

“啪”，老马按下了暂停键。

“别停啊，让我听完。”陈大力绷不住了。

老马停顿了几秒，又按下了播放键。“大力，我知道你有难言之隐，犯的事儿也是一时糊涂，想为了我们好。但你要知道，这可是犯罪啊，你可不能一条道走到黑。马警官把他的电话留给我了，让我随时有事就去找他。派出所的警察也来了，说会保护好我们的安全。你别有顾虑，好好配合警察的工作，他们是好人，你可不能再犯糊涂了。”

“你的家人都很好。别担心，我的同事们会保护他们。”老马严肃地说。

“谢谢，谢谢。”陈大力忍不住了，擦着眼泪。

“这吃也吃了,喝也喝了,抽也抽了。怎么茬儿,还真拿我当冤大头了？”老马撇嘴。

这时，审讯室的门开了，记录员夹着笔记本电脑走了进来。

“怎么着？要是说，咱们就现在开始。要是不说，你就回去睡觉。”老马叮问。

“你们真能……保证我家里人的安全吗？”陈大力看着老马。

“真正能保护你家人安全的，不是我们，而是你自己。我给你普普法啊，只要这个案子的主犯一天抓不到,你就一天不能自证其清。如果主犯到位了，能证明你只是被他们利用，那你顶多就算是个从犯。蹲段儿时间，出去了还能当一个好丈夫、好爸爸。说句不该说的话，趁着媳妇儿还没跑，孩子还姓你的姓儿,还不赶紧的。我都替你着急！”老马一副恨铁不成钢的样子。

“您的意思是，只要抓住他们，我就没大事儿了？”陈大力问。

老马转头看看监控，“哎，现在还不算是正式审讯啊，我跟你说的话也都只代表我个人。公安局的警察不管审判，那是法院的事儿，但从我的经验上看，如果你能证明自己只是案件的从犯，且有重大的立功表现，刑期就不会很长。而且在那次的讯问中，你还主动说明了藏孩子的地址，也算是主动交代了。陈大力，现在是你最后的机会，要想争取从轻、保家人平安，就得尽快将那帮孙子揪出来，绳之以法，明白吗？”

“明白，明白。”陈大力点着头，“那我检举揭发一件事，我可能……”他犹豫了一下，“见到过他们其中的一个人。”

“见到过？”老马感到意外。

“那天，我按照电话里的提示，在高速路旁的一个垃圾箱后面，找到了那个箱子。当时我真的没想到，里面装的是个孩子。而就在我拉着箱子上车的时候，看到了路对面的电话亭里站着个人。那人戴着个帽子，鬼鬼祟祟的，我当时就觉得应该是个望风的。”

“说一下那人的体貌特征。”老马叮问。

“戴个黑色的帽子，年龄在四十岁上下，耷拉眼角，差不多一米七七、七八的身高吧。”陈大力边说边回忆，“对了，他拿着手机，手腕上好像有文身。”

“如果让你看照片，能认出那个人吗？”

“应该差不多。”陈大力点头。

“马上准备一下，给他做辨认笔录。”老马对记录员说，“哎，还有，听说过骆江平这个名字吗？大树咖啡厅的老板。”他问陈大力。

“没听说过。”陈大力摇头。

这两组拿下了，另两组的行动也开始了。在方小罗对陆海明进行测谎之后，潘江海将申捷提进了审讯室。他和方小罗坐在审讯台后，盯着申捷，面带微笑，什么话也不说。

“警官，您别冲我笑啊，您一笑，我这心里就没底。”申捷说。

“没底不是因为我冲你笑，而是你心里有事儿还没秃噜出来。”潘江海看着他的眼睛，“听说你在里边儿睡得不行啊，每天晚上都失眠。怎么着，压力大？”

“嗐，您就别拿我寻开心了行吗。在这儿压力能不大吗？我都活了三十多年了，还从没在这种地方过过夜。”申捷摇头。

“理解理解，换作是我也睡不着觉。”潘江海点头，“我们搞预审的呀，有时候就跟唱戏的和说相声的一个样，问人的时候讲究平地抠饼、对面拿贼，得想着法地把人嘴撬开，掏出真相。但我觉得对你不用这样儿，你是聪明人，跟聪明人说话省劲儿不费力，用不着拐弯抹角。”潘江海开始“架梯子”。

“别，您可别这么说，我一点儿都不聪明，我就是一打工的。”申捷摆手。

“你聪不聪明你自己知道，我们也知道。所以我不想跟你兜圈子说废话。对聪明人得用笨办法，你看这样行不行？我就开门见山地问你问题，说实话算你揭发检举，有立功表现；说瞎话我也在笔录上记清，算你态度不好，做伪证。你说什么我们就记什么，等咱们这堂笔录做完之后，看见没有？”他用手拍了拍方小罗面前的心测仪，“我们再给你来一轮测谎，以验证你供述的真伪。你觉得如何？”他盯着申捷问。

“警官，不至于这么大动干戈吧。再说了，那玩意儿准不准啊？”申捷皱眉。

“测谎可是科学啊。我们省里的专家说过，人在说谎时有许多特点，说话结巴、不连贯、停顿次数过多；出汗，脸红，呼吸改变；还有不易察觉的生理变化，如脉搏加快，血压升高，瞳孔放大，口腔干燥，嘴唇干涩。嘿，你看你看，舔嘴唇也是。”潘江海说着就用手指他。

申捷吓了一跳，马上不舔嘴了。但随即又抖起腿来。

“还有肢体动作变化，也就是体态语。比如手舞足蹈、抓耳挠腮、腿部抖动等。嘿嘿嘿，你看多准。”他又指申捷。

“哎哟我天，您放心吧，我肯定实话实说。”申捷没辙了，“但是警官，我真没有你们想象的那么重要。我只是替他们跑腿的，按现在流行的说法就是个‘白手套’，干不了什么大事儿，也起不了什么作用。”

“确实，在我们眼里啊，你真的不算重要。顶多算是个‘针鼻儿’，帮人家穿针引线罢了。”

“对对对，顶多算是个针鼻儿。”申捷重复着。

“所以你就觉得自己安全了？”潘江海叹了口气，“你呀，是看似聪明实际上愚蠢至极。你以为把责任放在徐佳妮身上，放在刘牧身上，自己就没事儿了？那是你不知道外边的形势。你不知道刘牧和卢霖的下场吗？

“我听说了，卢霖被车撞了。”申捷轻叹。

“刘牧死了。”潘江海大声说。

“死了？”申捷惊讶，“怎么死的？”他追问。

“你是涉案人，按说这个消息不该透露给你。但考虑到你的处境，我觉得应该让你知道。刘牧背后藏着什么人，我想你应该清楚。是，仅凭现在的情况，判不了你几年，但你得琢磨琢磨啊，自己出去以后是不是安全。”他一字一句地说。

申捷不说话了，低头思索着。

“你帮他们干这些事儿，拿了多少钱？”

“我要说没拿钱您信吗？就是空头支票，说事成之后会提拔我。这话您可以记录上，能经得住测谎。”申捷说。

“行，没问题，我不反驳你。就跟刚才咱们说的一样，你说的无论真假，我们都往笔录上记。一切凭自觉。”潘江海边说，边转头看着方小罗。

方小罗冲他点点头，继续在笔记本上记录着。

“但聪明人啊，也容易为聪明所误，知道的情况多，可不一定是什么好事儿。就像你，虽然只是个‘针鼻儿’，但所有的线索可都是从你这儿穿过去的。你换位思考，如果想让警方找不到线头，那最好的方法是什么呢？他们怎么对待刘牧和卢霖，就会怎么对待你。还是那句话，孰重孰轻自己琢磨，何去何从自己考虑。”

“我明白，您说的都是金玉良言，能这么苦口婆心地劝我，是为我好。”申捷点头，“对我来说，现在这个地方才是最安全的。但只要他们还逍遥法外一天，我就一天没有绝对的安全。只要出去了，就会被秋后算账、反攻倒算。”

“行，思路清晰，判断准确，怪不得你进步这么快呢。”潘江海笑着点头，

“如果我是头儿，也得重用你。就比如你拉陆海明下水，那手段真是‘随风潜入夜、润物细无声’啊。先攀老乡，请吃饭，再投其所好请他去打高尔夫球，完事还办张会员卡。一切都那么舒服，那么有效。高手，不愧是高手。”潘江海说着竖起大指。

“嗐，我那都是小伎俩，不就为了多挣俩钱儿吗？”申捷摇头。

“有人为了钱出卖身体，有人为了钱出卖灵魂。我看你这茬儿，是身心结合呀。”潘江海挖苦道。

“您就损我吧。”申捷摇头。

“连陆海明这么个小官儿都这么下心思，那对待廖长远是不是就更上心了？”潘江海看着申捷，“我听过一句话，‘说对待甲方啊要像春天般的温暖’，更有甚者说，‘要像老子伺候儿子一样’。当然，这都是戏言，但我倒想听听，你是怎么把廖长远给伺候舒服的。”潘江海说出了重点。

“这……”申捷犹豫着，“您想问什么呀？”

“我也不套你，咱们就有一说一。我就想知道廖长远的喜好。”潘江海笑。

“哎哎哎，警官，您怎么又冲我笑啊，我一看您笑就心里犯嘀咕。”申捷摇头。

那边还在审讯着，这边那海涛已经走到了大树咖啡厅的门口。时值傍晚，咖啡厅已经打了烊。那海涛穿着一身黑色冲锋衣，背后的黄色“TTT”字样在路灯的照射下反着光。他看着门前那个巨大的木质树冠，整了整胸口前的扣子，走了进去。

咖啡厅里空无一人，大厅的灯关着，只有吧台后亮着一排射灯。骆江平在那里看着一本书，看那海涛来了似乎并不意外。他抬起头，做出一个友善的微笑。

“骆教授，怎么没客人啊？”那海涛问。

“经营不善，濒临倒闭，等租期到了，就关门大吉。”骆江平苦笑，“喝咖啡吗？”他问。

“不喝。失眠。”那海涛答。

“哦，聪明人都失眠，因为想得太多。”他笑着摇头，“里面聊聊吧。”他伸出了右手。

那海涛跟着他走进吧台后的一个包间。包间不大，十多平方米的样子，没有窗户，听不到外面的声音，加上暗色的墙纸，给人压抑的感觉。里面只有一套桌椅和一个沙发。桌上的台灯亮着，是屋里唯一的光源。

骆江平坐在椅子上，左手搭在桌上，灯光将他的一半脸照亮。那海涛坐在沙发上，仰视着他。

“找我，还是因为陈梦的事情吗？”他的声音很温和，听着很舒服。

“你跟陈梦的关系，并不像你上次说的那么简单。”那海涛看着他的眼睛。

“她失眠，多梦，焦虑不安，向我倾诉过一些事情。算是我的病人吧。”骆江平说。

“病人？”那海涛皱眉，“什么病？你是医生吗？”

“呵呵……”骆江平笑了，“身病易治，心病难医，孤独、寂寞、彷徨、无助，不都是现代人的病吗？治疗这些，除了药物之外，还需要音乐和书籍。”他给自己找了一个完美的借口。

那海涛看着他，知道这不是一般的对手。

“她向你倾诉过什么事？”那海涛又问。

“这是她的个人隐私，我是不会说的。我希望你们尊重一个死者的最后尊严。”骆江平占据道德的制高点。

“还有刘牧，你也认识？”那海涛投石问路。

“他死得不那么光彩，但在活着的时候，做过一些好事。”骆江平毫不避讳。他边说边点燃了一支雪茄，“抽吗？”他问。

“谢谢。”那海涛摆摆手，“你和他什么关系？”

“没什么关系，君子之交，淡泊如水。”

“淡泊如水，他还转给你五千万？”那海涛问。

“既然你们查过了，该知道那是什么钱。那是一个公益项目，并不用于盈利。”

“那笔钱是赃款。”那海涛说。

“那不是刘牧个人的钱，是牧野集团的。就算他自身出了问题，但捐助公益事业、用在好地方的钱，又怎能一概而论被称为赃款呢？再说，整个项目都是合规的，获得赞助的时候他也并没有出事儿，我是善意取得。如果你认为捐赠和使用的过程有何不妥，可以进行监督或举报，或者启动你们的程序。但我要告诉你，这些钱每一分都用在了有价值的地方，没有中饱私囊。”骆江平情绪稳定，眼神如水，静静地看着那海涛。

“他为什么要捐助你的项目？”那海涛问。

“不知道，也许是为了赎罪吧。”骆江平轻叹。

“赎罪？什么罪？”

“人心是黑洞，每个人都有自己的原罪。原罪像一面镜子，逃不开，走不掉，如影随形。摆脱它的唯一方式就是要去直面它，用自己的行动去赎罪。刘牧犯了什么罪，我不知道，但从他的状态来看，应该是追悔莫及。捐助公益事业，是他向善的过程。”

骆江平的一席话无懈可击。那海涛知道，仅凭现有的证据，很难抓到他的把柄。虽然从他的行动轨迹来看，他与刘牧和陈梦有过多次接触，但现在两人都已无法做证，警方没有任何理由对骆江平下手。想到这里，他下意识地摸了摸胸前的扣子，冲骆江平微笑了一下。

“你不怕吗？”那海涛问。

“我怕什么？怕受他的牵连？”骆江平反问。

那海涛没回答，只是笑笑。

“你呢？怕过什么吗？”他问那海涛。

“我？”那海涛不解。

“生、老、病、死、怨憎会、爱别离、五阴炽盛、求不得，人总有怕的东西吧。”骆江平看着那海涛的眼睛。

“我是当警察的。从警的第一天师父就告诉我，不能怕，怕了就会退却，就会迷失，就会被误导，就会作出错误的判断。所以在面对对手的时候，我是不会怕的。如果说怕，我怕的可能是揭不开案件的真相、问不出真实的证言，还有……”他停顿了一下，“挖不出幕后的黑手。”他与骆江平对视着。

“你说得太片面了。”骆江平摇头，“我们习惯从镜中审视自己，似乎那个就是真实的样子。但实际上，我们能看到的世界极其有限，我们太渺小，甚至把握不了自己的命运。”

“你想说什么？”那海涛皱眉。

“其实真正让你害怕的，是失去对事情的控制力。我了解你们警察，你们习惯将自己的权力凌驾于他人之上，自认为可以控场，能把握节奏，可以让别人说出你们认为的事实。就如同你对待陈梦一样，看似是在帮她，实际上却害了她。”

“害了她？为什么？”那海涛皱眉。

“她是个悲观主义者，本来对这个世界不抱幻想，但你却给了她不切实际的希望。而正是这些希望将她毁灭了。被残害的人从未发出过声音，他们是弱者吗？不。他们即使从这个世界消失了，最后的面孔也会留在那些肉食者的心里，让他们夜不能寐、寝食不安。她是个英雄，在用自己最后的力量让那些肉食者记住。”

那海涛看着骆江平，一时无语，眼前不禁又浮现出陈梦的身影。

在审讯室里，申捷抽着一支烟，他苦笑着叹气，“男人啊，还能喜欢什么？权力、财富、女人，不过如此嘛。”

潘江海听出了弦外之音，“廖区长都这么大岁数了，还对女同志感兴趣？”他笑着问。

“男人无论多大岁数，都对女同志感兴趣。廖区长在私下里，可不像台上那么一本正经。”申捷摇头。

“说说，我就喜欢听这个。”潘江海坏笑。

“但我可有言在先啊，我说的这些只是道听途说，没有真凭实据。”

“这世界上就没有空穴来风，苍蝇不叮没缝的蛋。你说说，看跟我掌握的一样不一样。”潘江海换了个舒服的姿势,靠在椅背上,仿佛在听评书一样。

于是申捷娓娓道来，供述了相关情况。潘江海边听边点头，一副轻松的样子，而方小罗则头也不抬地做着记录，她知道申捷供述的这些情况，都将成为日后重审廖长远的“子弹”。

“行，跟聪明人打交道就是省事儿，条件提好了，道理说清了，就不用拐弯抹角了。那我再问你，他还有什么爱好吗？”潘江海并不说明。

“爱好很多呀,健身、游泳、高尔夫,还有……”申捷停顿了一下,“文化。”

“文化？”潘江海来了兴趣，“这个词儿可大了，诗词歌赋，舞蹈美术，可都是文化啊。他是好哪一出儿啊？”

“哼，我给你讲个具体事儿吧。”申捷把烟蒂扔到地上踩灭，“刚搭上他的时候，有一次我找他办事儿，但给他打了好几天电话都联系不到。我心里着急啊，就给他发了个短信，问他在哪儿呢。他给我回话，说在看一个艺术展。我立马就过去了，一看这老先生一直在一幅书法作品前流连。跟他谈事儿也不理，就说那幅字儿写得好。我立马就明白了，等他一走就跟商家问价，五十万，不便宜啊。经过跟徐佳妮请示，我就把那幅画给拿下了，第二天直接送到了他的办公室，那件事儿自然也顺风顺水了。但这还不是最有意思的，过了几天，我闲来无事又去了那个艺术展。结果发现，那幅字儿又挂在墙上了，只不过是换了个地方。哼，这老家伙，有手段啊。”申捷苦笑。

“你送过他多少字画？”潘江海问。

“经我手的就这一幅，但我知道，那是徐佳妮和刘牧的投石问路。在之后的接触中，他们应该没少使用这种方法，但具体的数额和数量我就不知道了。”

“有证据证明他和商家勾结吗？”

“没证据，但这不是秃子脑袋上的虱子——明摆着的吗？”

“都是名人字画吗？”

“这个我就真不懂了。但看着离了歪斜的，没庞中华写得好。但甭管写得好不好，只要有人愿意出价，那就是艺术品，就是文化。然后送到廖长远手里，再往回一退，那就是钱。”

“你的意思是，这些书画只是道具而已。”

“得，您看看，您这可比我聪明多了。”申捷笑。

“行，你还算上道儿。”潘江海予以鼓励。

“我没什么负担了。反正几年内也出不去，在里边总比外边安全吧。”申捷摊开双手。

“好，再说说廖金龙的情况吧。”潘江海问。

“哼，那小子可比廖长远的儿子贼。算是个得力助手吧。”

“怎么个得力？”

“他才是真正的‘白手套’，许多事儿不方便直接找廖长远的，就都由他过手。比如那些字画，也是他来负责打理。听说他跟拍卖公司挺熟的。”

“字画还要拍卖？”潘江海皱眉。

“那些从艺术展买的，只不过是小伎俩。越往后来，他玩得越大。他弄了些‘名人字画’，然后通过廖金龙上拍卖会，然后让那些巴结他的人去拍。这么一进一出，钱就洗白了，应该进的都是廖金龙的账户，也是为了自己安全。”

“据你所知，他通过拍卖公司拍出过多少幅字画？”

“具体数字我真不知道。但供着他的，可不止我们一家啊。人家廖区长业务繁忙，再说了，他也得上供呢。”

“他给谁上供？”

“嗐，大鱼吃小鱼，小鱼吃虾米，虾米吃河泥。这种事儿，一带出来就是一串儿。如果你是他，会告诉我吗？”申捷反问。

“骆江平呢？他在里面是什么角色？”

“谁？”申捷皱眉。

“骆江平，大树咖啡厅的老板。”

“我不认识，从来没听说过这个人。”申捷摇头。

拿下申捷之后，方小罗久久无语。

“怎么了？”潘江海问。

“我只是觉得人太复杂了。上次审廖长远的时候，我还以为他是被商人拉下水的，是受儿子的牵连。但没想到，他会是这样的人。”方小罗叹气。

“哼，干的时间长了你就会懂，这个世界上最复杂的就是人心，最凶险的就是与人的斗争。三尺审讯台后，看到的是人间冷暖、世间万象、钩心斗角、尔虞我诈。藏锋藏智藏势，斗智斗勇斗心……慢慢来吧，其修远兮呀。”潘江海笑。

“嗯。”方小罗点点头，她抬手看了看表，“也不知道我师父那儿怎么样了。”

在咖啡厅的包间里，那海涛和骆江平继续周旋着。

“看伏尔泰写的书吗？”骆江平问。

“伏尔泰？”那海涛皱眉。

“我是伟大整体中微不足道的部分，所有的动物都生来有罪，所有有知觉的事物都由相同的定律而生，像我一样遭受苦难，像我一样死去。秃鹫紧紧抓住怯懦的猎物，血淋淋的利喙将它们咬住，但是一瞬间，一只大雕将秃鹫撕得粉碎。而这大雕又被人利箭穿胸。射箭的人卧倒在尘土里，和垂死的同伴最后成为掠食鸟的食物……”他背诵着，“这是三百年前他写下的，到现在也丝毫不过时。人群，几乎没有改变。”他感叹着。

“丛林法则，弱肉强食吗？你说的那是古老的时代，现在社会保护的是每个个体的权利，维护的是整个社会的公平公正。”那海涛说。

“哼，无论你相不相信，它都是这么存在着的。就像原始森林，所有的植物都在竞争阳光和水分，谁长得高大，谁就能获得更多的资源和能量。而一旦成长为参天巨树，它就会用巨大的树冠，将其他的植物都遮蔽在下面，让那些植物失去阳光的照射。于是那些植物会渐渐枯萎，被绞杀至死，包括它们的后代。中国人自古不信人，信神，信强者为王。”

“谁是强者？你吗？刘牧吗？”那海涛问。

“呵呵，你，我，刘牧，都不是强者。真正的强者不需要讨论这些废话。”骆江平摇头，“伏尔泰写过一本小说叫《老实人》，我很喜欢里面的一段话，‘老实人说，你相信吗？人们一直以来都是像今天这样互相残杀，他们一直都说谎、欺骗、背叛、忘恩负义，他们是土匪、盗贼、流氓、酒鬼、守财奴，他们心怀嫉妒、野心勃勃、血腥残忍、诽谤中伤、放荡纵情、狂热伪善……’”

“你对这个世界很悲观吗？”

“看的东西多了，自然不会乐观。”骆江平轻蔑地笑了一下，“以往，我们的歌声里少有悲伤的曲调，多是愉悦的阳光，但时过境迁，岁月让每个人都染上了脆弱。其实许多人都该死，他们一点不值得怜悯，但陈梦不该，她还有美好的年华。”他怅然若失，“唉……但自我消灭，也是一个人最后的避难所，她选择有尊严地离去，是值得尊重的。”

“你发现过她想自杀的迹象吗？曾经劝阻过她吗？”

“没有。”骆江平摇头，“但即使发现，我也不会去干扰别人的人生。”

“这不是残酷吗？”

“她那么有仪式感地选择离去，不就是在表达对世界的失望之极吗？就像你们警察，看似拥有权力，能武断地将人们定罪，却只关心眼前看到的证据，根本寻找不到真相。”

“你说的真相是什么？”

“真相？我们看到的真相都是昙花一现，一切都在匆匆奔向死亡。许多人都认为，只要获得了财富就能得到自由，有了钱便有了实现各种愿望的钥匙。但这些人最后会被钱吞噬，陷于无尽的荒漠之中。人的出路不在财富，在智慧，我说的这些，你能懂吗？”他在灯光中看着那海涛，宛如一尊神像。

“那个故事也是你讲给他的吧？”那海涛问。

“什么故事？”

“工业化流水线屠宰羊，每天杀戮众多生命，但引导羊群进入流水线的领头羊可以不死……”

“呵呵……”骆江平笑了。

“真正的作恶者，其实并不在这个故事里吗？”那海涛问。

“谁是好人，谁是坏人，谁是被害者，谁是作恶者，谁是助纣为虐者，谁是始作俑者。每个人都会有自己的答案，因为我们都在那个故事之中，扮演着不同的角色。”骆江平说，“刘牧选择从善，是因为他心中有恶，他摆脱不了恶，于是便只能对欲望放手。一位遭难的水手葬身在了彼岸，无论他曾经是个什么样的人，都不影响他曾冲破惊涛的勇敢。”

“不，无论他是否为了到达彼岸而冲破惊涛，一旦他用自己的树冠剥夺了其他人的阳光，用别人的枯萎来换取自己的繁华，他就是个罪人。你说中国人自古不信人信神，但我们警察是无神论者，我们尊重人的权利，所做的工作也是维护普通人的尊严。骆江平，我现在正式通知你，近期不要离开本市，有一些关于案件的情况我们需要找你核实。”那海涛站起身来。

“如果想逮捕我，悉听尊便。这段时间我哪都不会去，都在这儿。也希望你们能依法办事，公正处理。”骆江平傲慢地看着他。

“我挺好奇，你说的许多道理，自己真的相信吗，还是只为给别人洗脑？”那海涛不屑。

“猪由于身体的构造，是很难看到天空的，所以任人宰割，无路逃生。你知道怎么让猪看到天空吗？就是把它举起来。我做的就是这样的事情。”骆江平说。

那海涛没说话，冷冷地看着他。

交锋

风渐渐大了，一场雨夹雪在席卷着城市。几个人在专案组的会议室里吃着盒饭，盒饭的菜不错，鱼香肉丝、宫保鸡丁、回锅肉，外加一个炸鸡腿。但是菜都凉了，鸡腿也硬了，咬在嘴里形同嚼蜡。

投影仪上放着录像，上面显出骆江平的身影。那海涛胸前的微型摄像机记录下了刚才的对话。

“停了停了，我真看不下去了，这孙子满嘴的仁义道德、之乎者也，跟这儿背书呢？”二姐气不打一处来。

“可不，什么乱七八糟的。都是模棱两可，似是而非，云山雾罩，胡说八道。这就是典型的装孙子。”老马也说。

“怎么说呢，跟他说话的时候感觉很舒服，不知不觉地就被他带进去了，有种……”那海涛想了想，“被催眠的感觉。”

“催眠和心测的原理其实很相似，都是封闭环境，温和交流，平静沟通。当人放松到一定状态的时候，就会进入对方制造的情境，就很容易被引导到惯性思维之中。”方小罗说。

“你的意思是这个骆江平会催眠？”那海涛问。

“会不会催眠不好说，但起码从录像中的环境布置来看，他是在制造这种氛围。你看，那个包间很安静，面积不大，光线昏暗，而且光源在他那一边。”

“嗯。”那海涛点头。

“我觉得他与刘牧、陈梦交流的时候，很有可能也是在那个环境里。”

“他能利用这种技能去控制所有人吗？”二姐皱眉。

“控制谈不到，但可以说是在诱导。”

“哎哎哎，打住打住。”潘江海打断了他们的话，“你们都把这孙子给说神了，我看啊，他就是个江湖骗子，多看了几本杂书而已。这种把戏自古就有，九真一假，就是个障眼法。”

“用九句真话铺垫，用一句假话行骗。这个就是信息茧房。”方小罗点头。

“谁是好人，谁是坏人，谁是被害者，谁是作恶者，谁是助纣为虐者，谁是始作俑者。每个人都会有自己的答案，因为我们都在那个故事之中，且处于不同的角色。”那海涛说。

“他说这话是什么意思？”潘江海问。

“什么意思？就跟老马说的一样呗，云山雾罩，胡说八道。”那海涛笑。

“嗯，这就对了，我还以为你被那孙子给洗脑了呢。”潘江海也笑，“但也得留神，不排除这孙子把咱们往瞎道儿上引。”

几个人正说着，门开了。章鹏拎着两个大塑料兜子走到大家面前。

“来来来，紫米粥、牛肉面、蛋炒饭、大鱿鱼，趁热趁热！”他笑着说。

“哎哟，你可真是及时雨、活雷锋啊。”那海涛说。

“你瞧人家章队，对下属无微不至、体恤入微。哎，章队长再接再厉啊，以后肯定节节高升。”二姐咬着大鱿鱼说。

“得了吧二姐，我可不是官儿迷。只要老几位满意就行。”章鹏笑。

潘江海端起方便饭盒，喝了一口粥，“哎，怎么放糖了呀？让你别加糖别加糖，你这不是害我吗？”他撇着嘴说。

“知足吧，有口热的吃就不错了。”老马秃噜着牛肉面说。

“你们审的情况怎么样？”章鹏问。

“马良撂了，他儿子之所以被绑架，并不是绑匪想要什么五百万的赎金，而是逼迫他删帖。他是个‘大V’，弄了个叫‘透视镜’的公众号，他从北京一个朋友那打探出消息，说刘牧和廖长远在省里有靠山，信科那块地有猫腻，于是就发了两篇文章，内容直指牧野集团和信科集团，结果就惹上了麻烦。相关情况我已经上报郭局了，具体细节就不在这儿说了。”二姐说。

“陈大力供述，他在苟超的怂恿下接了这个活儿，然后按照雇用者的指示，将装有孩子的旅行箱送到了望海地区的教堂。这些情况大家都知道了，我就不赘述了。新发现的情况是，陈大力在接货的时候，曾在垃圾站对面的电话亭里看到一名男子，怀疑是望风的。据他交代，那名男子身高在一米七八左右，肤色较白，长得很文气。我已经让他对部分涉案人进行了辨认，还没有发现结果。”老马说。

“嗯，继续扩大辨认范围，这条线索很重要。”章鹏点头。

“我已经通报给黎勇了，让视频侦查大队也从周边做做工作。”那海涛说，“还有，能不能从省里找个画像的专家，给嫌疑人做个模拟画像？”

“这件事我来联系。”方小罗说。

“申捷这孙子啊就是个‘针鼻儿’，许多条线索都从他那儿经过。他供了关于廖长远的不少情况，下一步还得落地侦查，一旦能凿实，那咱们重审廖长远就有了抓手。刚才听二姐说，马良供述说刘牧和廖长远在上面还有人，这个情况申捷也说了，大致相同。但要想深挖，可能就不在咱们的管辖范围内了，得上报省纪委监委，让他们牵头。”潘江海说。

“你呢？”章鹏看着那海涛。

“那个骆江平不好对付，初次试探，无功而返。”那海涛摇头。

“也不能说是无功而返啊，起码对这个人有了初步的概念。我觉得这孙子相比申捷，没准儿是个更大的‘针鼻儿’。”潘江海说。

“你那边怎么样了？”那海涛问章鹏。

“收获不少。我们从苟超的暂住地，搜到了那个录音笔。里面的录音很清晰，记录着那个尾号‘1149’的声音。经过声纹鉴定，是一个中年男性，年纪在四十上下，海城口音。同时经过声纹比对，‘1149’的声音与举报徐佳妮行贿的‘1144’电话、举报工厂盗窃案的匿名电话和雇用李凡的录音相同。”

“这么说想让马良闭嘴的，也是那拨人。”那海涛想着，“但我怎么觉得这么别扭啊，这帮人到底是什么立场？怎么一会儿保刘牧，一会儿又打刘牧啊？”

“是啊，我也没想太明白。”章鹏说。

“还有吗？”那海涛问。

“现金的情况我们也在查。在银行的协助下，经侦调取了那批现金的所有‘冠字号’。只要那帮孙子敢花，我们就能获得线索。”

“冠字号，什么意思？”二姐不解。

“所谓冠字号，就是人民币上的编码，每张纸币只有一个。无论是柜台取钱还是 ATM 机取款，都能通过冠字号来获取钱的轨迹。”章鹏解释。

“也就是说，以钱找人，就能发现痕迹。”二姐说。

“是的，从前期的案情上看。卢霖给潘爷的贿款，赵利手里的现金，还有支付给苟超和李凡的佣金，都来自那个沿海的地下钱庄。这些钱有着相同的特征，就是新钞、连号。我们通过银行，调取了疑似的号段并进行了布控，省厅‘荡涤’专案组准备会同属地警方，在近期对那个地下钱庄进行收网。到时以钱找人就更直接了。”章鹏说，“还有一个更重要的线索。在牧野集团向骆江平那个‘全民读书’的捐助过程中,刘牧曾签署过一张‘捐赠书’。我们对那张捐赠书进行了‘文检’，你猜发现了什么问题？”

“刘牧的签字是伪造的？”老马问。

“那倒不是。经过鉴定，我们发现捐赠书上刘牧签字的墨迹时间，要远远晚于签署日期的时间。而且还是‘先朱后墨’。”

“具体点儿讲呢？”潘江海问。

“意思就是，签字是倒签或者补签的。而且是先盖章，后签字。”章鹏说。

“这能说明什么吗？”潘江海问。

“是，仅凭这个说明不了什么问题。但经过鉴定，刘牧实际签字的时间在那起强奸案之后。而盖章的时间和签署的日期却是在强奸案之前。”章鹏说。

“你等等啊，我怎么有点乱呀。”潘江海胡噜着脑袋，“你的意思是不是说，刘牧在出狱后就有了捐助的意向，所以先盖了章，但还是犹豫不决，直到强奸案发生之后，才下了决心，并倒签了时间？”

“是啊，我看潘爷脑子很清晰啊，一点都不乱。”章鹏笑。

“一直觉得这个强奸案蹊跷，照这个情况推测，不排除其中有诈。”潘江海说。

“你不觉得那个陈梦很奇怪吗？”章鹏问那海涛。

那海涛没说话，不禁想起了骆江平的话，“她那么有仪式感地选择离去，不就是在表达对世界的失望之极吗？”

“她的渐冻症核实了？”那海涛问。

“核实了。她的病比较重，即使不出这事儿，也只有三到五年的生命。”章鹏说。

“如果陈梦是骆江平的一颗棋子，那借着这起强奸案，她足以将刘牧逼走。”方小罗说。

“小兵杀大将，蚂蚁吃大象……所以为了避险和转移资金，刘牧才会做出捐款的决定。”二姐补充。

“这件事儿太深了吧，我怎么听着有点悬呀。”老马摇头。

“如果这件事儿真是骆江平干的，那打匿名电话的人和干掉刘牧、袭击卢霖的人，也一定与他有牵连。”章鹏说。

“但这些都是推测，咱们没有证据。”那海涛说，“哎，鹏子。”他突然想起了什么，伏在章鹏耳畔说了几句。

“好的，你把地址发给我，我派专人去细查。”章鹏点头。

“平地抠饼，对面拿贼。既然有了方向，下一步就要搜集证据了。”潘江海说。

“我看，得小罗上了。”潘江海和章鹏几乎异口同声地说。

“哎哟，还挺齐。”方小罗笑了。

“是，心测是最直接的方法。”那海涛点头，“但要做好准备工作。别忘了，咱们手上的‘子弹’不多，刚才所说的一切都只是推测。一旦传唤开始，只有二十四小时的时间，拿不下口供，就没有退身步了。”

“我有信心。”方小罗的眼里闪着光。

“你们师徒俩，预审测谎双剑合璧，没问题的。”章鹏大大咧咧地拍着那海涛的肩膀。

第二天一早，那海涛和方小罗就办理了传唤骆江平的手续。上午十点，两人在大树咖啡厅见到了他。他似乎早有准备，披了件外套，又拿了一个书包，就随两人出了门。

雨过天晴，阳光很好，空气中弥漫着冬天的味道。从骆江平在传唤证上签字的那一刻起，二十四小时便开始倒数。

上午十一点，骆江平走进了海城市公安局的审讯室。他从随身携带的书包里拿出一个椅垫，铺在了审讯椅上。

“我的腰不好，怕冷。”他彬彬有礼地说。

桌上摆着心测仪、笔记本电脑、钢笔、A4 纸和印油。那海涛和方小罗警服齐整，在审讯台后正襟危坐，充满了仪式感。

“我们是海城市公安局的民警，我叫方小罗，是负责心测的；这位叫那海涛，是我的副测。”方小罗做着开场白，“根据相关法律规定，我们要对你进行心理测试，这是《心理测试自愿书》，请你阅读。”她开始了测前谈话。

“1895 年，意大利犯罪学家龙勃罗梭首先使用了生理心理记录仪，以测量脉搏和血压的变化来判别被测者是否说谎。五十年之后，在 1949 年，美国人基勒研制出了多道生理记录仪，之后，心测仪逐渐成为警察办案的一种技术手段。血压、呼吸、心跳、皮肤电，这些指标不容易为人的主观意识所控，所以看似科学。对吧？”骆江平语气平稳，娓娓道来。

“呵呵，骆教授也研究过这个？”方小罗使用尊称。

“谈不到研究，只是平时喜欢看一些杂书而已。”骆江平回答，“心测是需要自愿的？”他问。

“是的。”方小罗回答，“但由于案件需要，希望你能配合我们的工作。”

“好。”骆江平回答得挺痛快，“可以吸烟吗？”他问。

方小罗没有马上回答，转头看着那海涛。

“可以。”那海涛说着抽出一支烟，递给他。

“不，谢谢，我抽这个。”他说着从包里拿出一个雪茄袋，抽出一支，用专用打火机缓缓地点燃，“好，咱们可以开始了。”

方小罗将呼吸带围在骆江平腰间，又逐一连接上血压和皮肤电等检测设备。

“早上吃饭了吗？”她问。

“吃了。”骆江平答。

“昨天休息好了吗？身体没有什么不舒服吧？”

“休息得很好，没什么不舒服。”他很配合。

“做过什么手术吗？得过什么大病吗？”

“没有，很健康。”

方小罗又问了几个基础性的问题，便直入主题。

“你认识刘牧吗？”

“认识。”

“你与刘牧有过经济往来吗？”

“有过一笔捐款。”

“你认识陈梦吗？”

“认识。”

“你与陈梦是朋友关系吗？”

“不是。”

“你与陈梦是雇佣关系吗？”

“不是。”

“你将陈梦介绍给了刘牧吗？”

“没有。”

“你认识卢霖吗？”

“不认识。”

“你知道卢霖与刘牧的关系吗？”

“不知道。”

“你知道卢霖坠落悬崖的事情吗？”

“不知道。”

“你认识将卢霖撞下悬崖的凶手吗？”

“不认识。”

“你认识赵利吗？”

“不认识。”

“赵利和刘牧认识吗？”

“不知道。”

“赵利和卢霖认识吗？”

“不知道。”

“你认识廖长远吗？”

…………

方小罗将不同问题分组发问，以试探骆江平的反应。在心测的过程中，骆江平十分配合，既不躲闪也不回避，回答问题时的思考时间也很短，看上去说的都是实话。但在笔记本电脑的图谱上，他的各种信号却异常混乱，各种曲线不停地上下波动，几乎看不到重点。这让方小罗很费解，一度认为检测仪器出了问题，甚至不得不在中途停止，重新进行了连接。但骆江平却并无怨言，依然表现得淡定、沉稳、礼貌、得体。

那海涛默默地关注着图谱，不时拿眼睛瞄着骆江平。与此同时，在监控室里，郭局、章鹏、潘江海等人也在收看着审讯的情况。

“骆教授，我听过一句话，叫无辜的人通常会反抗，而有罪的人则缄口不言。你觉得有道理吗？”那海涛突然插话。

“呵呵……”骆江平笑了，“这不就是主观臆断吗？这符合法律中的疑罪从无吗？”他反问。

“我那天回去以后啊，又想了想你说的那个屠宰羊的故事，先不说谁是好人、坏人，就说里面最矛盾也最分裂的，可能就是那些领头羊了。”那海涛笑。

“为什么？”骆江平问。

“因为它们为了自保，不惜牺牲同类、助纣为虐。我想，它们自己也一定非常痛苦，生不如死。”那海涛说。

“哦，对同一事物，每个人都会有不同的理解。你不是它们，所以所谓的换位思考，也是可笑的。”骆江平淡淡地说。

方小罗没有继续测试，而是在等那海涛把话说完。她知道，那海涛此举是想吸引骆江平的注意力，以稳定他的心理状态，以达到心测的要求。

“罗马有句谚语，叫统辖思想比统辖城池更有力量。你表面上开的是一间咖啡厅，实际上在里面传道、授业、解惑，帮别人医治心病、解开心结。你这么做是为了帮助别人，还是想统辖思想呢？”那海涛笑着问。。

“呵，我一个开小店的老板，能有这么大野心？”骆江平反问。

那海涛观察着他。在他说话的时候，右手在微微颤抖。

“宇宙演化，生物进化，人类文化，我们需要看到更广阔的世界，才能懂得自己的卑微和渺小。懂得渺小才知敬畏，这个世界不应该由谁来统辖谁。”他说着模棱两可的话。

“你相信黑白、善恶和因果吗？”那海涛问。

“表面上黑白对立，善恶分明，因果相报。但实际上黑就是白，善就是恶，因果只是正面反面而已。”

“怎么讲？”

“看待这个世界，可以分为三个层次。第一个层次，黑白对立、善恶对立、好坏对立，万事万物都有清晰的两极。就像你们警察办案，是是是，非是非，黑是黑，白是白，越过尺度就叫作犯罪，被你们抓捕就成了坏人。”

“那第二个层次呢？”

“第二个层次，是能看到黑白之间有漫长的灰色地带，万事万物不一定有清晰的两极，这就是所谓的‘灰度哲学’。我们绝大多数人一生都不会活在两个极端的边界上，而是会在这两个边界之间徘徊游离。”

“继续。”那海涛笑着抬抬手。

“而第三个层次，两极已经成了一个事物的正面和反面。正反本是一体，可以相互转化。相互依存。”

“就像镜子一样，我们永远看到的是反面的自己。”那海涛补充。

“呵呵……看来你动脑子了。”骆江平笑着点头。他说话的时候额头微微出汗，手一抖，雪茄的烟灰都掉落在地上。

那海涛用余光撇着笔记本电脑上的图谱，发现他的各项指标并未因二人的谈话而趋于平稳，还在继续波动着。

“能喝口水吗？”骆江平问。

“可以啊。”那海涛起身，给他倒了一杯水。

“你们是不是认为，是我在协助刘牧洗钱？”骆江平问。

“没有。”那海涛摇头。

“那你们就是认为我与陈梦的死有关。”他又问。

“不会。”那海涛又摇头。

“或者你们认为我和卢霖勾结，协助刘牧出逃？”

“不。”

“那你们为什么传唤我，把我带到这个地方？”他摊开了双手。

那海涛知道这是他在套自己的话，“为什么把你带到这儿，你自己应该清楚。”他将皮球踢了回去。

“就因为那笔五千万的捐助？那个‘全民读书’的项目？呵……”骆江平摇头，“你们为什么要把所有人都想象成趋利者，把所有的行为都与欲望挂钩。这，才是悲哀。”

“你敢说你做那个项目，不是为了获利？”那海涛刺激他。

“你们都是公务员，朝九晚五，旱涝保收。虽然辛苦，但是五险一金，生活无忧。但更多的普通人呢，他们惯性地劳作，卑微地活着，低头前行却看不到方向。就算抱团取暖，心灵也是孤独的。以前我一直不解，为什么那么多人会被毒品控制呢？后来明白了，因为他们需要麻醉自己，需要用不切实际的幻梦去填补空洞的欲望。再后来，互联网出现了，手机、电脑、各种垃圾信息取代了毒品，让更多人陷于麻醉之中。这是这个时代的悲哀。所以我做这个项目，是想让更多人通过书籍获得知识，去填补心中的空洞，去点亮未来的路。思想的充沛才是真正的充沛，心灵的自由才是真正的自由。”骆江平说完，缓缓地喝了一口水。

这时，笔记本电脑上的图谱逐渐趋于平稳，方小罗知道机不可失，立即将话题转入正轨。

“你认识李凡吗？”方小罗问。

“不认识。”骆江平摇头。

“你认识周璐吗？”

“不认识。”

“你认识吴哲吗？”

“不认识。”

方小罗把问题引到了盗窃案的部分。

“你知道赵利盗窃卷宗的事情吗？”她又问。

“我……不知道。”问到这里，骆江平意外地打了一个磕巴。

方小罗没有停顿，继续追问，“你知道卷宗的特征吗？”

“不知道。”骆江平摇头。

“卷宗的封皮是红色的吗？”

“不知道。”

“卷宗的封皮是蓝色的吗？”

“不知道。”

“卷宗的封皮是黄色的吗？”

“不知道。”

她边发问边看图谱，没想到竟有了意外的收获。那海涛也发现了端倪，马上给章鹏发出信息，“骆江平知道卷宗的事情。”

监控室里，章鹏给那海涛回复着信息，“据老潘的背景调查，骆江平曾在一个传销组织担任过讲师，但由于离职较早，并未受到打击。”

那海涛看着信息，心里有了底。他抬起头，注视着骆江平，表情严肃起来。

“卷宗的数量是五本吗？”方小罗问。

“不知道。”骆江平声音变弱。

“是十本吗？”

“不知道。”

“是二十本吗？”

“不知道……”他显得有气无力，“警官，我身体不好，要求吃饭。”

方小罗知道，这是他的缓兵之计，但按照相关规定，被询问人有按时用餐的权利，警方是不能阻止的。

“想吃什么，米饭，馒头，还是面条？我们帮你从食堂打回来。”那海涛说。

“喝点儿粥就行，不用那么复杂。”骆江平说，“谢谢啊，麻烦您了。”他的脸上又恢复了沉着镇定。

在食堂里，那海涛、潘江海和章鹏排队打着饭。

“我看那孙子吃饭是假，扛不住是真。他只不过想利用这个机会平复心情，继续顽抗。你呀，就是好心，要换作是我，一鼓作气，再而衰，三而竭，趁势给丫拿下。”章鹏说。

“扯淡，咱们用的是传唤手续，不是强制措施。他提出吃饭和休息，咱们不能拒绝啊。再说了，重证据、轻口供，通过心测发现线索、找到物证才是最重要的。光靠口供，上了法庭一翻供，不也白搭吗？”那海涛说。

“这孙子不是个省油的灯。他早年确实在大学里任教，但由于一些问题被学校给开了，之后在一个直销公司做过讲师。哼，说是直销，实际上就是变相传销。那个公司专门欺骗老年人，玩儿的手段也阴，不是‘一人骗多人’，而是‘多人骗一人’。”潘江海说。

“多人骗一人，什么意思？”那海涛问。

“给你举个例子。以前搞传销都会在会场里‘埋’几个‘托儿’，等忽悠得差不多了，就让‘托儿’去拉人头。那就是所谓的一人骗多人。但后来呢，骗术升级了，就开始多人骗一人。被害人一进会场，里边多一半都是‘托儿’，在个别的微信群里，甚至 90% 的人都是骗子。这帮孙子，为达目的不择手段啊。”潘江海感叹。

“哼，那可真是‘楚门的世界’了。”那海涛摇头，“看着吧，早晚咱们也给丫来一出儿，让他也尝尝滋味。”

等骆江平吃完饭，已经是下午。方小罗继续发问，骆江平回答的速度明显减慢。看得出他在拖延时间，以求蒙混过关。按照相关的法律规定，审讯超过八个小时，就要给被审讯人休息的时间。骆江平熟知法律，没过多久又提出了休息的要求，审讯无奈再次停止。时间一晃到了傍晚，窗外漆黑一片，冷风呼啸。骆江平坐在审讯椅上，熄灭了雪茄。

方小罗的心测已经到了深水区，根据图谱上显示出的多个异动分析，骆江平很有可能知道那些卷宗的去向。而此时此刻，章鹏已经带着几组人，分赴城市的各处，准备随时开展搜查。

方小罗又给骆江平倒了一杯水，继续发问。

“你知道卷宗的下落吗？”

“不知道。”骆江平回答。

“它是在市西吗？”方小罗开始探寻方位。

“不知道。”

“是在市南吗？……是在市北吗？”她依次发问。

当问到北郊的时候，图谱上有了反应。

在监控室里，潘江海根据骆江平的行动轨迹在地图上标注着。

“北郊高架桥的方向，有他多次停留的轨迹。小罗，以这个为重点。”潘江海对着麦克风说，“你记一下高架桥周围的地名啊，大昌路、五里店、赶马场、高桥东路……”

方小罗拿起笔，将这些地名记在纸上。

“是在大昌路吗？”她问。

骆江平不再回答，只是摇头。

“是在五里店吗？”

他依然摇头。

“是在赶马场吗？”

他连头也不摇了，双眼紧闭。

“是在高桥东路吗？”

骆江平下意识地睁眼，又随即闭上。

方小罗侧目，图谱上已经有了变化。

在监控室里，潘江海给章鹏打着电话，“北郊高桥东路，没有具体地址，你先往那儿开吧。”他大声说着。

“好的。”章鹏说着挂断电话。他猛踩油门，将车速提到了 120 迈，“咱们离那儿最近，先过去。让其他组也往那儿赶。”他对副驾驶的小刘说。

汽车像离弦的箭，在黑夜中飞驰着。窗外的风声呼啸，像一群战马在嘶鸣。北郊位置偏僻、地广人稀，路越开越崎岖，路况也越来越差。章鹏却没有降低车速。他知道，此时距离胜利可能只有一层窗户纸了，只要能找到那些案卷的下落，就能证明骆江平参与犯罪的事实，同时还能重启刘牧的案件。

十多分钟后，车开上了北郊的高架桥。前面五公里处，就是高桥东路出口。

在审讯室里，方小罗按照潘江海提供的位置继续发问着。高桥东路是北郊高架桥的第三个出口，出了之后是三条岔路，一条通往海襄高速，一条通往高桥村，一条通往北郊码头。

“是在海襄高速的方向吗？”方小罗问。

骆江平摇摇头。

“是通往码头的方向吗？”

骆江平还是摇头。

“是通往高桥村的方向吗？”

骆江平依然如故。

方小罗又用几个问题确认了一下，才给章鹏发信息，“是通往高桥村的方向。”

章鹏加快了车速，不一会儿就驶出了高桥东路出口。按照方小罗的指引，他继续向前行驶，从导航上可以看到，有一条最近的快速路可以直达高桥村。这条路很窄，只能容两辆车并行，周围荒草丛生，前方漆黑一片。乌云遮月，四周静悄悄的，只能听到发动机的轰鸣和冷风在呼啸。章鹏无奈降低了车速，同时打开了远光灯，这时，路况逐渐好转，前面出现了一个上坡。他踩下油门，加大马力，但车刚驶过上坡，小刘就察觉出不对。

“停车！”他突然大喊。

章鹏下意识地猛踩刹车。只听“刺”的一声，轮胎发出了刺耳的鸣响，车身侧滑，斜着就蹿了出去，“嘭”的一下，撞上了一个石墩，连主副驾驶的安全气囊都弹了出来。

章鹏和小刘跌跌撞撞地下了车，往前一看，顿时惊出了一身冷汗。就在几米开外，是一个几十米深的悬崖。这条通往高桥村的路，是一条断头路。

“王八蛋！”章鹏一屁股坐在地上，大声咒骂着。

那海涛在审讯室里接着章鹏的电话，脸色骤变。骆江平看着他，面带微笑，又点燃了一支雪茄，缓缓地喷吐起来，一副享受的样子。

“警官，能再给我倒杯水吗？”他礼貌地对方小罗说，状态恢复如初。

那海涛得知了章鹏的情况，知道自己中计了。骆江平利用心测的原理，将审讯的重点引到了歧途。

“唉……”骆江平叹了口气，“你们大费周章，都不知道在问什么……我经常去高桥东路那边的高桥村野钓，那里安静，无人打扰，鱼肥水美。我说过，血压、呼吸、心跳、皮肤电，这些指标虽然不容易为人的主观意识所控，但也不是无懈可击。”他不屑地摇摇头。

“你！”那海涛再也忍不住了，拍案而起。方小罗赶忙将他劝住。

那海涛咬紧牙关，知道虽然中了骆江平的阴谋，却有口难言，只能吃哑巴亏。他所有的诱导都来自身体信号，这在法律上是无法被定为故意的。

“还有十一个小时。”骆江平抬腕看表，“对不起，我想再休息一会儿。”他说。

第二天上午十点，在传唤届满二十四小时之后，骆江平离开了海城市公安局。他走的时候与那海涛和方小罗握手，一副绅士的模样。那海涛看着他的背影，双拳紧握。

空荡荡的足球场，寂静，冷清，空旷。真相小组的几个人站在观众台上沉默着，冲锋衣后的“TTT”字样在阳光下反着光。

方小罗显得很沮丧，一言不发，目视远方。

“他也曾在这个地方出现过，我不相信这是偶然或巧合。”那海涛说。

“你们观察到一个细节没有，他走的时候将那两枚雪茄的烟蒂也给带走了。我怀疑那烟里有问题。”潘江海说。

“会有什么问题？”二姐皱眉。

“比如有一些镇静的药剂，来应对测谎？”潘江海问。

“或者反其道而行之，用一些兴奋的药剂，反而更能应对测谎。”那海涛说。

“这个手段高啊……”老马感叹，“让自己的身体兴奋，打乱各项指标，以干扰测谎，但在表面上却云淡风轻，让别人很难察觉。这可是双手互搏，自己跟自己较劲啊。”

“小罗，你觉得有这种可能吗？”那海涛转过头问。

“嗯……有可能。”方小罗心不在焉地回答。

那海涛轻轻摇头，“怎么了？刚遇见这么点儿小挫折就气馁了？”

“这是小挫折吗？我差点害了章队。”方小罗情绪失控。

那海涛看着她，缓缓地说：“记得在警校的时候，我们有一个同学姓孟。他很优秀，无论是成绩还是体能，都名列前茅。当然，长得也很帅，很招女生喜欢。最后一年实习，我们都被分到了派出所，只有他和少数几个同学，去了刑警队。听说是刑警队点名要的他，拿他当重点培养对象。哼，当时我们在心里啊，说不上是羡慕还是嫉妒。后来实习过半，有一次我跟师父们出一个现场，是一个绑架人质的案子。案发地在我们辖区的一栋简易楼里，我又见到了他。他是代表刑警队来的。那个案件虽然是绑架，但绑匪在取赎金的路上，已经被刑警给按住了，到那个地址只是为了解救人质，没什么危险。我们上了简易楼的三层，那户是最里面的一家。开锁公司打开了防盗门，我们就准备踹开木门往里冲。但就在这个时候，那个同学拦住了我们，说按照刑警的规矩，今天谁值主班，谁就应该第一个冲进去。那天是他的主班，他就第一个往里冲。我当时还觉得他是为了抢功，但没想到就在他进去的一瞬间，屋里发生了爆燃。原来是绑匪为了破坏现场痕迹，在离开时打开了厨房的煤气阀门，被害人早就死了。在开门的一瞬间，门锁碰撞产生了火星，将屋内空气中的煤气引燃。那个同学为我们挡住了火焰，全身60%烧伤，在医院躺了大半年，历经几次手术才重返了岗位。但由于爆燃伤及了眼球，他的视力变差，最终也没能分到刑警队，到派出所成了一名普通警察。”

“不会是……那个孟所吧。”方小罗惊讶。

“对，就是他。小西街派出所的孟斌。”那海涛说，“我想说的是，咱们警察干的就是危险的工作，无论出现什么样的情况，都不能气馁，不能退缩，不能畏惧。因为我们是这个城市平安的最后一堵墙，明白吗？”他看着方小罗。

“师父，我明白了。”方小罗重重地点头。

“姑娘，这刚哪儿到哪儿啊。从警时间长了你就习惯了，各种意外会接踵而来，甚至生离死别都是家常便饭。我这拨人啊，全须全尾的没几个。相比他们，咱们是幸运的，但也得沿着他们的路继续往前走。碰见危险就后退了？那是缩头乌龟，不是人民警察。”潘江海说。

“行了行了，这么聪明的姑娘就不用再做思想政治工作了。”二姐笑，“两军相遇智者胜，骄者败，老天要想让他灭亡，就先得让他疯狂。放心，咱们后边还有的是‘子弹’。”二姐拍了拍方小罗的肩膀。

“是啊，别忘了，咱们可是‘厨师提米’。”老马操着拗口的英文说。

方小罗没忍住，扑哧一下就乐了，“那是‘Truth Team’，马爷，您这发音也太不标准了。”

“说说正事儿吧。刚才章鹏传来消息，说骆江平在被咱们传唤之前，曾接到过一个电话。经查，那个电话无机主登记，在拨打之后就关机了。但在那个电话拨打之前，曾与市局附近的一个号码有过联系。”那海涛说。

“市局附近的一个号码？”潘江海皱眉，“查那个电话了吗？”

“也是无机主登记，在拨打之后就关机了。”那海涛答。

“意思就是骆江平接到了某个人的通报，而这个消息是从咱们市局的某个人那里泄露出去的？”方小罗问。

“我看这个内鬼快露馅了。”潘江海说，“哎，章鹏他们不是还在查那些冠字头的现钞吗？我看市局的周边也别落下。”

“潘爷，查泄密的这件事儿可就交给您了。”那海涛说。

“行，你得容我点儿工夫，这孙子藏得深，我还得做几步工作。”潘江海说。

“还有，据出入境那边反馈，骆江平买了一张下周离境的机票。如果这几天还找不到证据，无法将其控制，就只能眼睁睁地看着他离境了。”那海涛说。

“下周？”老马皱眉，“能不能先给他办个限制出境呢？”

“可以申请，但是咱们手里没有证据，很难获得批准。”那海涛说。

“那怎么办，就眼睁睁地看他离开？”二姐问。

“车到山前必有路，船到桥头自然直。郭局让我和小罗去一趟省里，咱们这几天分头行动吧，有情况随时沟通。骆江平，只是咱们拿下全案的其中一环而已。”那海涛说。

纪委监委留置点的审讯室，冬日的阳光倾泻在地面上。廖长远坐在审讯椅上，头发已经花白。他昔日在台上风光无限，如今却是天壤之别，唯有眼神还未变，一副高高在上的感觉。

在来之前，潘江海跟那海涛说了审讯申捷的情况，他只提醒了一句：对待廖长远，不能给好脸。那海涛自然明白他的意思。廖长远在被留置之后，已经经过了数轮的审查和谈话。对于纪委监委已经掌握的事实，他大多供认不讳，表现得挺诚恳，但只要涉及他背后的问题，他就缄口不言。作为多年的党政干部，他熟知政策，了解法律，善于处理许多复杂的关系和事务，面对重大决策也能忙而不乱，具有一定的逆商。所以要想把他拿下，用传统的拍山震虎和攻心夺气显然都不行，黄金三小时的定律也已经过期。对付他，不能用那些硬桥硬马的苦功夫，而必须智取，要随风潜入夜、润物细无声，抓细节、寻重点、四两拨千斤，以巧取胜。当然，首先要打掉他高高在上的感觉，平等沟通才是审讯的基础。

在纪委监委同志的安排下，那海涛和方小罗详细阅读了案卷并制定了审讯计划。此时，那海涛坐在审讯台后，看似云淡风轻，但在监控室里，却坐满了各级领导，如临大敌。那海涛咳嗽了一下，用手指敲了敲桌面，宛如评书开场的拍惊堂木。

“廖长远，咱们又见面了。”那海涛做着开场白。

廖长远已经被留置很长时间了，只见他头发花白，眼圈发红，面色土灰，整个人都显得疲颓。但他看那海涛的眼神却还是“45 度角”，显出一种傲慢，仿佛还坐在台上。

“怎么是你们？纪委监委的呢？”他皱眉。

“按照领导指示，我们找你问些问题。”那海涛说得很客气。

“你什么级别？”廖长远问那海涛。

“我？普通民警。”那海涛回答。

“哼……”廖长远摇头，“我要跟同级别的人对话，请你转告纪委的张书记。”

方小罗看着他，没想到这次的态度和上次截然不同。

“你什么级别？”那海涛反问。

“我？厅局级。”廖长远答。

“那是以前。”那海涛用手指点着桌面，“你现在的身份是一名被留置审查的人员，要是未来被双开，就没有级别了。”他不客气地说。

“你……”廖长远一时语塞，“就是双开我也轮不着你。”他拍响了桌子。

两人顿时针锋相对。

那海涛想起了潘江海的提醒，对待廖长远，不能给好脸。果然是经验之谈。

“廖金龙你认识吗？”那海涛没有犹豫，单刀直入，射出了第一颗“子弹”。

“认识，是我的侄子。”廖长远回答。

“他可是年轻有为啊，还不到四十岁，生意就做得这么大。”那海涛撇着嘴说，换了个表情。

“他年轻有为，跟我有什么关系？那是随他爸，他爸教得好。”能看出，廖长远根本没拿那海涛当回事儿。

“哎，也是。要是随你，还真说不清楚了。”那海涛坏笑。

“你这么说是什么意思？我希望你就事论事，不要侮辱我的人格。”廖长远拍响了审讯椅。

“嘿嘿，人格？你现在跟我这儿讲人格了，收钱的时候怎么不讲啊？拿着党给你的权力，以权谋私、肆意妄为的时候怎么不讲？那个时候你有人格吗？”那海涛给他上纲上线。

方小罗边记录边琢磨着那海涛的审讯方法。确实，对待这种官员是不能过于尊重的。他们整天坐在台前，习惯了别人对他们的仰视。在审讯中如果还以这种态度对待，势必无法与其进行正常沟通，而预审手段也会失效。所以那海涛一上来，首要的工作就是“提气”，以压制他的气焰，打掉他的嚣张。

“行，你跟我这儿‘彬’着‘端’着是吧？没问题啊。”那海涛开始了第二步，“变脸”。他咬住廖长远的话不放，“您是大领导啊，吃饭得坐主桌，开会得最后到，一说话全场谁都不敢言声儿，就连撒尿，都比别人尿得远。我看现在你啊，都不该坐在那个位置，应该坐在我这儿。”

“我觉得你跟我说这些，一点儿意思都没有。”廖长远也很强硬。

“当然没意思了，我一直拿你当个高级领导，厅局级干部。领导什么样儿啊？得以身作则、率先垂范，怎么一到你这儿就讲排场、摆架子、散德行了？没听出来吗！刚才我说的都是反话，现在你在底下，我坐上边儿。到这儿了，就甭跟我‘彬’着‘端’着，没戏了，知道吗？”那海涛的脸变得彻底。

廖长远不想跟那海涛多纠缠，叹了口气，低下头。

那海涛叼起一根烟，满脸匪气，“还找个同级别的审你。哼……没事儿吧你？”那海涛挖苦着。

“哎，我说警官，你要是想聊，咱们就好好地聊。能别这么阴阳怪气的吗？我承认，刚才我的态度不好，也希望你能对我客气点儿。”廖长远说。

“怎么着，天天听甜言蜜语，还听不了逆耳忠言了？我告诉你，我还就习惯这么说话。”那海涛不依不饶，保持着“人设”，“那我问你，知道自己为什么折吗？”

“行贿，被人拉下水。”廖长远有气无力地回答。

“被谁拉下水？”那海涛占据了上风，乘胜追击。

“你这不是……明知故问吗？不就是刘牧、卢霖那些人吗？”

“就他们俩吗？”那海涛皱眉。

廖长远没接话，下意识地躲闪着眼神。

那海涛笑了笑，直接把话挑明，“看，心虚了吧。”

“谁心虚了？”廖长远反驳。

“从一个高级领导、厅局级干部，一直落到现在这步田地，让一个普通民警对你进行问话。唉……为这么点儿钱值得吗？”那海涛问。

“唉……一失足成千古恨。”廖长远叹了口气。

“一失足成千古恨……”那海涛重复着，“哎，是一失足吗，还是老失足了？”

“你什么意思啊？”廖长远警惕起来。

“我是问，你是不是失了‘N’回足了？”那海涛将他的面具挑破。

“我不懂你在说什么。”

“那我把话挑明吧。”那海涛说，“上次我们问过你，虽然你没交代出多少问题，但是态度尚好。但我可真是低估你了啊……你把自己伪装成一个受害者，一个被拉下水的正直官员，一个糊涂的父亲，一个愧疚的丈夫。还对自己犯下的错误追悔莫及，希望得到党和人民的谅解。行，演得不错。”

“什么演得不错，这就是事实。”廖长远说。

“哼，事实……”那海涛笑了，“还老伴儿……我问你，你媳妇儿那么年轻，你叫人家老伴儿，人家乐意吗？”那海涛盯着他的眼睛。

“我爱人叫刘翠兰，今年56岁，退休在家，我叫她老伴儿有问题吗？我希望你尊重我的家人。”廖长远与那海涛对视着。

“哦……你说的老伴儿是廖波他妈啊……”那海涛装着糊涂，拉了个长音儿，“你们不是分居好久了吗？你除了每周一和五两天去她家，其余时间不都在唐柔柔家吗？”

一听唐柔柔这名，廖长远不说话了。

在那海涛来省里之前，潘江海就给了他“三颗子弹”，分别是“女人”“文化”和“男人”。那海涛在一通磨性子、斗心智之后，开始了摆证据、攻重点。

“唐柔柔，今年二十八岁，AB型血，双鱼座，海城西郊区政府的机关干部，身高一米六七，三围尺寸……”那海涛停顿了一下，“哎，这个就不说了，你不是让我尊重你的家人吗？”他笑。

“我跟她没什么关系。”廖长远抬起头说。

“哎哟喂，撇得挺干净啊？”那海涛摇头，“没什么关系你给人家买内衣，没什么关系你天天住在人家那儿？廖长远，你以为我在这儿跟你空口白牙地喷呢？不把你摸透了，我能提审你吗？道理我也不想多讲了，我就想告诉你，别跟我这儿揣着明白装糊涂，心存侥幸耍心眼儿。是，我承认，论层次论能力我都不如你，但你可别忘了，审查你的可不止我一个人。对抗组织，你能扛得住吗？”那海涛啪的一下拍响了桌子。

廖长远被吓了一跳，下意识地抬头，“我……我没对抗组织。”

“唉……”那海涛叹了口气，“知道什么叫傻瓜定律吗？就是如果把别人都当傻瓜，自己就一定傻到了家。得，那我就先把唐柔柔这人放在这儿，不就是跟一个比你小二十多岁的女同志搞破鞋吗？这是你的私人问题，违纪不违法。但我还是有点儿不明白，这姑娘看着年轻靓丽的，怎么家里装修得这么老气横秋啊？哎，一定是你的设计吧。”他指着廖长远。

廖长远一直被那海涛牵着走，看着他，不敢贸然回答。

“怎么了？不敢承认啊？哎，也是，人说炒股变成股东，炒房变成房东，泡妞变成老公。你也确实有口难言。”那海涛摇头，“我跟你明挑啊，我们搜了唐柔柔的家，发现了许多字画，我也不懂啊，这都是你的收藏吗？”那海涛开始用第二颗子弹，“文化”。

“那些字画与我无关。”廖长远否认。

“但怎么有几幅都盖着你的名章呢？”那海涛叮问。

“那……那是我写着玩儿的。”

“哦……”那海涛点头，“我怎么听说你还是书协的会员呢？”

“业余爱好而已，登不了大雅之堂。”廖长远谦虚。

“业余爱好，哎哟哎哟，但你的拥趸可不少啊，据说你的书画挺值钱？”那海涛突出重点，“对了，听说你还有个艺名儿，叫莫然。厉害啊！跟莫言差一个字儿，大家，肯定是大家。”那海涛竖起大指。

廖长远看着他，一言不发。

“廖金龙跟拍卖行的关系不错？”那海涛问。

“他的事，我不知道。”廖长远摇头。

“不知道。行，那我给你讲个故事。”那海涛开始了第三步，“入戏”。“高新集团行政部的经理 L，从两年前便开始频繁出入拍卖公司，经他手拍下的字画总价在一千万以上，可谓是大手笔。但这位 L 似乎不太懂行，拍的字画大多没什么收藏价值，以赝品居多，从表面上看，这些巨款可都打水漂了。但明白人一分析呢，这里边有门道儿。L 拍下的字画都来自省里的同一家公司，而这个公司的股东是一个高级领导的小舅子。嘿，这不就是变相行贿吗？这件事儿，你不会不知道吧？”

“我……没听说过。”廖长远摇头。

“好，那我接着说。”那海涛笑了笑，“你该问我了，这么多钱都是哪儿来的呢？嘿，我们还真查到了。L 作为一个年薪二十万的行政部经理，自然是不会有这么多钱的。那这些钱是从哪儿来的呢？都是通过卖画得来的。嘿，巧不巧，又是拍卖公司。这个 L 摇身一变啊，从买家变成了卖家，你猜他通过卖画挣了多少钱？两千多万啊。他拍的是什么字画呢？都是从海城古玩一条街买的赝品，还有他书协会员叔叔的字画。哎哟喂，你说谁会这么傻，花巨款买这些东西呢？别说，还都是大公司，牧野集团、信科集团，还有嘉华集团。当然，这些钱是不可能直接从公司账上打到 L 名下的，而得通过一些相关人的账户‘过一水’。在 L 获得拍卖款之后，其中的大部分都存入了那个叫唐柔柔女人的亲属账户。哦，对了，那个 L 就是廖金龙，你就是他的书协会员叔叔。这个故事你听明白了吧？”那海涛一口气说完。

“既然你们都知道了，我还有什么可说的。有什么证据就定什么罪呗。”廖长远破罐破摔。

“嘿，你这是什么态度？你还没说廖金龙买卖的那些画，上下家都是谁呢？”那海涛叮问。

“我……”廖长远欲言又止，“我不知道，既然是廖金龙经手，你们就去问他好了。”

“哼，你这是揣着明白装糊涂啊。他现在人在美国呢，我们哪儿找他去？”那海涛皱眉。

“那我就没办法了。”廖长远摇头。

“唉……我也知道你的顾虑。当个男人不容易啊，得负责，不能提起裤子就不认账。但我还是想说点儿难听的，你这么放心大胆地把自己的钱往唐柔柔那儿埋，也不留个后手？嗐，最后还真说不好是谁的呢！是，你是老树发新芽、枯树又开花，获得了忠贞的爱情，盼着矢志不渝。十年大牢出来还是一条好汉，到时荣华富贵。但……这怎么可能呢？人家会等你吗？最后那些钱便宜了谁，还真不知道呢。”那海涛阴阳怪气。

“你说这话是什么意思？”廖长远皱眉。

“我们是怎么知道的你每周一和周五回刘翠兰那儿住的呢？说来巧了，因为每周一和周五唐柔柔都会到宾馆开房。哎，这个情况估计你不知道吧。同房间的人我们已经调取了，男性，比你年轻，比你精神，发量也比你多。当然，没你有权，没你有钱。我看你啊，可是花了个大价钱给自己买了顶巴西队的帽子（绿帽子）……”

“你别说了！”廖长远忍不住了。

“我也不想说，但事实如此！你老婆刘翠兰善良，一直替你扛着，但你在外面花天酒地、胡作非为、骄奢淫逸！我告诉你，唐柔柔已经被抓了，她供述了所有的情况，你通过她和廖金龙以拍卖字画为手段受贿行贿的事儿已经暴露了。”那海涛起了范儿。

廖长远有点扛不住了，他满头是汗，不禁用手擦了一下，渐露败象。

“是让我说，还是你自己说呀？”那海涛叮问，“事到如今，你还想把你身边儿更多的人都牵进去吗？我跟你明挑，虽然廖波和廖金龙都在境外，但我们已经通过国际刑警组织对他们发出了追逃。你的所作所为已经毁了你身边的所有人，你的妻子、你的儿子、你的侄子，还有你的‘小三儿’。再过几天就是你老妈的八十大寿了，她还不知道你进来的情况，我们也给你留着最后一层遮羞布，没有到她那儿进行搜查。”

“谢谢，谢谢你们。”廖长远叹了口气。

“你今年也五十多岁了。说实话，你这罪过肯定十五年以上了。但起码你得给自己留点儿体面吧，你得要点儿脸吧，人不能全须全尾了，但是你得救救你儿子吧。你以为他在美国安全吗？你以为藏在你背后的那些人，他们会保你的儿子吗？错了，他只不过是他们的筹码。你想想清楚，到底谁能救他？”那海涛一针见血。

这些话都扎进廖长远心里了。他不再反驳，低头沉默着。

“我们一生，都在承担着责任，履行着承诺。男与女、父与子，付出、收获、亏欠、偿还。比钱更重要的是安稳，是承担责任、履行承诺后的安稳。你扪心自问，现在自己安稳吗？睡得着觉吗？敢去面对自己的妻儿和老母亲吗？”那海涛推心置腹。

“我……”廖长远抬起头，彻底被那海涛带入了戏，“我也是身不由己，我被控制了，像一个齿轮镶嵌在一个巨大的机器之中，无法自拔。”

“你现在还有机会，坦白事实，深挖幕后。你该知道，这件事儿早已经在最上面‘挂了牌’，谁也拦不住。‘打伞破网’，大潮来了，要顺势而为，不能螳臂当车。明白吗？”

“明白。”廖长远点头。

“我知道你的压力也很重，你面对的是一股势力，在这股势力面前，你也不过是个走卒。但是你要知道，如果能戴罪立功，就有从轻的机会。早出来几年，在老人面前尽尽孝，告诉你儿子未来该怎么走，负起一个男人的责任来。这是你最好的出路。”那海涛一字一句地说。

方小罗彻底服了，深刻领悟了“提气、变脸、入戏”的高明之处，她边记录边观察着廖长远，等待着他说出重点。

“你说的我都懂。我可以说，但是不能跟你说。”廖长远抬起头，看着那海涛。

“什么意思？还得找个同级别的？”那海涛变了脸。

“我说出的人和事，都太重要了，我希望和纪委监委的领导去谈。其中也包括海城市副市长姬箴的一些情况。”廖长远语气诚恳。

“姬箴？”那海涛皱眉。

“是，我是被他带上的道。除了通过拍卖字画的方法行贿，我还和他共同做过一些更过分的事情。”廖长远说。

“廖金龙在高新大厦的办公室被盗，这个情况你知道吗？”那海涛问。

“被盗了？”廖长远惊讶。

“丢失了一个绿皮的记账本。”

“哦……我知道了，肯定是那小子落在办公室的。”廖长远叹气，“应该是那个账本，里面记录着我和姬箴每次行贿的时间和具体数额。我让金龙保管的。”

“会是什么人干的？”

“还能有谁，肯定是他们。”廖长远抬起手，向上面指了指。

“好，我把纪委监委的领导找来，你跟他们说。”那海涛说。

“对不起，刚才我的态度不好，但也希望你能理解我的处境。我是……怕啊。如果你们拿不下这个案子，不但我的家人会受到威胁，而且会有更多人出事。”廖长远看着那海涛的眼睛，“还有一个情况，在刘牧身边还有一个很重要的人物，他隐藏得很深，在扮猪吃老虎。”

“是骆江平吗？”那海涛问。

“不是。”廖长远摇头，“他的名字是……”他轻声地说出了那个名字。

几个小时后，那海涛走出了省纪委监委的留置点。外面阴天了，寒冷异常，但他的心里却豁然开朗。

他神神秘秘地接着电话，不时感叹着，“唉……真是没想到啊。好，一定别惊了，好好找人盯住，嗯，嗯，确保安全。”他点着头。

“唉……无论黑夜多漫长，都挡不住光明的到来，再厚的阴霾，只要有一丝阳光透过，就总会过去。”那海涛挂断电话，感慨起来。

“师父，谁的电话啊？”方小罗问。

“章鹏的。”那海涛说，“他那边有重大突破，一会儿路上说。老几位的工作也卓有成效，这层窗户纸，快被捅破了。”

“那咱们可以回去收网了？”方小罗问。

“稳扎稳打，步步为营。哎，还记得什么是预审吗？”那海涛问。

“预审是藏锋藏智藏势，斗智斗勇斗心，揭穿谎言、还原事实，是拿语言当武器，硬过水滴石穿的柔软、快过绳锯木断的缓慢，七十二变对三十六变，一句顶一句，一环扣一环，靠思维逻辑来判断供述的清白，靠推理判断来找寻漏洞和切入点。”方小罗一口气说完。

“哈哈，背得很熟啊。”那海涛笑了。

“但我更喜欢那八个字，洞悉黑暗，笃信光明。”方小罗说。

“好，生旦净末丑，神仙老虎狗，唱念做打，嬉笑怒骂，该扮得扮上，要演就演好。走！回海城。”他挥着手说。

傍晚，摄影棚的小食堂里暖洋洋的。方小罗、潘江海、二姐和老马围成一桌在打着麻将。那海涛站在方小罗身后不时支着招。

几个人边说边聊，不一会儿又说起了“楚门的世界”和“夜审潘仁美”的老哏。

“您就说，寇准使的是不是虚实并用和攻心夺气。阎王和判官‘红白脸儿’，一个拍一个揉，绝对是预审策略啊。”那海涛跟二姐抬着杠。

“得得得，我没工夫反驳你。九万。”二姐说着打出一张牌，“我就说你这‘那三斧子’，怎么现在说话跟‘臭于’似的，结结巴巴的。”

“哼，那不能够。我于师父当年那结巴多厉害啊，传达个文件能吞一半字儿，直接导致咱们老二队领会上级精神不准确。”

他这么一说，大家都笑了。

“唉……你说当年啊，‘臭于’结巴成那样儿，都能给那帮孙子问撂了。手艺真是好啊。”老马感叹。

“他就是连蒙带骗，手艺算不上好。要说好，还得说你师父‘七小时’，那才是稳扎稳打的功夫呢。”潘江海说。

“那现在这老几位都怎么样了？”方小罗插话。

“嗐，退的退，死的死，都翻篇儿了。”潘江海说。

“嘿，您这是怎么说话呢，这‘两大快嘴’不还生龙活虎的吗？”那海涛说。

“你怎么说话呢？他俩算是‘老几位’吗？这不年轻人吗？”潘江海撇嘴。

这帮预审只要凑一块儿，嘴上肯定不闲着。按照那海涛的话说，这叫“练活”“熟悉业务”。

“师父，明天就收网了，怎么今天还在这儿玩儿啊？”方小罗问。

“越是大战，越得放松。那句话怎么说来着，‘泰山崩于前而色不变，麋鹿兴于左而目不瞬’，就是这意思。”老马在她对面说。

“哎哟，没看出来啊，‘马迷糊’古文儿背得还挺好。”二姐笑，“这个道理没错，越是大战，越得放松心态，沉着冷静，不被外界影响，才能发挥最好水平。”她又打出一个“红中”。

“廖长远撂了？”潘江海问。

“嗯。大事儿让领导们斟酌，咱们把具体事儿干好就行。”那海涛并未明说。

“哎哟，马爷，你怎么老盯着我啊。不行不行，我得找个帮手。”方小罗说着一转身，将那个谎话娃娃放在面前，正对着老马。

“嘿，你这是干吗啊？”老马皱眉。

“高科技啊，测测您满脑子的诡计。”方小罗笑。

“别别别，我看着这个犯怵。赶快拿走。”老马摆手。

“哎哟喂，这‘马迷糊’还有犯怵的呢？”潘江海笑，“想当年为了抓那个杀人犯，深入虎穴，出奇制胜，最后立得一等功一件。那叫勇猛，怎么现在碰到个小玩具倒犯怵了？碰！”他说着将两张牌推倒。

“哟，马爷的这个故事我还没听过。”方小罗来了兴趣。

“嗐，别听你‘大喷子’胡说八道，那哪是深入虎穴呀，顶多算是投机取巧。当时那孙子开了一洗浴，里边加上员工、伙计二百多人，贸然进去抓捕肯定出事儿。我就冒充他一个女网友，一路将他勾搭到我们的埋伏圈，最后将其拿下。这都是下三路的招儿，没什么好说的。”老马吃了二姐的一张牌。

“那也是智取啊，佩服佩服。”方小罗拱手。

“是啊，‘马迷糊’师父不光有智慧啊，还硬气。”二姐搭话，“还记得董事长那次吗？”

她一说，那海涛和潘江海就乐了。

“董事长怎么了？说说。”方小罗问。

“在‘禁酒令’颁布之前啊，有次我们老七处的几个人，一起到南方的一个县级市出差。那个案子挺麻烦的，需要当地的同行配合，于是我们一合计就摆了个饭局，请同行们吃饭。但人家一听不干了，说要尽地主之谊，非要请我们。我们一想也是，推来推去的没意思，等以后他们来海城，我们再好好配合就是了。酒过三巡菜过五味，正其乐融融的时候，突然又来了一个人。那人梳个大背头，看着挺有派，当地公安局同行一起起立，都叫他‘董事长’。我们心想，这些警察怎么这样啊，对商人毕恭毕敬的，但初来乍到也不好多问。没想到那个‘董事长’还挺事儿，一会儿讲规矩一会儿劝酒，自己却不喝。结果就给‘马迷糊’惹着了。他那个硬气啊，拿起大杯，逼着‘董事长’连干了三个，当地同行怎么劝都不行，最后直接给他撂倒了。没想到这下气氛尴尬了，一问才知道，被撂倒的压根就不是什么商人，而是当地的公安局局长。”二姐又抓了一张牌。

“公安局局长？为什么叫董事长啊？”方小罗不解。

“嗐，当地的公安局局长都兼任副市长，那个局长姓董，这不就是董市长吗？”老马摇头。

“哈哈，是这么个‘董事长’啊。”方小罗也笑了。

“那次可是记忆犹新啊，我把门口的树坑都给吐满了，真是杀敌一千自损八百啊。而且酒局之后，当地配合的力度直线下降。唉，谁让我把人家领导给灌躺下了呢。”老马笑。

“看见没有，你马爷年轻时也是个战士。哎，出那张。”那海涛给方小楼支着招。

“这小子也坏着呢。”老马指着那海涛说，“以前我们处有个老邢，算是齐孝石、龚培德的师父了。那老爷子做事认真，一丝不苟。我们写的材料和报告，交给他肯定字斟句酌，很难一次过关。结果有一天，这个‘那三斧子’拿着一份‘心得体会’给老邢看，老邢拿起笔就改，完事儿还给他讲哪里有问题。结果你猜怎么着？这小子抄的是《人民日报》上评论员的文章，好家伙，这老邢都赶上国家评论员了。”老马说完，大家哄堂大笑。

“哎哟，师父你可真够坏的。”方小罗也笑。

“唉……那时的预审厉害啊，‘四大名提’‘两大快嘴’，哪个说起来不在全国预审行里响当当的。”那海涛感叹。

“现在也不差啊，‘两大快嘴’‘那三斧子’‘大喷子’。‘厨师提米’（Truth Team）！”方小罗笑。

“还有你呢，心测专家。”老马补充。

“是啊，预审是剑，戳穿谎言，心测是针，探悉人心，二者合一，是未来审讯的趋势。好好干。”那海涛给她打气。

“嗯，一定。”方小罗点头，“哈哈，和了！”她笑着将面前的牌推倒。

“哎哟喂，大三元！行啊，干什么都是高手。”老马笑。

“明天上午，省厅‘荡涤’专案组收网那个地下钱庄。咱们等他们的消息，一起行动。”那海涛说，“潘爷，范围锁定了吗？”

“十拿九稳。”潘江海回答。

“别，要万无一失。”那海涛说，“明天您先动。”

“得，那我先拿棍子敲敲，让兔子都蹦起来。”潘江海笑。

“二姐，马爷，你们可得接应好。”那海涛说。

“放心吧，兔子都蹦起来了，鸡还藏得住？”二姐笑。

“别大意，有鹰眼小组的人配合你们，注意安全。”那海涛叮嘱。

“放心吧。”老马点头。

“人到位后马上突审，单刀直入，不跟他废话。”那海涛转头对方小罗和二姐说。

“嗯。”两人点头。

“哎，还得叮叮章鹏，那个关键证人可得保护好。”潘江海提醒。

“放心，专门派了四个人干这事儿呢。”那海涛说。

“既要保护也不能让证人自己发现。得掌握好尺度。”潘江海说。

“明白。”那海涛点头。

这时，老范端着几碗羊肉汆面进来了，“嘿嘿嘿，先别玩了，补充点儿正能量。”

几个人收拾了桌子，给老范腾地儿。

“哎，你那盘儿‘菜’，做得怎么样了？”那海涛问。

“不错，色鲜味俱全。”老范笑。

“那我就等着上菜了。”那海涛也笑，“老几位，咱们吃完这碗面，就回去睡觉。明天睡到自然醒，中午碰头，开始行动。”

“哼，咱们也让那帮孙子瞧瞧，‘厨师提米’的厉害。”老马说。

收网

时间一晃而过。第二天的傍晚六点，在海城市公安局的食堂里，潘江海端着一个餐盘，懒懒散散地在取餐区溜达。他打着哈欠，一副缺觉的样子。他边打饭边接电话，“喂，哦，我知道，那个案子啊……啊？真的！”他表情夸张，声音挺大。

他随意打了几样，就坐在靠窗边的一个长桌上。已经过了下班的时间，食堂的人并不多，只有几名辅警在一旁用餐。

“嗯，好，好。只要能找到他，刘牧的事儿就有转机了。嗯，太好了！”潘江海用手拍了一下大腿。他囫囵地吃着，不一会儿就起了身。他挂断了电话，把餐盘放到收餐处。这时，电话又响，“喂，找到了？这么快啊！”他快步走出食堂。

在电梯前，潘江海边打电话边踱步，他显得很兴奋，不时挥舞着手，“好，好，我马上就跟领导汇报，只要领导拍板，你们就立即行动。嘿，这下我看这帮孙子还往哪儿跑！”他正说着，那几名辅警也走了过来。他赶忙压低声音。

电梯门开了，潘江海率先走了进去，却并未挂断电话，放在耳边听着。几名辅警分别选择了楼层，其中一个高个子长头发的回头问潘江海：“您去几层？”

“我……”潘江海犹豫了一下，伸手按下了最高层的按钮，“谢了哥们儿。”他冲那个辅警笑了一下。

大楼顶层是市局的大会议室，不开会的时候空无一人。潘江海推门走了进去，溜达到第一排的位置。会议室里漆黑一片，他拿起电话，继续说着，“哎，刚才电梯里呢，没信号了。嗯，我已经跟郭局汇报了，他的意见是马上实施抓捕，能确定是袭击卢霖的人吧？好，好。”他点着头，“我记一下啊……”他用肩膀夹住电话，拿出一支笔，煞有介事地在手掌上写着，“嗯，还没有移动是吧……那好，赶快行动吧。”

潘江海自认为隐秘，却没想到，此时会议室的监控探头正对着他。在五楼的监控室里，那个高个子长头发的辅警紧盯着屏幕，上面正显示出大会议室里的画面。那人戴着耳麦，仔细地听着，生怕漏掉一句。他拿起手机，犹豫了一会儿，还是拨通了电话。

“嗡嗡嗡……”在一个漆黑的房间里，一个手机在床头柜上振动着。一个带有文身的手臂悬空抓了好几下，才拿到了手机。

“喂，是你？你有病啊，怎么直接给我打过来了？”那是一个慵懒的男人声音，“什么！”他惊讶起来，猛地从床上坐起。

这是一个简陋的出租屋，四处散落着生活垃圾，桌上摆满了泡面的包装。

“你说他们找到我了？”那个男人留着光头，耷拉眼角，年龄在四十岁上下。

“是，他们已经开始行动了。”电话里说。

“赶紧废了这张卡！再跟我联系，打 1199 那个号。”光头男人说着就蹿了起来，他迅速穿好鞋，从沙发上抄起一个双肩背，胡乱装了些东西，就往门外跑。

海城市公安局专案组里，电子地图通过投影仪打在幕布上，上面标注着四个醒目的红点。章鹏边打着电话边看着地图，“位置动了？你慢点说，在市南区政业路那个地址。确定吗？好，谢谢了。”他说完就挂断了电话。

身边的刑警操作鼠标，将地图上市南区政业路的区域放大。

章鹏操作着手机，又拨出了一个号码，“喂，瞎猫，是在市南区政业路的位置，对，兔子蹦起来了。注意安全，那孙子身上可背着好几条人命呢。”

“放心吧，被我们鹰眼小组盯上的，跑不了。”电话里传出视频侦查大队黎勇的声音。

市南区政业路，是海城最繁华的一条商业街。傍晚七点，人群拥挤，摩肩接踵。一个头戴黑色棉帽的男人在人群中迅速穿梭。他背着一个黑色的书包，低头疾行。当他准备穿过一条十字路口的时候，正好碰上红灯。熙攘的车流堵住了他的前路。他隐藏在人群中，焦虑地左顾右盼，观察着四周的动向。

天渐渐黑了下来，华灯初上，商业街的广告牌闪烁着霓虹光影。路对面的人群也是黑压压的一片。终于，红灯变绿，他赶忙迈步，随着人群迎着另一边的人群走去。这时，他突然发现在对面的人群中，有两双眼睛在注视着他。他警觉起来，迅速掉头就往回走。这时绿灯又变成红灯，车流重启，他没有止步，迅速地奔跑起来，左躲右闪地越过车流，引起了一片鸣笛。他慌不择路地跑着，边跑边回头观察。后边那两个人果然如影随形，他们的速度很快，紧追不舍。他找了条岔路，一侧身就钻了进去，又绕了几个弯，眼看着就上了大路。却不料，面前又出现了另两个黑影。他知道这些人是冲着自己来的。于是心一横，冲着那两个黑影跑去，同时往腰后一摸，拽出一把匕首。

“不许动！警察。”他还没跑到那两人面前，他们就举起了枪。

他知道不能硬扛，迅速转身窜进了另一条胡同。他左突右撞，与这四人周旋着，凭借矫健的身手，一次次将他们甩掉，却又一次次被他们围住。他累得满头大汗，浑身湿透。终于几经周折，窜到了一条路上。他知道，在百米之外就是一片棚户区。那里纵横交错地形复杂，只要进去就能逃脱。于是他咬紧牙关，拼命地奔跑。正在这时，不远处出现了一个老头儿。那老头儿长得干巴瘦，戴着一个棉帽子，揣着手，不慌不忙地溜达着。他来不及关注，与老头儿擦身而过。却不料，老头儿突然抬脚，猝不及防地绊了他一下。他顿时失去重心，一下摔了出去。与此同时，后边的四人赶了上来，将他制服。

“别动！”

他刚想反抗，一把枪就顶在了他的头上。另外几人干净利落地给他戴上了背铐。

“行啊，小子，身手挺利落啊。”为首的一个便衣警察说。

“再利落也利落不过你们鹰眼小组啊，四大名捕，名不虚传啊。”那个老头儿摘下了棉帽子，正是老马。

“马爷，你这腿没事儿吧？”视侦大队鹰眼小组的黎勇叉着腰笑。

“嘿，你小子以为我只会审人啊，年轻的时候要论抓捕，我也有一号。”老马撇嘴。

他边说边走到那人身旁，一把掀起了他的脚，“哼，连鞋都不换是吧？就是这个鞋印儿。”他笑着对黎勇说。

一个便衣检查了他的书包，把一张身份证递给黎勇，“蒋冠军，襄城人。”

黎勇看着他的身份证，又戴上手套翻看了他的书包。里面装着几摞现金，还有几支针剂和一个注射器。他笑了笑，拿起手机拨打电话，“喂，章队长，人到位了啊。有现金，还有针剂和注射器，鉴定的事儿我就不管了。好，放心吧，马上押回去。”

傍晚八点，骆江平接到了那海涛的电话。他感到很意外，警惕地问那海涛找他什么事。那海涛说想跟他聊聊，与公事无关。他想了想，就跟那海涛约了个地方。

这是一个江畔餐厅，装修得高档素雅。两人在包间见了面。这里环境很好，走到阳台就能看到江景。

那海涛与骆江平热情地握手，还送给他一个礼物，一个匹诺曹造型的小木偶。

“我没记错日子吧，今天是儿童节吗？”骆江平在手里摆弄着，笑着问。

“这个叫‘谎话娃娃’。眼睛是个摄像头，能通过所获取的体态语和微表情来判断话的真假。”那海涛介绍着。

“什么意思？还想给我测谎啊？”骆江平皱眉。

“没有没有，就是找你聊聊天儿。”那海涛说着，把谎话娃娃放在了骆江平对面，“哎，你叫骆江平吧？”他突然问。

“是……是啊。”骆江平下意识地回答。

那海涛观察着娃娃，“嘿，鼻子没出来，看来你没说谎。”他笑。

“哎哎哎，这个关掉吧。”骆江平摆摆手，“找我什么事？”

“别怕，没想找你麻烦。再说了，我可是按照你的要求，连手机都没带。”那海涛说着抬起双手。

“真的吗？”骆江平怀疑。

“不信那你搜搜。”

没想到骆江平一点没客气，上去就搜。果然什么东西也没发现，“嗯，讲信誉。”他笑着点头，“喝点儿什么吗？”他问。

“随意。”那海涛抬抬手。

骆江平转身拿起了一瓶酒，“苏格兰威士忌，正经的泥煤味儿。”他几下打开了酒，倒满了两杯。

“来，尝尝。”他把一杯递给那海涛。

那海涛低头闻了闻，“嗯，味道不错。”他煞有介事地点着头。

“呵呵，这句是实话吗？要不也给你测测？”骆江平笑。

“哈,被你看穿了。说实话,我还真没喝过这么高级的酒。”那海涛也笑了，“尝尝。”他说着举杯。

两人碰杯，饮了一口。

“你是不是对自己特有自信啊，觉得自己高人一等？”那海涛问。

“我没觉得自己有多高，但我起码了解自己，能驾驭自己。人生的过程就是个循环，先了解自己，再了解别人，最后再了解自己。真正要找寻的，是自己的内心。”

“哎哟，深了去了。”那海涛感叹，“但人的内心可不好了解啊，有的时候你觉得看明白了,实际上还差得远,甚至被误导。侥幸,顾虑,畏难,恐惧，矛盾，彷徨，暴躁，退让……每种反应都有原因，每个表情都是故事，强硬掩盖不住虚弱，缄口不语隐藏不了内心真相。比如你现在，看着我，是在想什么呢？”那海涛问。

“什么都没想，在品酒。”骆江平笑，“既然你们警察尊重法律，依法办事，就应该知道，只要找不到证据，就不能对我怎样。”

“呵呵……不要把真相埋在心里，会睡不着觉的。”那海涛又举起杯。

“不会的，我的睡眠一直很好。”骆江平与他碰杯。

“这款酒我好像见过。”那海涛拿起酒瓶，端详着，“记得有次我找刘牧，他跟我显摆，拿出了大师版的麦卡伦，2005 年的柏图斯波尔多，还有二十年的茅台，好像还有这款。他告诉我，人和酒一样，一旦尝试了最好的，以前的次的就很难下咽了。”

“嗐，别理他。他没什么素质。”骆江平摇头。

“嘿，就这么说你老板啊？”那海涛笑。

“他不是我老板。”骆江平纠正。

“好，有骨气。酒还真是不错，来，再干一杯。”那海涛又举起杯。

两人满饮。

那海涛走到阳台上，看着外边的江景。夜色很美，霓虹灯光洒在江面上，波光粼粼的，像闪烁着无数个记忆中的碎片。

“听过那么一句话吗？每个人都活在自己的橱窗里，向外看是广阔的世界，但自己却终生被狭窄的空间囚禁。”那海涛回头看着骆江平。

“那是因为你们的生活朝九晚五，循环往复，所以画地为牢。”

“你不是吗？”

“我的人在这儿，但是心……”他向远处比画了一下，“在那儿。”

“天，你这是灵魂出窍啊！”那海涛犯坏。

“许多人都想变成别人的样子，但我们从出生就不是他们，所以也很难变成他们。”骆江平说。

“他们是谁？”那海涛话里有话。

“只是泛指，没有固定的对象。”骆江平说，“哎，你怎么一说话就咄咄逼人的啊，不会讲个笑话吗？”

“笑话？”那海涛想着，“哦，我们上警校的时候，没事就偷着跑出学校喝酒。有一天一个同学喝多了，躺在了地上，我们就找了根粉笔，沿着他的身体画了一圈白线。哼，这算是职业病吧。”

“哈哈哈……”骆江平笑。

“还有一个。我们同事回家给孩子检查作业，好几次在签字的地方写上：本人看过，属实。”

“呵呵，这真是职业病啊。”骆江平说。

两个人都渐渐地放松下来。

“我看过一个好莱坞大片儿，叫《楚门的世界》，说的是一个人被所有的人骗，以至于最后都相信了这个虚假的世界。这个世界亦真亦幻，到底有多少真实呢？”那海涛问。

“真和假那么重要吗？在绝大多数哺乳动物的眼睛里，这个世界是单调的，因为它们看不到很多的颜色。但人在进化的过程中，获得了感知更多颜色的能力，但也仅限于此。其实我们看到的世界，不一定是真实的世界。到处都是‘楚门的世界’，而我们就生活在这里。”骆江平说，“来来来，再干一杯。”他又举起杯。

两人山南海北地聊着，大有一见如故的感觉。那样子仿佛是两个老友，一点不像是对手。一瓶酒下肚，两人都喝得有点多了。餐厅已经到了打烊的时间。

“咱们要不要换个地方？”那海涛问。

“什么意思？还想再传唤我二十四小时？”骆江平醉醺醺地说。

“怎么可能……要不去你那儿聊聊？”那海涛提议。

“我那儿？好啊。”骆江平点头，“但这个就不带了啊。”他用手指了指那个谎话娃娃。

在海城市公安局五楼，“啪啪啪”，有人敲响了监控室的门。

“谁啊？”那个高个子长头发的辅警问。

“请问，哪位是李翔宇啊？”门开了，外面站着一个人。他五十岁上下的年纪，长得干巴瘦，薄嘴唇、小眼睛，眼角往上挑着，正是潘江海。

“哎，就一个人啊。你就是吧？”他微微一笑。

李翔宇心里一颤，不禁往后退了一步，“你找我……什么事？”

“呵呵，不认识我了？专案组的，老潘啊，外号‘大喷子’。按说不应该啊，你没少通过监控盯着我啊。”潘江海的表情像个狼外婆。

李翔宇这才注意到，在潘江海身后，还站着两个制服民警。

“哎，看什么呢？”潘江海冲监控的屏幕指了指，上面还显示着会议室的画面。

李翔宇很机灵，突然后撤，将一把椅子抛到潘江海面前。他猛地拉开监控室的窗户，就要往下跳。监控室在市局五楼，下面就是停车场。他刚一探头，就发现下面已经支好了一个救生气垫，旁边站满了民警。

“你看，多么蓝的天哪，走过去就会融化在蓝天里。一直往前走，不要往两边看，朝仓不是跳下去了吗，唐塔也跳下去了，现在你也跳。跳呀，快跳啊……”潘江海念着电影《追捕》里的经典台词。

李翔宇犹豫了一会儿，垂头丧气地下了窗台。两个民警上前给他戴上了手铐。

“带走！”潘江海严肃地说。

在市局审讯区的第一审讯室里，潘江海和记录员在李翔宇面前端坐。他冷着脸，俯视着这个年轻的辅警。

李翔宇已经脱去了制服，他低着头，头发遮住了他的眼睛。

“姓名？”潘江海问。

“李翔宇。”他回答。

“工作单位和负责的岗位。”

“海城市公安局的辅警，负责监控室的工作。”

“年龄？”

“二十三岁。”李翔宇头也不抬地回答。

“二十三岁，多好的年纪啊。”潘江海感叹着，“这个年纪本该努力奋斗，全心扑在工作上。按照咱们局的政策，你虽然是辅警，但只要好好干，有立功受奖的表现，通过了考试就有转成正式民警的机会。但你现在呢？”他啪的一下拍响了桌子，“你给我抬起头来！”他大声喝道。

李翔宇被吓了一跳，抬起头看着潘江海，眼圈发红。

“我比你大二十多岁，在我眼里，你只是一个孩子。但你早就是成年人了，应该为自己的所作所为负责。今天我也不想跟你兜圈子、用什么技巧，咱们就有一说一。知道怎么发现你的吗？我详细查了你们的值班记录，所有可能泄密的时段，你都在班上，而且还找理由支走另一名辅警。李翔宇，你在公安局也干了一年多了，白接受保密教育了吗？为了这么点钱，值得吗？”潘江海叹了口气，“说，他们给了你多少钱？”

“给了……”李翔宇犹豫着，“前前后后，不到十万吧。”

“十万就把你收买了？”潘江海皱眉，“他们是谁，说出名字。”

“是……大树咖啡厅的老板，叫骆江平。”李翔宇回答。

“通过什么方式给的你钱？”

“通过现金的方式。”

“那些钱都在哪儿？”

“都花了。租房、租车，没剩下多少。”

他没说假话，在市局附近的一个租车行，确实发现了那批连号的现钞。

“你上班刚一年多，每个月几千块钱的工资是不多。但能图个安稳啊。脚踏实地，稳扎稳打，早晚能混出头。非跟外边的那帮孙子混，瞎攀比，一个人租个三居室，还租了辆奥迪。你有病啊！烧包啊！不知道这是圈套吗？”潘江海恨其不争。

“我后悔啊，我早就后悔了……”李翔宇用手捂住了脸，“我是中了他们的圈套。在收了那笔钱之后，我就后悔了。特别是在赵利出事之后，我特别害怕，想把钱退给他们。但是他们威胁我，说如果不按照他们说的做，就举报我，让我身败名裂。他们甚至还摸到了我的家，说出了我父母的姓名和单位。我是被迫的，我是被威胁的……”他解释着。

“我给你个机会。只要你如实说,就算你自首。”潘江海用手指点着桌面。

“好，我说，我全说。”李翔宇点头。

那海涛和骆江平出了餐厅，站在路边叫车，但等了半天也没等到车。骆江平向远处眺望着，苦笑了一下，“看见没有？又是你们警察。大晚上的不回家，站在路边上夜查，连车都不敢过来。”他撇着嘴，满是酒气。

那海涛举目望去，远处果然停着几辆警车。

等了半天，一辆蓝色的别克 GL8 才停在了两人面前。骆江平报了地址，那海涛主动付了现金。车开得很稳，窗外的景色亦真亦幻。两人在车里聊着，像是莫逆之交。

不一会儿就到了地儿。司机的服务很好，将车紧贴着咖啡厅的门口停住。两人都喝得有点多了，晃晃悠悠地走了进去。他们没在大厅停留，径直进了吧台后的包间。

包间里很安静，听不到任何外面的声音，加上暗色的墙纸，让人觉得压抑。骆江平打开台灯，坐在椅子上，俯视着那海涛。

“你今天约我，到底是为了什么？”他问。

“聊天不行吗？”那海涛反问。

“不会这么简单吧。你不仅是个警察，还是个预审，你的所有行动都有目的。”他表情渐冷，“抽吗？”他从口袋里掏出一支雪茄。

“尝尝。”那海涛点头。

骆江平打开抽屉，取出雪茄剪和专用的火机，操作了几下，给他点燃。

那海涛深吸了一口，呛得咳嗽出来。

“抽这个不能急，得慢慢品。错误的方式会造成错误的结果。”骆江平笑。

“错与对和方式无关，和目的有关。”那海涛说。

“什么是对呢？存在即合理，活下去就是对。”骆江平说。

“就像你说的那些巨树，为了让自己能活得更久，却遮住了其他植物的阳光，不惜让它们枯萎。起码我觉得这不是对。”那海涛说，“在我们警察的眼里，那些贪图利益、越过雷池、剥夺别人幸福、触犯法律的人，最后都会付出惨重的代价。他们逞一时之快，得一世之悔，失去自由，甚至未来。这就是错。”

“但在红灯和绿灯之间，还有黄灯。”骆江平说。

“那个黄灯最迷惑人，最危险的时候不是闯红灯，而是闯黄灯。”那海涛说。

“唉……话不投机半句多啊。”骆江平笑着摇头。

那海涛又抽了一口，咳嗽起来，“哎，你这烟怎么有股怪味儿啊，越抽越上头……你下一步想怎么办呢？带着那五千万，逃到一个小岛国，阳光，沙滩，外国妞儿，幸福地度过余生？”他笑。

“你是不是觉得，我所做的一切都是为了钱？”骆江平问。

“不是吗？”那海涛反问。

“有时真理是不被大多数人理解的。他们只看到你的短处，用自己的思维去解释你的行为。这个世界上是没有完人的。就算马丁·路德·金，也会有丑闻啊，但这并不影响他的伟大。每个人身上都有复杂的人性，痛苦、脆弱、自私、嫉妒……但真理永远是真理，强者与弱者的区别就在于，他们知道自己在做什么，要往哪里去。”

“哼……但一个不被理解的真理会变成一个错误，以牺牲大多数人利益获得的成功就是罪恶。”

“你不要觉得这个世界上只要有受害者就有行凶者。祸兮福之所倚，福兮祸之所伏，福与祸是会相互转化的。就比如陈梦的死，这不是她最好的结果吗？”

“最好的结果？”那海涛表情骤变，“这么年轻的一个女孩，有着自己的追求和梦想，却被别人利用，成了一枚棋子，最后失去生命。这是什么最好的结果？”他质问道。

“这是她自己的选择。你不是她，怎么知道这不是最好的结果呢？”骆江平反问，“我承认自己也不是那么高尚，我也有目的和野心。那你呢？你高尚吗？”

“我只是个普通人。我表面自尊，却害怕失败，我功利心太强，凡事都想要好的结果。我为了办案，忽略了许多身边的人和事。这些年有太多的遗憾……特别是我的记录员，他其实很老实，做事也兢兢业业的，但我却很少关注他。后来他出了事儿，为了点儿钱被别人拉下水，当我看到他尸体的时候，唉，心里真是疼啊……”那海涛摇头，“我当时就想，如果平时能多跟他聊几句，听听他的心事，哪怕多跟他喝几场酒呢。是不是就不会发生这事儿了？”

“你说的是赵利吧？”骆江平开门见山。

“你认识他？”那海涛与他对视。

“他也是我这儿的顾客。他跟了你这么多年，但似乎你还没有我对他了解得多。”骆江平的眼里带着挑衅。

“是你把他拉下水的。”那海涛质问。

“不，是他自己的选择。”骆江平摊开双手。

“你！”那海涛用手撑住沙发，想站起来却觉得浑身无力。他拿起手中的雪茄，“这里面……有什么？”

“放心，里面不是毒药，只是一些麻醉的成分。你太累了，需要好好睡一觉。”骆江平的脸上露出阴险。

“不让我带手机，用酒灌醉我，还让我抽雪茄……哼，这都是你的安排。你真是机关算尽啊。”那海涛气喘吁吁地说。

“不，是步步为营。”骆江平说。

“你……为什么要这么做？”那海涛神情恍惚，视线越来越模糊。

骆江平站起身来，从抽屉里拿出约束绳，将那海涛反手绑住。

那海涛浑身无力，只得任其摆布。

骆江平又从抽屉里拿出一支注射器，放在桌子上，然后抽出一支雪茄，自顾自地点燃。

在市局审讯区的第三审讯室里，二姐和方小罗坐在蒋冠军对面。桌上摆着心测仪、笔记本电脑、钢笔、A4纸和印油。二姐拿着一张画像，看着蒋冠军笑。

“嘿，还真挺像啊……”二姐对方小罗说，“年龄在四十岁上下，耷拉眼角，跟谁欠他八百吊似的。身高一米七八左右，手腕上还文得花里胡哨。嗯，省厅这帮专家还不白给。”她说着就将画像展开，让蒋冠军看，“哎，是不是你？”

蒋冠军看着画像，面无表情，一言不发。

“嘿嘿嘿，瞧你那胳膊，都文的什么呀？皮皮虾打篮球吗？”二姐嘴损，逗他的话，“行啊，你干的事儿不少。绑架孩子，威胁司机，撞死卢霖和赵利，杀害刘牧……你可真是一专多能、业务精通啊。都到这时候了，还打呢？有意思吗？是个爷们儿吗？知道我们现在办案的技术吗？指纹、鞋印、DNA，还有你包里的注射器，都已经对上了。还有什么可抵赖的吗？”二姐质问。

蒋冠军昂着头，撇了撇嘴，似乎根本没拿二姐的话当回事儿。

“嘿，我看这孙子可能是个哑巴。别跟他废话了，直接给他上仪器。”二姐转头对方小罗说。

方小罗上前，给蒋冠军围上呼吸带，连接好了心测的设备。她刚要进行测前谈话，就被二姐打断。

“不用跟他废话，直接问。”二姐把脸往下一耷拉，严肃起来，“马良的儿子是你绑架的吗？”

蒋冠军没回答，看着二姐。

“是你让陈大力把孩子拉到教堂的吧？”

蒋冠军缄口不言。

“开着没悬挂号牌的东风小型自卸货车，将卢霖撞到悬崖下的，也是你吧？”

蒋冠军依然没有回答。

二姐没有停顿，“到汕洲杀害刘牧的人是你吧？”“杀害陈梦的人是你吗？”她根本就不遵循心测的程序和逻辑，连珠炮似的问着。

二姐边问边煞有介事地看着笔记本电脑，不时对方小罗点头，做出肯定的表情。这一切都被蒋冠军看在眼里。

“还有，杀害潘江海和那海涛的人也是你吧？”她又问，“还有，强奸马德福的那件事儿……”

“嘿，我说警官，你怎么不说我把刘德华给杀了啊？”蒋冠军终于绷不住了。

“哎哟喂，你不是哑巴啊？”二姐装作惊讶。

“愿赌服输，既然被你们抓着了，该怎么判就怎么判吧。”他一脸不屑。

“想什么呢？你就没有一点儿赢的机会！这个世界很公平，作了恶就要受到惩处，犯了罪就要受到惩罚。你的爪印儿，哦，文明词儿叫指纹和鞋印，我们都对上了。襄城的‘4·15’案，孟州的‘6·07’案，也都是你干的吧。还有，你身上的那些现金，也都来自沿海的那个地下钱庄。我跟你明挑，地下钱庄已经被破获了。知道什么叫‘冠字号’吗？一钱一码，你跑得了吗？还愿赌服输，哼，我看你是画地为牢，自取灭亡！”二姐拍响了桌子。

“说不说不都是个死吗？你吓唬谁呢？”蒋冠军脸上露出凶狠。

“聪明，太聪明了。”二姐伸出大拇指，“死，你肯定是死定了。背着这么多条人命，没有任何理由让你活着。那你就琢磨琢磨，在你人生的最后一骨节儿，还能不能给自己留点面儿。死的时候能不能像个爷们儿？还是当个缩头乌龟。哦，人家都站着死，就你趴着死，一肚子秘密往坟墓里带。行，那你憋着吧，我们大不了‘零口供’呗。我还告诉你，你要不想说，我们还不问了。到时候给你申请个单独的‘号儿’，从即日起没人跟你说话，我憋死你！”

“大姐，咱们无冤无仇，你怎么这么狠呀？”蒋冠军皱眉。

“废话！对你仁慈就是对被害者的残忍。你干了那么多伤天害理草菅人命的事儿，还指望着别人能善待你？我告诉你，没戏！我跟你没面儿，咱们之间是敌我矛盾。明白吗？”二姐不愧被称为快嘴，发起力来气势磅礴、一浪接着一浪。

方小罗知道，她用的招儿是急火攻心。对蒋冠军这样的重犯，政策教育已经没有用了，他背负着多条人命，深知自己罪不可恕，也不会指望从轻和宽大。对他的办法很简单，就是“二选一”，将其逼到死角。

“行了行了……我说，行了吧。”蒋冠军不耐烦地摆摆手，“你们俩女的，也没根儿烟抽。”他摇着头。

“有，说了就给你。”二姐说着就从兜里掏出一盒中华。

“得，大姐，你够厉害。我折在你手里不冤。”蒋冠军摇头苦笑，“这所有的事儿都是一个人指派我做的，他答应给我两百万，现在只付了一半儿。哼，就算我死了，也得拉上他当垫背的。哎，我要是说出了他的名字，是不是算立功啊？”他谈起了条件。

“你不用说，我们也知道他是谁。”二姐不屑，从材料里翻出一张照片，拍在桌子上，“不就是这孙子吗？”

蒋冠军一看，傻了眼。

“想抽烟吗？”二姐问。

“想啊。”蒋冠军答。

“那就从绑架马良孩子的事儿说起。”二姐命令道。

在大树咖啡厅包间里，骆江平站在那海涛面前，“问你个问题，你最遗憾的是什么？”

“我必须回答吗？”那海涛反问。

“你们不是喜欢测谎吗？好，那我也来一次。我给你三次机会，如果每次说的都是实话，我就让你晚死一会儿。但可别跟我耍诡计啊。不要觉得，只有你们预审聪明。”骆江平吸着烟。

“这样不公平。既然是玩儿游戏，就该你来我往，就要对等。这样，我回答你一个问题，你也要回答我一个。”那海涛说。

“可以啊。哼……这才是真正的真心话大冒险吧。”骆江平笑。

“好，那我先回答。我最遗憾的就是没能将你绳之以法。”

“嗯，看样子说的像是真话。”骆江平点头。

“那我问你，陈梦到底是怎么回事儿？”那海涛问。

“很简单。陈梦是我介绍给刘牧的。刘牧当时刚出狱，看似自由了，但其实处境更加凶险。他知道太多情况了，就是你们不抓他，那些人也不可能让他活呀。所以他就找到我，让我给他出主意。于是我就推荐了陈梦，让他们俩唱了个双簧，演了一出强奸戏。这样就可以让刘牧有理由离开海城了。金蝉脱壳，呵呵……”

“然后再用方法让陈梦消失？”

“哎哎哎，这你可别冤枉我啊，陈梦的死跟我没关系。”骆江平说，“哎，行了，你该回答我下一个问题了。你们为什么怀疑我？”

“因为你把自己扮得太像圣人了，太完美无瑕了。但越是这样，就越值得怀疑。你不是说过吗？一个事物的正面和反面本是一体。所以从那个时候我就觉得你有问题。”那海涛说。

“嗯，你这么说还有点道理。但我知道，你对我还有所隐瞒，你们肯定还使用了其他的手段。那，这个问题我算你说了一半实话。你现在，只有半个机会了。”

“刘牧的死跟你有没有关系？”那海涛看着他的眼睛。

“我像是那么残忍的人吗？”骆江平把双手摊开，“还记得那个屠宰羊的工业化流水线吗？就算那几只领头羊能暂时不死，但早晚也会成为流水线的牺牲品。”

“你说的是省里的人？”

“哎，你犯规了，你这是问了我两个问题。你现在只有半次机会了。”他指着那海涛。

“骆江平，你就是主谋！”那海涛用最后的力气喊着。

“我是主谋？你太糊涂了！”骆江平吸了一口雪茄，“我只是明哲保身，做正确的事而已。是那些野兽在争斗，我只不过是个旁观者。”

“谁是好人？谁是坏人？谁是被害者？谁是作恶者？谁是助纣为虐者？谁又是始作俑者？”那海涛连连发问。

“想套我的话吗？哼，我很早以前就告诉过你了，真正的作恶者其实并不在这个故事里。”

“我知道还有最后一个问题了。这次能不能让我先问？”那海涛说。

“可以。”骆江平点头。

“制造一系列事端，策划杀掉刘牧，转移资金的，到底是谁？”那海涛问。

“对不起，我拒绝回答这个问题。你应该永远都不能理解我想做的事了。我要的不是用那些钱去填补欲望，我要的是改变生活的契机，能给更多人带来转机。我要带着他们从平庸里走出去，从这儿到那儿。阳光、氧气、大海……这个过程可能会很长，会很痛苦，需要搭建一座很长的桥梁。但他们必须脱胎换骨。我说的这些你明白吗？”

“你当年搞传销的时候，就是这么忽悠别人的吗？模棱两可，似是而非，云山雾罩，胡说八道！你知道什么叫错误定律吗？就是觉得别人都不对，那就是你自己不对。”

“对不起，时间快到了。最后一个问题了，你觉得我会杀了你吗？你害怕吗？”他的表情变得狰狞。

“怕，特别怕。谁不怕死呢？世界这么美好，有这么多值得我留恋的东西。但如果为了理想牺牲，那就值得。警察即使死去，身上盖的也是国旗，收到的也是敬仰和赞誉。”

“好，那你就为了自己的理想牺牲吧。”他说着从桌上拿起注射器，走到那海涛面前。他挽起了那海涛的袖口，轻笑一下，猛地将针头扎进那海涛的手臂。

“这是特效药，放心，不会有任何痛苦。进入体内两分钟后，你便会失去知觉，浑身麻痹，然后停止心跳。之后这种药会随着新陈代谢被身体排掉，很难被人发现。我会转移你的尸体，伪造你酒醉猝死的假象。当他们怀疑我的时候，对不起，我已经离开这里了。”

那海涛浑身颤抖着，面色土灰，似乎药效已经发作，“你这么谋财害命，就为了那五千万？”

“哼……”骆江平撇嘴，“那五千万只是冰山一角，更多的钱早就通过地下钱庄洗出去了。”

“你怂恿赵利盗窃案卷，然后又指使陈梦报假案，名义上是帮刘牧脱身，实际上却是为了占有他的财产。哼，连环套啊……看来，你就是整个案件的始作俑者。”那海涛说。

“不，我还有个合作者。你们肯定想不到他是谁。”骆江平笑。

“你以为杀掉我，你就能成功坐上飞机吗？”那海涛气如游丝。

“我不会那么傻的。”骆江平抬手看了看表，“凌晨三点，海城码头，我们会坐船离开。”

“哼……”那海涛笑了一下。

“你笑什么？”

“我在想啊，在现实生活中，坏人怎么也跟电视剧演得一样，总是话多。骆江平，你没自己说得伟大，你说的什么理想啊，追求啊，都是胡扯！你只不过是个骗子，与人狼狈为奸，谋财害命。但我确实领教到了一个传销讲师，到底有多么巧舌如簧。”那海涛越说底气越足。

“你……”骆江平意识到不对。

“你听评书吗？”那海涛问。

“什么？”骆江平不解。

“有一个评书叫《杨家将》，里面有精彩的一节，叫‘夜审潘仁美’。”那海涛说着，腾地站了起来。

骆江平吓得连连后退，“你……你怎么……”他看着手中的注射器，惊讶得合不拢嘴。

“知道什么叫‘名提’吗？制造情境、进入角色，提气、变脸、入戏，三十六计，七十二变。孙子，你还嫩了点儿。”那海涛撇嘴。

他话音未落，只听“刺刺”几声，包间里的壁纸突然就变了颜色。先是一幅夏威夷风光，沙滩海浪；然后变成罗马风景，阳光假日；再往后是市井胡同，熙攘街头；最后竟出现了银河系和星球，航天飞机在太空漫游。“啪”，连屋顶都掀开了。

骆江平吓得跌倒在地，他这才发现，自己根本就不是在咖啡厅的包间，而是在一个摄影棚里。门开了，几名制服警走了进来，给他戴上了手铐，那海涛也被松了绑。他推着骆江平走出了老范搭建的演示间。在外面的大屏幕上，正直播着演示间里的画面。

“到处都是‘楚门的世界’，而我们就生活在这里。”那海涛笑，“哎，观众朋友们，我们俩演得如何？”他冲着屏幕前的十多个人招手。

那些人都笑了。骆江平沉默着，牙关紧咬，“你真卑鄙。”他说。

“对待流氓，就要比流氓还流氓，对待骗子，就要比骗子更狡猾。”那海涛笑，“哎，为了这场戏，我们可花了不少工夫啊。帮你搬了个家，桌椅、沙发，都是你的。但抽屉里的注射器可给你换了啊，这是危险物品，不能瞎玩儿。你给我打的是葡萄糖水。”

“这么说那辆 GL8……”

“当然是我们的人了。对了，车玻璃上贴的也是这玩意儿，影视拍摄专用的电子背景幕布。”那海涛指着演示间的墙壁，“还有，灌你喝酒，交警夜查，也都是我们的安排。这叫未雨绸缪，步步为营。法医还给我注射了防止被麻醉的特效药，你那个雪茄档次太低，我根本就没往里吸。还有，我这酒量，一斤多是醉不了的，你那个破洋酒，又酸又涩，真喝不出泥煤味儿。骆江平，你面对的可不是我一个人，而是整个海城警队！”

“你们是法盲吗？这么做，有法律效力吗？”他叫嚣着。

“对，我喝了酒，也不是双人工作制，没有宣读《犯罪嫌疑人诉讼权利义务告知书》，也没让你签字按手印儿。但是……”他停顿了一下以示强调，“你刚才给我提供了那么多的线索。还让在场的局长、处长，检察院、纪委监委的同志们都倾听了你的内心所想，这么多人做见证，我相信，对你日后的起诉和判决肯定能起到良好的推动作用。要是能把刚才的录像在影院播放，相信肯定不次于那些好莱坞大片，冲个几十亿票房没问题。再说，你也不要高估自己在整个案件中的作用。我们查清了，你不是始作俑者，顶多算是个助纣为虐的作恶者，一个马仔。你只是案件的其中一环。”

骆江平没话了，他看着那海涛，重重地叹了口气。

在押走骆江平之后，那海涛走到郭局身边，“领导，这场‘真人秀’怎么样？检察院和纪委监委的同志们，都还满意吧？”他笑着问。

“嗯，你这个寇准演得好。”郭局也笑，“地下钱庄已经破获了，老潘和老马那边也都得手了。”

“那上面的那些人……”那海涛没有明说，用手往上指了指。

“放心吧，省纪委已经上报中央纪委了。打伞破网，不会有漏网之鱼的。”郭局说。

凌晨三点，海城码头，一个黑影在岸边徘徊着。他戴着帽子，穿着一件黑色大衣，朝远方眺望着，似乎在等待着什么。

不一会儿，远处闪起了忽明忽暗的光亮，仔细一看，是一艘渔船在缓缓靠近。那人抬起手，冲渔船的方向挥着。但就在渔船即将靠岸的时候，从远方突然驶来两艘海警船。那人惊慌失措，掉头就跑，但没跑多远，就被埋伏好的刑警扑倒在地。

章鹏拽掉了他的帽子，拿手电将他的脸照亮。他面色白净，一脸书生气。

“郝仁，又见面了。你可是真愧对这个名字。”章鹏看着他摇头。

郝仁被吓坏了，抖如筛糠。

漆黑的审讯室，一束强烈的光照在郝仁脸上。他面色惨白，满头大汗。

那海涛和方小罗坐在审讯台后，严肃地看着他。

“我跟你明挑，骆江平、蒋冠军都已经落网了，他们已经供述了全部事实。你勾结骆江平，指使赵利盗窃公安机关案卷，同时设计逼走刘牧，又指使蒋冠军将其杀害；以及卢霖坠崖、陈大力绑架、李凡盗窃，等等等等的罪行，我们都查清了。现在何去何从，你自己掂量。”那海涛一字一句地说。

“唉……”郝仁叹了口气，抬头看着那海涛，竟然露出了一丝冷笑，“我知道，自己输了，满盘皆输。当然，从省里领导失联的那一刻，我就知道了。机关算尽啊……真累。”他摇着头，“你们知道吗？这谎言啊，就是一个旋涡，只要转起来，就越来越快，越来越深，根本停不下来。一个谎言会带出更多的谎言，一个小的谎言会变成大的谎言，最后将你吞噬。生不如死啊……这个故事从哪儿开始讲呢？”他抬头想着，“年初，我老板刘牧出了事儿，还牵出了副市长姬箴。在被抓之前，他跟我说，如果他进去了，让我想方设法、无论花多少钱也要救他出来。还给了我一大笔钱。后来公安局果然抓了他，我就做了两步工作。第一，是让蒋冠军绑了那个马良的孩子，让他闭嘴；第二，就是找到骆江平，让他帮着想办法。赵利是骆江平咖啡厅常客，于是我们就买通了他，盗取了刘牧的案卷，把刘牧救了出来。但刘牧出来之后啊，感觉自己更加危险，怕上面的人将他灭口。哼，刘牧知道的事情太多了……于是他又找到骆江平，想找一个金蝉脱壳的方法。那个时候，刘牧正在大肆转移资金，而且把这事全权交给我办理。我找到了一个沿海的地下钱庄，给他建了一批境外的虚假账户。而骆江平也帮他想了一个好办法，就是让那个小姐陈梦谎称被他强奸，到公安局报案，然后再消失。这样的妙处是，既能给刘牧制造出逃的理由，躲避了上面那些人的压力，又不至于让他真的被抓。刘牧听了，也觉得很好。”

“这么说，强奸案是假的？”那海涛问。

“嗯。”郝仁点头。

“为什么找陈梦？”方小罗问。

“那女的得了重病，缺钱。而且被骆江平洗脑了，觉得这么做没什么大不了。”郝仁苦笑。

“接着说。”那海涛抬抬手。

“于是我们便指使陈梦，做了这一系列的事情。但也就是在那时，我和骆江平动了心思。你们知道刘牧转移了多少资金吗？几个亿啊。这么多钱，都在经我的手，刘牧完全没有控制权，而且海外的那些账户也是由我控制的。哼，我们绷不住了，一商量准备吞了这块肥肉。”郝仁叹了口气，“后来，我就让蒋冠军偷偷地跟着刘牧到了汕洲，然后找机会，干掉了他。”

“针剂是从哪里来的？”那海涛问。

“蒋冠军找的，他是职业干这个的。”

“那骆江平手里的针剂呢？”

“也是蒋冠军给的。”

“就为了侵吞这些钱，就要杀了刘牧？”那海涛皱眉。

“不，要杀掉他的，不仅是我们，还有他们。”他说着抬手向上指了指。

“为什么？”

“哼，我不是说了吗，刘牧知道的事情太多了。他是个定时炸弹，只要再被公安局抓到，就会将他背后的人牵出来。我是先接到他们的命令，才让蒋冠军动手的。算是……顺势而为。”

“是你雇的蒋冠军？”

“我怎么会认识这种人？也是他们。”

“那为什么要除掉卢霖和赵利？”

“为了避险啊，卢霖和赵利都知道我的事，不除掉他们，我就会暴露。”郝仁说。

“是谁给你通风报信的？”方小罗问。

“刚开始是赵利，后来是那个辅警李翔宇。”郝仁回答。

“那你为什么要匿名举报徐佳妮呢，还有信科，你不知道他们会牵出廖长远以及幕后的人吗？”那海涛问。

“哼……浑水摸鱼，乱中取胜。”郝仁冷笑，“我知道，虽然现在他们用我，但早晚我也会有刘牧的那一天。他们怎么对待刘牧的，对我只会加上一个‘更’字儿。所以我就举报了徐佳妮和信科，还给你们的举报邮箱发了信，我要借你们的手，闹个天翻地覆，让他们互相猜忌，相互制约，最后再金蝉脱壳。”

“嗯，想得不错。”那海涛点头，“但最后还是由于时间太紧了，造成五千万转移不走，于是就以支持公益事业的名义，让刘牧倒签了捐赠书，放到了骆江平手里？”

“不，那件事是骆江平做的。他这人多疑，怕我事后甩了他，所以才提出了这个建议。当然，明面儿上都是为了帮刘牧转移资金。”

“你和骆江平怎么认识的？”那海涛问。

“我们……一直是搭档啊。”郝仁笑，“我们组过一个直销公司，哼，挣了点儿钱。但后来出事儿了，就散了。我用的是化名，所以警察没找到我。骆江平更高，虽然在幕后操作，但表面上只是个讲师，所以也没被处理。”

“这么长时间了，为什么不逃？”方小罗问。

“我要是逃了，能不被你们怀疑吗？”他反问，“最危险的地方，往往就是最安全的地方。再说，他们……”他又往上指了指，“也会一直追着我。”

“别老含含糊糊的，他们、他们的。副省长费亮已经被留置审查了，其余的‘黑手’也都被打掉了。”那海涛加重了语气。

“我知道。”郝仁点头，“他们电话一关机，我就都知道了。”他叹气。

“你后悔吗？”那海涛问。

“当然，当然后悔了。你还记得那次你问我吗？‘陷得深不深？’。我当时真希望自己能坦然地说，陷得不深。但是……我已经出不来了。”郝仁惨笑。

“做这些事的时候，你想过自己的妻儿和父母吗？”那海涛问。

“我也是疯了，想给我的父母治病，想给我的妻儿更好的生活……”郝仁用手捂住了脸。

“胡扯，这都是借口。你就是为了自己，想一步登天，不劳而获。”那海涛揭穿他。

“我恨刘牧。这几年，他从没拿我当人看。有一次我跟他出去应酬，他喝多了，就让我当众学狗叫。他威胁我，如果不学就直接走人。你知道吗？当时在座的十多个人，都见证了我从一个人变成一条狗的过程。所以，我要让他付出代价。”郝仁咬牙切齿。

“那些案卷被销毁了吗？”方小罗问。

“没有，我放在了一个秘密的地方。只要留着那些东西，他们就不敢动我。对了，还有廖长远的那个账本。”

“放在哪儿了？”那海涛问。

“在海城银行东郊支行的保险箱里。号码是E16，密码是六个8。唉……”郝仁叹了口气，“如果这一切都能重来，我希望自己早点被你们抓住，可能也就不会陷得那么深了。起码不会害了那个女孩。死掉的这些人，没一个是干净的，只有她，是无辜的。”

那海涛看着他，没有说话。

“以上所说属实吗？”方小罗问。

“属实。全部属实。”郝仁回答。

希望

快元旦了，乡间的风呼啸着，大地一片肃杀。几辆警车开进了村庄，停在了村民陈香芹的家门前。那海涛和章鹏走了进去。

还是那间老屋，还是那个老人。阳光透过窗户照在地上，显得平静、温暖。墙壁上用胶条贴着陈梦从小到大的许多奖状，其中最大的一张是学校舞蹈比赛的第一名。

“来了？”老人问。

“嗯。”那海涛微笑地点头。

老人冲里面指了指。她从柜子里拿出一把钥匙，打开了那个房间。房间不大，墙上挂着一张艺术照片，上面的陈梦穿着一身芭蕾服，摆出天鹅的造型。在照片下面，坐着陈梦本人。

她看到那海涛等人，拘谨地站了起来，“对不起……”她深深地鞠了个躬。

“我们履行了对你的承诺，也希望你能配合我们的工作。”那海涛说。

“我被骆江平洗脑了，做了不该做的事……其实我几次想去找你们，但是……我太懦弱、太自私了，我欺骗了你们……”陈梦满脸羞愧。

“这也是你无奈的选择。他们的‘树冠’太大了，遮天蔽日，足以让其他的植物失去阳光。你能活下来，就是对我们最大的帮助。陈梦，我们已经跟吴团长说了，她同意你回到芭蕾舞团继续工作。还有，省人民医院要求你去复查，你的病还有转机。”那海涛说。

“谢谢……谢谢你们。”陈梦泪流满面。

那海涛看着陈梦，又想起了第一次见她时的情景。一个巨大的黑袍裹挟着她，她一次次地逃脱，又一次次被裹挟其中。就像那个奥杰塔公主，在恶魔罗特巴特的诅咒下被变成了一只天鹅，只有在深夜才能变回人形。

“你那次跳的舞，是在暗示我们吗？”那海涛问。

陈梦没说话，点了点头。

“所有的花都能盛开，所有的黑夜都会过去，没有人能践踏别人的尊严。我们警察做的事，就是让那些贪图利益、越过雷池、剥夺别人幸福、触犯法律的人，付出代价，受到应有的惩处。你要相信法律，相信我们。”

“我相信你们，我愿意做证。”陈梦点头。

“好，我希望你答应的事情，能够做到。”那海涛说。

在医院的病房里，卢霖安静地躺在病床上，身边的检测仪器发出嘀嘀的声音。方小罗和二姐坐在他身旁。

经过有效的治疗，卢霖的病情已经有了很大好转。他现在有了意识，可能不久就能醒来。

在检察、纪委监委等同志的见证下，方小罗把心测仪器戴在卢霖的身上。她语气平和，不紧不慢地问着：

“你认识刘牧吗？”

“你与他是合作关系吗？”

“你认识廖长远吗？”

“你是否通过拍卖公司买过他的字画？”

“你认识姬箴吗？”

“你是否给予过他钱物或好处？”

“你认识费亮吗？”

…………

方小罗边问边看着笔记本电脑上的图谱，上面的各种曲线不时波动着。

“他能听见，他在回答。”她转过头，对大家笑着说。

元旦，外面鞭炮齐鸣，打开窗户都是烟火味儿。真相小组的成员们在摄影棚的小餐厅里聚餐。二姐手艺不错,亲自包的饺子。老马拿了一瓶好酒,据说“赛茅台”，但潘江海尝了一口，却不屑地撇了撇嘴。那海涛公布了两个消息，一个是省厅的“荡涤”专案圆满结束了，潘江海正式回到海城市局工作；另一个是市局要在法制支队的下面建立案审大队，真相小组将成为其中的骨干力量。

二姐一听，撇了撇嘴，“不行不行！谁去那儿啊？我在派出所巡逻，每天一万步，失眠好了，吃饭也香，又聚人气儿又接地气儿。刚舒服两天，我可不伺候了。”

“是啊！我也走不开啊，基层警力这么紧缺，我一走，那岗亭都没人看了。”老马也说。

“哎哟喂,那看来老两位还都不能来啊？”那海涛摇头叹气,“那没辙了,实在不行就只能从分局调人了。”

“从分局调人？调谁啊？那帮年轻的？”二姐皱眉，“那帮生瓜蛋子才搞过几个案子啊？三十六计、七十二变，他们来得了吗？红脸儿、白脸儿，捧哏、逗哏，他们玩得转吗？嘿，我还告诉你‘那三斧子’，你甭跟我们这儿说反话、使激将法。要是不想让我们来啊，你就明说，我们可不会死乞白赖地求你。”二姐变了脸。

“嘿，二姐，我可不是这意思。”那海涛赶紧赔笑脸。

“那你是什么意思啊？觉得我们老了，不中用了呗。”老马搭腔。

“唉……长江后浪推前浪，把部分前浪拍在了沙滩上。”潘江海犯坏。

“哎哎哎,潘爷,这儿有你什么事儿啊。你别光看着,劝劝啊。”那海涛说。

“嘿嘿嘿，你没看明白啊？二姐这是让你用八抬大轿去请她呢。”潘江海冲他挤了挤眼。

“嗐，您瞧我这脑子。”那海涛用手拍头，“区区一个诸葛亮，刘备还得三顾茅庐呢，更何况这么大的‘名提’！二姐，您看这样行不行？我跟郭局汇报一下，让海城市局的领导班子一起到派出所请您。四次不行就五次，五次不行就六次……您什么时候出山，这案审大队就什么时候挂牌。”

“你个臭小子。预审手艺没见长，这嘴头子倒是越来越溜了。”二姐给了那海涛一下，“光我去啊？那审人也没个搭档啊。”

“这不是还有马爷呢吗？谁不知道预审行里有两大快嘴，一个拍一个揉，一个攻一个守，快起来直接120迈、上高速，慢下去‘挖坑’‘撤梯子’无人能及。是不是马爷？”那海涛冲着老马笑。

“得了得了，瞧你累的。来，喝一口儿。”老马说着举杯。

小餐厅里传出了阵阵欢笑。

“到时候啊，你们老三位除了工作之外还得传帮带，多点拨点拨那帮年轻的。海城的预审大旗得重新竖起来，‘老七处’的精神得传下去。”那海涛说。

“嘿嘿嘿，你这儿光许愿了，说点实际的，我们仨这是借调啊，还是有正式编制啊？别糊里糊涂地过去了，过段时间再给退回去。”潘江海捏着一个饺子问。

“那必须是正式编制呀！”那海涛郑重其事地说。

“不信。”潘江海摇头，“省厅那帮孙子都忽悠我好几次了，都告诉我有‘编’。结果等活儿干完了，嘿！跟我说四十五岁一刀切，没戏。我……得测测你。”

“对！测测他。呼吸，血压，心跳，皮肤电，给他上仪器。”老马也起哄。

“这不现成的吗？”二姐说着就把一个谎话娃娃，放在那海涛面前。她按动开关，开始发问：“你是一名中华人民共和国的人民警察吗？”

“我都干了十多年了，怎么不是啊？”那海涛笑。

“好好说！”二姐板起面孔。

“我是。”那海涛回答。

大家看着他，又看谎话娃娃。木质的鼻子并没拱出来。

“你愿意献身于崇高的人民公安事业吗？”二姐又问。

“嗯，这个问题高大上！”老马点头。

“你傻吧？这是入警誓词。”潘江海笑。

“我愿意。”那海涛回答。

“你能坚决做到对党忠诚、服务人民、执法公正、纪律严明吗？”

“能做到。”那海涛的表情变得严肃。

“你能为维护社会大局稳定、促进社会公平正义、保障人民安居乐业而努力奋斗，在关键时刻甚至付出生命吗？”

“我能！”那海涛的声音坚定，下意识地举起右拳。

他这么一说，其他人的表情也严肃起来，仿佛在见证着他的宣誓。

“我们相信你！”二姐说着举起了杯。

“洞悉黑暗，笃信光明，真相小组，‘厨师提米’！”气氛热烈起来。

“哎，小罗呢？”潘江海问。

“她今晚来不了。省厅下来人了，在找她谈话。”那海涛说。

“什么意思啊？挂职结束了，要回去？”二姐问。

“其实我希望她回去。省厅平台高、进步快，适合年轻人的发展。”那海涛说。

“是啊。孩子想进步，咱们不能拦着。”老马叹了口气。

“但是……”那海涛说出了转折，“她自己申请要留在海城，说想继续跟你们老三位多学点儿手艺。”

“哈哈，我就说嘛……我第一眼看见这孩子，就觉得错不了。”二姐笑了，“‘那三斧子’‘大喷子’‘马迷糊’，你们可别掉链子，得好好教人家。她，是预审未来的希望。”

天渐渐黑了下来，城市的街头喧嚣熙攘。街上的车灯星星点点，宛如一条长河。

一辆车里播放着新闻：

“中央纪委国家监委网站发布信息，费亮、姬箴、廖长远等人因严重违纪违法被开除党籍和公职，移送司法机关；在逃涉案人廖波、廖金龙也被劝返回国。通过这几名党政干部的‘落马’不难看出，触犯党纪国法、损害党和人民的利益，终将接受法律的审判……”

方小罗一个人走在路上，正经过那个大树咖啡厅。咖啡厅已经摘牌了，门前的那个巨大的木质“树冠”正在被几个工人拆除。

门前有一个老人，摆了个地摊，上面都是降价的图书。

方小罗走过去，俯下身翻看着。她拿起一本杂志，是小时候常看的《校园文学》。她从里面看到了一首孩子写的诗，名字叫“大人都是奇怪的生物”，诗是这样写的：

“大人都是奇怪的生物，他们生气的时候说没事，想要的东西说不喜欢，他们对讨厌的人笑，不去见自己想念的人，抱怨生活却从不改变，我长大以后不要做大人。”

她笑了笑，买下了这本杂志。

夜色苍茫，华灯初上。方小罗迈开脚步，缓步走进了人群之中。

初稿：2020 年 9 月 8 日至 10 月 22 日（鲁院期间）

二稿：2021 年 1 月 19 日至 2 月 19 日（工作之余）

三稿：2021 年 2 月 20 日至 2 月 24 日（工作之余）

FONGHONG
凤凰联动出品